ullstein

Das Buch

Als Milla in Berlin vom Tod ihrer spanischen Großmutter Abbigail erfährt, ist sie mehr als überrascht. Dachte sie doch, ihre Großmutter sei schon vor vielen Jahren verstorben. Das hatte zumindest ihre Mutter immer behauptet. Und jetzt das: Beerdigung in zwei Tagen. Als sei ihre Gefühlswelt nicht schon durcheinander genug. In wenigen Wochen wollte sie heiraten. Doch ist Paul wirklich die große Liebe? Und warum hatte ihre Mutter sie bloß angelogen?

Das geheimnisvolle Vermächtnis von Abbigail führt Mutter und Tochter in die engen Gassen der Altstadt von Palma de Mallorca und in die vergessene jüdische Vergangenheit der Insel. Während der Mandelblüte kommen sich die beiden Frauen endlich wieder näher, Milla lernt Leandro kennen und entdeckt in der Geschichte der Großmutter auch ihre eigene. Doch dann taucht Paul auf, und Milla steht vor einer Entscheidung.

Die Autorin

Anja Saskia Beyer ist Dramaturgin und Drehbuchautorin, unter anderem für die »Lindenstraße«, »Verliebt in Berlin« und »Dahoam is Dahoam«. Sie hat bereits verschiedene Liebesromane veröffentlicht. Anja Saskia Beyer lebt in Berlin.

Anja Saskia Beyer

Mandelblütenliebe

Roman

Ullstein

Besuchen Sie uns im Internet:
www.ullstein-taschenbuch.de

Diese Ausgabe wurde durch eine Lizenzvereinbarung mit Amazon Publishing ermöglicht, www.apub.com.

MIX
Papier aus verantwortungsvollen Quellen
FSC® C083411

Lizenzausgabe im Ullstein Taschenbuch
1. Auflage März 2018

Die Erstausgabe erschien 2016 bei
Tinte & Feder, Amazon Media EU S.à r.l., Luxemburg.
Umschlaggestaltung: zero-media.net, München, nach einer Vorlage von semper smile, München
Titelabbildung: © Ileish Anna / Shutterstock; © tomertu / Shutterstock; © Tiger Images / Shutterstock; © komkrit Preechachanwate / Shutterstock
Satz: Pinkuin Satz und Datentechnik, Berlin
Druck und Bindearbeiten: CPI books GmbH, Leck
ISBN 978-3-548-29034-8

1. Kapitel

Es ist nur so ein Gefühl, Mom.« Millas Stimme zitterte, nicht nur wegen der Schlaglöcher, über die sie mit ihrem mintgrünen Hollandrad holperte. Mit der rechten Hand drückte sie beim Radfahren ihr Smartphone ans Ohr, mit der Linken suchte sie Halt am Lenker. Wie jeden Morgen fuhr sie diese Straße in Berlin-Friedrichshain entlang, vorbei an Cafés und kleinen Läden. Der Fahrtwind blies kühle Luft in ihr blasses Gesicht. Der milde Februar ließ die Bäume bereits Knospen austreiben, die ersten gelben Krokusse machten sich an der ein oder anderen Baumscheibe breit.

»Gefühl, Gefühl, du weißt es also nicht sicher?«, drang die Stimme ihrer offensichtlich alarmierten Mutter aus dem Handy. Obwohl sie schon so lange in Berlin wohnte, war ihr spanischer Akzent immer noch deutlich zu vernehmen.

»Nein, ich weiß es nicht sicher, Mom.« Milla spürte, wie sich ihr Magen zusammenzog. Es machte sie immer unendlich traurig, wenn sie merkte, dass ihre Mutter ihr nicht richtig zuhörte.

»Also, wenn du ihm nicht vertraust, dann kannst du ihn nicht heiraten, Milla, auf keinen Fall. Also ich unterstütze diese Hochzeit dann nicht!«

Enttäuscht schloss Milla für einen kurzen Moment die Augen. Wieso habe ich es ihr nur erzählt, ärgerte sie sich über sich selbst. Normalerweise hätte sie es ihrer Mutter nie gesagt, ihrer Mutter, mit der man nicht über Gefühle reden konnte. Erst recht nicht über so diffuse, die nicht in ein Korsett passen wollten. Aber Milla war die ganze Nacht wach gelegen und hatte sich immer mehr in die Sache hineingesteigert. Sie fühlte sich heute Morgen wie gerädert, völlig durch den Wind. Die Worte waren ihr herausgerutscht, einfach so, gerade eben am Telefon, als ihre Mutter angerufen hatte, um ihr zu sagen, dass sie immer noch nicht wusste, was sie Milla zur Hochzeit schenken könnte. Sie hatte keine Idee für ihre Tochter.

Milla spürte wieder diese Enttäuschung im Bauch. Wie konnte ihre Mutter einfach vorschlagen, ihre Hochzeit abzusagen, als ob es um einen Friseur- oder Zahnarzttermin ginge? Traurig dachte Milla darüber nach, warum das Verhältnis zu ihrer Mutter Sarah immer so kompliziert sein musste. So sehr hätte sie gerade vor der Hochzeit eine liebevolle Mutter an ihrer Seite gebraucht. Eine, der man sein Herz ausschütten konnte, die sich mit ihr auf die Hochzeit freute. Ihre Mutter Sarah aber wirkte – seit Milla denken konnte – seltsam distanziert zu ihrem Kind, nahm ihre Sorgen nur am Rande wahr, schien sich für das Leben ihrer Tochter nicht wirklich zu interessieren. Zumindest fühlte es sich für Milla so an. Sie erinnerte sich an die Reaktion ihrer Mutter, als sie ihr freudestrahlend von ihren Hochzeitsplänen erzählte. Sarah stand verblüfft da, lächelte kurz und gratulierte ihr etwas steif. Aber hätte nicht jede andere Mutter ihre Tochter in den Arm genommen? Traurig dachte Milla daran, wie selten sie als Kind von ihrer Mutter geherzt worden war. Eigentlich nur, wenn sie mit blutenden Knien weinend vor ihr stand. Aber seltsamerweise fühlte es sich auch da nicht wirklich tröstlich an. Milla, die schon als Kind sehr sensibel war, spürte und ahnte, dass ihre Mutter sie nicht so lieben konnte, wie andere Mütter ihre Töchter liebten. Und die kleine Milla fragte sich natürlich, ob es an ihr liege.

Sie gab sich die Schuld und bemühte sich, ein braves Töchterchen zu sein. Aber auch das änderte nichts. Im Lauf der Jahre schaffte es Milla, dieses belastende Gefühl zu verdrängen, das Grübeln darüber, was sie falsch gemacht hatte, in eine Schublade zu schieben und diese gut zu verschließen. Die Selbstzweifel, dass irgendwas mit ihr nicht stimmte, dass sie nicht liebenswert war, blieben jedoch. Sie versuchte, sich einzureden, dass Familie nicht so wichtig sei, man auch mit guten Freunden glücklich werden konnte, doch jetzt, so kurz vor ihrer Hochzeit, fehlte ihr die Familie sehr. Schmerzlich wurde Milla in den letzten Wochen der Hochzeitsvorbereitungen bewusst, dass sie zwar gute Freundinnen hatte, vor allem ihre beste Freundin Tine, dass sie sich aber immer noch insgeheim nach einer liebevollen Familie sehnte. Vermutlich hörte das nie auf, denn immerhin war sie schon sechsunddreißig und längst erwachsen. Für die Hochzeit fehlte ein Vater, der sie zum Traualtar führen würde, und für so vieles mehr. Aber ihr Vater war bei einem Stromunfall in der Firma ums Leben gekommen, als Milla gerade mal drei Jahre alt gewesen war. Sie erinnerte sich nicht wirklich an ihn. Nur Fotos waren ihr geblieben, auf denen sie ein blonder, sympathisch aussehender Mann stolz und strahlend im Arm hielt und liebevoll an sich drückte. Wie anders wären ihre Kindheit und Jugend verlaufen, wenn er noch leben würde. Seine Eltern, also Millas Großeltern aus Berlin, lebten auch schon lange nicht mehr, ebenso wie die auf der spanischen Seite, die Eltern ihrer Mutter. Tanten und Onkel gab es auch nicht, denn Millas Eltern waren beide als Einzelkinder aufgewachsen.

Als Milla den Kindergarten besuchte, erlebte sie bei ihrer Freundin Julia tagtäglich, wie schön es sein musste, einen liebevollen, lustigen Vater zu haben und unternehmungslustige Großeltern, die ihr Enkelkind verwöhnen. Milla gab es früh auf, von ihrer Mutter Geschichten über ihre Familie einzufordern, denn jedes Mal wurden die Augen ihrer sonst so abwesend wirkenden Mutter plötzlich feucht. Milla wollte ihrer Mutter nicht wehtun und ließ es bald sein, nachzufragen.

Eine kühle Windböe wehte Milla beim Radfahren ins Gesicht und trieb ihr Tränen in die Augen. Schnell wischte sie diese mit einer Handbewegung weg. Und sah gerade noch rechtzeitig, wie der Brief, den sie am Morgen in aller Eile eingesteckt hatte, aus ihrer orangefarbenen Umhängetasche mitten auf die Straße flatterte. Milla trat vehement in die Bremse, im selben Moment schoss ein weißes Malerfahrzeug von rechts in die Straße hinein. Der rechte Kotflügel des Autos streifte ihr Rad, und Milla flog, ebenso wie ihr Handy, in hohem Bogen auf das Kopfsteinpflaster und schlug unsanft mit dem Rücken zuerst auf der Straße auf. Das Handy zerbarst. Sie spürte jeden einzelnen Stein des Straßenbelags unter ihrem Rücken. Dann wurde ihr schwarz vor Augen.

Als Milla wieder zu sich kam, blickte sie in einen gleißend hellen Himmel. Vögel zwitscherten, das schemenhafte Gesicht einer sehr alten Dame mit weißem Haar schwebte über ihr, oder bildete sie sich das ein? Die alte Dame lächelte milde. Milla rieb sich die Augen, fasste nach diesem liebevollen Gesicht, doch da verschwand es. Milla kam zu sich und erblickte eine brünette Frau Ende vierzig in Begleitung eines Mopses. »Oh mein Gott! Haben Sie sich verletzt? Soll ich einen Notarzt rufen?«

»Nein, nein, es geht schon.« Mit schmerzverzerrtem Gesicht setzte sich Milla auf. Ein paar Passanten blieben kurz stehen, doch die meisten hasteten einfach weiter, nachdem sie festgestellt hatten, dass sie bei Bewusstsein war.

»Sie haben eindeutig einen Schutzengel gehabt«, sagte die Frau, und ihr Mops pinkelte neben Milla an einen Baum. »Und dieser Mistkerl fährt einfach weiter! Fahrerflucht, stellen Sie sich das mal vor! Das war so ein junger, hagerer Typ, aber ich habe mir das Nummernschild leider nicht merken können.«

Milla nickte nur schwach und fasste sich an den schmerzenden Rücken. Sie stand mühevoll auf und sah sich um. Ihr Hollandrad lag verbeult am Straßenrand, der Brief daneben in einer kleinen Pfütze. Nass und unbemerkt. Die Autos passierten die Stelle, als sei nichts geschehen.

»Sind Sie sicher, dass es Ihnen gut geht?«

»Ja, danke, das bin ich.« Milla spürte jeden Knochen einzeln, aber immerhin war keiner davon gebrochen. Sie strich sich über ihre dunklen, langen und krausen Locken, wie sie es immer tat, wenn sie nicht weiterwusste.

Etwas Warmes lief ihr seitlich die Schläfe herunter. Sie tastete mit der Hand danach und spürte eine Flüssigkeit.

»Oh nein, Sie bluten ja!« Die Mopsbesitzerin schlug die Hand vor den Mund.

»Das ist nur ein Tropfen.«

»Wollen Sie nicht doch lieber jemanden anrufen?«

Sofort dachte Milla an Paul. Sie gehörte zu ihm und er zu ihr. Oder nicht? »Nein, danke, ich arbeite gleich da drüben in diesem Goldschmiedeatelier. Es geht schon.«

Die Mopsfrau folgte ihrer Geste. Das Atelier lag nur drei Läden entfernt. Ein kleines Schaufenster, hübsch dekoriert. Moos und Birkenstämme, auf denen Schmuckstücke lagen. Einige Eheringe. Milla ging mit zitternden Knien zu dem Brief, nahm ihn aus der Pfütze, wedelte die Nässe ein wenig ab und steckte ihn wieder in die Tasche zurück. Dann hob sie ihr Fahrrad auf und schob es rasch in Richtung Atelier. Die Bremse schleifte hörbar.

Auf wackligen Beinen betrat sie das kleine Goldschmiedeatelier, das ihrer besten Freundin und Chefin Tine gehörte. Die Türglocke schepperte, und sofort strömte Milla der wohlige Geruch von frisch gebrühtem Kaffee entgegen. Die Freundinnen kannten sich seit ihrer Goldschmiedeausbildung, und Tine hatte Milla vom ersten Tag an in ihr Herz geschlossen. Milla kam damals mit Tränen in den Augen in der Berufsschule an und setzte sich auf den nächstbesten freien Platz. Neben Tine, diese sehr kleine, etwas rundliche Frau mit den kurzen blonden Haaren. Milla hatte einen Abend zuvor ihren damaligen Freund Achim beim Fremdknutschen erwischt, und schon nach kurzer Zeit konnte sie ihre Tränen nicht mehr zurückhalten. Tine ahnte damals sofort, dass hinter der Tränenflut nur ein Mann stecken konnte. Nachdem sie vom Lehrer mit Milla auf den Flur geschickt worden war, damit sie sich um die Banknachbarin kümmern konnte, nahm Tine die weinende Milla einfach in den Arm und drückte sie fest. Bei Milla öffneten sich dadurch erst recht alle Schleusen, und so schüttete sie der fremden Frau auf dem kahlen Flur ihr Herz aus. Als dann auch noch herauskam, dass Tine ebenfalls ein schwieriges Verhältnis zu ihrer Mutter hatte, weil diese als Bühnenschauspielerin viel auf Tournee war, wurde schnell klar: Das war der Beginn einer wunderbaren Freundschaft.

Ihre Herzlichkeit hatte Tine eindeutig von ihrem Vater. Einem fröhlichen, liebevollen Menschen, der all das ausglich, was ihr die Mutter nicht geben konnte.

»Oh Gott, Süße, wie siehst du denn aus? Du blutest ja! Was ist denn passiert?«

Tine, die heute einen knallroten Lippenstift trug, schnappte sich ein Kosmetiktuch aus der Box auf dem Tresen und eilte sofort auf ihre Freundin zu. Vorsichtig und liebevoll tupfte sie ihr das Blut ab und legte ihr die andere Hand um die

Schulter, während Milla stockend und schniefend von ihrem Unfall erzählte.

»Das gibt es wohl nicht! Und dieser Vollhonk fährt einfach weiter?«

»Ja, aber bis auf ein paar Kratzer ist nicht viel passiert.«

»Na, du bist gut. Du hättest tot sein können. Oder innere Blutungen haben, oder die Halswirbelsäule gebrochen ...«

Tine neigte schon immer zu Übertreibungen und Hypochondrie. Mindestens einmal die Woche ging sie zu irgendeinem Arzt, weil sie sich alles Mögliche einredete. Dieser Marotte hatte sie es jedoch zu verdanken, dass ein hühnereigroßes Myom in ihrer Gebärmutter noch rechtzeitig entdeckt worden war. Ein paar Monate später, und sie hätte nie Kinder bekommen können, hatte die Ärztin gesagt. Aber wenn sie es nächste Woche operieren ließe, stünden die Chancen ganz gut. Zwar hatte Tine bislang keinen Mann, um Kinder zu bekommen, und das mit ebenfalls Mitte dreißig, aber der würde schon noch kommen, da war sich Milla ganz sicher. Tine hatte so einen tollen Charakter, das mussten die Kerle schließlich irgendwann einmal kapieren.

Milla lächelte ihre Freundin, die sie als Trauzeugin auserkoren hatte, schwach an. Da ihre Beine im selben Moment zu versagen drohten, ließ sie sich auf einen der für Kunden vorgesehenen gold lackierten Stühle sinken. »Irgendwie fühlen sich meine Knie wie Gummi an.«

»Kein Wunder. Bleib schön sitzen, ich hole dir ein Pflaster. Und magst du einen Cappuccino und eine Schoki dazu, Süße?«

»Ein Pflaster brauch ich nicht. Da soll besser Luft ran, dann heilt es schneller. Aber Cappuccino und Schoki klingt großartig.«

Tine nickte lächelnd und machte sich an der chromglänzenden Kaffeemaschine ans Werk. Derweil kramte Milla ihr Handy heraus, oder vielmehr das, was noch von ihm übrig war, und versuchte, es zusammenzusetzen. Tine warf ihr immer wieder besorgte Blicke zu. Offensichtlich rechnete sie jeden Moment damit, dass Milla in Ohnmacht fallen könnte, und wählte im Geiste bereits die 112.

Milla setzte das Handy zwar zusammen, doch es leuchtete nicht mehr. Sie fühlte sich insgeheim ein wenig erleichtert. Vermutlich hatte ihre Mutter schon etliche Male versucht, sie zu erreichen. Oder Paul.

Während Tine mit lautem Zischen die Milch aufschäumte, betrachtete Milla ihr Gesicht in dem goldumrahmten Spiegel an der Wand gegenüber. Wieder einmal stellte sie fest, wie erschreckend ähnlich sie ihrer Mutter sah. Nur die mandelförmigen Augen hatte ihre Mutter nicht. Aber ein paar Gesichtszüge glichen sich schon sehr … und je älter Milla wurde, umso ähnlicher schienen sie sich zu werden.

Köstlicher Kaffeeduft strömte in ihre Nase, die Maschine gurgelte. Milla sah sich den angetrockneten Blutstropfen und die kleine Schramme auf ihrer Stirn an und hoffte, dass Letztere bis zu ihrer Hochzeit in zwei Monaten verheilt sein würde. Aufgewühlt dachte sie an die Worte ihrer Mutter. Konnte sie Paul jetzt wirklich nicht mehr heiraten? Unsinn. Es war wieder einmal ihr ureigenes Problem, das sie sofort so misstrauisch werden ließ, dass sie nicht mehr wusste, ob sie ihm blind vertrauen konnte. Denn entweder war es Pech, oder sie zog untreue Männer an wie Apfelblüten die Bienen: In allen drei langjährigen Beziehungen war sie von ihrem jeweiligen Freund betrogen worden. Ihr erster, Achim, hatte »nur« fremdgeknutscht, der zweite, Benno, sie mit einer Klassenkameradin betrogen, wie er gestand, und Matti, mit dem sie drei Jahre liiert gewesen war, hatte eine Affäre mit der neu zugezogenen rothaarigen Nachbarin aus dem dritten Stock. Und Milla hatte es auch noch mit ansehen müssen.

»Du hast wirklich einen tollen Schutzengel gehabt«, unterbrach Tine Millas Gedanken und reichte ihr eine Tasse Cappuccino. Sie setzte sich zu ihr, sah sie liebevoll und mitleidig von der Seite an. Milla wärmte ihre Hände an der Tasse und atmete eine Nase voll Kaffee ein.

»Danke, riecht der gut. Findest du?«

»Ja klar. Und du brauchst heute auch nicht zu arbeiten, Süße, schau, deine Hände zittern ja immer noch.« Tines Stimme klang sanft.

»Du bist echt lieb. Und die tollste Chefin der Welt. Aber ich graviere wenigstens noch unsere Eheringe, wenn ich schon da bin. Die will ich fertig haben, bevor wieder so viel zu tun ist.« Milla hielt inne und sah ihre Freundin traurig an. »Oder soll ich sie erst einmal liegen lassen, nach der SMS gestern?«

Tine zögerte kurz, schüttelte dann energisch den Kopf. Milla hatte sie gestern sofort angerufen, nachdem sie diese SMS in Pauls Smartphone entdeckt hatte. Paul und Milla hatten sich die gleichen Smartphone-Schutzhüllen gekauft, und so hatte sie gestern aus Versehen sein Handy gegriffen, als eine eingehende SMS piepte. »Musst du gleich nach Hause oder treffen wir uns wieder?« Mehr stand da nicht. Nur ein Name. Der Name der neuen Assistentin in seinem Grafikerbüro, der Frau ohne Gesicht. Corinne. Natürlich durfte Paul mit fremden Frauen Kaffee trinken gehen. Aber nicht mit Frauen mit französischen Namen, da waren sich Milla und Tine einig. Und er hatte es Milla nicht erzählt, das war der springende Punkt. Sie sagten sich doch sonst immer alles. Dieses »treffen wir uns *wieder*« sprach für sich, oder etwa nicht? Die Freundinnen diskutierten jedes Wort, und Tine schlug vor, dass Milla ihn einfach zur Rede stellen sollte. Aber Milla hatte keinen Mut, noch nie gehabt.

»Hey. Natürlich machst du eure Ringe fertig, aber das muss wirklich nicht heute sein.«

»Du hast recht. Gravieren mit zitternden Fingern ist keine so gute Idee. Sie sollen schließlich wunderschön werden.«

Paul mochte es eher schlicht. Nur ihre Namen sollten im jeweils anderen Ring stehen. Kein Herz, kein Datum, nichts weiter. Genauso die Hochzeit. Keine Torte, keine Kutsche, kein langes Kleid. Paul fand, dass das kitschig und uncool sei, er war einfach kein romantischer Typ, wollte ursprünglich eigentlich nie heiraten. Aber welche Frau wünschte sich für diesen besonderen Tag nicht ein Kleid, in dem sie märchenhaft aussah?

»Jetzt trink erst mal deinen Cappuccino, und dann gehst du zu einem Arzt. Soll ich mit? Vielleicht hast du doch eine kleine Gehirnerschütterung?« Tine klang nun fast schon mütterlich besorgt.

»Ach was. Ich geh deshalb doch zu keinem Arzt. Und du musst hier eh die Stellung halten. Ich gehe nach Hause, lege mich brav aufs Sofa, futtere noch mehr Schokolade und lese ein Buch. Gut?« Tine nickte ergeben.

Milla lächelte dankbar für all die Fürsorge. Tine würde sicher eine wunderbare Mutter werden. Milla hoffte so sehr für ihre beste Freundin, dass diese Operation, bei der das Myom entfernt werden sollte, gut verlaufen und sie anschließend bald den Vater ihrer Kinder kennenlernen würde. Sie nahm einen kleinen Schluck Kaffee, verbrannte sich ein wenig die Zunge und dachte wieder an Paul. Im Grunde ihres Herzens traute sie es ihm nicht zu, dass er fremdging. Aber wie oft hatte man schon gehört, dass Männer kurz vor der Hochzeit durchdrehten. Panik bekamen. Milla schluckte schwer. Ihre Gedanken fuhren Achterbahn. Eine einzige SMS, die sie zufällig in seinem Handy gesehen hatte, durfte sie nicht so unsicher werden lassen, schalt sie sich. Nach vier wunderschönen Jahren.

Oder verdrängte sie da schon wieder etwas? Wie oft hatte er sich auf der Straße nach anderen Frauen umgedreht, sich einige Male mit Kolleginnen oder Exfreundinnen zum Sport oder auf ein Glas Wein verabredet. Paul legte ab und zu als DJ auf und wurde in Klubs angehimmelt, was ihm gefiel. Milla grübelte hin und wieder, ob er ihr treu war. Ihr fiel es einfach schwer zu vertrauen. Das lag vermutlich an ihr selbst, dem Verhältnis zu ihrer Mutter, an ihren Selbstzweifeln, dem Gefühl, im Grunde nicht wirklich liebenswert zu sein. Die Frage, warum ihre Mutter schon immer so seltsam distanziert ihr gegenüber war, so ganz anders als andere Mütter, nagte an Milla schon seit ihrer Kindheit.

Lag darin die Ursache für ihre Eifersucht? In ihrem mangelnden Selbstwertgefühl? Milla wollte nicht eifersüchtig sein, konnte allerdings nichts dagegen tun. Dieses Gefühl ließ so oft den Boden unter ihren Füßen vibrieren.

Die Ladentür klingelte, der erste Kunde des Tages trat ein. Während Tine den etwas älteren Mann bediente, fiel Millas Blick auf den Brief in ihrer Tasche, der nass und wellig herausragte. Sie beugte sich vor, nahm ihn an sich und betrachtete ihn nachdenklich und dankbar. Wäre er nicht gewesen, hätte der Unfall wirklich böse ausgehen können. Der Brief hatte ihr vermutlich das Leben gerettet. Sie hatte ihn vor ein paar Tagen, oder waren es Wochen, aus dem Briefkasten gefischt. Ihn dann achtlos auf dem Küchentisch liegen lassen und heute Morgen in ihre Tasche gesteckt. Milla erinnerte sich dunkel, dass es etwas Amtliches zu sein schien. Sie las den Absender: von einem Notar aus Berlin-Zehlendorf. Seltsam. Was wollte ein Notar von ihr? Oh mein Gott, vielleicht wegen der Hochzeit? Hatte Paul heimlich einen Ehevertrag aufsetzen lassen? Milla wandte sich Tine zu, doch die zeigte dem Kunden gerade charmant ein paar Halsketten für seine Tochter.

Rasch öffnete Milla den Brief. Aufgeregt überflog sie die Zeilen.

»Sehr geehrte Frau Stendal, nachdem mich eine Klientin aus Palma de Mallorca um Hilfe gebeten hat, konnte ich Sie dank meines Mitarbeiters ausfindig machen. Ich hoffe, es ist nicht zu spät. Bitte melden Sie sich umgehend in meiner Kanzlei. Meine Sekretärin, Frau Meierhofer, macht gerne einen Termin mit Ihnen. Mit freundlichen Grüßen, Aaron Birnbaum.«

Etwas erleichtert atmete Milla aus. Es ging nicht um die Hochzeit. Aber um was denn dann? Aaron Birnbaum, nie gehört. Was wollte dieser Mann von ihr? Wieso hatte man sie gesucht? Millas Neugierde war geweckt, und sie ließ sich nur zu gern ablenken von ihren eifersüchtigen Gedanken. Von denen sie hoffte, dass sie dumm waren. Sehr dumm.

Endlich verließ der Kunde das Atelier, wenn auch ohne etwas gekauft zu haben. Milla weihte Tine sofort ein. Aufgeregt überflog diese den Brief.

»Na, da rufst du natürlich sofort an.«

»Kann ich bitte mal dein Handy haben, meines funktioniert doch nicht mehr.«

»Klar.« Sie reichte es Milla.

Schnell tippte diese die Nummer des Notars, stellte auf laut und wartete nervös darauf, dass eine Frau Meierhofer den Anruf entgegennahm. Eine piepsige junge Frauenstimme meldete sich: »Notariat Birnbaum, Silke Meierhofer am Apparat, was kann ich für Sie tun?«

»Das weiß ich nicht«, fing Milla an. »Ich meine, hier ist Milla Stendal. Ich soll mich bei Ihnen melden.« Stille am anderen Ende der Leitung. Milla und Tine warfen sich einen irritierten Blick zu.

»Frau Stendal, Sie!«, rief jetzt Frau Meierhofer aus. Ihre

Stimme klang aufgeregt, und das verstärkte das Piepsen enorm. Die Freundinnen mussten unwillkürlich grinsen.

»Ja, ich«, sagte Milla.

»Warten Sie.«

Man hörte Papiergeraschel, dann ein leises Hüsteln. Vermutlich hatte Frau Meierhofer eine Erkältung. Tatsächlich. Sie schnäuzte sich.

»Entschuldigung. Können Sie heute noch kommen?«

»Heute?« Milla überlegte verblüfft, und Tine flüsterte, besorgt auf ihren Kopf deutend: »Auf keinen Fall. Nach *dem* Unfall!«

»Heute ist leider schlecht.«

»Es muss aber heute sein.« Frau Meierhofer klang jetzt piepsig-streng. Vermutlich hatte er sie deshalb eingestellt. »Morgen ist es zu spät.«

»Aha. Und wieso? Um was geht es denn überhaupt?«

»Das darf ich Ihnen nicht sagen. Das kann nur Herr Birnbaum. Bitte, in Ihrem eigenen Interesse, kommen Sie heute noch.«

»Nach Zehlendorf?« Eine kleine Weltreise von Friedrichshain. Zumindest, wenn man kein Auto und nur ein verbeultes Hollandrad besitzt.

»Ja, in die Kanzlei. Herr Birnbaum macht keine Hausbesuche.« Wurde Frau Meierhofer jetzt etwa frech? Aber sie fügte noch ein »Bitte« an.

»Kannst du mir bitte dein Auto leihen?«, flüsterte Milla Tine zu. Die gute Seele nickte. Und da Milla nicht nur ein von Natur aus eifersüchtiger, sondern auch ein extrem neugieriger Mensch war, willigte sie entschlossen ein.

Die Kanzlei befand sich in der Prinz-Friedrich-Leopold-Straße in Nikolassee. Milla parkte Tinas kleinen roten Flitzer und bewunderte die wunderschönen Stuckvillen und verwunschenen Gärten, atmete die frische Luft ein, die ihrem Kopf, der nun doch ein wenig brummte, guttat. Sie war dankbar für diese Ablenkung, fragte sich jedoch, was auf sie zukommen würde. Eigentlich mochte sie keine Überraschungen, aber ihre Neugierde siegte.

Hausnummer 37. Milla stand vor einer hübschen Villa mit kleinen Erkern und einem alten Garten. Ein großer alter Birnbaum stand darin. *Aaron Birnbaum, Notar* las sie auf einem dezenten messinggoldenen Schild.

Milla drückte auf die Klingel, die sich glatt und kühl anfühlte. Nichts tat sich. Doch da. Eine der dicken beigen Spitzengardinen bewegte sich. Ein leiser Summer ertönte, und Milla konnte das schmiedeeiserne Gartentor öffnen. Ein kleiner Weg voller vermooster Pflastersteine führte zum Haus, die ehrwürdige alte Holztür öffnete sich. Eine aschblonde junge Frau mit randloser Brille und dunklem Rock stand da und sah Milla erwartungsvoll an. Kein Lächeln, nur ein starrer, fast schon neidisch anmutender Blick. Vermutlich irrte sich Milla da. Denn wieso sollte diese Frau auf sie neidisch sein?

»Guten Tag, Frau Stendal.«

»Woher wissen Sie, dass ich es bin?« Sie hatte keine Uhrzeit genannt. »Ich könnte auch ein Fahrradkurier sein.« Milla versuchte zu scherzen, deutete auf ihre orangefarbene Tasche, die der eines Fahrradboten glich.

»Ich kenne Ihr Foto.« Verblüfft nickte Milla, als wisse sie nun endlich, warum sie hier war. »Kommen Sie rein, Herr Birnbaum hat noch einen Mandanten, das kann aber nicht so lange dauern.«

Milla atmete hörbar aus. Warten gehörte auch nicht gerade zu ihren Stärken.

* * *

Aaron Birnbaum sah aus wie der Märchenonkel aus Millas Kindheitstagen. So wie sie sich den Sprecher ihrer Hörspiele immer vorgestellt hatte. Weißes, kinnlanges Haar, eine tief sitzende Brille und eine sonore, angenehme Stimme. So einen Großvater hatte sie sich jedes Weihnachten gewünscht. Aber ihre Mutter hatte stets nur den Kopf geschüttelt, wollte oder konnte nicht über ihre Eltern, Millas Großeltern, reden. Und so saßen sie all die Jahre zu zweit neben dem Tannenbaum. Ihre Mutter und sie. Milla erinnerte sich, wie sie an Weihnachten immer ein ganzes Arsenal an Großeltern, Patentanten, Neffen, Cousinen erfand. Ihre Kuscheltiere mussten dafür herhalten: der Teddy als Großvater, das Lama als Großmutter und so weiter.

»Frau Stendal, endlich haben wir Sie gefunden.«

Milla schreckte ein wenig zusammen. »Was? Ja. Ich hatte mich aber nicht versteckt.«

Aaron Birnbaum lachte. Ein sympathisches, zurückhaltendes, tiefes Lachen. »Aber Sie haben einen anderen Namen angenommen. Oder besser gesagt, vermutlich Ihre Mutter.«

Verwirrt überlegte Milla, ob ihre Mutter eine Spionin sein könnte. Das würde einiges erklären. »Nein, eigentlich nicht, sie heißt schon immer so.«

»Nein, nicht schon immer. Erst seit ihrer Hochzeit.«

»Ja, das stimmt.«

»Zuvor hieß sie Fuster, nicht wahr?«

»Richtig. Und, was spielt das für eine Rolle?«

»Eine große.« Aaron Birnbaum sah sie neugierig an. »Es ist ihr Familienname, der Ihrer Großmutter.«

Milla nickte. »Das nehme ich an, ich habe sie nie kennengelernt.« Was wollte dieser Mann von ihr? Ihre Großmutter war lange tot. Das Büro roch etwas muffig und nach Leder. Der alte dunkelbraune Schreibtisch sah aus wie eine wertvolle Antiquität.

»Ihre Großmutter wollte Sie in den letzten Wochen sehen.«

»Meine Großmutter? Sie ist kurz nach meiner Geburt gestorben.«

»Nach Ihrer Geburt? Sagt wer?«

»Meine Mutter.«

Aaron Birnbaum atmete schwer und sah Milla zutiefst mitleidig an. Er bewegte sich in seinem Schreibtischstuhl aus Leder, sodass dieser knirschte; er wand sich, wie es schien.

»Dann hat Ihnen Ihre Mutter nicht die Wahrheit gesagt.«

»Wie, nicht die Wahrheit?«

»Es tut mir leid.« Seine Stimme wurde leiser, mitfühlender. »Ihre Großmutter ist erst vor einer Woche gestorben. Mein herzliches Beileid.«

Fassungslos sah Milla ihn an. Seine Worte hallten in ihrem Kopf wider. Formierten sich zu einem dumpfen Pochen. Vor einer Woche? Sie fasste sich an ihre Schläfen, rieb sie, um sich zu spüren. Das hieße ja, ihre Großmutter hatte all die Jahre *wirklich* gelebt! Die Großmutter, die sie als kleines Mädchen so sehr vermisst hatte, die sie aus dem Kindergarten hätte abholen können, wie es die Großmütter der anderen Kinder taten. Die mit ihr ein Eis hätte essen gehen können, ins Museum, auf die Kirmes.

Wie oft hatte Milla neidisch danebengestanden, wenn ihre Freundin Julia von ihrer Großmutter zu irgendeiner spannenden Unternehmung abgeholt wurde, für die nur Großmütter oder Großväter Zeit zu haben schienen. Zumindest Millas Mutter hatte keine für derartige Ausflüge gehabt. Milla hatte nie Zuckerwatte bekommen oder Kettenkarussell fahren dürfen. Als Alleinerziehende musste ihre Mutter viel arbeiten, um sie beide durchzubringen, wie sie immer zu ihrer Entschuldigung sagte. So war es nicht selten vorgekommen, dass Milla als Letzte im Kindergarten abgeholt worden war, immer erst kurz vor Schluss. Zweimal sogar war ihre Mutter gar nicht erschienen, und Milla hatte mit der Kindergärtnerin in deren Wohnung gehen müssen. Dort war sie erst spätabends von ihrer Mutter abgeholt worden. Plötzlich erinnerte sich Milla an die Angst, die sie damals durchflutete, dass ihre Mutter einfach nicht kommen würde. Nie wieder. An dieses Gefühl von damals musste sie jetzt denken, als sie vom tatsächlichen Tod ihrer Großmutter hörte. Und wieder einmal hatte es sich bewahrheitet: Sie konnte ihrer Mutter nicht vertrauen. Ihre Mutter hatte sie jahrelang belogen.

Milla fühlte sich haltlos, spürte einen tiefen Schmerz in ihrem Herzen. Auch wenn sie ihre Oma nicht gekannt hatte, so tat es dennoch weh. Belogen worden zu sein von der eigenen Mutter. Eine Familie gehabt zu haben, die sie nie kennenlernen durfte. Wieso um Himmels willen hatte ihre Mutter sie all die Jahre getäuscht? Wieso hatte sie behauptet, ihre eigene Mutter sei tot? Was musste vorgefallen sein, dass eine Tochter so etwas von ihrer eigenen Mutter sagte?

Milla spürte, wie sich ein Kloß in ihrem Hals bildete. Ihre Hände wurden kalt, ihre Nase lief. Sie schniefte hörbar. Aaron Birnbaum sah sie berührt und voll Mitgefühl an. »Ihre Großmutter hätte Sie wirklich gern kennengelernt.«

»Ich sie doch auch«, entfuhr es Milla verzweifelt. Warum nur hatte sie den Brief des Notars nicht früher geöffnet? Ihre Gedanken schwirrten herum wie ein Schwarm aufgeschreckter Heuschrecken.

»Wieso hat sie mich denn dann nicht früher kontaktiert?«, wollte sie erschüttert wissen.

Aaron Birnbaum schien zu überlegen, seine Worte abzuwägen. »Ihre Mutter wollte es nicht. Darüber war ihre Großmutter sehr traurig, aber sie räumte ein, dass ihre Tochter Sarah dafür Gründe hatte. Sie hat es lange akzeptiert. Zu lange meiner Ansicht nach.«

Aufgewühlt sah Milla ihn an. »Meine Mutter wollte es nicht? Wieso nicht? Was ist denn damals zwischen den beiden geschehen? Welche Gründe gab es?«

»Ich kannte Ihre Großmutter nur ein bisschen, von ganz früher, leider weiß ich es nicht. Und dann hatten wir nur noch telefonisch Kontakt. Sie war eine recht verschlossene Frau. Vielleicht sollten Sie diese Fragen Ihrer Mutter stellen?«

»Das werde ich.« Entschlossen starrte Milla ihre Hände an, aber sofort wurde ihr klar, dass es schwer werden würde, etwas aus ihrer Mutter herauszubekommen.

Aaron Birnbaum räusperte sich. »Ihre Großmutter hat Ihnen noch einen Brief geschrieben.«

»Einen Brief?« Irritiert sah Milla auf.

»Sie waren ihre einzige Enkelin. Sie hat Ihnen etwas hinterlassen. Es ist, finanziell gesehen, nicht die Welt. Ihre Großmutter hat am Schluss viel Geld für ihre Wohnung in einer Seniorenresidenz am Meer benötigt. Aber sie hat Ihnen das hinterlassen, was ihr am meisten bedeutete. Eine kleine Immobilie. Ihren geliebten Laden, einen kleinen Souvenirladen mitten in der Altstadt von Palma de Mallorca.«

Überwältigt schossen Milla Tränen in die Augen. Ihre Großmutter hatte ihr das Allerliebste hinterlassen, was sie hatte. Das hieße ja, dass sie ihr, obwohl sie ihre Enkelin nicht kannte, doch etwas bedeutete? Milla spürte plötzlich eine Art unsichtbares Familienband, das sie zu halten schien, wenigstens für einen kurzen Moment. Es fühlte sich wunderbar an.

»Einen Souvenirladen?«, wiederholte sie leise.

Aaron Birnbaum nickte lächelnd. »In bester Lage. Waren Sie schon mal auf Mallorca?«

»Auf Mallorca? Ja, natürlich, wer war da noch nicht? Eine traumhafte Insel.« Millas traurige, melancholische Stimmung wurde von sonnigen Bildern verdrängt. Aus ihrem Urlaub vor vier Jahren in Palma. Der erste Urlaub mit Paul. Wie sie frisch verliebt durch Palmas Altstadt bummelten, sich treiben ließen, in einem der hübschen Cafés einen Horchata tranken, ein spanisches Erfrischungsgetränk, abends am Playa de Palma entlanggingen, Hand in Hand dem Sonnenuntergang entgegen …

Unbewusst schniefte Milla erneut. Wie schön wäre es gewesen, wenn sie ihre Großmutter damals hätte besuchen können. Wie gerne hätte sie ihr Paul vorgestellt. Wie gerne hätte sie diese Frau, ihre Großmutter, selbst erlebt, ohne sich jetzt auf die Aussagen ihrer Mutter verlassen zu müssen. Am liebsten wäre sie jetzt sofort aufgesprungen, um ihre Mutter zur Rede zu stellen. Wieso hatte sie ihr die Großmutter verheimlicht, wieso hatte sie ihrer Tochter das angetan? Milla knetete ihre Hände, die sich kalt anfühlten. Es schien, als sei all ihr Blut aus ihnen gewichen.

»Es tut mir wirklich sehr, sehr leid.« Aaron Birnbaum ordnete ein paar Stifte auf seinem ohnehin sehr ordentlichen Schreibtisch. »Ein kleiner Trost ist vielleicht, dass Sie immerhin noch zur Beerdigung fahren können. Sie findet in zwei Tagen statt.«

»In zwei Tagen schon?«

»In Palma de Mallorca. Die genaue Adresse kann ich Ihnen geben.«

Millas Kopf vibrierte, als wenn ein Presslufthammer neben ihr losginge. In zwei Tagen? Sie musste noch so viel erledigen. Für die Hochzeit. Und arbeiten. Was würde Tine dazu sagen? Zu Tines Operation musste sie auf jeden Fall wieder zurück sein, das war sie der Freundin schuldig.

In Millas Kopf marschierte eine ganze Armee Gedanken los. Am liebsten hätte sie jetzt sofort Tine angerufen. Die immer ein Ohr für sie hatte, die immer weiterwusste.

»Wieso Mallorca?«, stammelte Milla schließlich. »Meine Mutter stammt aus Andalusien.«

»Das hat sie Ihnen gesagt?« Aaron Birnbaum schien nun noch verwunderter. Er sah Milla wieder mitleidig an, musterte ihre Schramme auf der Stirn. »Ihre Mutter stammt aus Mallorca. Wie Ihre Großmutter, wie Ihre ganze Familie. Mindestens seit dem 15. Jahrhundert.«

Milla starrte ihn an. Hatte er wirklich 15. Jahrhundert gesagt?

Aaron Birnbaum fuhr einfühlsam fort. »Ich nehme an, dann wissen Sie auch nicht, dass Sie einer mallorquinischen Familie entstammen?«

»Was? Nein, das weiß ich nicht.« Milla klang überfordert. Was sollte das alles? Was hatte ihre Mutter ihr noch verschwiegen?

»Dann wissen Sie nichts über die ganz besondere Geschichte Mallorcas?«

»Nein, weiß ich nicht.«

Er sagte nichts mehr dazu, blickte sie aus seinen wässrigen graublauen Augen nur an, beugte sich zu ihr vor. Sodass sie jetzt erst eine Narbe auf seiner rechten Schläfe sehen konnte. Sie befand sich an der gleichen Stelle wie ihre Wunde von heute Morgen. Millas Mund fühlte sich plötzlich trocken an, als wenn sie tagelang nichts zu trinken bekommen hätte. Sie nahm den letzten Schluck ihres Kaffees, doch es half nichts.

Aaron Birnbaum räusperte sich, wechselte das Thema. »Sollen wir uns den Formalien der Erbschaft widmen? Wollen Sie noch einen Kaffee?«

Milla nickte unruhig. Ihre Gedanken drehten sich im Kreis. Wieso lenkte er jetzt ab? Was hatte es mit diesem Laden auf sich? Wieso hatte Großmutter nicht ihrer Tochter, also Millas Mutter, ihren geliebten Laden vererbt? Wieso hatte es keinen Kontakt mehr gegeben zwischen den beiden, wieso hatte sie sich dem Willen von Sarah, Milla nicht sehen zu dürfen, so lange gefügt?

»Frau Meierhofer!«, drang Aaron Birnbaums Stimme laut in ihren Gedankennebel. Sie zuckte zusammen. Die Tür öffnete sich sofort, als habe Frau Meierhofer an der Tür gelauscht. »Frau Stendal hätte gerne noch einen Kaffee.«

»Kommt sofort.«

Er nestelte ein paar Unterlagen aus seiner Schreibtischschublade. Dazu holte er einen Brief hervor. »Der Brief ist von Ihrer Großmutter, an ihre Enkelin. Sie hat erst spät und über Umwege erfahren, dass ihre Tochter Sarah, also Ihre Mutter, damals ein Mädchen geboren hatte.«

Milla schluckte, sah ihn traurig und bewegt an, ihr Herz pochte. Ihre Finger klebten zusammen wie Kaugummi.

»Ihre Großmutter, Abbigail Fuster, hat mir erzählt, wie glücklich sie war, als sie vor Jahren hörte, dass es Sie gibt.« In Millas einsamem Magen machte sich ein warmes, heimeliges Gefühl breit. Großmutter machte es glücklich, dass es sie gab.

Der Notar zog einen Brief aus einem Umschlag, rückte seine Brille zurecht und begann andächtig zu lesen:

Meine liebe Enkelin, ich wollte Dich so gerne kennenlernen, aber ich musste den Willen Deiner Mutter respektieren, sie wollte es nicht. Verzeih ihr bitte – und auch mir. Ich kann die Geschichte nicht rückgängig machen und meine Schuld leider nicht mindern.

Aber jetzt, wo mein Leben zu Ende geht, muss ich Dich sehen. Hoffentlich erreicht Dich dieser Brief rechtzeitig, mir bleibt nicht mehr viel Zeit.

Falls wir uns verpassen sollten, möchte ich Dir sagen, dass ich

Dir ein glückliches Leben wünsche und dass Du Deine Träume lebst. Ich hoffe für Dich, dass Du sie finden wirst, die Liebe Deines Lebens, sofern Du sie nicht schon gefunden hast. Versprich mir, immer auf Dein Herz zu hören und Dich nur für den Richtigen zu entscheiden, mein Kind. Es ist nie zu spät.

Aaron Birnbaum räusperte sich. Den Richtigen, dachte Milla. Woher wusste man hundertprozentig, wer das war? Sie versuchte, sich wieder auf Aaron Birnbaums Stimme zu konzentrieren, der fortfuhr:

Es bleibt mir nunmehr nur noch, Dir das zu vermachen, was mich am Leben gehalten hat, und ich hoffe, dass er auch Dir stets ein Rettungsanker sein wird. Bitte behalte ihn, meinen geliebten kleinen Laden in der Calle Montesión, den ich als junge Frau 1956 voller Stolz übernehmen durfte…

* * *

Völlig durcheinander stand Milla vor der Villa des Notars und starrte auf den Brief ihrer Großmutter, den Aaron Birnbaum ihr mit einem einfühlsamen Blick mitgegeben hatte. Eine Amsel piepste zart und hüpfte von einem Ast des Birnbaums zum anderen. Milla fühlte sich klein und verloren in diesem wild wuchernden Garten, all das soeben Gehörte verwirrte und verunsicherte sie zutiefst. Sie starrte auf den Umschlag, auf die Handschrift ihrer Großmutter, die so elegant und selbstbewusst wirkte. Was war sie für eine Frau gewesen, wieso hatte sie keinen Kontakt mehr zu ihrer eigenen Tochter, Millas Mutter, gehabt? Was meinte sie mit ihrer »Schuld«?

Milla spürte die unbändige Wut auf ihre Mutter in ihrem Bauch immer größer werden, zu einem riesigen Klumpen heranwachsen. Ihre Mutter, die sie ein Leben lang belogen hatte, die ihr die Familie nahm, nach der sich Milla von klein auf gesehnt hatte. Aufgewühlt überlegte Milla, was das soeben Erfahrene nun alles für sie bedeutete. Für ihr zukünftiges Leben, das jetzt plötzlich nicht mehr dasselbe zu sein schien wie vor einer Stunde noch. Von der eigenen Mutter so hintergangen worden zu sein, das schmerzte zutiefst. Milla fühlte ein Ziehen in der Brust, das ihr den Atem nahm.

In diesem Moment wurde ihr eines klar: Es musste einen Grund geben, warum ihre Mutter nicht dazu in der Lage war, ihre Tochter so bedingungslos zu lieben, wie es andere Mütter taten. Milla dachte über die Worte ihrer Großmutter in ihrem Brief nach. Sie sprach von Schuld, davon, dass sie die Entscheidung ihrer Tochter respektieren *musste*. Mit einem Mal wusste Milla, dass sie erfahren müsse, was damals geschehen war. Um ihres eigenen Friedens willen; um herauszufinden, dass die Lieblosigkeit ihrer Mutter nicht an ihr lag.

Sie atmete entschlossen durch und spürte, wie die kühle Luft sich in ihrem Körper ausbreitete, ihn stark machte und sie erfüllte. Hier draußen, so nah am Grunewald, roch es viel frischer als im abgasgeschwängerten Ostteil der Stadt. Nach Kiefern, Birken und Erde.

Milla überlegte fieberhaft, was sie jetzt tun sollte. Tine oder Paul anrufen, wie sie es die letzten Jahre immer getan hatte, wenn sie nicht weiterwusste? Plötzlich kam es ihr klein und falsch vor. Sie musste selbst entscheiden, was das Richtige für sie war. Sie musste in sich hineinhorchen. Und so entschied sie, ihre Mutter sofort zur Rede zu stellen.

Großmutter klang in diesem Brief so liebevoll, so herzlich und verständig. Milla konnte sich nicht vorstellen, was ihre Mutter dazu bewogen hatte, sie all die Jahre vor ihr als verstorben auszugeben. Die eigene Mutter. Milla durchfuhr ein kalter Schauer, obwohl die Mittagssonne inzwischen recht kräftig schien.

Aufgebracht ging Milla zu Tines Wagen. Ihr Schädel tat weh. Was gab es für ein Geheimnis in ihrer Familie, das ihre Mutter vor ihr verbarg?

Eine Amsel flog über Millas Kopf, sodass diese sich unwillkürlich duckte.

* * *

Das Café am Wasserturm füllte sich mit ein paar schnatternden Müttern, die ihre Kinderwagen hereinschoben und neben sich abstellten. Milla saß in einer Ecke und wartete unruhig. Im *Anita Wronski* nahe am Kollwitzplatz gab es zahlreiche köstliche Kuchen, vor allem den Mandel-Aprikosen-Kuchen mit Streuseln liebte Milla sehr. Normalerweise zupfte sie erst die Streusel einzeln herunter, dann die Mandeln und aß erst anschließend den restlichen Kuchen. Doch heute hatte sie keinen Appetit und rührte nervös in ihrem Cappuccino. Bereits der vierte Kaffee an diesem Tag. Kein Wunder, dass ihr ohnehin oft nervöser Magen rebellierte. Chronische Gastritis war vor ein paar Monaten diagnostiziert worden. Milla nahm sich alles viel zu sehr zu Herzen oder speicherte es in ihrem Bauch ab. Auch wegen all der kleinen emotionalen Verletzungen durch das seltsame Gebaren ihrer Mutter während der ganzen Jahre schien ihre Magenwand extrem empfindlich geworden zu sein.

Erneut sah Milla auf ihre Uhr, doch der Sekundenzeiger zog gemächlich seine Bahn. Sie ärgerte sich jedes Mal, wenn ihre Mutter zu spät kam, doch heute fühlte sie nicht nur Ärger, sondern unbändigen Zorn. Milla hatte ihr am Telefon nicht gesagt, um was es ging. Einzig die Sorge um Millas Beziehung zu Paul ließ ihre Mutter einwilligen, sich aus ihrer Wohnung in Kreuzberg zu bewegen und hierher in Millas Kiez zu kommen.

Nachdem Milla bereits mit achtzehn bei ihrer Mutter Sarah ausgezogen war, weil die beiden sich nur noch gestritten hatten, hatte Sarah sich in diesem kleinen Zwei-Zimmer-Apartment in Kreuzberg regelrecht verschanzt. Zwischen altmodischen Möbeln und zahlreichem Nippes schuf sie sich ihre eigene Welt. Milla stellte die Besuche in dieser Wohnung bald ein, denn sie ertrug den Geruch nach Lavendel und Duftkerzen nicht. Mutter und Tochter trafen sich von da ab in diesem Café oder, in seltenen Ausnahmen, bei Milla zu Hause. Doch seit Milla mit Paul zusammenlebte, bevorzugten beide diesen Ort. Denn Milla wollte sich nicht jedes Mal anhören müssen, was für eine schlechte Hausfrau sie sei. Irgendetwas gab es immer an ihr auszusetzen, zumindest fühlte es sich so an.

»Was machst du wieder für Sachen«, hörte sie plötzlich neben sich die vorwurfsvolle Stimme ihrer Mutter mit dem typischen spanischen Akzent.

Milla drehte sich abrupt zu ihr um und funkelte sie an. »Ich?«, brachte sie nur heraus und dachte fieberhaft nach, wie sie beginnen sollte.

»Na ja. Ein Mann geht schließlich nicht einfach so fremd, wenn er glücklich in einer Beziehung ist.« Sarah, eine kleine, zarte Person Anfang sechzig mit schulterlangen dunklen Haaren, setzte sich und zog im Sitzen umständlich ihre fliederfarbene Jacke mit den dunkelroten Rosen aus. Sie trug knallig roten Lippenstift. Wie immer. Sarah liebte ausgefallene, bunte Kleidung, Milla nicht.

»Paul geht nicht fremd, Mom, das habe ich doch schon gesagt. Ich habe nur ein komisches Gefühl, aber lassen wir das.«

»Ein komisches Gefühl. Das sagt doch schon alles.«

Milla atmete genervt durch, bemühte sich, ruhig zu bleiben. »Ich wollte aber etwas ganz anderes mit dir besprechen.«

Millas Mutter sah sie irritiert an, denn Millas Blick verfinsterte sich zunehmend. »Und was?«

Milla kam sofort auf den Punkt. »Warum du mich belogen hast! Warum hast du mir nie gesagt, dass unsere Familie aus Mallorca stammt? Großmutter war nicht tot.« All das sprudelte einfach so aus ihr heraus.

Sarah schluckte, und sie verstand. Das Wörtchen »war« verriet es ihr. Ihre rechte Augenbraue zuckte. Trotz der ihr angeborenen Bräune sah sie plötzlich blass aus. Schwer atmend rieb sie sich über die jetzt schweißnasse Stirn, fasste sich mit der anderen Hand ans Herz.

»Das heißt … sie ist gestorben?«

»Für dich doch schon lange«, brach es aus Milla bitter hervor. »Aber wieso? Ich verstehe es einfach nicht, Mom.« Millas Stimme vibrierte. Sie wollte vor ihrer Mutter nicht weinen, und so riss sie sich zusammen, presste die Lippen aufeinander und sah sie enttäuscht und fragend an. »Wieso hast du mir das angetan?«

Sarah starrte zurück, schüttelte nur den Kopf, brachte kein Wort mehr heraus. Diese Neuigkeit schien sie doch mehr mitzunehmen, als sie es vermutlich selbst für möglich gehalten hätte.

»Was kann ich Ihnen bringen?« Die Bedienung, eine kleine rothaarige Frau mit einem rundlichen Gesicht, stand plötzlich bei ihnen und sah Sarah fragend und etwas ungeduldig an. Das Baby am Nachbartisch fing an zu schreien. Die Mutter nahm es liebevoll heraus, wiegte es in den Armen, drückte es an ihre Brust, und das Kleine war augenblicklich zufrieden.

Sarah überlegte. »Ich … äh … nehme einen Tee.«

»Welche Sorte hätten Sie denn gerne?«

»Irgendwas, zur Beruhigung.«

»Kamille?«

»Von mir aus.«

»Kommt sofort.«

Milla nahm einen Schluck von ihrem Cappuccino, sah ihre Mutter wieder herausfordernd an.

»Woher weißt du es?«, erkundigte sich diese tonlos. »Hast du etwa heimlich Kontakt zu ihr gehabt?«

»Nein, habe ich nicht.« Milla blickte ihre Mutter erschüttert an. »Wieso hast du mich belogen? Was ist mit meinem Großvater? Lebt er noch?«

Sarah schüttelte mit zusammengepressten Lippen den Kopf. »Schon ewig nicht mehr.«

»Und wieso sollte ich dir das glauben? Du hast mir meine Großmutter vorenthalten. Obwohl du wusstest, wie sehr ich mich über eine Oma gefreut hätte. Wieso hast du mir das angetan?«

Sarah sah sie an, als sei sie von einem spitzen Pfeil getroffen worden. Sie atmete schwer. »Ich wollte doch nur … ich wollte dich schützen«, entgegnete sie leise. »Was weißt du denn schon.« Sie begann fahrig, ihre Jacke wieder anzuziehen, verhedderte sich in ihrem Ärmel, fluchte leise auf Spanisch.

»Nichts weiß ich. Und deshalb bleibst du jetzt hier und erzählst mir alles.«

»Ich kann nicht!«

Mit halb angezogener Jacke stand Sarah vehement auf, drehte sich um. Plötzlich schrie ein Säugling an einem anderen Nebentisch herzzerreißend. Milla versuchte es noch einmal, diesmal einfühlsamer. »Mom, bitte. Wieso hasst du mich … was habe ich falsch gemacht?«

Sarah hielt inne. Bestürzt wandte sie sich wieder zu ihr, setzte sich und rang sichtlich nach Worten. »Ich … hasse dich doch nicht. Du hast überhaupt nichts falsch gemacht, Milla. Es hat nichts mit dir zu tun. Oh mein Gott, das hast du all die Jahre geglaubt?«

Milla nickte traurig, erneut kamen schmerzliche Kindheitserinnerungen hoch. Wie sie weinend in der Tür stand, weil ihre Puppe kaputtgegangen war, und wie sich ihre Mutter einfach umdrehte und weiterbügelte.

»Es tut mir so leid«, flüsterte Sarah mit bebender Stimme.

Erstaunt blickte Milla sie an. So emotional aufgewühlt hatte sie ihre Mutter noch nie gesehen. »Was, Mom? Was genau tut dir leid? Bitte sag es mir.«

Die Mutter am Nebentisch hatte es geschafft, den schreienden Säugling zu beruhigen, sie trug ihn liebevoll im Arm, ging auf und ab und summte ihm etwas vor.

»Dass … dass ich nicht besser war … als sie. Dabei habe ich es mir so vorgenommen, aber … ich konnte nicht. Ich habe als Mutter versagt.«

»Besser als wer? Als Großmutter?«, vergewisserte sich Milla leise.

Sarah nickte nur stumm, presste die Lippen aufeinander.

Milla dachte angestrengt nach. Sie musste mehr wissen, es betraf sie selbst so sehr. »Was hat sie denn in deinen Augen nicht gut gemacht?«

Sarah atmete durch, schüttelte nur verzweifelt den Kopf. »Sie … sie hat mich nicht geliebt. Das eigene Kind. Das habe ich schon ganz früh gespürt …«

Erschüttert sah Milla ihre Mutter an, die den Tränen nahe schien. »Aber warum konnte sie das nicht?« Milla fühlte sich, als drücke ihr jemand eine Faust in den Magen. Sie wusste genau, wie ihre Mutter sich gefühlt hatte.

»Ich weiß es nicht, Milla. Ich weiß es nicht.«

»Du weißt es nicht?« Irritiert knetete Milla ihre Hände. Sollte sie ihr das wirklich glauben? »Hast du sie denn nie danach gefragt?«

»Nein.« Sarahs Atem ging stoßweise. »Das konnte ich nicht.«

»Aber wenn du es gewusst hättest, vielleicht… vielleicht gab es ja irgendeinen Grund, vielleicht wäre es dann leichter für dich gewesen.«

»Und wenn nicht?«, entgegnete Sarah leise, stand auf, quetschte sich an der Mutter mit dem Säugling im Arm vorbei und floh hinaus.

Die Kellnerin kam mit dem Kamillentee, sah ihr verwundert nach und erklärte Milla, dass die Rechnung jetzt aber sie übernehmen müsse. Milla nickte nur abwesend und blickte ihrer Mutter hinterher. Wieso nur wurde sie auch jetzt das Gefühl nicht los, dass ihre Mutter ihr viel mehr verschwieg?

* * *

Als Milla wie in Trance aus dem Café auf die Straße trat, hatte sich vor die Sonne eine dunkle Wolke geschoben. Milla fröstelte. Eine Frau schob einen Kinderwagen vorbei, blieb stehen, um die Decke im Wagen fürsorglich zu richten, und versperrte Milla dabei den Weg. Milla hielt kurz inne, sie wollte nur noch nach Hause, in ihre Wohnung, ihr Nest. Sie sehnte sich plötzlich unendlich danach, sich von Paul in den Arm nehmen und trösten zu lassen. Doch dann erinnerte sie sich. Er wollte heute später von der Arbeit kommen, warum auch immer. Wieder durchfuhr sie ein schmerzlicher Stich. Wem konnte sie überhaupt noch vertrauen? Die Worte ihrer Mutter hallten in ihren Ohren. »Was machst du wieder für Sachen? Ein Mann geht nicht einfach so fremd, wenn er glücklich ist.«

Hatte sie zu wenig für die Beziehung getan? Ihm nicht das Gefühl gegeben, der wichtigste Mensch in ihrem Leben zu sein? Dachte er, dass sie nicht fähig war, mit Haut und Haaren zu lieben? Konnte sie es womöglich wirklich nicht?

Es war kurz vor achtzehn Uhr und der Kollwitzplatz bevölkert von Müttern und Kindern auf dem Weg nach Hause. Milla betrachtete sie plötzlich mit anderen Augen. Sie wünschte sich selbst ein Kind, hatte Paul dazu überredet, nach der Hochzeit ihre Pille abzusetzen. Doch mit einem Mal fürchtete sie, dass es ihr ergehen könnte wie ihrer Mutter. Dass sie es besser machen wollte, aber nicht konnte. Sie, die selbst keine Liebe erfahren hatte, war sie wirklich fähig zu diesem großen Gefühl?

Erschüttert betrachtete Milla, wie liebevoll und herzlich all diese Mütter mit ihren Kleinen umgingen. Milla wurde schlagartig klar, sie musste das Geheimnis ihrer Familie lüften, um ihre Kinder später uneingeschränkt lieben zu können.

Entschlossen ging sie die paar Schritte an dem Spielplatz vorbei und bog in die Kollwitzstraße ein, in der sie wohnten. Sie hastete nach oben in ihre Altbauwohnung im dritten Stock, schloss auf und horchte. »Paul? Bist du da?«

Wie erwartet, kam keine Antwort. Milla legte ihre Jacke ab, horchte in sich hinein. Sie legte die Hand auf ihren Bauch und spürte ihren Magen. Er rebellierte und gurgelte. Die Wohnung roch nach ihm. Nach seinem Aftershave, seinem unverkennbaren Duft. Verloren stand Milla in der Diele ihrer frisch sanierten, modern eingerichteten Dreizimmerwohnung, atmete seinen Geruch ein und überlegte fieberhaft. Sie musste zur Beerdigung! Dort wären Freunde, Bekannte, die sie nach ihr befragen könnte, vielleicht wüssten sie etwas, das ihr helfen könnte, Großmutters kühles Verhalten zu erklären.

Milla ging rasch ins Schlafzimmer, holte ihren Reisepass.

Der Frühling hatte auf Mallorca bestimmt schon ein wenig Einzug gehalten. Blühten nicht die Mandelbäume um diese Jahreszeit? Milla freute sich auf die sonnige Insel mit ihrer blühenden Pracht, überlegte, welche Kleidung sie mitnehmen wollte und was bis dahin noch gewaschen werden musste. Sie nahm schon mal zwei Kleider aus dem Schrank. Dabei fiel ihr Blick auf ein T-Shirt, das sie damals getragen hatte, als sie Paul kennenlernte. Im Goldschmiedeatelier, als er eine Kette zum sechzigsten Geburtstag für seine Mutter kaufen wollte. Auf Millas T-Shirt stand: *be cool*. Paul hatte sie darauf angesprochen, fand es gut, kam so mit ihr locker ins Gespräch.

Gleich am nächsten Tag erschien er wieder im Atelier, brauchte dringend Ohrringe für seine Schwester. Am Tag darauf eine Uhr für sich, und Milla machte schon Scherze, ob er nicht gleich den Laden aufkaufen wolle. Sie wäre nicht im Traum darauf gekommen, dass sich dieser gut aussehende Mann ernstlich für sie interessierte. Milla sah zwar nicht schlecht aus, aber Paul gehörte eindeutig in eine Liga über ihr. Das fand zumindest Milla und ihre Mutter auch. Paul bat sie, mit ihm einen Kaffee trinken zu gehen, und so gingen sie nach Feierabend zusammen in eines der zahlreichen Cafés in Friedrichshain. Sie unterhielten sich fünf Stunden, lachten dabei viel, und Milla fühlte sich zum ersten Mal in ihrem Leben bei einem Mann von Herzen wohl. All ihre anderen Dates zuvor hatten sich dagegen steif und bemüht angefühlt. Mit Paul schien alles locker und unbeschwert.

Paul stellte sie kurz darauf seiner großen Familie vor, in der es recht chaotisch zuging, aber Milla fühlte sich auch hier pudelwohl. Paul und Milla, Milla und Paul. Ihre Freunde bezeichneten sie bald als Traumpaar, da sie beide ihre Eigenständigkeit bewahrten. Vor allem Paul. Er war fast jeden Abend unterwegs, traf seine Kumpel zum Schafkopfen, zum Fußballschauen oder zum Badminton. Milla bemühte sich, das gut zu finden, auch wenn sie sich manchmal fragte, warum er nicht lieber bei ihr blieb. Gemeinsam liebten sie es, am Wochenende lange auszuschlafen, zusammen ausgiebig frühstücken zu gehen und danach über einen der Flohmärkte in Berlin zu bummeln. Es passte alles so gut, dass Milla bei seinem spontanen Heiratsantrag einfach Ja sagte, ohne Zweifel.

Doch jetzt hatten sie sich eingeschlichen, die Zweifel in ihre Beziehung. Und das so kurz vor der Hochzeit.

»Was machst du da?«, hörte sie plötzlich Pauls Stimme hinter sich. Sie hatte ihn nicht hereinkommen hören. Seine hellbraunen Haare fielen ihm frech in die Stirn, seine grünen Augen blickten sie fragend an. Er sah gut aus. Wie immer. Von schönen Tellern isst du nie alleine, hatte ihre Mutter gleich gesagt, als sie ihn kennenlernte.

»Ich fliege übermorgen nach Mallorca.« Ihre Miene blieb angespannt, und so blickte Paul irritiert.

»Du willst mich kurz vor der Hochzeit verlassen?«, versuchte er zu scherzen. Aber seine Stimme klang seltsam belegt. Seine Jeans saß lässig auf seinen schmalen Hüften, seit ein paar Monaten trainierte er regelmäßig in einem Fitnessstudio und ging alle paar Tage joggen. Dabei hatte er abgenommen und sah noch blendender aus. Milla blickte ihn an und überlegte einen Moment, wie sie ihn verdient hatte und ob dies der richtige Zeitpunkt sei, ihn zur Rede zu stellen. Wieso er jetzt schon zurück sei, wo er doch noch eine Verabredung hatte. Ob ihn seine Kollegin mit dem französischen Namen etwa versetzt habe? Milla war plötzlich auf Krawall gebürstet, aber sie fand ihn nicht, den nötigen Mut dazu.

»Nein«, antwortete sie nur traurig. »Es ist etwas passiert.«

»Was denn?«

»Ich …« Wo sollte sie anfangen? »Ich war heute bei einem Notar, der mich ausfindig machen ließ. Ich hatte die ganze Zeit über noch eine Oma, aber sie ist jetzt gestorben, und in zwei Tagen ist ihre Beerdigung.«

»Oh«, entfuhr es ihm erstaunt. »Eine Oma? Und du wusstest nichts von ihr?«

»Nein. Du weißt ja, ich hab mir immer eine gewünscht.« Bedrückt sah Milla zu Boden, und sofort kam er auf sie zu und nahm sie liebevoll in den Arm.

»Das tut mir leid, Kleines.«

Wie gut es tat, ihn zu spüren, gehalten zu werden, gerade jetzt. Sanft machte er sich von ihr los, zog sie zum Bett, und sie legten sich kuschelnd darauf, wie sie es gerne taten. Nach ein paar Minuten unterbrach er die Stille. »Aber was ich nicht so ganz verstehe, wieso wusstest du nichts von ihr?«

»Tja, meine Mutter hat mich angelogen, die ganze Zeit. Sie hat behauptet, Großmutter sei gestorben.« Milla schluckte. »Für sie war sie es auch. Aber sie sagt nicht, wieso.«

»Seltsam. Aber deine Ma ist sowieso seltsam, das wissen wir ja.«

»Aber wir wissen nicht, warum. Und das muss ich herausfinden.«

»Die ist einfach so, vergiss es. Menschen kann man eh nicht ändern.«

»Aber vielleicht besser verstehen. Und vielleicht ändert sich dabei für mich ganz viel.«

Paul atmete vorsichtig durch, schien nicht besonders überzeugt. »Hak sie ab, du brauchst ihre Liebe nicht, du bist erwachsen und hast meine.« Er küsste sie. Milla lächelte ihn unsicher an. Hatte sie die wirklich noch? »Was hat der Notar denn sonst noch gesagt?«

»Dass die Familie meiner Mutter aus Mallorca stammt, nicht aus Andalusien. Und dass ich einen Souvenirladen in Palma geerbt habe. Mitten in der Altstadt.«

»Ja, Wahnsinn. Wie geil ist das denn?« Paul strahlte sie jetzt aufmunternd an. »Eine reiche Oma auf Mallorca, was will man mehr.«

»Eine lebende reiche Oma auf Mallorca.«

Sie sahen sich an. Paul sinnierte: »Ein Souvenirladen ... Ich habe neulich erst gelesen, dass jedes Jahr mehr als neun Millionen Touristen auf die Insel kommen, davon allein rund vier Millionen Deutsche.«

»So viele?« Milla versuchte, ihn zu beschwichtigen. »Trotzdem, viel wert ist der Laden wohl nicht.«

»Ach komm, eine Immobilie in Palma, mitten in der Altstadt? Du bist reich!« Paul lächelte.

»Bin ich das?«, dachte Milla nur und fühlte sich unwohl. »Meine Großmutter wollte nicht, dass ich ihn verkaufe.«

»Was? Was sollst du denn sonst damit anfangen? Ständig Scherereien mit wechselnden Mietern? Milla, sei nicht dumm. Die Immobilienpreise in der Toplage sind bestimmt gut, den verkaufst du.«

Milla nickte nur nachdenklich. Sie dachte an die Beerdigung, die ihr bevorstand, und an die Hoffnung, Zeitzeugen zu finden, die ihre Großmutter und ihr Geheimnis kannten.

»Kommst du mit zur Beerdigung?«, fragte sie ihn und kuschelte sich an ihn. »Übermorgen. Ich will gleich mal nach Flügen gucken.«

»Übermorgen? Das geht leider nicht, da ist ein Meeting mit unserem wichtigsten Kunden.«

Milla nickte traurig und setzte sich auf. Ein Meeting, bei dem Corinne sicher auch dabei war. Aber sie sagte es nicht. »Das hab ich mir schon gedacht.«

»Aber deine Ma kommt doch sicher mit.« Er strich ihr liebevoll eine Locke aus der Stirn, blickte ihr in die Augen.

»Mom? Da bin ich mir nicht so sicher.«

»Was, wieso denn nicht? Deine Oma war doch schließlich ihre Mutter.«

»Ja schon. Aber für sie ist sie ja schon vor langer Zeit gestorben. Es muss irgendetwas Schlimmes vorgefallen sein. Keine Ahnung, was, das will ich dort herauskriegen.«

»Frag sie doch noch mal. Mir wäre wohler, wenn du nicht alleine hin musst. Auch, damit du dich nicht über den Tisch ziehen lässt, wenn du den Verkauf des Ladens anleierst. Das leitest du dann doch gleich alles ein, oder?«

Milla nickte stumm, nahm ihr altes Handy, in das sie ihre SIM-Karte getan hatte, und tippte eine SMS an ihre Mutter. Dann drehte sie sich zu Paul und sah ihm in seine grünen, warmen Augen, in die sie sich beim Kennenlernen sofort verliebt hatte.

»Ich frag sie. Aber ich wette mit dir, Mom kommt nicht mit.« Milla schickte die SMS los und bekam erwartungsgemäß nicht sofort eine Antwort.

In der Nacht lag sie lange wach, betrachtete Paul neben sich, fragte sich, wie sehr sie ihn liebte, und wälzte sich unruhig hin und her.

Am nächsten Morgen im Goldschmiedeatelier versuchte Milla gemeinsam mit Tine, ihre wirren Gedanken zu sortieren, doch es gelang ihr nicht. Während jede an einem Schmuckstück arbeitete, gingen sie zusammen die Geschehnisse durch.

»Und was ist, wenn ich gar nichts herausfinde, was meine Großmutter meiner Mom damals angetan hat?«, fragte Milla besorgt. »Dann … dann möchte ich keine Kinder. Weil, das, das scheint sich ja in unserer Familie durchzuziehen, dieses Kühle, dieses Herzlose, das darf ich ihnen nicht antun.«

»Ach Süße, jetzt übertreibst du wieder mal maßlos, du wirst auf jeden Fall eine tolle Mutter«, erwiderte Tine kopfschüttelnd, und etwas leiser fügte sie hinzu: »Und ich hoffentlich auch irgendwann.«

Milla sah auf und warf ihr einen aufmunternden Blick zu. »Die Operation nächste Woche geht gut, Tine, mach dir keine Sorgen, versprichst du mir das?«

Tine nickte bemüht lächelnd, doch ihre Angst war ihr anzusehen. »Okay, aber dann versprichst du mir, dass du dich nicht immer so verunsichern lässt. Du bist gut so, wie du bist. Sonst würde *ich* dich ja nicht lieben.« Die Freundinnen lächelten sich an, und Tine warf Milla ein Luftbussi zu.

Milla arbeitete konzentriert weiter, doch die Sache ließ ihr einfach keine Ruhe. »Aber ... wenn Mom nun doch recht hat, dass ich in einer Beziehung mit einem Mann keine Nähe aufbauen kann und sich Paul diese bei einer anderen sucht ...?«

Tine, die gerade einen silbernen Ring gravierte, hielt inne und tat einen tiefen Atemzug. »Süße. Jetzt red dir doch bitte nichts ein! Wir haben keinen Beweis, nur eine zweideutige SMS. Und dass er mit einer anderen Frau mal was trinken geht, das ist zwar echt scheiße ...« Sie lächelte. »Aber wir sind schon groß und wissen, dass Männer ihre Freiräume brauchen. Paul hat bestimmt keine andere, die anschmiegsamer ist als du. Er will dich heiraten, hallo? Wenn ein Mann das sagt, dann hat er sich entschieden.« Amüsiert fügte sie hinzu: »Männer können das, sich entscheiden, im Gegensatz zu Frauen.«

Tines lockere Art, die Dinge zu sehen, tat Milla gut, und sie riss sich zusammen und bemühte sich, alles positiv zu sehen. Das Glas ist halb voll und nicht halb leer. Man kann tatsächlich selbst entscheiden, wie man die Dinge sieht. »Du hast recht. Paul liebt nur mich, und ich werde herauskriegen, was meine Großmutter zu der Frau hat werden lassen, die sie offensichtlich war. Und dann schmilzt am gefrorenen Herzen meiner Mutter das Eis, und die Schneekönigin erkennt, was für eine wunderbare, liebenswerte Tochter sie hat.«

»Chacka«, grinste Tine erleichtert, und die Freundinnen lächelten sich an.

»Kaffee?«

»Kaffee.«

* * *

Milla saß enttäuscht im Taxi und dachte nach. Sie hatte bis zum Tag des Abfluges vergebens auf eine Nachricht ihrer Mutter gewartet. Dann würde sie eben alleine nach Mallorca zur Beerdigung fliegen. Im Internet hatte sie einen sehr frühen Flieger bekommen und sich, damit sie eine halbe Stunde länger schlafen konnte, dieses Taxi gegönnt. Immerhin war sie jetzt reich, wie Paul gesagt hatte. Oder zumindest bald.

Am Berliner Flughafen Tegel herrschte bereits reges Treiben, obwohl es erst vier Uhr und damit gewissermaßen noch mitten in der Nacht war. Milla, eigentlich eine Langschläferin, schälte sich müde aus dem Taxi, das direkt vor dem Terminal hielt. Der freundliche indische Taxifahrer lächelte sie an. »Die Nacht ist schwarz und schwer, doch Liebe erleuchtet das Dunkel«, sagte er. »Eine indische Weisheit.«

Milla lächelte angetan. »Das klingt sehr schön.«

Er nickte und freute sich. »Schön, wenn Sie lächeln.« Er machte eine kleine Pause, fuhr dann fort: »Das Lächeln, das du aussendest, kehrt zu dir zurück.« Milla sah ihn berührt an, gab ihm ein großzügiges Trinkgeld und verabschiedete sich. Das Taxi hatte sich mehr als gelohnt, ihre Laune war etwas gestiegen. Hoffentlich fand sie in Palma einen vertrauenswürdigen Makler, der den Verkauf des Ladens übernehmen konnte. Mit Geldangelegenheiten kannte sich Milla nicht besonders gut aus.

Sie hatte sich in aller Herrgottsfrühe sorgfältig geschminkt, auf der Beerdigung wollte sie gut aussehen, wer wusste schon, wer alles kommen würde. Und es blieb keine Zeit, vorher in die Pension zu fahren, in der sie ein Zimmer gebucht hatte. Vielleicht gab es ja doch noch entferntere Verwandte, die sich über die endlich gefundene Berliner Enkelin von Abbigail freuten. Ein Lächeln huschte erneut über Millas Gesicht. Sie hoffte so sehr, mit offenen Armen empfangen zu werden.

Milla checkte erneut ihr Handy, doch wie zu erwarten war, hatte sich ihre Mutter immer noch nicht gemeldet. Obwohl sie dagegen ankämpfte, machte sich wieder dieses schmerzliche Gefühl in ihrer Magengegend breit.

Allein und verloren stand Milla da, beobachtete fasziniert eine Familie mit vielen bunten Koffern und Reisetaschen. Eine Asiatin hatte mit einem schwarzen Mann drei Kinder, und jedes sah ganz besonders süß und niedlich aus. Milla lächelte das Kleinste, das ihr zuwinkte, an, und es lächelte zurück. Sie schnappte ihren Rollkoffer und machte sich tapfer auf zum Gate.

Am Terminal gab es bereits verschiedene Schlangen, es herrschte ein ziemliches Gedränge und Geschubse, und Milla fühlte sich einen Moment lang überfordert. Wo musste sie jetzt hin? Ihr wurde schlagartig klar, dass sie sich die letzten Jahre viel zu sehr auf Paul verlassen hatte, der immer wusste, wo es langging. Sollte sie nicht doch lieber hierbleiben, in Berlin, durchfuhr es sie? Vielleicht war es besser für sie, wenn sie nichts über die Abgründe in ihrer Familie erfuhr? Den Verkauf des Ladens konnte man bestimmt auch von hier aus managen, das wäre nicht das Problem. Milla zögerte, dachte an die bereits gezahlten Summen für Flug und Pension und an den liebevollen Brief ihrer Großmutter und schüttelte innerlich den Kopf. Sie musste herausfinden, was damals geschehen war. Sie würde es durchziehen, auch alleine. Stolz über sich selbst, marschierte sie auf eine große Anzeigetafel zu und traute ihren Augen nicht. Dort stand sie, ihre Mutter. In einem knielangen roten Mantel, in der Hand einen blumigen Rollkoffer. Ihre schwarzen Haare streng zu einem Dutt geknotet, roter Lippenstift. Sie sah aufgebracht auf die Anzeigetafel, dann zu Milla herüber. Milla schluckte, ging auf sie zu, versuchte es mit einem Lächeln. Doch das Lächeln kam nicht zurück. Von wegen indische Weisheit, dachte Milla, setzte an, ihre Mutter zu begrüßen, doch diese überging das und echauffierte sich sofort. »Sieh dir das an, müssen diese geldgierigen Piloten ausgerechnet heute streiken?«

»Nein, bitte nicht.« Das durfte nicht wahr sein. Milla folgte ihrem Blick, und tatsächlich, da stand es. Ausgerechnet ihre Maschine wurde heute bestreikt. Wieso konnte nicht einfach alles glatt laufen? *Eine Stunde Verspätung* stand da. Auch das noch. Jetzt würde es extrem knapp werden, um rechtzeitig zur Beerdigung zu kommen! Vermutlich würden sie nur noch das Ende mitbekommen.

»Aber wir haben bezahlt, wir warten.« Ihre Mutter hatte schon immer aufs Geld geachtet, als Verkäuferin in einem Supermarkt an der Käsetheke verdiente sie nicht viel. Wortlos zerrte sie ihren Rollkoffer hinter sich her und machte sich auf zu Gate A09. Milla folgte ihr niedergeschlagen, und in diesem Moment bereute sie es, ihre Mutter gebeten zu haben, sie auf dieser Reise zu begleiten.

2. Kapitel

Endlich Mallorca. Bereits beim Landeanflug sah Milla aus der Luft, wie wunderschön die Insel im Februar bereits blühte. Aber auch, wie viele Hotels es auf der Insel gab. Ihr schien es, als seien die letzten vier Jahre noch ein paar hinzugekommen. Wie unberührt die Insel wohl in den Fünfzigerjahren ausgesehen haben musste, als ihre Großmutter als junge Frau ihren Laden bekommen hatte.

Während des Fluges und der Warterei am Gate war die Stimmung zwischen Mutter und Tochter verhalten geblieben. Sarah schien sehr bedrückt. Sie gestand Milla, wie sehr sie mit sich gerungen hatte, diese Reise anzutreten. Eine Reise in die Vergangenheit, die sie nur Milla zuliebe unternahm. Sarah beteuerte, dass sie wirklich eine gute Mutter sein wollte. Sie seufzte. »Aber welche Mutter will das nicht.«

Endlich wurden die Türen des Flugzeugs geöffnet. Milla und ihre Mutter wurden von unzähligen Touristen in Urlaubslaune hinausgeschoben in die laue Luft. Die Sonne wärmte Millas kühles Gesicht. Die Luft roch frisch, der Frühling hatte die Insel bereits ein wenig erobert. Die Mandelblüte dürfte Ende Februar fast vorbei sein, doch andere Blüten und das satte Grün der Insel entschädigten dafür.

Die Sonne schien hier um so vieles heller als in Berlin, und sofort fragte sich Milla, warum ihre Mutter nicht hierher zurückgegangen war nach dem Tod ihres Mannes, in ihre

Heimat. Auf diese wunderschöne Sonneninsel. Milla wäre auf Mallorca aufgewachsen, bei ihrer Großmutter, mit der man sich sicher hätte versöhnen können, wenn man wollte. Ihr ganzes Leben wäre komplett anders verlaufen. Sie hätte Paul nicht kennengelernt, würde nicht heiraten, zumindest nicht ihn. Das Schicksal, ein seltsamer Begleiter. Was hatte es noch vor mit ihr?

Wenn sie jetzt sofort einen Mietwagen bekommen würden, könnten sie es zur Beerdigung schaffen. Wieso nur hatte sie vergessen, einen solchen auch gleich von Deutschland aus zu buchen? Dann würde jetzt alles viel schneller gehen.

Milla und Sarah hasteten zum Rollband, warteten ungeduldig und angespannt auf ihr Gepäck. Als es endlich kam, schnappten sie sich die Koffer und machten sich auf zur Mietwagenstation. Die ganze Zeit sprachen beide nur das Nötigste. Milla registrierte die verhaltene Stimmung ihrer Mutter, doch sie konnte jetzt nicht auf sie eingehen, viel zu aufgeregt war sie, viel zu nervös.

Durch den Pilotenstreik hatten sie inzwischen fast zwei Stunden Verspätung. Hoffentlich würden sie wenigstens noch den Schluss der Beerdigung mitbekommen und ein paar Trauergäste antreffen. Doch an jeder Mietwagenstation stand eine lange Warteschlange. Das durfte doch nicht wahr sein. Milla dachte unruhig daran, dass sie nicht wusste, ob und wo es einen Leichenschmaus oder Ähnliches geben würde. Wenn sie jetzt wirklich zu spät kämen, würden sie an der Kapelle oder am Grab keinen der Trauergäste mehr antreffen, keinen, den Milla befragen könnte. Und was dann?

Jede von ihnen stellte sich rasch in einer der Schlangen an. Milla hoffte inbrünstig, dass es schnell ginge. Doch auf Mallorca schienen die Uhren anders zu laufen. Die Leute vor ihnen hatten Urlaub und waren zu allerlei Scherzen aufgelegt. Die Angestellten der Mietwagenstationen ließen sich Zeit. Es dauerte eine gefühlte Ewigkeit, und Milla wurde bitter klar, dass sie eventuelle Verwandte und Zeitzeugen verpassen würden.

Schweigend saß Milla am Steuer eines kleinen weißen Seat Ibiza, ihre Mutter mit undurchdringlichem Gesichtsausdruck neben sich. Die wunderschöne mediterrane Landschaft sauste an ihnen vorbei. Lila blühende Büsche, sattes Grün. Sie hatten die Beerdigung eindeutig verpasst, und der Blick auf die Uhr zeigte, dass es keinen Sinn mehr hatte, jetzt noch schnell zum Friedhof, der außerhalb von Palma lag, zu fahren, um jemanden anzutreffen.

»Ich möchte sofort ins Hotel«, sagte Sarah plötzlich. »Nicht zum Grab. Das können wir morgen oder übermorgen erledigen.« Sarah hatte gleich sechs Tage Mallorca gebucht. Milla vier.

»In Ordnung.« Milla brauchte Abstand, und sie war sehr froh darüber, dass ihre Mutter ein anderes Hotel gewählt hatte. Es lag ebenso mitten in Palma, in der Altstadt, fußläufig nur wenige Minuten von Millas Pension entfernt.

Rasant hielt Milla den Wagen vor dem Hotel ihrer Mutter an. »Willst du nachher mitkommen zu Großmutters Souvenirladen?«, fragte sie ihre Mutter, in der Hoffnung, dass diese Nein sagen würde.

Sarah schüttelte zum Glück tatsächlich den Kopf und entgegnete leise: »Sie hat ihn ja dir vererbt.«

Fassungslos sah Milla ihre Mutter an, die umständlich aus dem kleinen Auto stieg. War sie nun doch sauer, dass sie nichts geerbt hatte?

»Na ja, ihr scheint ja nicht gerade das beste Verhältnis

gehabt zu haben. Und wenn ich überhaupt nichts über sie weiß, verstehe ich es auch nicht.« Sarah stand nun neben dem Wagen, die eine Hand auf das Dach gestützt, atmete schwer und überlegte. »Mom, erzähl mir bitte wenigstens irgendwas von damals«, versuchte Milla behutsam sie zum Reden zu bringen. »Was für ein Mensch war sie … was hat sie ausgemacht, was hat Großmutter denn zum Beispiel geliebt?«

Sarah starrte sie an, rang sichtlich mit sich. »Komm mit in mein Hotel, dort trinken wir einen Tee zusammen, und ich erzähle dir etwas über sie.«

3. Kapitel

Mallorca 1956

Palma de Mallorca, im Altstadtviertel Call Major

Eine junge Spanierin mit modisch kurzen schwarzen Haaren, die neunundzwanzigjährige Abbigail, stand in der Calle Montesión vor einem kleinen Laden und betrachtete ihn stolz. Die Schaufensterscheibe schimmerte zwar noch etwas matt, aber das tat Abbis Freude keinen Abbruch. Der Laden befand sich inmitten der verwinkelten Gassen des Altstadtviertels von Palma. Die Strahlen der mallorquinischen Sonne tauchten alles in ein schönes helles Licht. Neben Abbis Laden gab es ein Geschäft, in dem man Petticoats kaufen konnte. Zur Linken eine Bäckerei. Die Pflastersteine glühten, Staub flimmerte in der Luft. Geschäftig eilten Mallorquiner umher, vereinzelt, langsam ein paar staunende Touristen. Abbi lächelte ihnen zu. In Palma fuhren Straßenbahnen, die die Touristen gerne nutzten, es herrschte Linksverkehr, und die Gehsteige waren einbahnig. Links in die eine Richtung, rechts in die andere. Ein wenig verwirrend für die Touristen, die sich auf diese naturbelassene schöne Insel begeben hatten. Abbi hoffte, es würden bald mehr werden.

Noah Fuster, Abbis Vater, ein großer, schlanker Mann mit dunklen, dichten Haaren und wachen schwarzbraunen Augen, und seine Frau Esther, eine kleine, rundliche Person, kamen die Gasse entlang auf Abbi zu. Abbi umarmte ihren Vater stürmisch. Sie maß höchstens einen Meter fünfundsechzig und musste sich auf die Zehenspitzen stellen, um ihre Arme um den Hals ihres Vaters zu schlingen. »Papa, danke, danke, dass du mir den Laden gibst. Darf ich dich heiraten?« Sie grinste verschmitzt, Wange an Wange mit ihm. Ihre Mutter lächelte amüsiert. Noah lachte geschmeichelt. »Ich glaube, da wird deine Mutter etwas dagegen haben, mein Kind. Hoffe ich zumindest.«

»Hast du?« Abbi sah ihre Mutter, der man ihre frühere Schönheit noch immer ansah, lächelnd an. Die nickte bemüht streng. »Allerdings. Einen so guten, großzügigen Mann wie deinen Vater finde ich nie wieder.«

»Man muss einer Frau nur ihren allergrößten Wunsch erfüllen, und schon hat man sie am Haken«, scherzte Noah. Abbis Mutter hatte kürzlich eine dieser neumodischen Küchenmaschinen aus Deutschland bekommen, mit der man alles elektrisch mixen konnte. Und Abbi, nach langem Bitten und Betteln, diesen Laden. Die drei gingen hinein in die Räumlichkeit, die bis vor Kurzem eine Schusterei beherbergt hatte. Es roch noch nach Leder und Gerbmittel. Ergriffen sah sich Abbi in ihrem kleinen Refugium um und drehte sich glücklich einmal im Kreis, sodass ihr Petticoat auffächerte. Es war ihr größter Traum gewesen, einen eigenen kleinen Laden zu führen, selbstständig zu sein, nicht abhängig von den Eltern oder irgendwann einmal von einem Mann. Was für andere Mädchen in Abbis Alter völlig normal war – heiraten, Kinder kriegen, in der Küche stehen und den Gatten umgarnen –, fühlte sich für Abbi falsch an.

Und sie hatte eine geniale Idee. Sie wollte hier einen Souvenirladen eröffnen. Hier, mitten in der Altstadt von Palma, und von diesem Plan ließ sie sich nicht abbringen. Selbstbewusst hatte sie ihrem Vater erklärt, dass der Tourismus anfange zu boomen. Vor allem die Deutschen entdeckten diese sehr ursprüngliche, unberührte Insel mit ihren einsamen Buchten und Stränden immer mehr. Abbi hatte recherchiert, es kamen jedes Jahr ungefähr zweihundertfünfzig Touristen. Beeindruckt hatte Noah seiner Tochter gelauscht.

Der alte Schuster, ein Freund der Familie, hatte sich zur Ruhe gesetzt und Noah sowieso einen Nachmieter für seine Immobilie gesucht. Abbi war ihrem Vater wochenlang in den Ohren gelegen, hatte ihn mit ihrem Charme und Argumenten bezirzt und gewonnen. Noah konnte seiner inzwischen einzigen Tochter keinen Wunsch abschlagen, wie ihn seine Frau immer wieder rügte. Doch nach dem Verlust der anderen Tochter, Rachel, war das kein Wunder.

Abbi, die selbst immer noch unter dem frühen Tod ihrer Schwester litt, sich das vor den Eltern aber möglichst nicht anmerken ließ, wusste ihren Einzelkindstatus ab und an geschickt einzusetzen. Nicht aus Berechnung, das war nicht Abbis Art, vielmehr aus einer Art Verletztheit. Denn in der Zeit der größten Trauer hatten sich die Eltern nach Abbis Befinden eindeutig zu wenig um sie gekümmert. Zu sehr hatten sie versucht, den nächsten Tag zu überstehen, ohne vor Schmerz zusammenzubrechen. Es war elf Jahre her, dass Rachel ermordet worden war, aber was waren schon elf Jahre, wenn man sein geliebtes Kind verliert. Abbis Mutter hatte seitdem fünfzehn Kilo zugenommen, ihr Vater, ein angesehener Anwalt, Mandanten verloren. Zu wenig konnte er sich auf seine Arbeit konzentrieren, zu viel dachte er an Rachel, seinen Engel. Der Krieg war vorbei, aber nicht die Erinnerung.

Eine Woche vor Kriegsende, 1945, begegnete die sechzehnjährige Rachel am Strand beim Muschelsuchen einem blonden jungen NS-Offizier. Er lag in dieser wunderschönen Bucht im Südosten der Insel, in der Cala Figuera, mit einer bereits geleerten Flasche Rotwein in der Hand. Noah, der seine Tochter auf ihrem Spaziergang begleitete, ging schon etwas voraus, außer Sichtweite um einen Felsen herum, da hörte er plötzlich einen Schuss. Voll böser Ahnungen rannte er zurück, doch er fand nur noch Rachels Leiche vor, blutüberströmt im Sand. Der NS-Offizier hatte bereits das Weite gesucht. Wie ihm ein Mann, der die Tat beobachtet hatte, schockiert berichtete, habe der Nazi das Mädchen gefragt, ob sie Jüdin sei, weil sie jüdisch aussehe. Das Mädchen habe den Offizier daraufhin nur angesehen, aber nicht geantwortet. Ohne mit der Wimper zu zucken, habe der betrunkene Nazi seine Pistole gezückt und das Mädchen erschossen. Noah hatte Abbi und ihrer Mutter nur ein einziges Mal davon erzählt, wie sein Kind dalag, ihr zartes, unschuldiges Gesicht noch blasser als sonst. Der Sand und das immer wieder in kleinen Wellen heranfließende Wasser hatten sich blutrot gefärbt. Seine Schilderung hatte sich in Abbis Hirn eingebrannt, sie bekam diese Bilder einfach nicht mehr aus dem Kopf. Abbi war damals achtzehn Jahre alt und wurde mit einem Schlag erwachsen. Seitdem wusste sie, was möglich war, seitdem wurde sie hellhörig und alarmiert, wenn es Anfeindungen jeglicher Art gab. Und sie hatte sich geschworen, falls sie jemals Opfer von Diskriminierungen werden sollte, sich zur Wehr zu setzen. Denn waren nicht alle Menschen gleich?

Seit jenem schrecklichen Tag mied Abbis Familie diese traumhafte Bucht, als könnte es erneut geschehen.

Abbi bemühte sich die Jahre nach Rachels Tod, den Eltern alles recht zu machen, sie zum Lachen zu bringen. Aber es gelang ihr nicht immer. Sie wollte die Eltern wieder glücklich sehen, und der Laden erschien der jungen Frau in den Fünfzigerjahren als die einzige Möglichkeit, den geschäftstüchtigen geliebten Vater zu beeindrucken. Der wünschte sich zwar in erster Linie einen Ehemann für seine Tochter, aber mit den Männern wollte es bei Abbi nicht klappen. Keinen Ehemann zu haben galt für eine Frau in ihrem Alter bereits als Makel. Aber Abbis Selbstbewusstsein und ihre Eigenständigkeit schreckten die Männer ab. Sie suchten offensichtlich mehr eine Haushaltshilfe als eine Partnerin. Und die selbstsichere Abbi beschwerte sich nicht selten bei ihrer Mutter, dass diese ihren Mann wie einen König hofierte. Wie sie abends hübsch zurechtgemacht mit warmem Essen auf ihn wartete und ihm sogar aus den Schuhen half. Für die junge, rebellische Abbi ein Unding. Und so fand sie sich früh mit ihrem immer näher kommenden Status als »alte Jungfer« ab. Lieber frei und unabhängig, als einen Mann zu bedienen, wurde ihre Devise. Sie wollte all ihre Energie und Kreativität in die Einrichtung und Führung ihres kleinen Ladens stecken, hier, das spürte sie, fühlte sie sich sicher und wohl.

Und so nahm sie nur am Rande Notiz von ihm, von dem blonden jungen Mann mit dem Hut, der sie mit seinen tiefblauen Augen durch die inzwischen blitzblanke Schaufensterscheibe beobachtete. »Sicher ein Tourist«, dachte sie, so blond, wie er war. Ihr gefiel seine zurückhaltende Art. Die mallorquinischen Männer waren meist forscher. Als er die nächsten Tage immer wieder da stand und lächelte, konnte sie sich dem Bann seiner tiefblauen Augen bald nicht mehr entziehen. Sie tat so, als habe sie unglaublich viel zu tun, als sehe sie ihn nicht. In sich hineinlächelnd, sortierte sie getöpferte Tassen, auf denen *Palma de Mallorca* stand. Sie hatte sich ein hübsches Sortiment an Souvenirs zugelegt. Die Nachbarn fanden es seltsam, dass eine so junge, noch unverheiratete Frau einen Laden führte. Touristen dagegen kamen neugierig herein und kauften Mallorca-Souvenirs wie geschnitten Brot. Es wurden täglich mehr

Deutsche, ein paar Schweden, Engländer, aber vor allem Deutsche… Ob er wohl auch Deutscher war? Hoffentlich nicht.

Wieder wagte Abbi einen kurzen Blick zum Schaufenster, und da sah sie, wie er sie schüchtern, mit Grübchen in den Wangen anlächelte. Abbi blickte ihm so direkt in die Augen, musste unwillkürlich ebenfalls lächeln, drehte ihren Kopf aber sofort verschämt zur Seite. Sie spürte ein warmes Gefühl durch ihren Bauch strömen, und das irritierte sie. Sein offenes Lächeln gefiel ihr sogar ausnehmend gut. Er hatte warme, gütige Augen, ähnlich wie ihr Vater, hohe Wangenknochen und eine schlanke Figur, soweit sie das in diesen paar Sekunden erhaschen konnte. Aber sie wusste auch, selbst wenn es ein Schwede oder Finne war, wie das enden würde. Alle jungen Männer wollten nur das eine. Nämlich eine Frau, die ihnen den Haushalt führt, die nicht arbeitet. Wie hatte sie kürzlich in einer Illustrierten gelesen? »Eine Frau hat zwei Lebensfragen: Was soll ich anziehen? Und was soll ich kochen?« Das mochte wohl allgemein so sein – aber nicht mit ihr.

Wieder sah sie zu ihm hinüber, doch er schien wie vom Erdboden verschluckt. »Schade«, ertappte sie sich zu denken und ärgerte sich ein wenig über sich selbst, dass sie ihn nicht noch einmal angelächelt hatte. Sie machte sich daran, ein Päckchen mit Topflappen, auf denen *Mallorca* aufgestickt war, auszupacken.

Ein spanisches Liedchen summend, sah sie sich die Ware an, kontrollierte die Stickerei, die sie bei Freundinnen ihrer Mutter in Auftrag gegeben hatte. Die Frauen hatten gute Arbeit geleistet. Plötzlich ging die Tür auf, die Glocke, die ihr Vater hatte anbringen lassen, ertönte, und vier junge Männer, Mallorquiner in modisch kurzen Jacken, kamen herein und blickten sich verwundert um.

»Na«, sagte einer, der ein halbes Kilo Pomade im Haar

hatte, offenbar der Anführer der Clique. »Wo ist denn der alte Schuster?«

»Der hat sich zur Ruhe gesetzt. Jetzt ist das mein Laden.«

»Dein Laden?« Er lachte auf, sah Abbi abschätzig an, musterte sie von Kopf bis Fuß. »Der Laden einer Frau? So weit kommt es noch, du gehörst hinter den Herd.«

»Ich stehe aber hier, wie du siehst«, entgegnete sie forsch.

»Das ist ja die Schande«, sagte er bedrohlich.

Jetzt erinnerte sie sich, wo sie diesen Typen schon früher gesehen hatte. Er war in ihre Parallelklasse gegangen, hatte sie damals immer schon von ferne angestarrt.

Jetzt grinste er seine Kumpane an. »Der werden wir es schon noch zeigen, was sie zu tun hat, was?« Seine Kumpel lachten.

Fassungslos betrachtete Abbi den Rüpel und sein Gefolge. »Also eines weiß ich«, konterte sie schlagfertig. »ich will später mal nicht von irgendeinem Trottel abhängig sein.«

»Ho, ho, ho«, johlte er. »Was haben wir denn hier für ein wildes Kätzchen.«

Er trat einen Schritt auf Abbi zu, und diese fauchte: »Verlasst sofort meinen Laden!«

»Wieso sollten wir, wir sind Kunden«, grinste er. »Und der Kunde ist König.« Er fuhr sich durch seine schwarzen Haare, sodass die Pomade an seinen Fingern klebte. Sein rechter Eckzahn sah verfault aus. »Oder sollen wir herumerzählen, wie du deine Kunden behandelst? Typisch für euch Pack. Bah!« Er spuckte vor ihr aus. Auf den frisch geputzten Boden ihres schönen Ladens, direkt vor ihre Füße. Abbi kochte innerlich, sammelte ihren Speichel im Mund, um zurückzuspucken. Sie hatte furchtbare Angst und versuchte, es sich nicht anmerken zu lassen. Ihre Hände zitterten, und so schob sie diese unter ihre rotweiß getupfte Schürze und schluckte ihren Speichel hinunter.

»Wenn ihr Kunden seid, dann wollt ihr also etwas kaufen?«, presste sie sauer und provokant hervor. »Nur zu, was hättet ihr denn gerne? Topflappen? Oder kocht Mutti für euch?«

Der Pomadentyp lachte. »So, wie es sich gehört.« Aber statt abzuziehen, kam er zwei weitere Schritte auf Abbi zu. Seine Anhänger grinsten, die Stimme des Anführers klang plötzlich bedrohlich. »Ich will keine Topflappen, ich will was ganz anderes, Chica.«

Abbi wich unwillkürlich einen Schritt zurück, doch das Regal voller Nippes hinter ihr versperrte ihr den Fluchtweg. Ihre Hände tasteten hinter ihren Rücken, sie spürte kaltes Porzellan, Tassen klirrten.

Fieberhaft dachte sie nach, wie sie die Bande loswerden könnte. Da hörte sie die Glocke erneut, und der attraktive blonde Mann mit dem Hut trat sichtlich alarmiert ein.

»Guten Tag, alles in Ordnung? Brauchen Sie Hilfe?«, fragte er in mäßigem Spanisch mit deutschem Akzent, obwohl er doch sah, dass nichts in Ordnung war. Aber vermutlich schien das die beste Taktik. Die Bande sah ihren Anführer fragend an, der sich den Kragen zurechtrückte. »Verpiss dich, Deutscher!«, herrschte er den Blonden an und warf Abbi einen gierigen Blick zu.

»Mäßigen Sie sich!«

Er sah Abbi fragend an.

»Danke, ich komme alleine zurecht, die Herren wollten gerade gehen«, sagte Abbi tapfer.

»Wollten wir?«, fragte der Pomadentyp sein Gefolge, das nichts erwiderte, sondern auf einen Befehl von ihm wartete. Doch er besann sich, da er den wütenden Blick des Deutschen sah. Der krempelte sich die Ärmel hoch, und Abbi nahm rasch einen Besen als Waffe zur Hand.

Pomade grinste Abbi an. »Huh, jetzt kriege ich aber Angst.

Da hast du ja einen tollen Beschützer. Einen deutschen Hanswurst. Der wird dir nichts helfen.« Und damit verließ er, sein Gefolge im Schlepptau, den Laden. Die Glocke bimmelte laut.

Schlagartig fiel die Anspannung von Abbi ab, sie seufzte. Zutiefst dankbar lächelte sie den Fremden an. Sie hatte es auch sofort an seinem schlechten Spanisch erkannt, woher er kam, dazu die blonden Haare. Wieso nur konnte er kein Schwede sein?

»Vielen Dank, so etwas ist mir noch nie passiert. Also nicht so.«

Er nickte lächelnd, und seine warmen Augen strahlten so viel Ruhe und Sicherheit aus. »Und es soll auch nie wieder geschehen.«

»Was wollen Sie dagegen tun«, lachte Abbi auf. »Vor meinem Laden einen Wachposten beziehen?«

Er lächelte wieder dieses unbeschreiblich schöne Lächeln. So herzlich und offen, wie es Abbi noch nie bei einem Mann gesehen hatte.

»Wenn es sein muss, ja.« Wie mutig er war. Für einen Moment schien die Welt stillzustehen. Die beiden sahen sich tief in die Augen, und ein Gefühl von Nähe und Geborgenheit überflutete sie.

»Wie heißen Sie?«, riss er sich aus seinem Bann.

»Abbi. Also, eigentlich Abbigail. Und Sie?«

»Johann. Und ich mag selbstbewusste Frauen.«

4. Kapitel

Mallorca 2016

Aufgewühlt starrte Milla ihre Mutter an. Seit geraumer Zeit saßen sie in der Lobby des Hotels, in dem ihre Mutter eingecheckt hatte. Die zarte Frau wirkte in dem braunen Ledersessel neben dieser großen künstlichen Palme noch kleiner als sonst.

Milla versuchte, das eben Gehörte zu verstehen. Es taten sich plötzlich so viele Fragen auf, doch ehe sie auch nur eine formulieren konnte, stand Sarah abrupt auf. »So, meine Liebe, ich bin müde, das extrem frühe Aufstehen setzt mir zu, ich lege mich hin. Wir haben ja noch ein paar Tage zusammen.«

Milla nickte benommen, blieb, durcheinander, wie sie war, in ihrem braunen Ledersessel zurück und heftete ihren Blick auf die künstliche Palme, auf deren Blättern sich eine feine Schicht Staub abgesetzt hatte. Sie dachte an ihre Großmutter, an die eben gehörte Geschichte. Abbigail schien eine aufgeweckte junge Frau gewesen zu sein, eine sehr fortschrittliche Frau für die konservativen Fünfzigerjahre, in denen die Rolle der Frau vor allem Hausfrau und Mutter bedeutete. Der schreckliche frühe Tod ihrer Schwester Rachel musste für ihre Großmutter ein traumatisches Ereignis gewesen sein. War es möglich, dass sie deshalb so kühl zu ihrer Tochter Sarah gewesen war, wie es Millas Mutter empfunden hatte? Milla glaubte es nicht. Denn allein der Verlust der Schwester ließ eine fröhliche junge Frau nicht gefühlskalt zu ihrem viele Jahre später geborenen Kind werden. Dagegen sprach auch, dass sie sich schließlich Hals über Kopf hatte verlieben können, wie Sarah eben erzählte. In diesen attraktiven Deutschen. Handelte es sich dabei um meinen Großvater, durchfuhr es Milla? Aber nein, sie wusste ja aus Sarahs früheren Erzählungen, dass er Spanier war und Baruch hieß. Diesen seltsamen Namen hatte sie sich gemerkt.

Nachdenklich stand Milla auf. Wenigstens fühlte sie sich ihrer Großmutter nun schon ein winziges Stückchen näher. Sie wusste jetzt, dass sie eine selbstbewusste Frau gewesen sein musste. Denn als Frau in den Fünfzigerjahren einen Laden aufzumachen war auch auf Mallorca sicher nicht gerade üblich gewesen, ähnlich wie damals in Deutschland. In einer Zeit, in der die meisten Frauen sich um Küche, Kinder und den Ehemann kümmerten. Wie schrecklich, dachte Milla, das wäre so gar nicht meins. Wie froh sie wieder einmal war, im Hier und Jetzt zu leben.

Eine Horde englischsprachiger Touristen mit dicken Bäuchen und Bierdosen strömte in die Lobby. Milla roch die Bierfahnen, gemischt mit Schweißgeruch, und sie quetschte sich schnell an ihnen vorbei in Richtung Ausgang und trat vor das Hotel, wo sie tief einatmete. Endlich wieder frische Luft. Sie atmete erneut ein und sah sich schließlich nach ihrem Auto um. So ein Mist. Wo in diesen verwinkelten Gassen hatte sie nur ihren Wagen abgestellt? Sie konnte sich partout nicht mehr daran erinnern. Da drüben? Nein, der hatte ein anderes Kennzeichen. War er vielleicht bereits abgeschleppt worden? Millas Orientierungssinn glich dem eines tapsigen Maulwurfs bei Tage. Wieso nur hatte sie sich nicht den Namen der Straße gemerkt oder den Parkplatz mit dem Handy abfotografiert wie sonst immer?

Leicht panisch irrte sie in den Gassen Palmas umher und versuchte, sich an einen Straßennamen zu erinnern. Doch alles sah irgendwie ähnlich aus. Nach ein paar Minuten stand sie plötzlich vor einem Straßenschild: *Calle Montesión*. Irgendwoher kannte sie doch diese Straße. Natürlich! Aus dem Brief ihrer Großmutter! Hier irgendwo musste ihr Laden sein, der Souvenirladen, den sie geerbt hatte. Aufgeregt betrachtete Milla die verschiedenen kleinen Geschäfte und wühlte dabei in ihrer Handtasche nach dem Brief. Sie zog ihn heraus und vergewisserte sich. Tatsächlich. In der Calle Montesión 53.

Schnell ging sie die Gasse entlang, der Nummer 53 entgegen. Und stand plötzlich davor. Ihr Herz raste. Der Laden ihrer Großmutter. Ihr Vermächtnis. Und wieder war es für einen Moment da, dieses unsichtbare Familienband, das sie zu halten schien.

Die Schaufensterscheibe war offenbar schon länger nicht mehr geputzt worden. Seitlich rankten rot blühende Kletterpflanzen empor und gaben dem Ganzen ein charmantes, freundliches Gesicht. Ihre Großmutter hatte lange in einem Seniorenheim gewohnt, wie ihr der Notar Aaron Birnbaum erklärt hatte. Offenbar hatte sich während dieser Zeit keiner um den Laden gekümmert.

Die Läden rechts und links dagegen sahen tipptopp und hochmodern aus, Touristen strömten hinein und hinaus. Rechts befand sich ein *Coffee and Books*-Shop, links einer mit mallorquinischen Spezialitäten. Köstlich. Milla liebte die mallorquinische Küche.

Sie trat einen Schritt näher auf das Schaufenster zu und versuchte, einen Blick durch die verstaubte Scheibe zu erhaschen, hinter der ein vergilbtes Papier mit krakeliger Schrift klebte.

Auf Spanisch stand da: *Wegen Krankheit geschlossen.* Sonst konnte Milla nicht viel sehen. Großmutter schien wirklich schon länger in diesem Seniorenheim gewesen zu sein. Was für eine Vorstellung, dachte Milla. Am Ende eines Lebens allein in einem Heim zu sitzen, ohne einmal Besuch zu bekommen von der einzigen Tochter und der Enkelin. Hoffentlich hatte sie viele Freunde gehabt, aber auch die konnten Familie nicht ersetzen. Milla spürte, wie ihr ganz weh im Herzen wurde. Sie konnte es wieder einmal nicht verstehen, wieso ihre Mutter den Kontakt so ganz hatte abbrechen lassen. Was war damals nur vorgefallen?

Entschlossen kramte Milla in ihrer Handtasche nach dem Schlüssel des Ladens, den ihr Aaron Birnbaum ausgehändigt hatte. Oh nein, das durfte doch nicht wahr sein. Milla fand ihn nicht, und ihr dämmerte, dass sie ihn zu Hause in Berlin auf dem Küchentisch vergessen hatte. Hektisch wühlte sie weiter in ihrer Handtasche, in der sich wie immer viel zu viel unnützes Zeug befand. Ihre Hände ertasteten ihre Handcreme, ihr Schminktäschchen, einen Kaugummi, einen bereits weichen, angeschmolzenen Schokoriegel, zwei Tampons, einen Lippenstift. Sie sah sich verzweifelt um, kniete sich nieder und schüttete den Inhalt ihrer Tasche auf dem Boden aus. Ein paar Touristen beobachteten sie grinsend, eine Frau lächelte verständnisvoll. Doch der Schlüssel blieb verschwunden.

Fieberhaft dachte Milla nach, was sie nun tun sollte. Ihr Blick fiel auf einen langen, rostigen Nagel, der in einer Ecke lag. Schnell räumte sie wieder alles in ihre Handtasche, stand auf und sah sich das Schloss der Tür an. Es war ein verschnörkeltes altes Schloss, wie man es aus Gespensterfilmen kennt. Milla zögerte, aber es blieb ihr keine andere Wahl. Und immerhin war sie ja die rechtmäßige Besitzerin des Ladens, redete sie sich gut zu. Unsicher nahm sie den rostigen Nagel auf und stocherte damit im Schloss herum. Es knackte, und Milla wurde mutiger. Sie versuchte es erneut, doch gerade als das Schloss aufsprang, wurde sie von einer kräftigen Hand von hinten an der Schulter gepackt und herumgerissen.

Verblüfft starrte sie in die dunklen Augen eines etwa vierzigjährigen Mallorquiners, der aufgebracht in schnellem Spanisch auf sie einredete. Er hielt sie eindeutig für eine Einbrecherin und drohte damit, die Polizei zu rufen. Ein paar Passanten, Touristen und Einheimische, blieben sensationslüstern stehen.

In ihrem nicht ganz perfekten Spanisch versuchte Milla, ihn zu beruhigen und ihm klarzumachen, dass es sich nur um ein dummes Missverständnis handelte. Dass sie nicht einbrechen wollte, sondern den Schlüssel für den Laden zu Hause in Deutschland vergessen hatte. Die Passanten gingen unbefriedigt weiter. Skeptisch ließ der Mann von ihr ab. Erst jetzt registrierte Milla, dass er ein schönes, feines Gesicht hatte und dunkle, verwegen in die Stirn fallende Haare.

»Aus Deutschland kommen Sie?«, fragte er in recht gutem Deutsch. Vermutlich sprach hier in Palma fast jeder Deutsch.

Sie nickte etwas angesäuert, ihre Schulter schmerzte. Was bildete sich dieser Typ eigentlich ein? »Ja, komme ich. Und ich bin die Besitzerin des Ladens.«

»Sie? Die Besitzerin des Ladens? Das kann ja jede behaupten.«

»Ich bin aber nicht jede!«, konterte Milla sofort.

Ahnungsvoll betrachtete er sie. »Das habe ich mir schon fast gedacht, dass sich irgendwann irgendwelche ominösen Erben melden, die sich nie um Señora Fuster gekümmert haben.«

Verletzt sah sie ihn an. »Ich habe sie ja noch nicht einmal gekannt.«

»Sage ich doch. Familie ist euch nicht mehr wichtig. Aber wenn es ans Erben geht, dann kommt ihr.«

Das hatte getroffen. »Was wissen Sie schon?«, versuchte sich Milla zu verteidigen. »Ich hätte meine Großmutter sehr gerne kennengelernt. Ich habe aber erst von einem Notar erfahren, dass sie bis vor Kurzem noch lebte.«

Ungläubig und stirnrunzelnd wandte er sich von ihr ab, ging ein paar Schritte in Richtung des *Coffee and Books*. Dann besann er sich offensichtlich und wandte sich noch einmal zu ihr um. »Hat Ihnen der Notar auch gesagt, dass es schon einen Interessenten für den Laden gibt?«

»Ja, das hat er.«

Er deutete auf den *Coffee and Books*. »Das ist mein Laden, und den von Señora Fuster möchte ich dazukaufen und die Wand durchbrechen. Ein gutes Angebot habe ich Ihnen bereits gemacht.«

»Ach ja?«, entgegnete Milla und dachte an Pauls Worte, sich ja nicht über den Tisch ziehen zu lassen. »Ich werde mich erkundigen, ob es gut ist.«

Verblüfft starrte er sie an, nickte nur grüßend und ging zurück in seinen Laden, aus dem ihr ein köstlicher Kaffeeduft entgegenströmte.

Na wunderbar. Hätte sie nicht etwas netter sein können, schalt sie sich innerlich. Immerhin war er der Ladennachbar, und sicher kannte er Großmutter zumindest ein wenig. Milla atmete durch. Das Herz schlug ihr seltsamerweise bis zum Hals. Wie gerne hätte sie jetzt einen Kaffee. Aber in seinen Laden wollte sie jetzt auch nicht gehen.

Milla sah auf die Tür des Ladens ihrer Großmutter, die nun offen stand. Als Einbrecherin schien sie gar nicht so schlecht zu sein. Falls es mit der Goldschmiedekunst einmal nichts werden würde, hatte sie nun eine neue Option.

Neugierig schob Milla die Tür auf. Ein modriger Geruch und abgestandene Luft schlugen ihr entgegen. Vorsichtig trat sie hinein und sah sich fasziniert und ergriffen um. Die verstaubten Regale stammten vermutlich noch aus den Fünfzigern, mallorcatypische Souvenirs standen ordentlich angeordnet darin. Eine alte Kasse zierte einen Tresen, der mit mallorquinischen Kacheln verziert worden war. Alles wirkte etwas altertümlich, aber liebevoll eingerichtet. Eine Kaffeemaschine stand in einer Ecke, ein altes Filtermodell.

Das war er also, der Rückzugs- und Zufluchtsort ihrer Großmutter, seit diese ein junges Mädchen gewesen war.

Milla stand gerade mit dem Rücken zur Tür, als es hinter ihr knarzte. Erschrocken drehte sie sich um. Herein lugte eine alte, kleine Frau, die sich auf Spanisch entschuldigte und sofort den Rückzug antrat.

Schnell eilte Milla ihr nach und rief sie auf Spanisch zurück. »Warten Sie, bitte warten Sie.«

Die Alte hielt inne. Sie trug einen grauschwarzen Dutt, war schwarz gekleidet wie eine Witwe, hatte einen kleinen Buckel und hielt in der Hand einen Stock.

Milla lächelte sie an. »Kannten Sie vielleicht die Besitzerin des Ladens?«

Die Alte blickte sie mit unruhigen, skeptischen Augen an. Dann nickte sie. »Abbigail, Gott hab sie selig.«

Milla nickte betreten. »Ich bin ihre Enkelin, aus Deutschland.«

Erschrocken sah die Alte sie an. »Aus Deutschland?« Sie kam herein und schloss die Tür.

»Ja, ich wusste leider all die Jahre nicht, dass meine Großmutter noch lebte, und würde so gerne ganz viel über sie erfahren. Vielleicht können Sie mir da ein wenig helfen?« Die Alte zögerte misstrauisch, wiegte den Kopf. Schnell fügte Milla hinzu. »Darf ich Ihnen einen Kaffee anbieten?« Noch ehe sie den Satz zu Ende gesprochen hatte, wurde ihr klar, dass es hier im Laden ganz sicher kein frisches Kaffeepulver gab.

»Also gut«, sagte die Alte. »Nebenan bei Leandro schmeckt der Kaffee am besten.«

Milla glaubte ihren Ohren nicht zu trauen. Was hatte sie sich da eingebrockt? Aber Nein sagen konnte sie auch nicht, denn dann würde sie nie etwas über ihre Großmutter erfahren.

»Ist das so? Ich bin aber gerade etwas … mit ihm aneinandergeraten.« Sie trug mal wieder ihr Herz auf der Zunge.

Die Frau lächelte. »Das wundert mich nicht. Leandro ist ein sehr emotionaler Mann. Also wenn ich noch einmal jung wäre, mir würde er gefallen«, grinste sie. »Große Gefühle, Leidenschaft, Romantik pur, das ist Leandro, und das ist es doch auch, was wir Frauen wollen, oder nicht?« Verblüfft starrte Milla diese alte Frau an. »Kommen Sie, er beißt nicht. Ich lade Sie ein.«

Widerstrebend, aber viel zu perplex, um Nein sagen zu können, stimmte Milla zu. Die Alte nickte zufrieden und ging an ihrem Stock hinaus. Milla folgte der alten Frau mit einem Anflug von Unbehagen in den Laden nebenan.

Sobald sie das *Coffee and Books* betreten hatten, durchströmte sie aber ein wohliges Gefühl. Ob es an dem köstlichen Kaffee- und Kuchenaroma lag oder der gemütlichen, heimeligen Atmosphäre, Milla wusste es nicht zu benennen. Irritiert über dieses Gefühl, sah sie sich um. Er hatte offenbar wirklich Geschmack – oder eine gute Innenarchitektin. Plüschige Sofas luden sowohl zum Lesen als auch zum Kaffeetrinken ein, es lief ruhige, angenehme spanische Musik. Ein paar junge Touristen schlürften einen Café con leche, sahen sich einen Stadtplan von Palma an oder lasen. Alle Tischchen waren belegt. Es gab sogar E-Book-Reader zum Leihen. Ein tolles Konzept, das offensichtlich ankam. Kein Wunder, dass er expandieren wollte.

Milla hatte ihn noch nicht entdeckt und war sehr froh darüber.

»Tja, kein Tisch mehr frei, kommen Sie, wir finden sicher noch ein anderes Café«, versuchte sie, die Alte hier wegzulotsen.

Doch die schüttelte stur den Kopf. Denn gerade stand ein Pärchen auf, und die Alte steuerte auf dessen Plätze zu. »Hier gibt es den besten mallorquinischen Mandelkuchen.«

Milla folgte ihr ergeben. Im selben Moment kam Leandro aus der Küche, sah Milla und die Alte und ging lächelnd auf die beiden zu. Er trug Bluejeans, ein schwarzes T-Shirt, schöne schwarze Schuhe, was Milla erst jetzt alles registrierte.

Freundlich begrüßte er die Alte mit Küsschen rechts und links und wandte sich Milla zu. »Guten Tag.«

»Guten Tag.« Milla schoss die Röte in die Wangen. Schnell verschanzte sie sich hinter der Getränkekarte. Die Alte bestellte einen Kaffee und einen Mandelkuchen. Milla murmelte ein »Nehme ich auch.«

Leandro nickte lächelnd, ging zur Theke zurück und beobachtete Milla neugierig, während er die Bestellung an eine Kellnerin weitergab. Milla versuchte, seinen Blick zu ignorieren, und wandte sich der alten Frau zu, die jetzt in ihrem Sessel saß und sich auf Kaffee und Kuchen freute. Ihre Miene wirkte nun deutlich entspannter.

»Sie glauben gar nicht, wie froh ich bin, jemanden getroffen zu haben, der meine Großmutter kannte. Ich heiße übrigens Milla Stendal, der Mädchenname meiner Mutter ist Fuster.«

Die Alte nickte. »Ich weiß. Ich heiße Eli.«

»Eli. Was wissen Sie noch, ich meine …« Milla suchte nach Worten. Wo sollte sie anfangen, ohne die Frau zu verschrecken? »Erzählen Sie mir bitte von ihr.« Alles konnte sie auf eine Spur bringen, alles.

Die junge Kellnerin brachte Kaffee und Kuchen, und Eli aß und trank und erzählte davon, dass Abbigail ihre beste Freundin gewesen war. »Haben Sie eine beste Freundin?«, fragte die alte Frau Milla.

»Ja, die habe ich. Tine heißt sie.« Und als sie das sagte, durchströmte sie wieder ein wohliges Gefühl.

»Na, dann wissen Sie ja, wie wichtig eine beste Freundin ist.«

»Allerdings.« Milla nickte lächelnd, wusste aber nicht so recht, worauf Eli hinauswollte.

»Abbigail und ich, wir waren jung und schön ...«, sinnierte Eli vor sich hin. Milla starrte auf ihr schlechtes Gebiss und den feinen Damenbart, der ihre Oberlippe zierte. »Was sehen Sie mich so an? Ich war in den Fünfzigern wirklich schlank und schön«, sagte die alte Eli und grinste schelmisch.

Milla hatte zwar große Mühe, in der alten Frau mit dem Buckel eine junge, hübsche Eli zu sehen, doch sie bestätigte sofort, dass sie ihr das durchaus glaube. Was das Leben nur aus den Menschen macht?

Eli begann, wie es ältere Leute manchmal tun, von belanglosen Ereignissen aus ihrer Vergangenheit zu erzählen, die nichts mit Millas Großmutter zu tun hatten. Milla hörte anfangs geduldig zu, dann insistierte sie, mehr über Abbigail zu erfahren. Doch Eli hatte den Mandelkuchen, der wirklich köstlich schmeckte, verspeist und ihren Kaffee ausgetrunken. Sie stand mühevoll auf, gestützt auf ihren Stock.

»Sie wollen hoffentlich nicht schon gehen?«

»Ich kann das nicht, über damals reden«, flüsterte Eli nur leise und schüttelte den Kopf.

Milla seufzte. Was wusste Eli, was konnte sie nicht erzählen? Sie versuchte, Eli zu überreden, etwas länger zu bleiben, doch Eli wehrte ab. Die Erinnerung an damals wühlte sie zu sehr auf. Vielleicht, wenn sie eine Nacht darüber geschlafen habe, könne man sich morgen treffen. »Sie sind ja noch ein paar Tage da.« Eli schrieb Milla ihre Telefonnummer auf einen Zettel und ging an ihrem Stock hinaus.

Enttäuscht sah Milla ihr hinterher. Dann registrierte sie Leandro, der gerade bei einer hübschen blonden Touristin abkassierte. Flirtete er mit ihr, oder war es wieder nur Millas Sichtweise? Milla dachte an Paul, spürte, dass sie ihn vermisste und wie sehr sie hoffte, dass ihre Eifersucht völlig unbegründet war. Sie musste es herausfinden, zurück in Berlin.

Milla ging zum Tresen, um bei der jungen Bedienung zu bezahlen. Doch Leandro stand plötzlich neben ihr, sah sie forschend an. »Eli redet nur Unsinn.«

»Was?« Irritiert blickte sie ihn an. Was wusste er?

»Sie wollen zahlen?«, lenkte er plötzlich ab.

»Ja.« Sie wühlte in ihrem Portemonnaie, und ihre Finger zitterten.

»Vierzehn Euro bitte.«

Sie drückte ihm einen Zehner und einen Fünfer in die Hand. »Stimmt so.« Ihre Hände berührten sich. Rasch zog sie ihre zurück, sah ihm noch mal in sein schönes Gesicht, das so viel Ruhe ausstrahlte, drehte sich um und ging.

* * *

Müde und durcheinander lag Milla in ihrem kleinen Zimmer auf dem schmalen Bett in ihrer Pension und starrte an das Bild an der Wand gegenüber. Es zeigte eine typisch mallorquinische Landschaft, weiß und rosa blühende Mandelbäume, darunter ein Liebespaar, Hand in Hand, mit dem Rücken zum Betrachter.

Sie dachte an Paul, an dessen Hand, die sie morgens im

Bett immer nahm und spürte. Sie vermisste ihn, oder nur den Halt? Einiges hatte Milla heute über ihre Familie erfahren, aber noch nichts, was sie wirklich weiterbrachte, was sie ahnen ließ, warum ihr Verhältnis zu ihrer Mutter so seltsam war.

Milla nahm ihr Smartphone, machte ein Selfi, auf dem sie müde und grauenhaft aussah, und überlegte, ob sie es Paul trotzdem schicken sollte. Dann sah sie auf das Gemälde an der Wand, fotografierte dieses und sandte ihm das Bild. »Wir beide«, schrieb sie darunter.

Es kam keine Antwort. Wo steckte der Kerl nur wieder? Normalerweise reagierte er sofort. Milla versuchte, ihre wieder aufkommenden eifersüchtigen Gedanken im Keim zu ersticken, sie dachte an den anstrengenden Tag, an Leandro. Der so anders zu sein schien als Paul. Paul war immer locker drauf, mit großen Gefühlen und Romantik konnte er nicht viel anfangen. Er liebte das Leben lässig und leicht. Leandro dagegen wirkte viel ernster. Ob er wohl treu sein konnte? Und Paul?

Dass dieser Leandro so eine seltsame Anziehung auf sie ausübte, dass sie überhaupt über ihn nachdachte, irritierte Milla zutiefst. Denn sie liebte doch Paul, oder war sie nicht fähig zu diesem Gefühl? Wie war es möglich, auch nur einen Gedanken an einen anderen Mann zu verschwenden, wenn man wirklich liebte? Sie dachte an Großmutters Brief, dass sie sich für den Richtigen entscheiden sollte, und ein kühler Schauer durchlief ihren Körper.

Milla stand unruhig auf, inspizierte den brummenden alten Kühlschrank, der natürlich leer war, keine Minibar. Sie erinnerte sich an einen Müsliriegel in ihrer Handtasche, nahm ihn heraus und biss hungrig hinein. Kein Vergleich zu dem köstlichen Mandelkuchen. Aber Milla hatte vergessen, sich noch etwas zum Abendbrot zu besorgen, und ihre Beine trugen sie heute keinen Meter mehr. Erschöpft und kauend ließ sie sich wieder auf ihrem Bett nieder. Sie dachte an Mandelkuchen, an Leandro. Er wollte ihren Laden, aber sie war sich plötzlich überhaupt nicht mehr sicher. Sollte sie ihn wirklich verkaufen? Den geliebten Laden ihrer Großmutter?

Da erhielt sie plötzlich eine WhatsApp von Paul. »Hi Süße, war gerade joggen. Hübsches Bild. Alles cool bei dir?«

Sie überlegte. Joggen. So, so. Dann tippte sie. »Geht so. Anstrengender Tag. Vermisst du mich?«

»Klar. Und du mich?«

Sie hielt kurz inne. »Auch. Gute Nacht.« Plötzlich hatte sie keine Lust mehr, ihm von heute, von Großmutter zu erzählen. Als wollte sie ihre Geschichte, die Geschichte ihrer Großmutter, für sich behalten. Seltsam. Sie fühlte sich plötzlich wie eine Verbündete, eine gute Freundin von Abbi, die ein Geheimnis bewahren musste. Ein Geheimnis, das sie nicht kannte. Noch nicht.

Milla beschloss, Eli gleich morgen früh anzurufen. Schließlich ging ihr Flieger in drei Tagen, bis dahin musste sie unbedingt mehr wissen, über ihre Familie, über sich.

* * *

Am nächsten Morgen wachte Milla auf, da ihr die Strahlen der mallorquinischen Sonne an der Nase kitzelten. Oh mein Gott, bereits halb elf? So lange hatte sie schon ewig nicht mehr geschlafen. Das Frühstück hatte sie verpasst, und Milla beschloss, sich unterwegs Ensaïmadas zu holen, ein typisch mallorquinisches Gebäck.

Sie machte sich fertig und wählte Elis Nummer. Doch es ging keiner ran, nicht einmal ein Anrufbeantworter. Verdammt. Wieso hatte sie sich nicht auch noch ihre Adresse geben lassen? Oder gleich etwas ausgemacht? Vielleicht hörte die alte Frau das Telefon nicht oder war heute den ganzen Tag außer Haus? Milla ärgerte sich über sich selbst und überlegte fieberhaft, was sie nun tun sollte. Die Zeit rannte ihr davon, sie hatte niemanden mehr, den sie über ihre Großmutter befragen könnte. Leandro wusste über die Zeit damals, als ihre Mutter ein kleines Mädchen oder ein Teenager gewesen war, sicher nichts. Außerdem wollte sie ihm besser aus dem Weg gehen. Milla traute ihren Gefühlen nicht mehr, sie wollte ihre Beziehung mit Paul nicht infrage stellen. Sie versuchte, ihre Gedanken auf ihr weiteres Vorgehen hier in Palma zu lenken. Sie musste ihre Mutter treffen, sie nach Eli befragen.

* * *

Milla saß mit ihrer Mutter Sarah auf der Plaza Major in der Sonne in einem Café und biss in ihr Tostado.

»Und? Hast du jemanden Interessantes kennengelernt?«, fragte Sarah nach.

Wie konnte sie von Leandro wissen?, durchfuhr es Milla. »Wie meinst du das?«, vergewisserte sie sich irritiert.

»Na, jemanden, den du nach deiner Großmutter befragen kannst. Wie denn sonst? Deshalb bist du doch hier?«

Ach, das meinte sie. Milla nickte, blickte sie aufgeregt an. »Ja, eine Eli, sie ist zufällig in den Souvenirladen gekommen, eine frühere Freundin von Großmutter. Sagt dir der Name etwas?«

Sarah kniff die Augen zusammen, kaute auf ihrem Tostado, als handele es sich um eine Schuhsohle, die es zu zerkleinern galt. »Nie gehört.«

In dem Moment kam der spanische Ober und servierte die bestellten zwei Gläser Mineralwasser. Er roch nach billigem Aftershave, lächelte die Frauen an, als handelte es sich bei ihnen um Touristinnen auf der Suche nach ein bisschen Sonne und Spaß.

Als er wieder in die Bar zurückging, versuchte es Milla erneut. »Sie war anscheinend lange die beste Freundin von Großmutter. Du kennst sie sicher.«

Sarah sah auf, und ihrem Blick nach zu urteilen, kannte sie Eli durchaus, doch sie schüttelte den Kopf. »Nein. Ich kenne sie nicht.«

»Mom, was soll das? Ich sehe es dir doch an!«

Sarah trank sichtlich erregt einen Schluck Mineralwasser, suchte nach Worten, fing schließlich stockend an: »Deine Großmutter … sie hatte lange keinen Kontakt mehr zu Eli. Eli weiß nichts, nichts.«

Milla horchte auf. Was wusste sie nicht? Sie versuchte, ruhig zu bleiben. »Was wusste sie nicht, Mom?«

Sarah machte eine wegwischende Handbewegung. »Ach. Wieso meine Mutter so war. Zu mir, ihrem Kind.«

»Woher willst du das wissen?«

»Ich denke es mir eben.«

Was sollte das? Milla wurde das Gefühl nicht los, dass ihre Mutter etwas vor ihr verheimlichen wollte. »Und wieso hatte Großmutter keinen Kontakt mehr zu ihrer besten Freundin?«

»Das weiß ich doch nicht.«

»Mom. Mit einer langjährigen besten Freundin bricht man nicht einfach so.« Milla dachte an Tine und daran, dass sie nichts auseinanderbringen konnte, nichts auf der Welt. Das hoffte sie zumindest.

»Milla. Was ist, wenn du herausbekommst, dass deine Großmutter einfach ein herzloser, böser Mensch war, von Geburt an?«

Milla schluckte. »Das ist keiner. Und das war sie nicht.« Aber was, wenn sie sich irrte?

»Was macht dich da so sicher?«

»Ihr Brief. Er klang so anders. Herzlich und liebevoll, Mom.« Milla kam es so vor, als sprächen sie von zwei völlig verschiedenen Menschen. Wieso nur? Sie merkte, dass sie bei ihrer Mutter nicht weiterkam. »Weißt du, wie sie mit Nachnamen heißt? Ich meine Eli. Ich muss herausfinden, wo sie wohnt. Sie geht nicht an ihr Telefon.«

Sarah zögerte. »Soweit ich mich erinnere... doch, ich komme noch drauf...« Sarah strengte sich sichtlich an, doch es fiel ihr im Moment nicht ein. »Sollen wir so lange zusammen zum Strand? Wir beide?«, fragte ihre Mutter plötzlich und lächelte Milla aufmunternd an. Es war recht warm geworden, für Ende Februar erstaunlich warm. »Ein ganz besonderer Frühling«, dachte Milla, »in jeder Beziehung.«

»Bitte, komm mit mir zum Strand«, sagte ihre Mutter. »Wir haben einiges nachzuholen. Und der Stadtstrand, der Can Pere Antoni, soll sich ziemlich gewandelt haben. Elis Nachname fällt mir bestimmt noch ein.«

Es war ein nettes Angebot, und augenblicklich wurde Milla etwas wärmer ums Herz. »Inwiefern soll sich der Strand denn gewandelt haben?«

»Früher nannte man ihn den Playa der kleinen Leute, aber jetzt wird er immer schicker. Habe ich gelesen. Und man kann zu Fuß hin, ohne Parkplatzsuche.«

»Na dann.« Milla lächelte ihre Mutter an. Sie hatte gerade zwar keinen Kopf für schicke Strände, aber sie freute sich, dass ihre Mutter diesen Vorschlag machte. Und vielleicht fiele ihr der Name ja dort noch ein. Sie konnte ja auch am Strand mit dem Handy nach Elis Adresse googeln.

»Na gut. Aber nicht sehr lange, ich will nachher noch mal in den Laden.« Ihr war eingefallen, dass sie besser ein Vorhängeschloss anbringen sollte, damit nichts geplündert wurde. Hoffentlich würde sie dabei nicht Leandro begegnen.

Milla stand auf und musste plötzlich insgeheim lächeln. Denn sie merkte, dass es ihr mit Leandro ähnlich ging wie ihrer Großmutter, der jungen Abbi, damals mit Johann. Sie versuchten beide, sich von diesen Männern, die ihnen nicht gutzutun schienen, zu distanzieren.

Der Can Pere Antoni wurde bevölkert von Touristen und Einheimischen unterschiedlichster Couleur, die sich nach einem anstrengenden Stadttag Erholung am Strand erhofften. Milla und Sarah liefen mit nackten Füßen durch den kühlen Sand. Auf dem Meer zog gerade eine millionenschwere weiße Jacht vorbei, aus dem mondänen *Nassau Beach Club* drang chillige Musik herüber. Milla zog der Duft von frisch gebratenen Riesengarnelen in die Nase, die es in einem Lokal an der Uferpromenade gab. »Mmh, köstlich, da gehen wir mal hin.«

Sarah lächelte, das erste Mal, seit sie sich auf dieser Insel befanden. »Wenn du willst.«

Milla war, seit sie sechzehn Jahre alt war, nicht mehr mit ihrer Mutter im Urlaub gewesen, und jetzt – mit sechsunddreißig – fing es an, ihr wieder zu gefallen. Ihr Blick fiel auf eine achtstöckige Luxusapartmentanlage von fragwürdiger Ästhetik. Wie schön es bestimmt in den Fünfzigern hier noch ausgesehen hatte, dachte sie und grub ihre nackten Zehen in den Sand. Er fühlte sich weich und kühl an. Ein kleiner Käfer trat die Flucht an. Der Strand taugte wirklich nur für eine kleine Erholung vom Sightseeing. Aber dafür war er nicht schlecht. Wenn Milla im Sommer hätte baden wollen, gäbe es so viel schönere Strände auf der Insel.

Milla ging mit ihren nackten Füßen zum Meer, krempelte die Jeans noch etwas weiter hoch. Herrlich, dieses kühle Nass. In Berlin gab es kein Meer, und die Luft war zu dieser Jahreszeit noch um einiges kühler. Milla schloss die Augen, spürte das Wasser an ihren nackten Füßen und entspannte einen Moment. Aber so richtig gelang es ihr nicht. Die Zeit saß ihr im Nacken, in drei Tagen ging ihr Flieger.

»Jetzt hab ich's!«, rief Sarah zu ihr herüber. »Es ist mir wieder eingefallen, wie Eli heißt.«

»Und wie?« Milla eilte zu ihr.

»Pomar. Glaube ich zumindest.«

»Danke, Mom.«

Milla versuchte sofort, per Smartphone im Internet zu googeln. Doch der Empfangsbalken sah klein aus, die Internetverbindung ruckelte. Ständig verschwand das Netz. Enttäuscht sah sie auf ihr Handy. Wieso konnte das denn jetzt nicht einfach klappen? Irgendjemand schien sich gegen sie verschworen zu haben. Sie steckte ihr Handy ein.

»Die Internetverbindung ist sehr schlecht hier, ich gehe. Kommst du mit?«

»Wohin?«

»Erst einmal zu Großmutters Laden. Da komme ich vielleicht ins WLAN von dem Café nebenan.«

»Oh nein.« Sarah schüttelte schnell den Kopf, die Erwähnung des Ladens schien irgendetwas in ihr auszulösen. Nur was?

Milla sah ihre Mutter einfühlsam an. »Mom, bitte hilf mir. Ich spüre doch, dass du etwas weißt und dass Eli irgendwas vor mir verheimlicht.«

Sarah starrte sie an, rang sichtlich mit sich. Dann brach es aus ihr hervor. »Du kennst sie wirklich nicht, die besondere Geschichte Mallorcas?«

Fieberhaft dachte Milla nach, ob sie in einem Reiseführer jemals irgendetwas in dieser Richtung gelesen hatte. Aber außer den Empfehlungen, wo die schönsten Strände lagen, schlug sie darin meistens nicht viel nach. Es fiel ihr nichts ein. »Nein, bitte erzähl sie mir.«

Sarah atmete durch. »Also gut, du wirst sie ja eh bald erfahren. Diese besondere Geschichte Mallorcas geht weit zurück. Bis ins 15. Jahrhundert. Damals, zur Zeit der Inquisition, wurden Juden vielerorts gezwungen, Katholiken zu werden. Und weil Mallorca eine Insel ist, wusste man einfach, welche Familie von Juden abstammte. Sie wurden Xuetes genannt. Es hieß wohl ursprünglich ›Schweine‹.«

Fassungslos starrte Milla ihre Mutter an. »Schweine?«

»Sie nannten sich lange selbst nicht Xuetes, erst seit den Siebzigern ungefähr, ganz provokativ und selbstbewusst. Sie wurden lange angefeindet, diskriminiert, angespuckt. Hier auf Mallorca, auf dieser Insel, gab es kein Entkommen, nicht einmal Mitte des 20. Jahrhunderts! Deshalb wurde deine Großmutter in ihrem Laden bedroht. Weil wir jüdische Wurzeln haben.«

»Wir? Unsere Familie auch?«

»Ja, wir sind Nachkommen zwangskonvertierter Juden. Und die Gesellschaft in Mallorca hat es bis in die Fünfzigerjahre nicht erlaubt, dass ein Xueta einen Nichtxueta heiratet. Für uns spielt das alles aber keine Rolle mehr, Milla.«

Milla versuchte, das eben Gehörte zu verarbeiten. Spielte es wirklich keine Rolle mehr? So schnell konnte sie das alles nicht einschätzen. Aber sie verstand nun, warum die junge Abbigail sich auf diesen Johann, in den sie sich verliebt hatte, auf keinen Fall hatte einlassen dürfen. Wie schrecklich.

5. Kapitel

Mallorca 1956

Abbi wohnte noch bei ihren Eltern, wie es sich für eine unverheiratete junge Frau gehörte. Sie liebte die Wohnung mitten in Palma, die Noah nach Rachels Tod gekauft hatte. Zu viel in ihrem Haus am Stadtrand hatte an sie erinnert. An ihr glockenhelles Lachen, an ihre bunten Haarbänder, die sie gern draußen im Garten löste und dann irgendwo liegen ließ oder in Büsche knotete.

Abbi liebte die Dachterrasse der Wohnung, auf der man die Abende bei einer selbst gemachten Limonade genießen konnte. Hier wuchsen die Pfefferminzblätter, die den Geschmack ihrer Limonade krönten.

Ihre Eltern zogen sich beide gerne in die Wohnung zurück, aber Abbi ging jeden Abend kurz vorm Zubettgehen hinauf, um den großen, weiten Sternenhimmel zu betrachten. Hier lag ihr die Welt offen, hier verspürte sie diese Sehnsucht, dass es noch mehr im Leben geben musste als das, was Noah und Esther ihr vorlebten.

Heute wirkten die Sterne noch heller als sonst, zumindest kam es Abbi so vor. Sie dachte aufgeregt an die Begegnung mit dem gut aussehenden Deutschen heute Mittag, und ihr Herz flatterte, auch wenn sie es sich verbat. Ein Deutscher. Ihr Vater würde durchdrehen! Sie hatte ihren Eltern beim Abendessen nichts von dem Vorfall mit der Bande und der Drohung des Anführers erzählt. Das Herz ihrer Mutter war schwach, und sie liebte ihre Eltern sehr.

Esther hatte Eintopf mit harten Eiern gekocht. Als Nachtisch gab es Mandelplätzchen. Abbi schrieb heimlich an einem Kochbuch, für das sie Rezepte mit Mandeln sammelte. Sie fragte ihre Mutter immer möglichst unauffällig nach ihren Rezepten, die oft noch von deren Großmutter oder Urgroßmutter stammten. Wenn es fertig sein würde, wollte sie einen Verleger suchen und dann mit dem Kochbuch ihre Eltern erfreuen. Denn das war es, was eine junge Frau anstreben sollte. Eine gute Tochter sein, ein Quell der Freude für ihre Eltern, die so schwere Zeiten in ihrem Leben hatten durchstehen müssen. Zuerst einmal die Sache mit Rachel, aber sie waren auch schon öfter als Xuetes beschimpft worden, und das so lange nach dem Ende des Krieges, der den Antisemitismus auf die Spitze getrieben hatte. Auf dieser Insel wusste jeder, wer ein Xueta war, und es gab immer wieder dumme Menschen, dachte Abbi. Noah hatte sogar einmal einen Drohbrief bekommen. Er wollte ihn vor Abbi verheimlichen, aber sie bekam es mit, wie die Eltern sich darüber in der Küche unterhielten. Ein anderes Mal wurde der Briefkasten seiner Kanzlei beschmiert. Abbi selbst war noch nie von irgendjemandem so angegangen worden wie von diesem Pomadentyp heute Mittag. Sie versuchte, sich einzureden, dass er ihr nur Angst einjagen wollte, mehr nicht. Bitte nicht.

Abbi trank einen Schluck kühle Zitronenlimonade, fröstelte und sah in den Sternenhimmel. Dabei ertappte sie sich, dass sie an Johann dachte. Etwas in ihr hoffte zwar, ihn nie wieder zu treffen, denn sie wollte ihrem Vater keine Schande bereiten. Doch der größere Teil sehnte sich so sehr danach, ihn möglichst schon morgen wieder in ihrem Laden zu sehen und mit ihm zu sprechen, dass es wehtat in ihrem Herzen. Er sah gebildet aus, wie einer, der studierte. Und Abbi, die immer wissen wollte, was in der Welt vor sich ging, liebte es, interessante Gespräche zu führen. So wie als Jugendliche mit ihrem Vater, bis er dies einstellte. Nach dem Tod von Rachel, der alles verändert hatte. Abbi vermisste es sehr, über Gott und die Welt mit ihm zu reden. Mit den meisten Männern konnte man das nicht. Sie taten das vielleicht mit ihren Freunden, aber nicht mit einer Frau.

Zum Glück hatte Abbi aber Eli, ihre beste Freundin, mit der sie schon in die Schule gegangen war. Mit Eli konnte man zwar nicht über Politik reden, aber über andere Dinge, die einen bewegten.

Eli wohnte ein paar Straßen weiter, ihre Familie stammte auch von konvertierten Juden ab, sie verstanden sich. Eli kleidete sich gerne modisch und auffällig und flirtete mit den Männern. Auch sie war immer noch nicht verheiratet, was aber daran lag, dass sie sich nicht entscheiden wollte. Sie hatte viele Verehrer, sah sehr hübsch aus mit ihren kurzen, auftoupierten dunklen Haaren, ihrer schlanken Taille und ihren Petticoats. Die Mode der Fünfzigerjahre stand ihr sehr gut, und Eli bekam von ihren Eltern genug Geld, sich ständig neu einzukleiden.

Morgen früh, dachte Abbi, werde ich Eli sofort von ihm erzählen. Sie arbeitete in einer kleinen Schneiderei, ein paar Gassen weiter. Die beiden Freundinnen tranken oft noch vor der Arbeit einen Café solo in der Morgensonne zusammen.

»Wie romantisch«, fand Eli am nächsten Morgen, als Abbi ihr vor der Schneiderei die Geschichte von Johann, ihrem Beschützer, erzählte. »Ein richtiger Held.«

»Na ja«, grinste Abbi, »eigentlich habe *ich* die Kerle ja mit meinem Besen in die Flucht geschlagen.«

Eli lachte. »Das kann ich mir gut vorstellen bei dir. Aber jetzt sag es mir, seht ihr euch wieder?«

»Hoffentlich nicht«, verkündete Abbi traurig.

»Ach komm. Nur weil er ein Deutscher ist?«

»Nur? Eli, du weißt genau, was das für meine Familie bedeutet.«

Eli nickte nachdenklich, schürzte ihre rot bemalten Lippen, nippte an ihrem Café solo. Sie wusste um Abbis Familiengeschichte. Und diese beschränkte sich nicht nur auf die Tragik mit Rachel. Abbis Großmutter, Noahs Mutter, wurde während des Zweiten Weltkrieges von einem NS-Offizier, der durch Zufall von ihrem Mandelkuchen gekostet hatte, verschleppt. So hatte es Abbis Vater erzählt. Einem Nazi, der auf Mallorca stationiert war. Der sich darüber aufregte, über die Strapazen in Deutschland, diese widerspenstigen Juden zusammenzusammeln, sie in die Züge zu stecken. Wie Vieh. Und sie in die Lager zu verschicken. Immer wieder hatte es Ausreißer gegeben, und der NS-Offizier war am Ende mit seinen Kräften und Nerven.

Er heuerte Abbis Großmutter als Haushaltshilfe und Köchin an. Er hatte nicht mitbekommen, dass diese Katholikin eine Xueta war. Woher sollte er auch wissen, dass es die Xuetes auf Mallorca gab. Wie abgestoßen und wütend er wurde, als er es herausbekam. Er erteilte umgehend den Befehl, sie nach Deutschland zu deportieren, und er erlaubte seinen Soldaten, mit ihr anzustellen, was sie wollten. Was genau das hieß, wollte Noah seiner Tochter Abbi ersparen. Aber Abbi besaß ausreichend Fantasie, um sich vorzustellen, welche Höllenqualen ihre Großmutter zur Nazizeit unter den Deutschen hatte erleiden müssen. Ihre Großmutter, die wie durch ein Wunder fliehen konnte, die ihr später das Sticken beibrachte, dabei aber immer sehr still und in sich gekehrt wirkte.

Und deren geschickte Hände von Brandmalen gezeichnet waren, die Abbi verrieten, dass sie von glühenden Zigaretten stammten.

Eli riss Abbi aus ihren düsteren Gedanken. »Abbi, deine Eltern müssen lernen, dass nicht alle Deutschen gleich sind.«

»Müssen sie das?«

»Ja.«

»Trotzdem. Er ist keiner von uns.«

»Mein Gott!« Eli nahm den letzten Schluck Café solo, sah zu ihrem Schneidermeister, einem kleinen, hageren Mann, der ihr mit hochgezogener Augenbraue streng bedeutete, endlich anzufangen. »Ich muss jetzt an die Arbeit, aber eines sage ich dir noch: Du hast schon lange nicht mehr so geschaut, wenn du mir von einem Mann erzählt hast. Was, wenn er der Richtige für dich ist? Wenn dein Herz nur bei ihm so schlägt?«

»Eli, du wieder«, überspielte Abbi lachend ihre Sorge. Genau das hatte sie selbst schon gedacht. »Er kann gar nicht der Richtige sein.«

»Finde es heraus. Und wenn er es nicht ist, darfst du mir gerne die Ohren vollheulen.« Eli lächelte ihre Freundin an, drückte ihr einen Kuss auf die Wange und lief in die Schneiderei.

Abbi betrachtete sich im Schaufenster der Bäckerei nebenan, sah die Abdrücke von Elis rotem Kussmund auf ihrer Wange und wischte sie nachdenklich weg. Wenn sie nicht versuchen würde, es herauszufinden, würde sie sich ihr Leben lang Vorwürfe machen. Das spürte sie.

* * *

»Es durfte nicht sein!« Abbi versuchte, sich diesen Satz einzuhämmern, doch er kam nicht in ihrem Herzen an. Johann hatte keine jüdischen Wurzeln, dazu noch ein Deutscher. Selbst wenn er der perfekte Mann für sie wäre, ihr Vater konnte diese Beziehung nie im Leben dulden. Und ihren geliebten Vater durfte sie nicht enttäuschen.

Abbi hatte ihren Laden geöffnet wie jeden Morgen, aber sie ertappte sich dabei, immer wieder aus dem Schaufenster zu blicken und nach ihm Ausschau zu halten. Sie brühte sich einen Kaffee auf, sog diesen köstlichen Duft in ihrer Nase auf, schloss dabei die Augen.

Da hörte sie seine angenehme Stimme in ihrem Rücken, ihre Nackenhaare stellten sich auf. Sein Spanisch klang so lustig, sie mochte es. »Guten Morgen. Gibt es hier auch eine Tasse echten Bohnenkaffee zu kaufen?«

Sie drehte sich um, er lächelte sie an. Mein Gott, diese Augen, durchfuhr es sie. Blau wie das Meer, das sie so sehr liebte. »Nein, zu kaufen nicht. Aber ich könnte eine Ausnahme machen und Sie zu einer Tasse einladen.«

Jetzt lächelte er auch noch. Wieder mit Grübchen. »Weil ich Ihnen das Leben gerettet habe?«, scherzte er frech.

»Von wegen.« Sie lachte. »Ich Ihnen. Wenn ich nicht den Besen zur Hand genommen hätte, hätten die Jungs Sie doch zu Mus verarbeitet.«

»Könnte sein.« Seine belustigten Augen sahen sich im Laden um. Abbi senkte ihren Blick schnell wieder, nahm eine frische Tasse zur Hand und schenkte ihm ein. »Dass es hier Kaffee umsonst gibt, ist jetzt aber unser Geheimnis. Sonst kommen noch mehr Touristen und wollen einen.«

»Verstehe. Danke. Ich bin aber kein Tourist.«

»Ach nein?« Ihr Herz hüpfte. Sie hatte insgeheim befürchtet, dass er in ein oder zwei Wochen wieder weg wäre, wie alle Urlauber.

»Nein. Ich lebe momentan auf Mallorca.«

»Ach ja, seit wann denn?«, wollte Abbi skeptisch und alarmiert wissen. Wenn er mit seiner Familie vor dem Krieg gekommen wäre, würde es bedeuten, es könnten Juden sein, das wäre gut. Sogar sehr gut. Nach dem Krieg könnten es Exnazis sein, auf der Flucht vor Rache und Vergeltung.

Er zögerte. »Spielt das eine Rolle?«

Sie zuckte bemüht desinteressiert die Schultern. »Nein, natürlich nicht.« Aber insgeheim blieb sie wachsam. »Und, wie gefällt es Ihnen auf Mallorca?«

»Die Insel ist wunderschön. So natürlich, unberührt. Fast schade, dass immer mehr Touristen kommen.«

»Na ja, für meinen Laden ist es gut.« Abbi deutete lächelnd auf ihre Souvenirs. Er nickte, sah dabei aber nur sie an, nicht die hübschen Sachen im Regal. Abbi entzog sich seinem Blick, ihre Stimme wurde reservierter. Sie kannte ihn doch kaum. »Sind Sie mit Ihrem Kaffee fertig?«

Er nahm den letzten Schluck. »Ja, danke.«

»Na dann. Ich muss jetzt wieder arbeiten.«

Verblüfft sah er sich im Laden um, in dem kein einziger Kunde stand. Sie deutete schnell auf ein paar Päckchen, die es auszupacken galt. Er reichte ihr seine Tasse, dabei berührten sich ihre Hände, und Abbi spürte eine wohlige Wärme. Sie zuckte zurück.

»Darf ich Sie das nächste Mal auf einen Kaffee einladen?«, fragte er unvermittelt und ernst.

Überrumpelt nickte Abbi. Er lächelte, drehte sich um, bevor sie es sich anders überlegen konnte, und ging.

Ich dumme Gans, ärgerte sie sich über sich selbst. Aber ihr Herz klopfte ganz wild und schlug einfach Saltos.

* * *

»Abbi, kommst du?«, rief Abbis Mutter Esther. Sie hatte Eiergulasch mit Reis zum Mittagessen gemacht. Als gute Hausfrau kochte sie jeden Mittag für ihre Familie. Und da Abbis Laden nicht weit von ihrem Zuhause entfernt lag, aß Abbi immer mit.

»Ja, ich komme!«, rief sie zurück. Abbi saß in ihrem Zimmer vor einem Spiegel und kämmte sich ihr kurzes schwarzes Haar. Dabei betrachtete sie mit einem unwohlen Gefühl ihr Gesicht. Nach Ladenschluss würde sie Johann treffen. Sie hatte es nicht übers Herz gebracht, ihm gestern abzusagen, als er plötzlich vor ihr stand, um zu fragen, ob sie heute Zeit hätte. Er sah sie an, mit diesem Blick voller Sehnsucht, voller Liebe, oder bildete sie sich das ein? Konnte er sie bereits lieben, obwohl er sie so gar nicht kannte? Was erwartete er von ihr? Ihre Freundin Eli hatte ihr eingetrichtert, ja nicht rebellisch oder störrisch zu sein, denn ein Mann wollte so eine Frau nicht haben.

»Ach ja, und was ist mit dir?«, hatte Abbi geantwortet. Denn Eli spielte bei Männern gern die Spröde, was Elis Meinung nach aber etwas ganz anderes war. »Männer mögen es, eine Frau erobern zu müssen. Aber sie mögen keine, die ihnen Widerworte gibt.«

»Aha«, hatte Abbi nur gesagt und sich gedacht, dass Johann da bestimmt ganz anders sei, zumindest hoffte sie es schwer.

»Abbi?«, hörte sie nun auch die tiefe Stimme ihres Vaters aus der guten Stube. »Das Gulasch wird kalt.«

Schnell toupierte sie ihre Haare ein wenig an, wie es Mode war, und eilte zu Tisch. Noah saß bereits da und sah sie verärgert an. »Was ist mit dir, Kind?«, wollte er wissen.

Er kannte sie einfach zu gut. Während Esther das Eiergulasch und den Reis auftat, musterte auch sie ihre Tochter. Abbi versuchte, sich ihre Nervosität vor dem heutigen Date nicht anmerken zu lassen, doch es misslang. Ihr Löffel fiel klirrend auf den Teller.

»Jetzt rede endlich, Abbi«, herrschte Noah sie an. Doch Abbi sagte nichts.

»Was hast du dich denn so hübsch gemacht?«, forschte Esther mütterlich liebevoll nach.

Ertappt. Abbi seufzte. »Ich komme heute Abend etwas später, ich bin noch verabredet.«

»Sie hat einen Verehrer«, jubilierte ihre Mutter. »Noch dazu einen, der ihr auch gefällt.«

»Woher willst du das denn wissen?«, beschwerte sich Abbi.

»Na ja, wenn du dich in der Mittagspause so hübsch frisierst.« Esther lächelte wissend. Nun gut, dachte sich Abbi, dann wussten sie es eben, dass sie einen Mann traf. Dass es sich um einen Deutschen handelte, durften sie aber auf keinen Fall erfahren.

»Und wann stellst du ihn uns vor?«, wollte Noah wissen, während er eine Gabel voll Eiergulasch zum Mund führte. »Er ist doch einer von uns? Du weißt, dass wir sonst Probleme bekommen.«

Abbi erbleichte und brummelte etwas, das wie »Ja« klingen konnte, während sie sich bückte und einen Krümel vom Boden aufhob. »Ich kenne ihn selbst noch kaum, und vermutlich gefällt er mir letztlich doch nicht, ihr kennt mich ja«, versuchte sie, sich herauszureden.

»Trotzdem. Wer meine Tochter ausführt, den möchte ich schon kennenlernen. Er holt dich ab?«

»Nein. Wir haben uns in einem Café verabredet.«

Noah und Esther warfen sich einen kurzen Blick zu, und Esther versuchte, ihren Mann ein wenig zu besänftigen. »Noah, jetzt lass sie doch. Sie vertreibt ihn ja eh mit ihrem losen Mundwerk«, versuchte sie zu scherzen und zwinkerte Abbi dabei zu.

Insgeheim dankbar, lächelte Abbi zurück. Auf ihre Mutter war einfach Verlass. So konventionell sie ihre Ehe führte, so lebte doch auch ein kleiner Quergeist in ihr, ganz tief drin. Und ihre Tochter durfte ihn ausleben, wenn auch nicht sie. »Als Nachtisch habe ich Mandelkuchen gebacken. Ein altes Rezept meiner Ururgroßmutter.«

»Verrätst du es mir heute Abend? Ich muss gleich los.«

»Natürlich, Kind.«

Abbi wollte es mit in ihr Kochbuch aufnehmen und lächelte. Sie aß schnell auf, um rascher in ihren Laden zu kommen. Sie konnte es kaum erwarten, dass endlich Feierabend sein würde. Abbi hatte ihren Eltern wohlweislich nicht verraten, dass Johann sie im Laden abholen wollte, sonst wäre Noah ganz sicher wie zufällig dort aufgetaucht, um ihn zu sehen. Zum Glück hatten die Eltern nicht nachgebohrt, in welches Café sie gehen wollten, denn das wusste Abbi ja selbst noch nicht. Spannend, was er sich für sie ausgedacht hatte. Dass es nicht ganz gewöhnlich sein würde, davon ging sie irgendwie aus.

Der Nachmittag im Laden zog sich endlos. Ein paar deutsche Touristen ließen sich Tipps geben, wo die besten Strände zu finden seien, aber sie kauften nichts. Ein Engländer warf eine Tasse hinunter, die zerbrach. Ansonsten langweilte sich Abbi, wie sie es oft tat, las ihre Zeitung, wie sie es liebte, doch heute hing sie mit ihren Gedanken bei Johann.

Endlich hatte der Uhrzeiger die Fünf überschritten, und Abbis Nervosität steigerte sich ins Unendliche. Um sechs würde er kommen. Ein weiterer Blick in den Spiegel, ihre Frisur saß.

Da hörte sie die Glocke an ihrer Ladentür und zuckte zusammen. »Hallo«, hörte sie seine angenehme Stimme hinter sich. »Bin ich zu früh?«

Lächelnd drehte sich Abbi um. Die Uhr zeigte zwanzig Minuten vor sechs. Johann trug eine schwarze Lederjacke im

Rockabilly-Stil. Sie stand ihm gut. »Ein bisschen vielleicht, aber heute ist eh nicht viel los. Ich mache den Laden einfach jetzt schon zu.«

»Und das geht?«

»Wieso nicht? Ich bin meine eigene Chefin«, verkündete sie stolz.

Ehrlich beeindruckt sah er sie an. »Ich dachte, Sie sind hier angestellt.«

»Nein.« Abbi lächelte, als habe man ihre Wangen mit einem Klebestreifen zurückgezogen. Sie konnte nicht anders, sie wollte es nicht. Oder doch?

»Na, wenn das so ist. Dann kann ich Sie ja gleich jetzt entführen.«

»Wo soll es denn hingehen?« Sie trug mal wieder ihr Herz auf der Zunge.

Doch er lächelte angetan und versprach, dass sie das schon noch sehen werde. »Mehr verrate ich nicht.«

Abbi liebte Überraschungen. Fröhlich schloss sie den Laden ab und drehte sich um, um Johann zu folgen. Da sah sie ihn. Der Pomadentyp lungerte mit zwei seiner Mitläufer auf der gegenüberliegenden Straßenseite herum und grinste sie höhnisch an.

»Da sind sie wieder«, flüsterte Abbi zu Johann.

Der hatte Pomade schon gesehen. »Sie lassen, bitte schön, diese junge Frau in Ruhe, haben wir uns verstanden?«, rief Johann den dreien über die Straße hin zu.

Pomade lachte gemein und kaute auf seinem Kaugummi. »Du stehst wohl auf die, was? Aber pass auf, die treibt es mit jedem.«

Die anderen beiden lachten, und Pomade bedeutete ihnen zu gehen. Bestürzt starrte Abbi Johann an. Oh mein Gott, was sollte er jetzt von ihr denken? Was nützte es, zu versichern, dass genau das Gegenteil der Wahrheit entsprach? Dass sie noch Jungfrau war, und das mit Ende zwanzig. Ein Fakt, den Eli ihr immer wieder unter die Nase rieb. Doch Abbi wollte nicht mit irgendeinem Mann ins Bett. Sie wollte lieber warten, auf den Richtigen, und wenn es den für sie nicht gäbe, dann besser verzichten.

»Das … das stimmt nicht«, stotterte sie überfahren.

Doch Johann legte ihr nur liebevoll lächelnd seine Hand auf den Arm und machte: »Schschsch. Meinst du etwa, ich durchschaue diesen Idioten nicht?«

Er duzte sie, registrierte Abbi verblüfft und fühlte seine warme Hand auf ihrem Arm. »Doch. Ich bin mir sicher, dass du ihn durchschaust.« Etwas anderes fiel ihr nicht ein. Zu zornig fühlte sie sich. Eine derartige Unverschämtheit, wie dieser Typ sie von sich gegeben hatte, war ihr noch nie begegnet. Mit zitternden Knien ging sie neben Johann her, die Gassen durch Palmas Altstadt entlang.

»Soll ich dir ein Eis kaufen?« Er lächelte sie an. »Vielleicht geht es dir dann etwas besser?«

Spürte er, wie durcheinander sie gerade war? »Gerne. Ich liebe Mandeleis.«

»Ich auch.« Ihre Blicke verhakten sich ineinander.

* * *

Auf einer grünen Vespa fuhr Johann mit Abbi hinter ihm auf der Sitzbank eine Straße am Meer entlang. Ihr Rock flatterte seitlich im Wind, ihre auftoupierten Haare wurden von einem Kopftuch zusammengehalten und platt gedrückt. Seine Haare kitzelten sie an der Nase. Abbi klammerte sich aufgeregt an Johanns Oberkörper fest. Er fühlte sich muskulös an und roch unglaublich gut. Ein Geruch, den sie gar nicht beschreiben konnte, frisch, aber auch ein wenig herb und nach dem Leder seiner Jacke.

Abbi hatte noch nie auf einem Motorroller gesessen, und sie wusste, ihr Vater würde durchdrehen, wenn er sie so sehen könnte. Und ihre Mutter sowieso. Abbis anfängliche Angst wich einem befreienden, wunderbaren Gefühl. Dem Gefühl der Freiheit, der Unbeschwertheit. Und so summte sie ein Lied, lehnte ihren Kopf schräg an seine Schultern und ließ sich den Wind um die Nase wehen.

Wenn es nach ihr ginge, könnten sie ewig so ins Blaue rauschen, doch die Fahrt schien nach ungefähr einer halben Stunde zu Ende zu sein. Johann bog mit seiner Vespa am Riu-Strand ein, dem wunderschönen Strand des Hotels Riu, den Abbi kannte. Der Riu-Strand war mit einem Strohdach, Liegestühlen und zwei Umkleidekabinen für die Gäste hergerichtet. Ein Schild verkündete: *Dies ist ein Land mit höchster Moral.* Das Tragen von Bikinis war bei Strafe verboten, die Sittenhüter der Guardia Civil passten auf. Doch jetzt am Abend waren sie alleine hier.

Johann stellte den Motor aus, stieg ab und half ihr galant von der Vespa. Ein echter Gentleman, dachte Abbi glücklich. Johann hatte eine prall gefüllte Tasche dabei, und sie suchten sich ein hübsches Plätzchen zum Picknicken, auf einer eigens mitgebrachten Decke, nah am Meer. Der Sand fühlte sich weich an, bis auf die paar Muschelreste, die die Wellen angespült hatten.

Abbi liebte gutes Essen und betrachtete staunend, welch Köstlichkeiten Johann aus seiner Tasche zauberte. Olivenpastete mit Pinienkernen, eingelegter Meerfenchel, getrocknete Tomaten in Olivenöl. Dazu eine Fuet Mallorquin, mallorquinische Hartwurst, eine Sobrasada, mallorquinische Streichwurst, und einen mallorquinischen Käse.

»Bist du verrückt?«, entfuhr es Abbi lachend. »Das ist doch alles viel zu viel.«

»Ich weiß.« Er lächelte amüsiert. »Ich wollte nur alles richtig machen.«

Wie lieb er ist, dachte Abbi, und ihr Herz flatterte.

Die Sonne begann langsam unterzugehen, und der Himmel bot ein rot-orangefarbenes Spektakel. Abbi saß dicht neben Johann und lauschte mit Blick auf das Meer, wie er in seinem lustigen Spanisch von seinem Studium erzählte. Sie hatte recht behalten. Er hatte in Deutschland studiert. Geologie. In Deutschland, durchfuhr es Abbi schockiert. Dann konnte er kein Jude sein. Dann war er Nazi oder zumindest seine Eltern. Denn Abbi wusste, dass es Juden um 1940 herum nicht mehr gestattet war zu studieren.

Angespannt hörte sie ihm weiter zu, und als Johann erzählte, wie er mit seinen Freunden und Kommilitonen gegen das Naziregime aufbegehrt hatte, plumpste ihr ein riesiger Stein vom Herzen. Kein Nazi also, im Widerstand, immerhin.

Johann erzählte, wie hilflos seine Kommilitonen und er sich gefühlt hatten, so voller Wut und doch so ohnmächtig. Sie verteilten Flugblätter gegen das Terrorregime, doch was brachten die schon. »Uns war bewusst, dass wir eine verschwindend kleine Minderheit der Bevölkerung darstellen. Wir besaßen keine realistische Chance, das System zu ändern.«

»Aber ihr habt es versucht, das, was viele nicht versucht haben. Das war mutig.«

»War es nicht. Wir hätten ihn umbringen sollen, diese Bestie, aber dazu waren wir zu feige.«

Abbi sah ihm an, wie sehr er sich immer noch schämte, und fühlte mit ihm. Was für ein sensibler Mensch. Ein warmes Gefühl durchströmte sie.

»Es war schrecklich, mit ansehen zu müssen, wie Menschen abtransportiert wurden, wie sie erschossen wurden, auf offener Straße. Einmal sogar ein neunjähriger Junge, im gleichen Alter wie mein Bruder. Er stand da, starrte mich mit seinen großen Augen hilflos an, aber ich konnte nichts tun. Oder richtiger gesagt: Ich habe nichts getan.«

Er schloss die Augen und zitterte leicht. Abbi schluckte schwer. Sie legte ihm sanft eine Hand auf den Arm, dachte an damals, als sie achtzehn Jahre alt war und die Nachricht von den vergasten und verbrannten Juden vernommen hatte. Sie hatte ihm schockiert zugehört, ihrem Vater, der es ihr unter Tränen erzählte, und konnte nicht fassen, dass Menschen anderen Menschen so etwas antaten. Um die sechs Millionen Juden waren es, wie man nach dem Krieg sagte, die während des Naziregimes ihr Leben verloren. Viele von ihnen in Vernichtungs- und Konzentrationslagern. Frauen, Kinder, Männer, ganze Familien wurden einfach ausgelöscht.

Bewegt fuhr Johann fort: »Wir haben zwei Familien Unterschlupf gewährt und sie mit Lebensmitteln versorgt, so gut wir konnten. Mehr war uns einfach nicht möglich, ohne selbst hingerichtet zu werden. Zumindest hatten wir nicht den Mut, mehr zu tun.«

Die Wellen plätscherten verhalten, das Meer rauschte.

»Ich finde, ihr habt sehr viel gewagt«, sagte Abbi leise. »Du kannst stolz darauf sein, und das meine ich ernst.«

»Ich fühle mich trotzdem … schuldig.«

Sanft fuhr Abbi fort: »Ich habe viel darüber nachgedacht. Aber ich kann nicht sagen, was ich riskiert hätte, ob ich mutiger gewesen wäre, wenn ich unter Hitler in Deutschland hätte leben müssen.«

Johann zuckte nur schwach die Schultern, starrte vor sich hin. Dann nahm er eine Muschel, die im Sand lag, und versuchte mit ihr ein Loch zu schaufeln. Es gelang ihm nicht, der Sand vom Rand rieselte immer wieder hinein.

Abbi beobachtete ihn dabei. »Wie hast du es geschafft, nicht zur Wehrmacht zu müssen?«

»Ein Freund meines Vaters, ein Arzt, hat mir bescheinigt, ich sei Epileptiker. Und vermutlich hat mein Vater noch andere Kontakte spielen lassen.«

»Dein Vater? Wie hat er das gemacht?«

»Er war Pfarrer. Er führte damals auch so eine Art Widerstand an. Gerade so, um unsere Familie nicht zu gefährden. Aber lass uns lieber von etwas anderem reden.«

Abbi nickte, schnaufte insgeheim erleichtert durch. Kein Nazi, aber dennoch keiner der Ihren. Abbi wusste, dass ihr Vater ihn nicht als Ehemann akzeptieren konnte. Was denke ich da überhaupt, schalt sie sich im nächsten Moment. Sie kannte Johann gerade mal ein paar Stunden und dachte schon ans Heiraten! Aber Abbi fühlte sich so zu ihm hingezogen wie noch nie zuvor zu einem Menschen. Eine Nähe, die unbeschreiblich war. Er blickte sie an, und seine tiefblauen Augen schienen hier am Meer noch blauer zu sein als zuvor. Sie hielt seinen Blick fest, und ihr Bauch kribbelte. Nimm meine Hand, flehte sie insgeheim, doch Johann schien zu schüchtern. Er drehte seinen Kopf wieder zum Meer und sah nachdenklich in die Ferne.

Er mag mich auch, dachte Abbi froh, und ihr Herz schlug Purzelbäume.

»Was machst du dann hier auf Mallorca?«, fragte sie ihn, in der Hoffnung, dass er nicht so bald wieder nach Deutschland musste.

»Ich bin mit der viermotorigen Douglas DC4 hergeflogen«, erzählte er. »Vor ein paar Monaten. Kennst du dieses Flugzeug?« Abbi verneinte. »Es ist für die deutsche Lufttouristik eine Sensation«, sagte er begeistert. Abbi lächelte, sie mochte es, wenn er so strahlte. »Aber ich hatte fürchterliche Ohrenschmerzen. Der Druckausgleich ist nicht so einfach. Aber dafür sind wir über die Alpen geflogen, dreitausend Meter hoch, Wahnsinn, oder? Ich habe den Eiger, die Jungfrau und den Mönch gesehen.«

»Großartig«, lächelte Abbi sehnsüchtig. »Ich noch nie.«

»Das musst du unbedingt mal erleben.«

»Das würde ich gern. Hattest du keine Angst?«

»Nein, es ist toll. Man fühlt sich so frei.«

»Das glaube ich. Und du arbeitest hier?«, bohrte sie nach.

»Als Geologe. Ich erforsche, wie das Gebirge Mallorcas entstanden ist. Mit ein paar Kollegen natürlich.«

Beeindruckt und erleichtert sah Abbi ihn an. »Dann wohnst du hier also für länger?«, wagte sie sich weiter vor.

»Zumindest das nächste halbe Jahr. Meine Stelle ist befristet, aber vielleicht wird sie ja verlängert.«

Er lächelte ihr von der Seite zu. Abbi lächelte zurück, lehnte spontan ihren Kopf an seine Schulter, und so saßen sie beide glücklich da, obwohl es kühl wurde, sahen den Wellen zu und der Sonne, die blutrot im Meer versank.

Mallorca 2016

Milla stand ergriffen in der Calle Montesión, betrachtete den Laden ihrer Großmutter und dachte an das, was ihre Mutter Sarah ihr alles erzählt hatte. An ihre Familiengeschichte, die sich plötzlich bis ins 15. Jahrhundert zurückverfolgen ließ, an ihre Großmutter als junge Frau, die selbst in den Fünfzigern noch schikaniert worden war. Lag er hier, der Ursprung für die kühle, distanzierte Art ihrer Mutter Sarah? Wurde Großmutter durch diese Anfeindungen zu einer verhärteten Frau und gab das an ihre Tochter weiter?

Milla konnte es eigentlich nicht glauben. Das allein konnte es nicht sein. Sie hatte gespürt, als ihre Mutter von der beginnenden Liebe der jungen Abbigail erzählte, wie emotional Sarah sein konnte. Wie angerührt, wie mitleidend hatte Sarah gewirkt. Es hatte sie sogar so sehr berührt, dass sie eine Pause machen musste, dass sie zitterte und in ihr Hotelzimmer wollte, um sich ein wenig hinzulegen. Milla wusste also leider nicht, ob und wie diese verbotene Liebe weiterging. Sosehr ihre Neugierde sie auch plagte.

Nachdenklich und immer noch bewegt, zog Milla ihr Handy aus der Tasche. Sie testete, ob das frei zugängliche WLAN aus Leandros Café herüberreichte, und tatsächlich, es funktionierte. Aufgeregt googelte sie nach Eli Pomar, doch es erschienen nur Einträge viel jüngerer Frauen, wie man anhand der Fotos oder Blogartikel sehen konnte. Die alte Frau schien wie vom Erdboden verschluckt.

Seufzend holte Milla das kleine Vorhängeschloss aus ihrer Handtasche, das sie unterwegs in einem Geschäft erstanden hatte. Touristen drängelten sich an ihr vorbei, ein dicker Italiener trat ihr auf den Fuß, merkte es aber nicht einmal. Er verstand nicht, warum sich Milla aufregte, ging einfach vor sich hin plappernd weiter. Als sie wütend aufblickte, sah sie direkt in Leandros Gesicht. Er stand vor seinem Café, eine Tasse in der Hand, und beobachtete sie. Sein Blick blieb an dem Schloss in ihrer Hand hängen.

»Der Laden ihrer Großmutter stand die ganze Zeit offen?«

»Ich fürchte, ja«, erwiderte sie zerknirscht. »Hoffentlich wurde nichts geklaut.

»Das hoffe ich auch. Die Einrichtung aus den Fünfzigern ist ja wieder im Kommen. Ich würde das Inventar mitkaufen.«

»Wer sagt denn, dass ich Ihnen den Laden verkaufe?«

Ruhig blickte er ihr in die Augen. »Und was spricht dagegen?«

»Dagegen spricht der Wunsch meiner Großmutter, dass ich ihn behalte. Auch wenn sie mich nie kennengelernt hat.«

Nachdenklich nahm er einen Schluck. »Sie leben in Deutschland. Was wollen Sie damit?«

»Das weiß ich noch nicht.«

»Wollen Sie ihn vermieten? In Ordnung, dann miete ich ihn eben. Wie viel verlangen Sie?«

Milla zuckte die Schultern. »Ich habe mich noch nicht entschieden.« Sie sahen sich an, und sein durchdringender Blick irritierte sie. Schnell ging sie mit dem Vorhängeschloss zur Ladentür und versuchte, diese damit zu verschließen. Doch es gelang ihr nicht, und Leandro stand amüsiert daneben und sah ihr zu.

»Brauchen Sie Hilfe?«

»Nein«, konterte sie. Milla wunderte sich selbst über ihren harschen Tonfall, aber der Mann reizte sie einfach.

Endlich klappte es, das Schloss anzubringen, und Milla steckte den Schlüssel ein. Sie wandte sich zu Leandro um. Doch der stand nicht mehr am selben Platz, sondern ging gerade auf eine hübsche brünette, langbeinige Frau zu, die aussah wie ein Model. Milla sah, wie die Frau ihn zur Begrüßung liebevoll auf den Mund küsste und wie die beiden dann Arm in Arm auf Leandros Laden zuschlenderten. Milla stand mit leicht geöffnetem Mund da und starrte ihn an, sodass sich die Frau erkundigte, wer Milla sei.

»Das … ist die Enkelin von Señora Fuster. Sie hat den Laden geerbt.«

»Ach, ich bin Diana, Leandros Freundin. Herzliches Beileid.« Die brünette Schönheit gab Milla mitleidig die Hand.

Seine Freundin, durchfuhr es Milla, und sie spürte irritiert ihre Enttäuschung. Sie versuchte, sich nichts anmerken zu lassen. Diana besaß eine sehr schlanke Taille, ein feingliedriges Wesen.

»Danke. Haben Sie meine Großmutter auch gekannt?«

»Nein. Eher nicht. Ich habe sie nur drei-, viermal gesehen, dann musste sie in dieses Seniorenheim. Eine sehr nette alte Dame.«

Milla nickte traurig, auch wenn sie es selbst immer noch nicht beurteilen konnte, ob Großmutter wirklich nett oder eher böse gewesen war. Doch bei »Seniorenheim« horchte sie auf. »Wissen Sie, in welchem Seniorenheim sie wohnte?« Im selben Moment fiel ihr ein, dass sie Aaron Birnbaum hätte fragen können, doch Diana wusste es auch. »Das *Es Castellot*, genannt *das Schlösschen*. Dort leben viele Juden, viele deutsche Auswanderer. Es klingt etwas absurd. Juden leben da neben ehemaligen NS-Offizieren. Adlige, Ärzte, Schauspieler, wer es sich eben leisten kann. Es ist nicht billig.«

»Komm, wir wollten doch einen Kaffee zusammen trinken«, unterbrach Leandro den Redefluss seiner Freundin. Er legte den Arm um Dianas zarte Schultern und führte sie, nicht ohne Milla noch einen Blick zuzuwerfen, in sein Café.

Verwirrt und allein stand Milla da und beschloss, falls weitere Versuche, Eli zu finden, scheiterten, in dieses Seniorenheim zu fahren. Dort würde sie hoffentlich auf Menschen treffen, die ihre Großmutter gekannt hatten.

Dann wanderten ihre Gedanken wieder zu Leandro. Wieso gab sie ihm nicht einfach ihren Laden? Was war es, was sie so rebellisch werden ließ? Wieso versetzte ihr die Tatsache, dass er liiert war, genau wie sie im Übrigen auch, so einen Stich? Milla spürte erneut eine tiefe Enttäuschung in sich, und das verwirrte sie sehr.

Sie dachte an Paul und dass sie den ganzen Tag nichts mehr von ihm gehört hatte. Und er nicht von ihr. Früher hatten sie sich stündlich Nachrichten geschickt. Voller Sehnsucht, Vermissensbekundungen und Liebesschwüren. Gehörte das zum normalen Lauf einer langjährigen Beziehung, oder war es ein Grund, sich Sorgen zu machen? Sie wollten heiraten und den Rest ihres Lebens zusammen verbringen. Wie würde sich ihre Ehe, ihre Liebe verändern? Würden sie es schaffen, ausgerechnet sie? Denn wie viele Beziehungen gab es doch, die die Widrigkeiten des Alltags nicht überlebten.

Milla, die ihren Vater so früh verloren hatte, hatte sich immer Beständigkeit gewünscht. Aber würde sie die bei Paul finden? Und vor allem: in sich selbst? Ohne genau zu wissen, wer sie war?

Paul nahm das Leben und die Liebe schon immer locker und leicht, was sie anfangs besonders an ihm mochte. Doch mit der Zeit wünschte sie sich immer mehr eine Familie mit ihm und hoffte, dass er ihr einen Antrag machte. Und als er dann lapidar dahinsagte, sie könnten doch heiraten, hatte sie ihn darauf festgenagelt. Womöglich hatte sie ihn ein wenig überrumpelt mit der raschen Planung der Hochzeit? Sie hatte es ihren Freundinnen erzählt und innerhalb weniger Wochen mit Tine zusammen eine schöne Location gefunden. Einen kleinen Klub. Denn es durfte nicht zu romantisch oder gar kitschig sein. Paul liebte es eher cooler. Und im möglichst kleinen Kreis. Am liebsten wäre er nur aufs Standesamt gegangen, danach eine Currywurst essen und tanzen, hatte er einmal gesagt. Was, wenn es Paul doch zu viel wurde, wenn ihm alles zu schnell ging?

Wie wohl Leandro heiraten würde, ertappte sich Milla zu denken. Er wirkte viel eher wie ein Mann, dem Leidenschaft, Romantik, große Gefühle wichtig waren. Er wusste sicher, was

Liebe bedeutete. Bei Paul war sich Milla da oft nicht so ganz sicher, aber das lag vermutlich daran, dass sie selbst so wenig Liebe von ihrer Mutter erfahren hatte. Über Gefühle wurde zu Hause nie geredet. Wie dumm von ihr, dass sie es erneut versucht hatte bei ihrer Mom. Milla seufzte.

Sie riss sich zusammen, warf noch einmal einen Blick auf Leandros Café. Dabei erhaschte sie einen Blick auf Diana durch die Schaufensterscheibe. Schnell drehte sich Milla um und ging in Gedanken versunken die Calle Montesión entlang in Richtung ihrer Pension. Zahlreiche – nach mehreren Stunden am Strand frisch geduschte Touristen auf der Suche nach einem netten Restaurant – strömten ihr entgegen. Milla vernahm den Geruch von zitronigem Duschgel, Après-Sun-Lotion und frisch aufgetragenen blumigen Parfums und verspürte plötzlich großen Hunger. Sie checkte ihr Handy. Keine Nachricht von Paul. Aber ihre Mutter hatte sich vor einer halben Stunde gemeldet. »Lust auf frische Meeresfrüchte im *La Parada del Mar*?«

Und wie. Milla freute sich. Vielleicht taute ihre Mutter hier auf Mallorca, ihrer Heimat, ja wirklich endlich auf. Milla wünschte es sich so sehr, ein innigeres Verhältnis zu ihr aufzubauen, doch sie wusste, erzwingen konnte sie nichts. Das hatte sie schon als Kind zu oft versucht und war mehrfach gescheitert.

Sie musste endlich herausfinden, warum ihre Mutter ihre Gefühle, die ja offensichtlich in ihr schlummerten – die in jedem Menschen schlummern –, all die Jahre eingeigelt hatte. Es schien Milla der Schlüssel zu sein zu ihrer eigenen Fähigkeit, lieben zu können.

Das *La Parada del Mar* befand sich in der Avenue Joan Miró 244. Hier gab es frische Meeresfrüchte und Fisch und eine sehr zuvorkommende Bedienung. Gleich beim Eintritt ins Restaurant musste man seinen Fisch, Muscheln, Gambas und so weiter an der Theke aussuchen. Milla konnte sich mal wieder nicht entscheiden, und ein hagerer deutscher Tourist hinter ihr wurde etwas unruhig. Auch ihrer Mutter fiel die Wahl schwer. Hatte sie das von ihr? Sich nicht entscheiden zu können? Endlich orderten sie, erhielten eine Nummer und einen Tisch. Die Gerichte holte man sich selbst direkt an der Küchentheke ab, sobald die Nummer in Spanisch aufgerufen wurde. Milla, die erneut vergebens versucht hatte, Eli zu erreichen, erzählte ihrer Mutter beim Essen und einem Rotwein, was sie erfahren hatte. Von dem Seniorenheim, in dem Großmutter bis zuletzt gelebt hatte. Sarah hörte sich alles an, sagte aber erst mal nichts dazu. Milla wunderte sich laut, dass Großmutter in einem Seniorenheim gelebt hatte, in dem vor allem Deutsche residierten. Sarah erklärte es sich so: Abbigail liebte Johann über alles und wurde dort durch die Sprache stets an ihn erinnert.

Milla nickte nachdenklich, wollte gespannt wissen, wie die Geschichte der beiden weiterging. Sarah biss in eine Gamba und zuckte bedauernd die Schultern. »Gute Frage.« Sie wusste es nicht.

»Auch nicht, ob Johann noch lebt?«

»Nein, leider nicht.«

»Weißt du was, Mom? Lass uns morgen in dieses Seniorenheim fahren. Vielleicht finden wir da irgendeine Spur, die uns weiterbringt.«

»Ach, Milla.« Sarah klang plötzlich sehr müde und melancholisch. »Ich glaube, ich möchte da nicht hin. Ist das in Ordnung für dich?« Sie nahm noch einen Schluck Rotwein. »Ich würde morgen Vormittag mit dir lieber ans Grab gehen, zu ihr. Und mich dann zur Siesta hinlegen. Irgendwie nimmt mich das Ganze doch mehr mit, als ich dachte.«

»Klar, Mom. In Ordnung. Wir gehen zusammen zum Friedhof, und das danach schaffe ich auch alleine.« Milla trank ihren letzten Schluck Wein aus und lächelte ihre Mutter entschlossen an. Immerhin etwas. Immerhin wollte ihre Mutter mit ihr zusammen ans Grab.

* * *

Am nächsten Morgen fuhren sie mit dem Mietwagen in Richtung des Friedhofs, der etwas außerhalb von Palma lag. Auf der Fahrt dorthin wurde Milla wieder einmal bewusst, wie traumhaft schön die Insel war. Weiß und rosa blühende Mandelbäume säumten ihren Weg, Bäume, an denen Zitronen und Orangen wuchsen, Olivenbäumchen, Zypressen. Milla versuchte, sich vorzustellen, wie das Leben hier in den Fünfzigern ausgesehen haben mochte. Fernab vom Massentourismus wuchs hier noch viel mehr, denn gerade rund um Palma war ja schon einiges bebaut. Ihre Mutter redete kein Wort, Milla ließ sie, auch wenn sie diese angespannte Stimmung schlecht ertrug. Ihr Magen zog sich immer mehr zusammen, denn gleich würde sie das Grab ihrer Großmutter besuchen, ihr so nahe sein wie nie zuvor in ihrem Leben.

Milla stellte den Wagen auf einem Parkplatz direkt am Friedhof ab, und die beiden schritten nervös und ehrfürchtig den Kiesweg an den vielen Gräbern entlang. Millas Augen suchten die Namen auf den Grabsteinen ab. Sie hatten einen Friedhofsgärtner nach Abbigail Fusters Grab gefragt, und er hatte ihnen den Weg gewiesen.

»Dort drüben, da bei diesem Mandelbäumchen, da muss es sein.« Aufgeregt trat Milla näher. Die wenigen Blumengestecke auf Großmutters Grab sahen einsam und verloren aus. Ein Namensschild, auf dem Abbigail Fuster sowie ihr Geburts-

und Sterbedatum standen, steckte in der Grabstelle. Milla schluckte überwältigt, fühlte sich ihr plötzlich sehr nahe. Am liebsten hätte sie jetzt die Hand ihrer Mutter genommen, doch sie wagte es nicht.

»Ich wusste es«, entfuhr es Sarah leise.

»Was wusstest du, Mom?« Milla sah ihre Mutter fragend an.

Doch Sarah schüttelte nur abwehrend den Kopf. »Dass sie eine böse Frau gewesen ist, sonst hätte sie doch mehr Blumen auf ihrem Grab.«

Aber Milla konnte das, nach all dem, was sie bisher über die patente junge Abbigail gehört hatte, einfach nicht glauben. »Das ist doch Unsinn. Sie kannte einfach nicht mehr viele Leute in ihrem Alter.«

Sarah seufzte, trat zu dem Grab ihrer Mutter und richtete die Blumen in den Steckschwämmen. Ein Stängel war abgeknickt, hing bereits herunter. Milla kniete sich neben ihre Mutter, nahm ihre Hand. Sie fühlte sich klein und kalt an. Nach einem kurzen Moment des Innehaltens brach Sarah die abgeknickte Blume ab und legte sie behutsam auf den Erdhügel.

»Wie geht es dir jetzt?«, entfuhr es Milla.

»Schrecklich«, erwiderte Sarah leise. »Es ist so endgültig. Nun wirst du nichts über damals erfahren, Milla. Warum sie so zu mir war.«

»Doch, das werde ich, Mom. Gib nicht immer so rasch auf!«

Milla war selbst überrascht von dem Ausbruch ihrer Mutter. Sarah nahm nun ein Taschentuch heraus und schnäuzte sich geräuschvoll. Dann sah sie Milla mit feuchten Augen an. »Ich bin so ein furchtbares Vorbild, entschuldige.«

»Das bist du nicht.«

»Lass uns gehen. Bringst du mich bitte ins Hotel? Mir ist wirklich nicht wohl. Und du wolltest doch sowieso noch in dieses Seniorenheim.«

»Mach ich.« Milla beobachtete einen kleinen Vogel, der wohl auf der Suche nach Würmern auf dem Grab herumhüpfte. Dann blickte sie ihre Mutter an. Ihre Mutter, die sich bis zuletzt mit ihrer eigenen Mutter nicht versöhnt hatte und die, wie man ihr ansah, sehr darunter litt. Milla nahm sich fest vor, es selbst nicht so weit kommen zu lassen. Sie wünschte sich so sehr ein besseres Verhältnis zur ihrer Mom. So sehr. Und diese Reise hierher war vermutlich ihre Chance. Wie schnell konnte die Zeit mit der eigenen Mutter zu Ende sein.

* * *

Das *Es Castellot* befand sich auf einem Felsen an der Küste von Santa Ponsa mit Blick auf das Meer. In der zehntausend Quadratmeter großen Gartenanlage gab es zwei Pools, Palmen, blühende Büsche, Bänke und Sitzgruppen unter Sonnenschirmen zum Verweilen für die betagten Anwohner. Alles wirkte sehr gepflegt, und die Senioren und Seniorinnen, denen Milla beim Betreten der Anlage begegnete, hatten sich chic gemacht, trugen ihren Schmuck zur Schau. Die Damen waren in Rosa, Flieder oder Beige gekleidet, man erkannte sofort, dass es sich um eine Residenz der Bessersituierten handelte. Das sogenannte Schlösschen bestand aus mehreren Gebäuden mit modernen Apartments und einem zentralen Haupthaus im mallorquinischen Stil. Alle Bewohner hatten einen traumhaften Blick auf das Meer oder die Gartenanlage.

Milla atmete tief die gute, frische Luft ein und sah sich ergriffen um. Hier hatte ihre Großmutter also die letzten Jahre verbracht. Ohne Familie, aber zum Glück nicht allein. Im *Es*

Castellot konnte man beim betreuten Wohnen beginnen und bis zum Schluss bleiben. Milla entdeckte eine rundliche junge Pflegerin mit einem fest geflochtenen Zopf. Sie fragte sie auf Spanisch, an wen sie sich wenden müsse, wenn sie Auskünfte über eine verstorbene Anwohnerin benötige. Zum Glück hatte ihre Mutter von Anfang an auch Spanisch mit ihr geredet. Oft brauchte sie es in Deutschland nicht, aber hier auf Mallorca umso mehr.

Die Pflegerin, eine sehr nette Frau, wies ihr den Weg zum Haupthaus, zu einer Frau namens Aina Garcia.

Aina Garcia, eine sehr kleine, schlanke Mallorquinerin, die einen braunen Hosenanzug trug, strahlte Eleganz und Seriosität aus. Sie bat Milla in einen Raum, in dem ein langer Holztisch mit antik wirkenden stoffbezogenen Stühlen stand, umgeben von weißen Regalen voller Bücher. Sie sprach Deutsch, wenn man auch ihren Akzent deutlich hörte.

»Bitte hier herein.« Sie deutete in den Raum, der wie eine Bibliothek wirkte, voller Bücher, in der Mitte ein antiker Holztisch. »Hier können unsere Anwohner lesen, es gibt auch WLAN und zwei Notebooks, die allen zur Verfügung stehen.«

»Wie praktisch«, lächelte Milla. »Sehr schön haben sie es hier. Also, ich meine die Anwohner.«

»Danke.« Aina Garcia sah Milla fragend an. »Abbigail Fuster war also wirklich Ihre Großmutter? Können Sie das irgendwie beweisen?«

»Ich … ich habe einen Brief von ihr, den mir der Notar gegeben hat. Ich habe ihn aber in der Pension.«

»Schon gut. Ich glaube Ihnen. Ich muss das fragen, da einige bekannte Persönlichkeiten hier leben und es immer wieder Leute von der Presse gibt, die sich als Angehörige ausgeben.«

»Verstehe. Aber was sollte die Presse über meine Großmutter erfahren wollen?«, hakte Milla sofort neugierig nach.

»Das weiß ich nicht«, lächelte Aina Garcia ihr undurchsichtiges Lächeln. »Immerhin war sie eine Xueta.« Mehr sagte sie nicht.

Milla überlegte fieberhaft, wie sie mehr aus ihr herausbekommen konnte. Sie ärgerte sich über sich selbst, dass sie sich keinen Fragenkatalog überlegt hatte, keine Taktik.

»Also, wie kann ich Ihnen helfen?«

»Das weiß ich leider selbst nicht«, platzte es aus Milla heraus. »Beziehungsweise, ich würde gerne mit Anwohnern oder Pflegern reden, die meine Großmutter besser kannten.«

Aina Garcia sah etwas nervös auf ihre goldene Armbanduhr. Ihr Make-up glänzte in der Sonne. »Abbigail Fuster pflegte keine engen Kontakte zu irgendjemandem.«

Fassungslos sah Milla Aina Garcia an. »Wirklich? Und das in so einem Heim?«

Aina Garcia schien es sich noch einmal zu überlegen. »Na ja, also mit zwei Anwohnern gab es schon einen gewissen Austausch. Ausgerechnet mit den beiden.«

»Was meinen Sie damit?«

»Die eine war eine Ende der Dreißigerjahre in Berlin sehr bekannte Tänzerin. Jüdin. Der andere ein Deutscher, ein ehemaliger NS-Offizier. Diese beiden hatten lange nichts miteinander zu tun, sie verließen den Raum, wenn der andere ihn betrat. Und ihre Großmutter hatte es sich zur Aufgabe gemacht, die beiden zusammenzuführen. Was bedingt funktionierte.«

Beeindruckt hörte Milla dieser Frau zu. Ihre Großmutter hatte versucht, in dieser edlen Seniorenresidenz eine Jüdin und einen NS-Offizier zu befreunden? Wie abgefahren war das denn? Abbigail wurde ihr immer sympathischer, je mehr sie über sie erfuhr.

»Kann ich mit den beiden sprechen, bitte? Also, gerne getrennt. Bitte, das ist sehr wichtig für mich… und meine Mutter. Ich weiß so gut wie nichts über meine Familiengeschichte, es würde mir sehr weiterhelfen.«

Aina Garcia sah Milla zögerlich an, nahm Lipgloss aus ihrer Jacketttasche und frischte ihre Lippen mit rosa Glitzer auf. »Ich werde die beiden Herrschaften fragen, ob Sie mit Ihnen reden möchten. Mehr kann ich nicht für Sie tun.«

»Vielen Dank. Ich warte draußen in der Sonne bei den Sitzgruppen, in Ordnung?«

»Ja, tun Sie das.« Aina Garcia stand auf, wollte bereits gehen, wandte sich dann aber noch mal an Milla. »Sie wissen, dass Frau Fuster ihr gesamtes restliches Bargeld, das sie von ihren Eltern geerbt hat, der Residenz vermacht hat? Damit wir jedes Jahr auch Personen aufnehmen, die nicht so viel Geld besitzen.«

»Nein, das wusste ich nicht.« Milla sah sie erstaunt an. »Ich habe Großmutters Souvenirladen geerbt, und das ist für mich mehr als genug. Es freut mich für Sie, dass sie es Ihnen vermacht hat, wirklich. Dann scheint sie hier ja glücklich gewesen zu sein.«

Erleichtert lächelte Aina Garcia Milla an und schien plötzlich gelöster als zuvor.

Nervös saß Milla unter einer Palme in der Sonne, blickte aufs glitzernde Meer und nippte an dem Café solo, den ihr ein Kellner gebracht hatte. Hier konnte man wirklich einen angenehmen Lebensabend verbringen. Nur brauchte man das nötige Kleingeld dafür. Einzig ihren geliebten Souvenirladen hatte Abbigail behalten, um ihn ihrer Enkelin aus Deutschland zu vererben. Ihrer Enkelin, die sie nicht einmal kannte. Warum tat sie das nur?

Plötzlich vernahm Milla eine tiefe, brummige Männerstimme hinter sich. »Guten Tag. Sind Sie Frau Stendal?«

Milla drehte sich überrascht um und nickte lächelnd. Vor ihr stand ein stattlicher älterer Herr mit weißen Haaren und einem dunkelblauen Anzug, der fast wie eine Uniform wirkte.

»Das bin ich. Die Enkelin von Abbigail Fuster.«

Der weißhaarige Mann lächelte sie traurig an. »Mein Name ist Franz Xaver Schuller. Ehemaliger Offizier. Und seit ungefähr fünfzehn Jahren bin ich nicht mehr stolz darauf.«

Beeindruckt sah Milla ihn an. »Und vorher waren Sie es?«, rutschte ihr heraus.

»Ja.« Sein Ton klang fest. »Bis sie es mir vermiest hat.«

»Setzen Sie sich bitte.«

Er setzte sich umständlich. Seine alten Knochen schienen wehzutun. Er musste weit über neunzig sein.

»Was für eine patente, grandiose Frau, unsere Abbigail«, fuhr er sentimental fort. »Ich hoffe, Sie sind genau wie sie?«

Milla lachte. »Das weiß ich nicht. Ich kannte sie leider nicht.«

»Das ist eine Schande, Kindchen.« Er wackelte mit dem Kopf, vertrieb eine lästige Fliege vor seinem Gesicht. »Sie hat mich geliebt, wissen Sie?«

Milla lächelte gerührt und wusste nicht, was sie darauf sagen sollte.

»Nicht, wie Sie denken. Ganz züchtig, aber ich habe es ihr angemerkt. Immer wenn sie sich in meiner Nähe befand, wurde sie zum jungen Mädchen.«

»Wie schön. Dann kannten Sie sich also gut?«

»Gut, gut. Was heißt das schon. Man weiß von einer anderen Person nur das, was diese über sich erzählt. Ich hätte Ihnen ja nicht sagen müssen, dass ich NS-Offizier war. Dann hätten Sie vielleicht gedacht, was für ein netter alter Herr.«

Milla nickte eingeschüchtert.

Aufgewühlt fuhr er fort: »Damit muss ich selbst klarkommen. Dass ich mich habe einlullen lassen. Dass ich so ein ehrgeiziger junger Mann war, für den Befehle zu geben das Größte war. Ich bin nach dem Krieg ausgewandert, nach Mallorca. Da kannte mich keiner, und ich habe lange niemandem etwas von meiner dunklen Vergangenheit erzählt. Aber im Alter musste ich reden. Verstehen Sie das? Es lag mir so schwer auf der Brust wie ein Klotz, ein Stein, ich musste ihn loswerden, aber das ging nicht.«

»Das verstehe ich«, sagte Milla leise.

»Woher kommen Sie aus Deutschland, Kindchen?«, fragte Herr Schuller nach, und seine Hände zitterten ein wenig.

»Aus Berlin. Und Sie ursprünglich?«

»Auch aus Berlin. Ost oder West?«

»West, wieso fragen Sie?«

»Na, die Stasi-Offiziere aus dem Osten, die die Menschen im Knast gefoltert haben, die laufen doch auch noch alle herum.«

»Das stimmt«, gab Milla zu. »Ich war mal im Stasi-Knast in Hohenschönhausen, den kann man ja besichtigen, diese Folterkammern, wirklich grauenhaft. Aber so ganz vergleichen kann man es nicht, finde ich.«

Er nickte bedrückt, und Milla hatte das Gefühl, einen sehr sensiblen Mann vor sich zu haben. Was könnte sie ihn nur fragen, um mehr über das Geheimnis ihrer Familie herauszubekommen? »Sie empfanden meine Großmutter also nicht als böse Frau?«

Verblüfft starrte er sie mit seinen milchig-trüben hellblauen Augen an. »Abbigail böse? Das Gegenteil, Kindchen, das Gegenteil. Sie hat viel durchgemacht. Aber im Grunde ihres Herzens war sie ein Engel. Ein wahrer Engel.«

»Und was hat sie durchgemacht?«

»Darüber hat sie mit mir nie geredet.«

»Und wieso sie keinen Kontakt mehr zu ihrer Tochter hatte? Darüber auch nicht?« Milla hielt den Atem an und hoffte, ihn nicht verschreckt zu haben.

Er überlegte, fieberhaft. »Sie hatte eine Tochter?«

»Ja natürlich, sonst gäbe es mich ja nicht.«

»Natürlich.«

Milla sah, wie unangenehm es ihm war, dass er im Kopf nicht mehr der Schnellste zu sein schien. »Sie hat mir nie von einer Tochter erzählt. Aber vielleicht ihrer Freundin hier, Bescha Baum. Sie war in den späten Dreißigern eine bekannte Tänzerin. Abbigail wollte sie immer mit mir verkuppeln. Mich, mit einer Jüdin. Aber ich steh nicht auf so dürre Dinger.«

Milla musste unwillkürlich lächeln. »Mit Frau Baum werde ich hoffentlich auch gleich noch sprechen. Aber gibt es vielleicht sonst etwas, was Sie mir Interessantes von meiner Großmutter erzählen könnten? Etwas, was erklären könnte, warum sie so viele Jahre keinen Kontakt mehr zu ihrer Tochter hatte?«

Franz Xaver Schuller dachte lange nach, schüttelte dann etwas wackelig seinen Kopf. »Leider nein, tut mir leid, Kindchen. Schlimm, wenn man nichts weiß über seine Familie, nicht?«

Milla nickte, und Tränen schossen ihr in die Augen. Und am liebsten hätte sie diesem alten Mann ihr Herz ausgeschüttet, wie es sich anfühlt, nicht zu wissen, warum man von der eigenen Mutter nicht aus tiefstem Herzen geliebt wird. Schnell setzte sie ihre Sonnenbrille auf, die sie ins Haar geschoben hatte, und blinzelte die Tränen weg.

Herr Schuller stand umständlich auf. »Entschuldigen Sie mich bitte, meinen Kaffee nehme ich um diese Uhrzeit gerne alleine in meinem Zimmer ein. Ich werde schnell müde, wissen Sie. Mit fünfundneunzig.«

Milla stand rasch auf, gab dem alten Herrn die Hand und drückte sie dankbar. »Vielen Dank, ein kleines bisschen haben Sie mir geholfen. Immerhin weiß ich jetzt sicher, dass meine Großmutter im Grunde eine herzensgute Frau war.«

Er nickte ein wenig zitterig und machte sich dann mit seinem Stock auf den Weg zum Haupthaus.

Milla atmete durch. Was hatte sie erwartet? Dass ihr hier auf dem Serviertablett das Geheimnis ihrer Familie offenbart wurde? Während sie sich im Garten der Anlage ein wenig die Beine vertrat, wartete sie gespannt auf Bescha Baum. Ein Pfleger hatte ihr mitgeteilt, dass sie bereit sei, in einer halben Stunde mit ihr zu sprechen.

Bescha Baum, eine sehr zierliche, ganz in Weiß gekleidete alte Dame, wirkte, als könnte sie der nächste Windhauch mitnehmen. Sie trug einen divenhaften weißen Hut, ihre Haut schien pergamentähnlich dünn und faltig. Sie war etwas überschminkt und lächelte eher verhalten. »Ich hatte in meinem Leben nicht viel zu lachen«, war einer ihrer ersten Sätze. »Meine Karriere war mit diesem Winzling, diesem Größenwahnsinnigen zu Ende.«

Milla fühlte sich ein wenig überfordert und suchte vergeblich nach einer Antwort. Schließlich nickte sie nur, ehrlich Anteil nehmend, und wartete, was noch käme. Die alte Dame, die etwas über neunzig sein musste, redete ein sehr betontes Hochdeutsch. »Aber ich will mich nicht beschweren. Ich lebe, und das ist das Wichtigste.«

Milla nickte wieder und wagte sich zu ihrem Anliegen vor. »Man hat mir gesagt, dass Sie mit meiner Großmutter, Abbigail Fuster, befreundet waren?«

Bescha Baum sah Milla ernst an. »Das stimmt. Sie fehlt mir sehr.«

»Hat sie zu Ihnen jemals etwas gesagt, warum sie keinen Kontakt mehr zu ihrer Tochter hatte?«

Bescha Baum überlegte angestrengt, legte ihre ohnehin stark zerfurchte Stirn in noch mehr Falten. Ein Windhauch hob ihren weißen Hut ein wenig an, Bescha hielt ihn mit ihrer zarten, feingliedrigen Hand rasch fest. Der Lippenstift verlor sich in den Falten um ihren Mund. »Sie hat ihre Tochter nie verstanden.«

Milla horchte auf. Dann hatte Großmutter also doch über ihre Tochter Sarah gesprochen. »Wieso hat sie ihre Tochter nicht verstanden?«, hakte Milla sofort nach. »Wie meinte sie das?«

Gebannt wartete sie auf die Antwort und dachte einen Moment daran, dass sie ja auch immer das Gefühl hatte, dass ihre Mutter sie nie verstand.

»Das Mädchen, also wohl Ihre Mutter, stand ihr einfach nicht sehr nahe, glaube ich. Warum auch immer. Ein anderes Wesen, ein anderer Charakter. So ganz habe ich es auch nicht begriffen. Sie fällte Entscheidungen, die Abbigail nicht guthieß.«

»Welche Entscheidungen?« Milla hielt den Atem an.

»Nun«, begann Bescha umständlich. »Sarah wollte mit achtzehn Jahren weg von ihrer Mutter, nach Deutschland, nach Berlin, und einen Deutschen heiraten.«

Seltsam, dass Großmutter gerade dafür kein Verständnis gehabt hatte. Sofort dachte Milla daran, wie sie selbst mit achtzehn Jahren bei ihrer Mutter ausgezogen war. Sie hakte aufgeregt nach. »Großmutter hatte sich doch auch in einen Deutschen verliebt, das musste sie doch verstehen.«

Bescha nickte. »Schon. Aber es hat nur Unglück über sie gebracht.«

Je mehr Milla nachbohrte, umso verschlossener wurde Bescha. Sie lenkte ab, plauderte mit Milla noch ein wenig, doch es kam nichts Neues über Millas Großmutter heraus. Bescha erzählte, dass sie in München am Nationaltheater getanzt hatte, in Berlin an der Staatsoper, in vielen großen Häusern. Milla sah in ihren funkelnden Augen, wie sehr es sie getroffen hatte, ihren Traum vom Tanzen aufgeben zu müssen, nur weil sie Jüdin war. Bescha ging nach Amerika ins Exil und heiratete dort einen Millionär. Doch ihren Traum konnte sie sich von all dem Geld nicht zurückkaufen. Denn auf der Schiffsfahrt nach New York lernte sie einen charmanten Mann kennen, der sie anflirtete, diese zarte Tänzerin, sie umgarnte. Doch es handelte sich nur um ein perfides Spiel. Er entpuppte sich als Nazi, schoss ihr auf Deck, ohne mit der Wimper zu zucken, in ihren rechten Fuß, damit die Jüdin nie wieder tanzen könne.

»Lebe deine Träume«, sagte sie zu Milla, und ihre faltigen Mundwinkel zuckten. »Solange es noch geht.« Erst jetzt registrierte Milla, dass Bescha fast unmerklich humpelte in ihren weißen Ballerinas.

Nach einer Weile verabschiedete sich Milla dankbar und erschöpft von der zerbrechlich wirkenden alten Dame, da diese zum Bingo wollte. Milla versprach, sie spätestens nächstes Jahr auf Mallorca wieder zu besuchen. Denn Milla nahm sich vor, nun öfter auf diese Insel zu kommen, die Heimat ihrer Vorfahren.

»Wenn ich dann noch lebe.« Bescha Baum lächelte. Ausgerechnet bei diesem Satz lächelte sie, schien mit sich im Reinen zu sein.

Milla schluckte. »Das hoffe ich sehr.«

Dann wurde Bescha plötzlich ernster. Sie zögerte, rang sichtlich mit sich und sagte dann leise: »Da ist noch etwas, mein Kind …«

6. Kapitel

Mallorca 1956

Abbi hatte sich am Morgen eine modische Neuheit gekauft, auf die sie sehr stolz war: eine hellgelbe Caprihose. Sie hatte sie in einer Zeitschrift namens *Constanze* gesehen, die eine deutsche Touristin hatte liegen lassen. Ihre Eltern fanden die Hose scheußlich und für eine junge Frau völlig unpassend, doch die rebellische Abbi setzte sich durch. Sie wollte Johann gefallen, den sie seit zwei Wochen heimlich traf und bei dem ihr Herz immer höher schlug. Bis jetzt hatten sie sich noch nicht einmal geküsst, aber der erste Kuss lag in der Luft. Vielleicht war es heute so weit?

Sie sahen sich fast immer nach Ladenschluss, wenn Abbi vor den Eltern eine passende Ausrede einfiel. Doch so langsam schöpften diese Verdacht. Noah wollte den jungen Herrn unbedingt kennenlernen, der seiner geliebten Tochter so den Kopf verdreht hatte. Obwohl Abbi versuchte, sich zu Hause ihre Verliebtheit nicht anmerken zu lassen. Sie versicherte ihren Eltern, dass sie meist Eli traf, die gerade Liebeskummer hatte, oder auch einen guten Freund, der ihr Nachhilfe in Buchführung gab. Nachhilfe und Ratschläge, die sie dringend für ihren Laden brauchte.

Noah nahm ihr das nicht ab, da sie ihr Geschäft bisher auch sehr gut alleine geführt hatte. Woraufhin Abbi ihre Lügen weiter ausspann, dass dieser Freund besondere Kniffe kennen würde, wie sie etwas sparen könnte. Mit dem Stichwort »sparen«, das wusste sie, konnte sie ihren Vater besänftigen. Und so bohrte er nicht weiter nach, auch weil ihn seine Frau Esther darum bat.

»Lass sie«, hörte Abbi eines Abends ihre Mutter in der Küche zu ihm sagen. »Sonst verlieren wir sie auch noch.«

Und wieder war sie schlagartig da, die Erinnerung an ihre geliebte Schwester Rachel, die ihr so sehr fehlte. Abbi erinnerte sich abermals an ihre Kindheit, wie Rachel Abbi einmal, als sei sie eine Puppe, viele bunte Schleifchen ins Haar geknotet hatte. Abbi war so zur Schule gegangen, und als sie von ein paar Jungs ausgelacht wurde, hatte sich Rachel vor sie gestellt.

Abbi vermisste ihre Schwester Rachel unendlich, auch wenn die Jahre die Trauer ein wenig dämpften. Die Wunde heilte einfach nicht. Erschrocken stellte Abbi immer öfter fest, dass sie sich nicht mehr ganz genau an Rachels Gesicht erinnern konnte. Dann nahm sie schnell ein Bild von ihr zur Hand und versuchte, sich dieses liebe Gesicht wie ein Gedicht ins Gedächtnis einzuprägen. Auch in ihrem Souvenirladen lag ein Bild von Rachel in der Schublade des Tresens, denn Abbis Angst, ihre Schwester irgendwann zu vergessen, war groß.

Abbi wusste, wie sehr auch ihre Eltern immer noch unter dem Verlust von Rachel litten und immer leiden würden. Sie wusste zu gut, dass sie ihnen nicht auch noch Sorgen bereiten durfte. Aber sie wusste auch, sie konnte Rachel nicht ersetzen. Es war *ihr* Leben, das sie noch vor sich hatte, es handelte sich um *ihre* Gefühle. Und dass sie einen Mann mit jüdischen Wurzeln heiraten musste, diesen gesellschaftlichen Zwang, fand sie unerträglich. Sie lebten doch in einer modernen Welt! Abbi hasste sich dafür, ihre geliebten Eltern wegen Johann anzulügen. Sie versuchte jeden Tag erneut, Johann zu vergessen, sich rar zu machen, Treffen fernzubleiben, sich ihre Gefühle für ihn aus dem Herzen zu reißen. Doch irgendetwas in ihr hatte die Macht übernommen, führte sie immer wieder zu ihm, wie einen Magneten zu einem anderen.

Heute Abend, so nahm sie sich jetzt vor, würde sie leben. Für Rachel. Sie würde Johann küssen, da er offensichtlich zu schüchtern und zurückhaltend war, um den ersten Schritt zu tun. Genau das liebte sie an ihm, dass er ihr Zeit ließ, sie nicht drängte. Ahnte er, dass sie noch Jungfrau war? Geküsst hatte sie schon zwei Männer, aber mehr auch nicht. Abbi fragte sich, ob sie sich zu schüchtern und ungeschickt verhielt. Sie musste dringend Eli ausquetschen, ob sie irgendetwas falsch machte. Irgendwie seltsam schien es ihr schon, dass Johann noch nicht einmal ihre Hand nahm.

Abbi versuchte sich zu beruhigen. Sie spürte doch, dass er sie mochte. Aber verzehrte er sich auch so nach ihr wie sie sich nach ihm? Johann wusste inzwischen, dass sie eine Xueta war, das hatte sie ihm erzählt. Er versicherte ihr, es hatte keine Bedeutung für ihn. Natürlich nicht. Aber für sie.

Nach Ladenschluss hatten sie sich am Plaza de la Reina, am Springbrunnen, verabredet. Dort hielten sich ihre Eltern normalerweise nie auf, dort trafen sie sich oft. Abbi starrte auf die Uhr, die an der Wand ihres Ladens hing, aber heute schien der Zeiger nicht wandern zu wollen.

Endlich zeigte er auf die Sechs. Abbi, die schon den Tagesabschluss der Kasse gemacht hatte, hängte das *Geschlossen*-Schild in die Tür, trat hinaus und sperrte draußen ihren Laden aufgeregt ab. Gerade als sie sich vorfreudig umdrehte und losgehen wollte, sah sie Pomade und vier seiner Kumpels, die ihr höhnisch grinsend entgegenkamen.

Abbi beeilte sich, an ihnen vorbeizulaufen, ohne sie eines

Blickes zu würdigen, doch die fünf hefteten sich sofort an ihre Fersen. Sie hielten zwar Abstand, aber Abbi konnte das Getuschel und leise Lachen der Männer in ihrem Rücken vernehmen. Ihre Nackenhaare stellten sich alarmiert auf. Was sollte sie tun? Wer konnte ihr helfen? Johann. Wer sonst. Abbi ging schneller und ihre Verfolger ebenso. Endlich, nach gefühlten endlosen Minuten, kam sie am Plaza de la Reina an, wo Johann bereits am Springbrunnen auf sie wartete. Er erkannte die Lage sofort, ging eilig und aufrecht auf Abbi zu, stellte sich beschützend vor sie. An die fünf gewandt, verbat er sich diese Belästigung seiner Freundin. Wenn das nicht aufhörte, so drohte er, würde er die Policia informieren.

Höhnisch lachend konterte Pomade, dass er sich gerne lächerlich machen könne. Er dürfe schließlich herumlaufen, wo er wolle. Dennoch pfiff er sein Gefolge zu sich, flüsterte ihnen etwas zu, und die fünf trollten sich.

Entsetzt starrte Abbi Johann an. »Was wollen die von mir?«

»Dir Angst machen, und das haben sie geschafft.« Er nahm sie liebevoll und zärtlich in seine Arme. Abbi roch seinen betörenden, unverkennbaren Johann-Duft, und ihr Herzschlag setzte für einen Moment aus. So nah waren sie sich noch nie gekommen. Johann fühlte sich gut an, er fühlte sich richtig an. Und auch, wenn das der völlig falsche Augenblick zu sein schien, näherten sich ihre Münder einander. Abbi spürte seine weichen, vollen Lippen auf ihren. Spürte seinen Atem, der sich mit dem ihren verband, seine Zunge, die die ihre zart umspielte. Noch nie hatte sie ein Mann so gefühlvoll, so voller Respekt und Leidenschaft geküsst. Das musste Liebe sein. Die große Liebe, über die sie mit Eli schon so viel gesprochen hatte. Die auch Eli bis jetzt noch nie erfahren durfte, die vielleicht nicht jeder Mensch auf dieser Welt erlebte. Abbi wurde sich ihres unglaublichen Glücks bewusst, nur um sich im nächsten Moment wieder schuldig und schlecht zu fühlen. Sie hinterging ihre Eltern, brachte sie in Gefahr, würde sie unglücklich machen.

Abbi löste sich schwer atmend von Johann, stieß ihn ein wenig von sich und schüttelte aufgelöst den Kopf. »Nein, nicht, wir dürfen das nicht!«

»Wieso?« Verletzt sah er sie an, wartete auf eine Antwort, die ihm Abbi nicht geben konnte. Wusste er denn so wenig über die Xuetes auf Mallorca? Hatte er sich bisher so wenig um die Inselbewohner geschert? In Abbi kochte Wut hoch, vermutlich wusste sie nur einfach nicht, wohin mit ihren verwirrten großen Gefühlen. »Meine Eltern kriegen Probleme, weil du kein Xueta bist...« Mehr sagte sie nicht. Schließlich konnte sie nicht jetzt schon vom Heiraten reden! Was tat sie da? Blut schoss ihr in die Wangen, Abbi drehte sich um und rannte davon.

»Was? Abbi, Abbi! Bitte warte!«

Sie spürte seinen enttäuschten Blick in ihrem Rücken, aber er folgte ihr nicht, ließ ihr Zeit. Tränen rannen über ihr Gesicht, während sie schniefend durch die Gassen der Altstadt hastete. Ein paar Touristen kamen ihr lachend entgegen, wunderten sich über diese traurige Einheimische, während sie die Altstadt von Palma bewunderten. Doch Abbi sah die verwinkelten Gassen nur noch durch einen Tränenschleier, setzte sich auf irgendeine Stufe, verharrte da, zermarterte sich das Gehirn. Was sollte sie nur tun? Sie konnte nicht mehr ohne Johann leben. Sie wollte es nicht!

Die Sonne ging bereits unter. Abbi kam zu sich, merkte erst jetzt, dass sie fror, stand von der Stufe auf, wischte sich ihre Tränen weg und säuberte dann ihre hellgelbe Caprihose mit der Hand. Ihre neue Hose hatte nun sicherlich einen grauen Fleck auf dem Hintern. Sie musste nach Hause, ihre Eltern machten sich bestimmt schon die größten Sorgen. Das wollte sie auf keinen Fall.

Als sie in eine dunkle Gasse abbog, eine Abkürzung, hörte sie plötzlich das meckernde Lachen von Pomade und seinen Schergen aus dem Nichts. Entsetzt starrte sie ins Dunkel, genau in Pomades Augen, die vom Lichtschein eines Streichholzes erleuchtet wurden. Er steckte sich gerade eine Zigarette an, grinste ihr süffisant mitten ins Gesicht. »Da ist sie ja, unsere kleine Hure.«

Diesmal standen nur zwei seiner Gefolgsleute bei ihm, lachten johlend auf, und alle drei kamen auf Abbi zu. Ihre Absätze klackerten auf den Steinen.

Abbi drehte sich sofort um und wollte hastig zurückgehen. Doch in dem Moment wurde sie von Pomades Hand fest gepackt und in einen dunklen Hauseingang gezogen. Er drückte sie hart an sich, sodass sie seinen Schweiß, den Rauch und seinen schlechten Atem riechen konnte. Sie sah seinen verfaulten Zahn.

»Lass mich los, lass mich sofort los!«, schrie sie aus Leibeskräften. Pomade hielt ihr den Mund zu, nahm sie in den Klammergriff, sodass sie sich kaum noch bewegen konnte. Abbi zappelte wie ein gefangenes Kaninchen, versuchte, ihn in die Hand zu beißen, doch der schmierige Kerl war stärker als sie. Da erinnerte sie sich an eine Szene, die sie einmal in einem Buch gelesen hatte. An einen Selbstverteidigungsgriff für Frauen, der ziemlich gruselig war, doch im äußersten Notfall den Angreifer dazu zwang, sofort in die nächste Klinik zu gehen, um nicht zu verbluten. Pomade bedrängte sie immer mehr, grapschte in ihren Schritt, da nahm Abbi den Mut der Verzweifelten zusammen, packte sein rechtes Ohr am oberen Rand und riss mit aller Kraft daran. Blut spritzte, Pomade schrie gellend auf, ließ sie aber los. Seine Schergen starrten entsetzt auf das viele Blut, auf sein Ohr, das etwas herabhing, und Abbi nutzte diese Sekunden, um zu fliehen. Sie rannte, rannte um ihr Leben.

* * *

Zitternd lag Abbi in ihrem Bett und lauschte dem Wind, der an den Fensterläden klapperte. Es zog ein Gewitter auf, der Regen prasselte aufs Dach. Ihren Eltern hatte sie erzählt, dass sie in ihrem Laden auf eine Leiter gestiegen und unglücklich gefallen war. Daher die Schrammen im Gesicht und an der Hand. Esther hatte noch in der Nacht besorgt ihre Wunden versorgt, wagte es nicht, nachzufragen. Noah, das sah Abbi ihm an, glaubte ihr kein Wort. Seine Lippen bebten. Doch auch er fühlte sich offensichtlich nicht in der Lage, die Wahrheit zu ertragen. Er fragte nicht nach, zog sich ins Schlafzimmer zurück und verschloss die Tür.

Abbi lag lange wach, und sobald sie ihre Augen schloss, sah sie ihn vor sich. Ihn, mit seinem fauligen Zahn. Dem blutenden Ohr.

Stundenlang wälzte sie sich im Bett umher. Erst als die ersten Vögel den Tag durch ihr Gezwitscher begrüßten, fiel sie in einen unsanften, zerstörerischen Schlaf.

Der nächste Tag im Souvenirladen zog sich dahin. Jedes Mal, wenn die Glocke ertönte, zuckte Abbi zusammen, fürchtete, es könne Pomade sein. Doch es war immer nur ein Tourist auf der Suche nach einem hübschen Mitbringsel von dieser wunderschönen sonnigen Insel.

Johann wartete wie immer nach Ladenschluss am Springbrunnen auf sie. Abbi sah ihm an, dass er sofort erkannte, dass etwas geschehen sein musste. Sein Zorn, seine Wut und Ohnmacht standen ihm ins Gesicht geschrieben. Doch da Abbi nicht sagte, was genau geschehen war, und es leugnete, dass Pomade und seine Schergen damit zu tun hatten, konnte er nichts tun.

»Ich will dir doch nur helfen«, sagte er leise und bebend vor Wut.

»Du hilfst mir am meisten, wenn du nichts unternimmst.« Sie nahm seine Hand, auch wenn ihr im Moment jede Berührung zu viel war. »Bitte, Johann. Ich möchte, dass es aufhört. Unsere Familie hat schon so viel erlitten …«

»Es hat also wirklich damit zu tun, dass du von jüdischen Konvertiten abstammst?« Seine Miene wurde aschfahl. »Das darf wohl nicht wahr sein! Wir leben in den Fünfzigerjahren!«

»Ich weiß.«

»Wie lange geht das schon?« Seine Stimme bebte.

»Schon länger. Aber ich denke, ich habe ihm gezeigt, dass er das nicht mit mir machen kann.« Sie sah ihn mit ihren dunklen Augen eindringlich an. »Bitte. Lass es gut sein. Sonst wird alles noch viel, viel schlimmer.«

Er erwiderte ihren eindringlichen Blick. Voller Liebe, voller Schmerz. »Abbi, ich ertrage es nicht, dass dir jemand wehtut und keine angemessene Strafe erhält. Das darf nicht sein, und das weißt du. Der Krieg ist längst vorbei, ihr seid keine Juden, ihr habt nur jüdische Wurzeln.«

»Das ist es ja. Es wird nie ganz vorbei sein. Nicht für uns.«

Betroffen nahm er sie in den Arm, und sie ließ es geschehen. Bebend schüttelte er den Kopf. »Abbi, du musst kämpfen, und ich helfe dir dabei. Ich lasse dir Zeit. Ich weiß nicht, was diese Typen dir angetan haben, aber ich lasse dir Zeit.«

»Ich danke dir, Johann«, erwiderte Abbi unter Tränen, drückte ihren Kopf an seine Schulter, roch ihn und fühlte, dass er der Richtige ist. Der Mann ihres Lebens, der, der sie verstand, dem sie sich so unendlich nahe fühlte. Und diese Erkenntnis traf sie umso härter, als sie wieder an ihre armen Eltern denken musste, die schikaniert werden würden, wenn sie ihn heiratete.

Die nächsten Tage trafen sich Abbi und Johann heimlich am Strand, in einer wunderschönen Bucht. Hier in der Natur, im Schatten der Kiefern, schienen Abbis Wunden am besten zu heilen, hier konnten sie ungestört sitzen und reden. Johann hielt dabei immer ihre Hand, streichelte ab und zu zart ihre Wange, mehr nicht. Er ließ ihr Zeit wie versprochen, und Abbi dankte es ihm von Herzen. Was für ein guter, einfühlsamer Mann. Ganz anders als alle Mallorquiner, die sie bisher kennengelernt hatte. Sie redeten stundenlang über das, was in der Welt geschah. Abbi hatte es sich zur Angewohnheit gemacht, Touristen aus aller Herren Länder, die ihren Souvenirladen mit einer zerlesenen Zeitung unterm Arm betraten, um deren Exemplar zu bitten, wenn sie sie nicht mehr brauchten. Oft hatten sie keinen Bedarf mehr und schenkten Abbi das Journal. Oft konnte sie die Sprache nicht verstehen, denn meist handelte es sich um deutsche Zeitungen. Doch eines Tages beschloss sie, auch in Anbetracht ihrer Kundschaft, der vielen deutschen Touristen, ein wenig Deutsch zu lernen.

Abbis Ehrgeiz ließ sie schnell vorankommen, und auch Johann half ihr dabei sehr. Er versicherte ihr, noch nie eine so kluge, weltoffene Frau wie sie kennengelernt zu haben. Er mochte Frauen nicht, die ihre Berufung einzig darin sahen, Hausfrau und Mutter zu sein, wie es die meisten Frauen um ihn herum taten. Nicht, dass er etwas gegen die Ehe hatte, ganz im Gegenteil.

Wie er das so liebevoll sagte, schlug ihr Herz schneller, und sie wusste nicht, was als Nächstes käme. Würde er ihr etwa hier, in dieser einsamen Bucht, mitten im Sand einen Antrag machen? Allein der Gedanke brachte sie fast um den Verstand. Ihr Herz sehnte sich so sehr nach ihm, doch sie wusste, dass sie dann von ihren Eltern Abschied nehmen musste. Und das brachte sie auf keinen Fall übers Herz. Darum sprang sie kurzerhand auf, damit er ja nicht weiterreden konnte, rannte übermütig in Richtung Meer und befreite sich dabei hüpfend und lachend von ihrem Kleid, die kühle Luft ignorierend. Sie stolperte dabei fast über ihren Petticoat, fing sich wieder lachend und rannte in Unterwäsche weiter.

Als sie zu Johann blickte, sah er ihr fasziniert dabei zu, sprang glückselig auf, zog wie sie fast seine ganze Kleidung aus, und so rannten sie beide, nur noch in Unterwäsche, ins kalte Meer hinein. Sie spritzten sich prustend nass, lachten viel, und nach einer Weile, schwammen sie aufeinander zu, berührten sich sanft, versanken in einem zarten, dann immer leidenschaftlicheren Kuss.

Mallorca 2016

Zutiefst ergriffen von dem, was ihr Bescha Baum eben alles erzählt hatte, fuhr Milla in ihrem kleinen Mietwagen in Richtung Palma zurück. Laut Routenplaner dauerte die Fahrt nur fünfundzwanzig Minuten. Die mallorquinische Landschaft mit all ihren Bebauungen, den edlen Zypressen und mediterranen Pflanzen flog an ihr vorbei, das funkelnde Meer lag rechts von ihr, ihre Gedanken rasten. Ihre arme Großmutter, wie sie von diesem Pomadentypen bedrängt worden war. Wie mutig sie sich verhalten hatte, sich so zur Wehr zu setzen. Milla fragte sich, ob sie selbst das auch gewagt hätte in so einer Situation? Sie fühlte sich oft so mutlos, mochte das selbst nicht an sich und beschloss, es zu ändern. Jeder kann über seinen Schatten springen, jeder.

Millas Handy piepte, und sie fischte sofort danach, fast froh um diese Ablenkung. Eine SMS von Paul. »Hast du dein Handy verschusselt? Muss ich mir Sorgen machen? :-) Kiss Paul.«

Millas Magen zog sich zusammen, denn sie merkte, wie wenig sie die letzten Stunden an ihn gedacht hatte. Viel mehr spukte ihr die Geschichte ihrer Großmutter – und immer wieder dieser Leandro im Kopf herum. Wie konnte das sein? Milla horchte in sich hinein. Ihre rasende Eifersucht auf Pauls französische Kollegin hatte sich ziemlich gelegt. Hier in der Sonne Mallorcas. Nach all dem eben Gehörten, nach der Erzählung von diesem schrecklichen Überfall auf ihre Großmutter. Milla wurde gewahr, dass ihre Probleme von zu Hause plötzlich so klein schienen wie eine Muschel im Sand.

Was dennoch blieb: Unsicherheit, ein erschüttertes Vertrauen in den Mann, den sie in ein paar Monaten heiraten wollte. Milla dachte unwillkürlich erneut an Leandro. Wieso sah er sie immer so seltsam an, mit seinen dunklen, feurigen Augen? Dieser offenbar so leidenschaftliche Mann, der eine große Anziehungskraft auf sie ausübte, auch wenn sie sich innerlich dagegen wehrte. Er ging ihr nicht mehr aus dem Kopf, wie es Abbigail mit Johann ergangen war. Dabei durfte es auch nicht sein. Milla stand kurz vor ihrer Hochzeit, sie liebte doch Paul, und Leandro liebte Diana. Diese wunderschöne, sympathische Frau. Milla musste diesen Kerl aus dem Kopf bekommen, so schnell wie möglich.

Dass das aber nicht so einfach werden würde, ahnte sie, so sehr, wie ihr Herz gerade raste. Hatte sie sich nicht genau das immer gewünscht? Herzrasen? Bei einem Mann, der zu großen Gefühlen fähig war, der sich wie sie auf der Suche nach der einzigen, nach der alles in den Schatten stellenden Liebe befand? Wenn sie an Paul dachte, raste es nicht, ihr Herz. Oder war das völlig normal? Nach ein paar Jahren? Bei Paul hatte es aber auch zu Beginn nicht so geklopft. Es fing locker und leicht an, sie verstanden sich gut, fühlten sich wohl zusammen, und vieles passte einfach. Er liebte Milla ganz bestimmt, doch wie tief seine Gefühle für sie wirklich waren, das wusste Milla eigentlich gar nicht so genau. Paul konnte schlecht über Gefühle sprechen oder wollte es einfach nicht. Milla wurde bewusst, wie sehr ihr das im Grunde ihres Herzens fehlte. Wie selten er ihr gesagt hatte, dass er sie liebe.

Sie schluckte schwer. Denn ihr wurde in diesem Moment klar, dass sie plötzlich alles infrage stellte, ihr ganzes bisheriges Leben. Sie wollte das nicht. Doch was konnte sie dagegen tun? Sie musste Leandro aus dem Weg gehen, den Laden verkaufen. Fieberhaft suchte sie in ihrem Handy nach Maklern in Palma und rief mit belegter Stimme ein paar von ihnen an. Zwei ließen sich dazu überreden, sie heute noch in Großmutters Souvenirladen zu treffen, um sich das Objekt vor Ort anzusehen.

Aufgeregt legte Milla auf. Dabei würde sie sicher wieder Leandro begegnen, aber hoffentlich das letzte Mal. Zuvor jedoch wollte sie zu ihrer Mutter ins Hotel fahren, um ihr von den erschütternden Erzählungen von Schuller und Bescha Baum über Großmutters Leben damals zu berichten. Die Zeit rannte Milla davon. Nur noch zwei Tage. Zwei Tage, um mehr zu erfahren über die vielen verlorenen Jahre, die düstere Vergangenheit ihrer Familie, zwei Tage, um sich ihrer Mutter endlich noch weiter anzunähern.

Zurück in Palma, suchte Milla sofort ihre Mom in deren Hotelzimmer auf. Aufgewühlt erzählte sie Sarah, was sie über ihre Großmutter erfahren hatte, fiel sofort mit der Tür ins Haus. Schockiert lauschte Sarah den Ausführungen ihrer Tochter, und nicht nur Milla, sondern auch ihrer Mutter traten dabei Tränen in die Augen.

»Oh mein Gott, alles nur, weil sie jüdische Wurzeln hatte. Es ist unfassbar. Zum Glück konnte sie entkommen«, flüsterte Sarah und starrte vor sich hin.

»Vielleicht hat diesen fiesen Typen auch gereizt, dass sie einen eigenen Laden führte, und das in einer Zeit, in der die Frauen am Herd stehen sollten.«

Sarah schüttelte stumm den Kopf, öffnete das Fenster. Von draußen drangen die Geräusche der Stadt und der Geruch von frisch gebratenen Hähnchen herein. Unter ihrem Hotel befand sich ein Restaurant.

Milla atmete tief ein. »Lass uns bitte in die Sonne gehen, Mom. Ich ersticke hier drin.« Milla hatte das Gefühl, sie müsse sich bewegen, um sich lebendig zu fühlen. »Außerdem will ich in einer Stunde zu Großmutters Laden. Ich habe einen Termin mit einem Makler. Ich verkaufe jetzt doch.«

»Ach ja?« Es schien Sarah nicht zu interessieren.

»Du hast den Laden noch gar nicht gesehen. Kommst du mit? Bitte.«

Sarah zögerte. Dann gab sie sich offensichtlich einen Ruck, lächelte ihre Tochter bemüht an. »In Ordnung. Ich komme mit dir.«

Milla freute sich. Es ging voran, wenn auch langsam.

Zusammen schlenderten sie durch die malerischen Gassen Palmas. Zahlreiche Souvenirläden, Restaurants, Bars. Sie hingen beide ihren Gedanken nach, liefen einfach vor sich hin und landeten im historischen Stadtzentrum, am Plaza Cort. Weiter ging es zur Calle Palau Reial und hinter dem seitlichen Rathausbau links in ein kleines Gässchen namens Calle Almudaina.

In dieser schmalen Gasse war nicht viel los, es gab nur

wenige kleine Geschäfte, ansonsten wohnten hier Einheimische. Ein alter Torbogen aus maurischer Zeit verband die linke Häuserreihe mit der rechten. Der Beweis, dass die Araber während ihrer Besetzungszeit die Stadt Palma kräftig beeinflusst und verändert hatten. »Der Torbogen gehörte zur damaligen Stadtbefestigung, die die Mauren errichtet hatten«, las Milla auf einem Schild.

Wie viel diese Stadt und deren Einwohner schon erlebt hatten, dachte Milla. Über die Geschichte der Mauren auf Mallorca hatte sie schon etwas gelesen, erinnerte sie sich jetzt, aber über die der Juden nicht. Dass es sich dabei nun auch noch um ihre eigene Geschichte handeln sollte, die ihrer Familie, machte die Sache noch verrückter.

Als hätte ihre Mutter ihre Gedanken erahnt, wandte sie sich an Milla. »Egal, mit welchem Glauben die Menschen leben, eines haben sie gemeinsam: Sie denken immer, dass das, was sie glauben, genau das Richtige ist.«

Milla pflichtete ihrer Mutter bei. »Das ist wirklich seltsam. Aber was ich noch weniger verstehe: Wenn ein Glaube nicht praktiziert wird, so wie in Großmutters Fall – sie haben ja als Katholiken gelebt –, werden sie dennoch angefeindet?«

Sarah nickte betreten. »Deshalb habe ich es dir nicht gesagt. Ich wollte nicht, dass du womöglich noch Angst bekommst.«

Ein warmes Gefühl durchfuhr Milla. Ihre Mutter wollte sie beschützen. Das tut man doch nur, wenn man sein Kind liebt? Hoffnungsvoll sah Milla ihre Mutter von der Seite an. Dieses Gesicht, dem das ihre immer ähnlicher wurde.

Es wurde höchste Zeit, dass Milla begann, sich mit dem Glauben ihrer jüdischen Vorfahren auseinanderzusetzen, auch, um ihre Mutter noch besser zu verstehen. Ihre Mutter, die bei diesem Thema so viele Emotionen zeigte. Was schön war, was Milla berührte.

Sie nahm es sich vor, für Berlin. Bei dem Gedanken an Berlin dachte sie unwillkürlich an Paul. Änderten ihre jüdischen Wurzeln etwas daran, wie sie heiraten würden? Wollte und konnte sie Paul überhaupt noch heiraten, nach all dem Erlebten hier auf Mallorca? Sie brauchte Zeit, dachte an Leandro. Oh nein, der Termin mit dem Makler.

* * *

Leandro stand mit einer Tasse Espresso vor seinem *Coffee and Books* in der Sonne und sah Milla und ihrer Mutter entgegen. Seine dunklen Augen leuchteten auf, oder hoffte Milla das nur? Milla hielt seinem herausfordernden Blick stand, seine Mundwinkel umspielte ein Lächeln. Er sah vielleicht nicht so gut aus wie Paul, der einem Men Model in einem Katalog Konkurrenz machen könnte. Doch Leandros leidenschaftlicher Blick ließ das sofort vergessen. Er wirkte angekommen, in sich ruhend, als wisse er, was er wolle.

»Guten Tag«, begrüßte er sie auf Deutsch, seine Augen funkelten.

Sarah horchte sofort auf, und Milla hoffte, dass ihre Mutter von ihrer Gefühlsachterbahn nichts mitbekommen würde.

»Guten Tag«, antwortete Milla Leandro schnell und kramte dabei nach dem Schlüssel des Vorhängeschlosses in ihrer Handtasche. Doch natürlich fand sie ihn nicht sofort.

»Wer ist das denn?«, flüsterte Sarah neugierig. Dummerweise nicht besonders leise, sodass Leandro es mitbekommen musste. Tatsächlich. Er lächelte.

»Das ist der Ladenbesitzer von nebenan«, sagte Milla und sah ihn dabei an.

Er lächelte. »Der Ladenbesitzer von nebenan. Das klingt ja aufregend.«

Ist es auch, dachte Milla und stellte schnell ihre Mutter vor. Die beiden gaben sich die Hand.

»Herzliches Beileid«, sagte Leandro freundlich zu Sarah. Er versicherte, dass Señora Fuster eine sehr angenehme Ladennachbarin gewesen sei.

Endlich fand Milla den Schlüssel. »Ich hab ihn!«

Sarah nickte nur, wollte ihr folgen, doch da trat aus Leandros Café ein dunkelhaariger Mann um die sechzig, der offensichtlich gerade etwas angeliefert hatte. Er hielt leere Kisten in der Hand. Sarah hielt einen Moment inne, als kenne sie den Mann von irgendwoher. Milla registrierte das, wunderte sich. Leandro bedankte sich bei ihm auf Spanisch und orderte mehr Mandeln für das nächste Mal.

Der Mann registrierte Sarah und Milla, blickte Sarah angetan an und wandte sich auf Spanisch an Leandro: »Leandro, willst du mich diesen beiden charmanten Damen nicht vorstellen?«

»Sicher. Das sind die Verwandten von Señora Fuster. Ihre Tochter und ihre Enkelin aus Berlin.«

Der Mann reichte erst Milla, dann Sarah die Hand, sah ihr tief in die Augen und stellte sich auf Deutsch vor: »Jesús Fernández Jiménez. Mein herzliches Beileid.«

»Danke. Aber meine Trauer hält sich in Grenzen. Meine Mutter hatte den Kontakt zu mir abgebrochen«, erklärte Sarah diesem wildfremden Mann. Milla schluckte, da sie das eindeutig zu viel Information fand, aber Jesús schien Sarahs direkte, offene Art zu beeindrucken. Die beiden plauderten noch ein wenig auf Spanisch über Palma, und Milla stand mit Leandro angespannt daneben. Wieso sagte er denn auch nichts, starrte sie nur von der Seite an, das spürte sie.

»Mom, ich gehe schon mal rein, okay?«

»Was? Ja, sicher.«

Flirtete ihre Mutter etwa mit diesem Jesús? Sarah wirkte wie ausgewechselt. So ungezwungen und offen hatte Milla sie noch nie erlebt. Ein Lächeln schlich sich auf Millas Lippen. Wie schön, ihre Mutter fröhlich zu sehen, wie sehr hatte sie das vermisst. Ob sie diesen Mann von früher kannte, würde sie gleich herausfinden.

Milla trat in Abbigails Laden, und ein kühler Schauer lief ihr über den Rücken. Sie dachte daran, welche Anfeindungen ihre Großmutter über sich hatte ergehen lassen müssen. Plötzlich war sie wieder unsicher, ob sie den Laden einfach so verkaufen sollte. Es musste einen Grund geben, warum Abbigail ihr, Milla, ihren Laden vermacht hatte. Was wollte sie ihr nur damit sagen? Sollte er Mutter und Tochter wieder zusammenführen? War es das?

Sarah, die hinter Milla eintrat, riss Milla aus ihren Gedanken. »Schade, er hat mich nicht nach meiner Nummer gefragt.«

»Mom!«, lächelte Milla verblüfft.

»Was denn?«

»Kanntest du ihn denn nicht?«

»Nein, wie kommst du darauf?«

»Nur so, es sah so aus.«

Sarah schüttelte verträumt den Kopf. »Was für ein Mann. Ich hätte ihn gerne wiedergesehen, aber wenn er nicht will.«

»Er ist bestimmt verheiratet«, tröstete Milla lächelnd.

Sarah lächelte nun auch. »Du hast recht. Das Schicksal will es nicht. Also lassen wir das.« Sie sah sich staunend im Laden um. »Da hat sich ja fast nichts verändert! Nach all den Jahren.«

»Wirklich? Du kennst das alles noch genauso von früher?«

Sarah nickte ergriffen. »Ich bin als Ladenkind groß geworden, weißt du? Mutter wollte ja unbedingt arbeiten. In einer Zeit, in der Frauen zu Hause blieben, am Herd.« Milla hörte den Vorwurf in ihrer Stimme, die Enttäuschung, die Sehnsucht nach Liebe.

Sie nahm ihre Großmutter spontan in Schutz: »Also, ich würde das auch nicht aushalten, nur Hausfrau und Mutter, so ganz ohne Job.«

»Damals war das aber so. Andere Mütter wollten bei ihren Kindern bleiben. Meine Mutter nicht.«

»Mom«, wandte Milla liebevoll ein. »Wenn eine Mutter arbeiten will, bedeutet das doch noch lange nicht, dass sie ihr Kind nicht liebt.«

»Du hast recht«, lächelte Sarah schwach. »Es muss einen anderen Grund gegeben haben.«

Milla blickte sie forschend an, da sie sich immer noch nicht vorstellen konnte, dass Sarah nicht die leiseste Ahnung hatte. Immer noch hatte Milla das Gefühl, dass ihre Mutter etwas vor ihr verbarg.

»Also, wo bleibt jetzt der Makler?«, lenkte Sarah ab.

»Er müsste gleich da sein. Danke, dass du mitgekommen bist. Du weißt doch, dass ich mich mit Geldangelegenheiten nicht so besonders gut auskenne.«

»Dann wird es höchste Zeit, Milla. In deinem Alter.« Sarah lächelte tadelnd, und Milla freute sich, dass sie mit ihr endlich ein wenig scherzen konnte. Sie hatte so recht, dachte Milla. Es wurde höchste Zeit. Lange hatte sich ihre alleinerziehende Mutter Sarah um ihre finanziellen Belange gekümmert, dann Paul. Milla hatte nie so werden wollen, aber Geld interessierte sie einfach nicht. Deshalb lehnte sie auch das Angebot von Tine ab, Partnerin in dem kleinen Goldschmiedeatelier zu werden. Tine hatte es ihr letztes Jahr angeboten. Doch Milla wagte es nicht, fand nicht den Mut, einen eigenen Laden zu führen. War es ein Fehler gewesen? Schließlich hatte Großmutter ihr Laden viel Kraft gegeben, wie es schien.

Plötzlich polterte ein großer, korpulenter Mallorquiner in schlecht sitzendem Anzug herein. Seine Stirn schweißnass, sein Atem stoßweise. »Guten Tag, Señora Stendal, das ist sie also, die kleine Immobilie«, sagte er auf Spanisch. Bemühte sich noch nicht einmal, Deutsch zu sprechen.

Kleine Immobilie? Milla gefiel der Mann nicht und auch nicht, wie er den Laden ihrer Großmutter klein machte. »Ich grüße Sie, Señor Gómez. Das ist meine Mutter.«

Sie gaben sich die Hände, zurück blieb der Schweiß seiner großen, haarigen Hand. Milla wischte heimlich ihre Hand an ihrer Jeans ab, und auch Sarah schien nicht sehr angetan von diesem Mann. Mutter und Tochter warfen sich einen einvernehmlichen Blick zu. Señor Gómez stellte noch ein paar Fragen zum Objekt, notierte sich alles in einer schmierigen Kladde, und Milla beeilte sich, ihn möglichst höflich hinauszubugsieren und auf ihren Anruf zu vertrösten.

Sarah schlug vor, nebenan in diesem netten Coffeeshop einen Kaffee zu trinken und Mandelkuchen zu essen, doch Milla wehrte ab. »Was hast du, Schatz? Gefällt dir dieser Besitzer zu gut?«, sagte ihr Sarah auf den Kopf zu und musterte sie, wie nur eine Mutter ihre Tochter ansehen kann.

»Wie kommst du denn darauf?«

»Ich habe Augen im Kopf. Ist doch nicht schlimm. Du könntest Paul ein wenig eifersüchtig machen. Vielleicht kommt er dann auch wieder zur Vernunft?«

»Ich habe dir doch gesagt, dass es nicht sicher ist, dass Paul eine andere hat.«

Sarah sah Milla entschuldigend an. »Ich habe es nicht böse gemeint. Aber Paul ist ein sehr attraktiver Mann und …«

»Und alles andere möchte ich nicht hören.« Nur weil ihre Mutter die letzten Jahre schlechte Erfahrungen mit Männern gemacht hatte, musste das nicht für Paul gelten. Plötzlich verteidigte Milla ihn, stellte sie insgeheim fest. Bestimmt hatte sie ihm wirklich nur unrecht getan und liebte ihn, so wie man einen Mann lieben sollte, den man in wenigen Monaten heiratet. Die Unsicherheit blieb.

»Tut mir leid, Mom.«

»Schon gut. Lass uns rübergehen. Ich brauche einen Café solo, und ich habe Hunger.«

»Also gut.«

Milla folgte ihrer Mutter in Leandros Café. Sie konnte ihren Gefühlen nicht aus dem Weg gehen. Musste ihr Gefühlschaos noch vor der Hochzeit bereinigen. Denn vor den Traualtar zu treten und unsicher zu sein, stellte sie sich schrecklich vor.

Im Café herrschte viel Betrieb. Die Kaffeemaschine zischte, die Touristen, die gerade nicht in einem der Bücher lasen, unterhielten sich. Es lief leise, angenehme Musik, es roch nach Kaffee, die Atmosphäre wirkte entspannend. Milla hielt sofort angespannt Ausschau nach Leandro, doch sie erspähte ihn nicht. Sie setzte sich mit ihrer Mutter ans Fenster und atmete durch.

»Was ist jetzt mit dir und Paul?«, wollte Sarah wissen. Normalerweise hätte sich Milla gefreut, dass ihre Mutter von selbst anfing, sich nach ihr zu erkundigen, doch heute wollte Milla nicht über Gefühle reden.

»Können wir nicht lieber überlegen, warum Großmutter … so zu dir war?«

Sarah seufzte. »Ich weiß es nicht, wie oft denn noch? Sie hat bestimmt schlimme Dinge erlebt, ja. Aber das mussten damals viele, besonders im Krieg. Und sie haben ihre Kinder trotzdem geliebt.«

Milla nickte nachdenklich. »Ich glaube, es gibt sehr viele Familien, in denen die Großeltern nicht mehr zu tiefen, großen Gefühlen fähig sind und das an ihre Kinder weitergegeben haben. Es ist ja auch kein Wunder. Denk doch allein an all die KZ-Überlebenden, die dieses Grauen miterleben mussten. Ich habe einmal gelesen, wie ein Überlebender das beschrieb: Man spürt sich nicht mehr, man spürt nichts mehr.«

»Das ist wirklich so furchtbar.« Sarah schluckte schwer. »Aber meine Mutter lebte auf Mallorca, und meine Großmutter hat mir mal erzählt, dass Abbi eine recht unbeschwerte Kindheit hatte während des Krieges. Und danach ging es ja auch einigermaßen, bis auf die Anfeindungen.«

»Ich muss jetzt endlich diese Eli ausfindig machen. Sie und Großmutter kannten sich schon seit der Grundschule, und irgendwas verschweigt sie vor mir. Ich glaube, sie geht absichtlich nicht an ihr Telefon.« Sarah nickte, winkte der jungen Bedienung und orderte ihren Café solo und Mandelkuchen.

»Für mich das Gleiche«, sagte Milla, zog ihr Handy heraus und wählte zum wiederholten Male Elis Nummer. Wieder nahm keiner ab. »Das kann doch kein Zufall mehr sein.«

Frischer Kaffeeduft stieg ihr in die Nase und gleichzeitig der unverkennbare Duft von Leandro. Milla sah auf und ihm, der sich zu ihr beugte, um zu servieren, direkt in die Augen. Sein Gesicht befand sich dicht neben dem ihren. Er hatte es sich nicht nehmen lassen, an diesem Tisch persönlich zu bedienen. »Zwei Café solo und zwei Mandelkuchen, die Damen.«

»Danke.« Milla schaute scheu auf den Kuchen. Er sah köstlich aus. Die kandierten Mandeln glänzten in der Sonne.

»Sie kannten meine Mutter doch auch«, wandte sich Sarah an ihn. »Wissen Sie vielleicht etwas über sie, was für uns von Interesse sein könnte?«

Erstaunt und dankbar blickte Milla ihre Mutter an. Sie schien wirklich immer offener zu werden, immer mehr mit Milla an einem Strang zu ziehen. Es tat so gut, eine Mutter neben sich zu spüren.

Leandro schien zu überlegen, lächelte erst Sarah, dann Milla an. »Es kommt darauf an, was Sie besonders interessiert.«

»Milla? Was meinst du?«

Leandro stand noch immer neben Milla, sah sie herausfordernd und sehnsüchtig an. Oder bildete sie sich das wieder nur ein? Sein Atem streifte den ihren.

»Ich … ich weiß doch auch nicht, wonach ich suche. Nach einer Erklärung für …« Sie hielt inne. Sie konnte diesem Mann ja schlecht von der fehlenden Liebe in ihrer Familie erzählen. Leandro sah ihr tief in die Augen, und genau in dem Augenblick betrat die schöne Diana das Café. Milla sah ihr sofort an, dass sie eine Frau war, die von Eifersucht gequält wurde. So auch in diesem Moment. Kein Wunder, so wie Leandro sich Milla zugewandt hatte und ihr in die Augen sah. Diana tat ihr augenblicklich leid. Zu gut kannte sie dieses zerfressende Gefühl.

»Da ist Ihre Freundin«, wies sie mit einer Geste zur Tür.

Leandro drehte sich um. Er begrüßte Diana, die in einem blauen Hosenanzug umwerfend aussah, mit einem Kuss auf die Wange.

Diana lächelte Milla und Sarah bemüht an. »Hallo. Störe ich?«

»Nein, nein. Frau Stendal hat mich nur gerade nach ihrer Großmutter, Frau Fuster, gefragt.«

»Ah!« Diana schien wenig besänftigt.

Leandro legte seinen Arm um Dianas schlanke Taille und verabschiedete sich. »Wenn mir etwas Besonderes einfällt, kann ich mich ja melden.«

»Danke.« Mehr sagte Milla nicht. Ihr Blick blieb an Leandro hängen, der sich nun Diana zuwandte. Sie sah diesem attraktiven Paar hinterher, das Arm in Arm zur Tür hinausging, und ihr Magen zog sich zusammen.

»Du hast mir ja gar nicht gesagt, dass er vergeben ist«, sagte ihre Mutter aufgebracht.

»Ich habe dir auch nicht gesagt, dass ich irgendwelche Absichten hege«, versuchte sich Milla zu verteidigen. Sie spürte, dass sie gerade dabei war, sich in ein unsinniges Gefühl zu verrennen. Herzschmerz vorprogrammiert.

»Milla, in der Liebe müssen wir noch einiges lernen. Da nehme ich mich nicht aus.«

Millas Handy piepte. Eine SMS von Paul. »Ich muss mit dir reden. Bist du gleich in deiner Pension?«

Milla durchfuhr diese Nachricht wie ein Blitz. Er musste mit ihr reden. Doch nicht über seine Kollegin Corinne! Wieder machte sich dieses verzehrende, schmerzliche Gefühl der Eifersucht in ihr breit. Wollte er ihre Beziehung etwa mit einem Telefonat beenden? Milla dachte an all die Hochzeitsvorbereitungen, die schon im Gange waren, an die Schmach, an all das. Und ihr wurde klar, dass sie doch mehr Gefühle für ihn hegte, als ihr vor einer halben Stunde noch bewusst gewesen war.

»Ist etwas passiert?«, erkundigte sich ihre Mutter, die plötzlich eine Antenne für dramatische Momente zu haben schien. Sie klang ehrlich besorgt.

»Nein. Paul will mich nur gleich anrufen. Ich bin eh sehr müde. Wir können ja morgen überlegen, wie wir weiterforschen, okay, Mom?«

»Natürlich. Ich bin auch müde.«

Milla hatte sich auf dem Weg in die Pension noch ein *Pa amb oli* besorgt, ein mallorquinisches Tomatenbrot. Nervös betrat sie ihr modrig riechendes kleines Zimmer. Sie setzte sich aufs Bett, biss in ihr Brot, das köstlich schmeckte und sie ein wenig beruhigte, dann wählte sie mit zittrigen Fingern Pauls Nummer.

Nach schier endlosen Sekunden meldete er sich. Seine

Stimme klang seltsam angespannt, und Milla schnürte es sofort die Kehle zu. Er wollte Schluss machen, ganz sicher, sie spürte es.

»Milla, endlich! Was machst du denn den ganzen Tag, wieso rufst du nie an?«

»Ach, ich muss hier so viel erledigen«, wich sie aus. Sie hatte jetzt keine Lust, ihm von ihren Nachforschungen zu erzählen. Viel wichtiger war doch, was er wollte. »Aber sag du, was möchtest du mit mir bereden?«

Er räusperte sich. »Na ja. Ich … habe irgendwie so ein seltsames Gefühl.«

Milla musste unwillkürlich schmunzeln, denn dieser Satz kam ihr irgendwie bekannt vor. Doch die Lage war zu ernst. »Was denn für eines?«, flüsterte sie.

»Ich weiß auch nicht … Du bist … so weit weg.«

»Paul. Ich bin auf Mallorca, mehr nicht.«

»Mehr nicht?« Seine Stimme klang unsicher. Was hatte das zu bedeuten? Musste sie sich etwa doch keine Sorgen machen? Sondern er sorgte sich um sie? »Seit du … seit du von deiner Oma erfahren hast, bist du irgendwie anders.«

»Na ja. Ich komme mir auch vor wie ein anderer Mensch. Ich meine … da ist plötzlich so viel, was ich nicht wusste, allein, dass ich jüdische Wurzeln habe, und alles andere über meine Familie.«

»Äh, jüdische Wurzeln?«

»Ja, das erzähle ich dir alles in Ruhe in Berlin, okay?«

»Klaro. Und … es hat nichts mit uns zu tun? Ich meine, dass du dich so selten meldest?«

Für ein paar Sekunden wusste Milla nicht, was sie antworten sollte. Sofort dachte sie wieder an Leandro, den sie nur kennengelernt hatte, weil ihre Großmutter ihr den Souvenirladen vererbt hatte, und plötzlich hatte sie einen Gedanken. Auch wenn sie nicht an Übersinnliches oder dergleichen glaubte… Konnte es sein, dass ihre Großmutter sie zu Leandro führen wollte?

»Milla? Bist du noch dran?«

Oh mein Gott. Sie hatte Paul noch nicht geantwortet. Schnell sagte sie: »Es hat nichts mit uns zu tun, Paul.« Sie biss sich auf die Unterlippe. Jetzt log sie ihn auch noch an. »Und was ist mit dir? Du meldest dich ja auch nicht. Was machst du denn die ganze Zeit?«

»Ich? Na, ich treffe Leute, also ich meine, ich gehe eben aus, um nicht alleine in unserer Wohnung rumhängen zu müssen.«

»Leute?«, hakte Milla nach. Blonde Leute mit französischen Vornamen, konnte sie sich gerade noch verkneifen.

»Ist doch egal. Du bist gerade mal kurz weg, und wir benehmen uns, als wärst du seit einem halben Jahr in Australien.« Er lachte. Sein sympathisches, tiefes Lachen. »Aber morgen Abend kommst du ja wieder.«

Milla schluckte, und sie fasste einen Entschluss. »Paul. Ich kann morgen nicht wiederkommen.«

»Wie bitte? Was soll das heißen?«

»Dass ich noch nicht kommen kann. Ich buche um.«

»Und deine Arbeit? Tine wird nicht gerade begeistert sein.«

»Nein. Aber sie hat bestimmt Verständnis. Du auch?«

Er zögerte, schien zu überlegen. Dann klang seine Stimme plötzlich ganz fröhlich. »Natürlich, ich auch. Bleib doch noch bis zum Wochenende, dann hast du genügend Zeit.«

Freute er sich jetzt, dass er länger sturmfrei hatte? Millas Magen zog sich erneut zusammen. »Ja, mach ich.«

»Prima. Du, ich muss aufhören. Schlaf gut.«

»Du auch«, antwortete Milla und legte auf. Und plötzlich wurde ihr bewusst, dass er wirklich so gut wie nie »ich liebe dich« sagte.

Nachdenklich wählte sie Tines Nummer. Gut, dass sie diese EU-Reiseflat hatte, mit der sie Gespräche nach Deutschland nichts kosteten. Denn ihr Budget wurde immer schmaler, und ihre Telefonate mit der Freundin dehnten sich für gewöhnlich aus.

»Hey, Süße«, meldete sich Tine erfreut. Sofort durchströmte Milla ein warmes Gefühl, als sie die Stimme der Freundin hörte, und die beiden tauschten aufgeregt all die Neuigkeiten aus, die Milla beschäftigten. Einmal, wieso Paul am Telefon eben so seltsam geklungen hatte, und vor allem, was Milla bisher über ihre Großmutter als junge Frau alles herausgefunden hatte.

Es dauerte ziemlich lange, denn Milla erzählte alles, bis ins kleinste Detail. Nur ihre Gefühlsverwirrung mit Leandro ließ sie aus.

Tine klang wirklich baff über diese ganzen News, freute sich für die Freundin, dass es mit ihren Nachforschungen so toll voranging.

»Und wie läuft es mit der Schneekönigin?«, wollte Tine schließlich wissen. So nannten sie beide Millas Mom, wegen ihrer Gefühlskälte Milla gegenüber.

»Na ja, ich habe den Eindruck, die Sonne Mallorcas hat ihr Herz schon etwas anschmelzen lassen.« Milla merkte, wie sie unwillkürlich lächelte.

»Echt? Ja, das ist doch toll.«

»Na ja, ein kleines bisschen …«, beschwichtigte Milla. »Du kennst ja Mom. Man weiß nie, wann sie wieder zumacht.«

»Ach, das wird schon. Wenn sie endlich weiß, warum ihre Ma so zu ihr war … Du kriegst das schon alles noch raus.«

»Hoffentlich.« Milla seufzte und fuhr fort. »Du, Tine …«

»Was denn? Nein, lass mich raten. Du hast ’nen tollen Typen kennengelernt?«

Milla lachte, aber es klang künstlich, denn sie fühlte sich ertappt. Wieso nur erzählte sie der Freundin nichts über Leandro, wo sie sich doch sonst immer alles erzählten?

»Ach, du wieder, ich wollte dich nur etwas fragen.«

»Schieß los!«

»Meinst du, ich könnte noch ein paar Tage verlängern? Kommst du im Atelier ohne mich klar?«

Stille am anderen Ende der Leitung. Tines Stimme klang nun ziemlich enttäuscht. »Du hast meine Operation vergessen, stimmt's?«

»Was? Nein!« Doch Milla musste sich insgeheim eingestehen, dass sie daran im Moment tatsächlich nicht mehr gedacht hatte. Tines Myomentfernung. »Bis dahin bin ich natürlich wieder da. Nur drei Tage länger, okay?«

»Wirklich?«

»Großes Indianerehrenwort.«

»Na gut. Von mir aus. Und was ist jetzt mit dem heißen Typen? Mir kannst du nichts vormachen. Hallo, ich werde deine Trauzeugin, du bringst mich echt in die Klemme!«

»Ja, ja, keine Sorge, da ist nichts.« Doch ihre Stimme vibrierte. Tine schien aufzuhorchen. »Milla Stendal, ich kenne diese Stimmlage.«

Oh nein. Milla hatte das Gefühl, nicht aussprechen zu dürfen, was in ihr vorging. »Er kommt sowieso nicht infrage, er hat eine Freundin. Zufrieden?«

»Was? Ach du Scheiße. Das auch noch? Wie mache ich mich todunglücklich in zwei Tagen.«

Milla mochte Tines trockenen Humor, aber jetzt beeilte sie sich schnell, das Thema zu wechseln. »Jetzt muss ich gleich mal einen bezahlbaren Flug finden.«

»Mach das. Meine Haut ist auch schon ganz schrumpelig. Ich liege nämlich gerade bei Kerzenschein in der Badewanne und lese ein Buch. Von der großen, alles verzehrenden Liebe, die für mich leider nur im Roman vorkommt.«

»Bestimmt bald auch in echt, Süße.«

»Schau'n wir mal. Wenn ich die Operation überlebe. Puh, meine Finger sehen aus wie von einer runzeligen alten Frau. Lass uns aufhören. Bussi. Hab dich lieb. Wahre Liebe gibt es eh nur unter Freundinnen«, scherzte Tine.

Milla lachte. »Das stimmt. Hab dich auch lieb.«

Milla legte nachdenklich auf. Drei Tage. Drei Tage, in denen sie die Chance hatte, hinter das Geheimnis ihrer Familie zu kommen,sich ihrer Mutter anzunähern, drei Tage, in denen sie sich für den Richtigen entscheiden musste.

Nachdem sie ihren Flug umgebucht hatte, kuschelte sich Milla nervös in ihr Kissen. Sie schlief ein, ehe sie sich's versah, völlig erschöpft von diesem Tag.

* * *

Am nächsten Morgen wachte Milla früh auf, und ihr Gedankenkarussell setzte sofort ein, als sie auf das Bild in ihrem Pensionszimmer blickte. Sie hatte es Paul als WhatsApp geschickt. Paul. Zwei Liebende, Hand in Hand. Unter blühenden Mandelbäumen. Liebe ich Paul wirklich, fragte sie sich? Kann ich ihn heiraten, wenn in meinem Kopf ein anderer herumspukt? Es durfte nicht sein, dass sich dieser Leandro so einfach in ihre Gedanken geschlichen hatte. Doch selbst wenn sie mehr für ihn empfinden sollte, so nutzte es ihr nichts. Er war mit Diana zusammen und spielte ganz offensichtlich nur mit ihr. Denn seine Blicke sagten doch alles. Oder sah er jede halbwegs attraktive Frau so an? So sehnsüchtig, innig, voller Leidenschaft? Tine hatte recht. Sie war gerade dabei, sich selbst unglücklich zu machen. Manche Frauen konnten das gut.

Milla zog sich frustriert die Decke über den Kopf. Nicht einmal die strahlende Sonne Mallorcas, die sich durch die Jalousien brach, konnte ihre Stimmung heben. Was hätte Großmutter getan, dachte sie plötzlich. Ihre mutige, weltoffene Großmutter.

Als ob sie plötzlich eine Eingebung bekommen hätte, wurde Milla klar, dass Abbigail trotz aller widrigen Umstände ihrem Herzen gefolgt war. Nur das durfte genau der richtige Weg sein.

Schwungvoll warf Milla die Bettdecke zurück, blinzelte in die Sonne und stand entschlossen auf. Sie würde herausfinden, wer der Richtige für sie war, das war sie ihrer Großmutter schuldig. Hatte Großmutter es nicht auch in ihrem Brief an sie geschrieben? Milla kramte den Brief aus ihrer Tasche, überflog ihn erneut, und wieder wurde ihr ganz warm ums Herz.

Es kam ihr inzwischen vor, als ob sie ihre Großmutter ein wenig kennen würde. Wie viel hatte diese Frau durchleiden müssen, aber wie glücklich musste sie auch gewesen sein, die große Liebe erfahren zu dürfen. Wenn auch vielleicht nicht für lange. Milla hatte eine Idee und fasste einen Plan. Sie beschloss, Leandro aufzusuchen und ihn unter einem Vorwand, nämlich dem Verkauf des Ladens an ihn, zu einem Ausflug an einen Strand zu überreden. Es war zwar noch zu kühl, um zu baden, aber ein kleiner Strandspaziergang war sowieso besser, um zu reden. Sie wollte ihn näher kennenlernen, um zu erkennen, was dieses Gefühl in ihr bedeutete. Um nicht den Rest ihres Lebens denken zu müssen, eine Chance verpasst zu haben. Und vielleicht wusste er ja doch noch etwas über ihre Großmutter.

Entschlossen ging sie ins Bad, schminkte sich ein wenig mehr, als sie es sonst immer tat, zog ihre Jeans und ein figurbetontes gelbes Oberteil an. Es passte gut zu ihren dunklen

Locken, und nach einem Blick in den Spiegel musste Milla feststellen, dass sie schon ein wenig Farbe bekommen hatte. Ihre Haut strahlte in einem hellen Bronzeton, der ihr gut stand. Diana hatte zwar eine deutlich schlankere Taille, aber Millas sportliche Figur konnte durchaus mithalten. Ein Tag am Strand klang nach all den Nachforschungen äußerst verlockend. Hoffentlich konnte sie Leandro überreden, denn der hatte die traumhafte Kulisse Mallorcas ja jeden Tag. Ihre Mutter wollte Milla dann anschließend treffen.

Nervös betrat Milla sein Café. Einige Frühstücksgäste saßen bereits da, es gab für die Bedienung viel zu tun, die Kaffeemaschine dampfte. Der köstliche Kaffeegeruch betörte Millas Sinne. Wo war er? Hoffentlich hatte er heute nicht frei?

»Entschuldigung, ist Leandro nicht da?«, fragte sie die junge Bedienung. Eine schwarzhaarige Studentin, sie schüttelte den Kopf.

»Nein, ich wundere mich auch schon, wo er bleibt.«

»Das heißt, er wollte eigentlich kommen?«

»Ja. Und normalerweise ist er sehr zuverlässig. Vielleicht ist er krank.«

»Krank?« Millas Stimme klang viel zu besorgt.

»Wird schon nichts Ernstes sein. Selbst wenn er krank ist, ruft er eigentlich immer an. Kann ich ihm etwas ausrichten?«

»Ähm … nein, danke.« Milla dachte fieberhaft nach. Es blieb ihr nicht mehr viel Zeit. »Ich weiß, das klingt jetzt vielleicht seltsam, aber könnten Sie mir bitte seine Telefonnummer geben?«

Die spanische Bedienung sah sie amüsiert an. »Die wollen viele. Ich darf sie aber keiner Touristin geben.«

Erschüttert nickte Milla. Leandro schien bei den Frauen heiß begehrt zu sein. Dass er dies bestimmt schon ein paarmal genossen hatte, konnte sie sich vorstellen. Die arme Diana, durchfuhr es Milla. Und wie konnte sie selbst sich nur so kindisch benehmen und sich einbilden, dass er an ihr Interesse hatte.

In dem Moment hörte sie seine angenehme tiefe Stimme hinter sich und drehte sich sofort um. »Hallo, Sie schon wieder in meinem Café?« Seine dunklen Augen durchbohrten sie. Zumindest fühlte es sich so an.

Die junge Bedienung warf ihr einen amüsierten Blick zu, ging zu einem Tisch, an dem ein Pärchen zahlen wollte.

Milla dachte fieberhaft nach, was sie antworten könnte. »Ich bin geschäftlich hier.« Bilde dir ja nichts ein, fügte sie in Gedanken noch hinzu.

»Geschäftlich? Sie wollen mir Ihren Laden also doch verkaufen?«

Milla zögerte. »Sagen wir so, ich kann es mir, unter gewissen Voraussetzungen, inzwischen vorstellen.«

»Und die wären?«

»Verbringen Sie mit mir einen Tag am Strand.«

Verblüfft und lächelnd sah er sie an. Milla biss sich auf die Zunge. Hatte sie das jetzt wirklich gesagt? Schnell fügte sie hinzu: »Ich meine natürlich … könnten wir das Geschäftliche nicht mit dem Angenehmen verbinden? Ich habe noch nicht sehr viel von der Insel gesehen, seit ich hier bin. Sie kennen doch sicher ein paar schöne Plätze.«

Leandro lächelte immer noch. »Natürlich kenne ich die. Meine Lieblingsplätze.« Sein Blick ruhte auf ihr.

Milla hielt ihm zuerst stand, sah dann aber doch weg.

Leandro wandte sich an die Bedienung, die gerade vorbeikam. »Franca, ich bin dann noch mal weg, und ich komme vermutlich erst heute Abend wieder.«

Heute Abend, dachte Milla, und ihr Herz klopfte. Wenn

er sich so viel Zeit für sie nahm, das bedeutete doch etwas, oder nicht?

Das bedeutete, dass er ihren Laden unbedingt wollte, schalt sie sich. Mehr nicht.

Angespannt folgte sie ihm auf die Straße. Leandro deutete auf einen Motorroller, der an der Ecke parkte. Ein Motorroller wie der von Johann damals, durchfuhr es Milla.

»Ich habe immer einen zweiten Helm dabei. Die Schlucht, die ich Ihnen zeigen möchte, ist nicht so gut mit dem Auto zu erreichen.«

»In Ordnung«, erwiderte Milla bemüht cool. Insgeheim hatte sie aber plötzlich Angst. Hatte nicht ihre Mutter ihr immer eingebläut, wie gefährlich diese Motorroller seien? »Du darfst das Schicksal nicht herausfordern, Milla«, hatte sie immer gesagt.

»Darf ich das nicht?«, fragte sich Milla insgeheim, als sie den Helm von Leandro entgegennahm und aufsetzte. Er saß sehr eng, gehörte vermutlich Diana, die einen zierlicheren Kopf besaß, und zerdrückte ihre Locken. Egal, beschloss Milla, ich muss es jetzt wissen.

Leandro, nun auch mit Helm, sah sie amüsiert durch sein Visier an. »Alles klar? Passt der Helm?«

»Wunderbar«, log Milla, die sich fühlte, als stecke ihr Kopf in einer Riesenklemme.

Leandro schmunzelte, saß auf, drehte sich auffordernd zu Milla um. Milla versuchte, sich ihre Angst nicht anmerken zu lassen, stieg hinter ihm auf und wusste nicht, wohin mit ihren Händen. Sollte sie ihn jetzt einfach von hinten umarmen? Sein Rücken lag so nah vor ihr, sein Geruch umwehte sie.

»Leg deine Arme um mich.« Seine Stimme klang plötzlich ganz sanft. Und er duzte sie. Spürte er, wie durcheinander sie sich fühlte?

»Wenn es sein muss.« Sie tat es. Er startete lächelnd den

Motorroller und gab Gas. Was für ein befreiendes Gefühl, so durch die Gassen Palmas zu fahren. Der Fahrtwind blies ihr ins Gesicht und streichelte ihre Wangen. Milla wusste zu gut, dass es mehr als leichtsinnig war, ohne Lederjacke, nur mit einer Jeansjacke Roller zu fahren, doch sie hatte keine Wahl. Oder hatte sie die?

»Wo fahren wir hin?«, rief sie ihm von hinten zu. Doch der Lärm des Motorrollers übertönte ihre Worte, und eigentlich war es auch egal.

Leandro lenkte den Roller sicher durch die Straßen. Es ging vorbei an der gotischen Kathedrale la Seu, sie erkannte irgendwann den Parc de la Mar, und weiter ging es, eine Straße entlang, hinaus aus der Stadt.

Milla schloss die Augen, genoss den Wind, der sich um ihren Körper legte wie die Umarmung einer liebenden Person. Sie spürte Leandros Oberkörper unter ihren Armen und bemühte sich, ihn nicht zu fest zu halten.

Als sie die Augen wieder öffnete, befanden sie sich auf einer größeren Straße. Leandro fuhr schnell, aber Milla gefiel es, sie fühlte sich sicher bei ihm. So fuhren sie bestimmt eine Stunde dahin, bis sie nach Portocolom kamen. Leandro hielt am Kreisverkehr an einer Tankstelle, drehte sich zu Milla um und erkundigte sich, ob alles in Ordnung sei.

»Das fragst du jetzt erst?« Sie musste lächeln und nickte.

Leandro gab wieder Gas, und weiter ging es bis zu einem Herrenhaus, Son Forteza. Links am Eisentor am Ende des Weges hielt er den Motorroller an und bedeutete ihr abzusteigen. Milla löste ihre Arme von seinem Oberkörper, schwang ihr rechtes Bein über den Roller und fühlte sich, als hätte sie zehn Stunden auf einem Pferd gesessen. Sie nahm ihren Helm ab. Ich sehe bestimmt furchtbar aus, dachte sie und strubbelte möglichst unauffällig ihre Locken zurecht.

»Du wolltest einen ganz besonderen Platz auf dieser Insel sehen, und ich zeige ihn dir.«

Sie nickte. »Wohin führst du mich?«

»Zur Cala Varques. Die Bucht ist recht klein, nur circa siebzig Meter breit, aber sie ist zauberhaft.« Dabei sah er sie an, als habe er von ihr gesprochen.

Leandro nahm ihr den Helm ab, dabei berührten sich kurz ihre Hände. Milla spürte seine warme, weiche Haut, und ein Kribbeln machte sich in ihrer Bauchgegend breit. Was sollte das? Was passierte mit ihr?

Leandro sicherte die Helme und den Motorroller mit einem Schloss, öffnete das Eisentor des Herrenhauses einen Spalt weit und schlüpfte hindurch. »Komm.« Er sah sie mit seinen dunklen Augen an.

»Ist das denn überhaupt erlaubt?«

Er zuckte amüsiert die Schultern und ging voran. Sie folgte ihm, vorbei an einem Pinienwald. Keiner von ihnen sprach ein Wort. Dennoch fühlte sich Milla wohl in seiner Nähe, auch ohne zu reden.

Endlich erblickte sie das Meer und den hellen, feinen Sand der Cala Varques. Umgeben von sattgrünen Wäldern, wirkte die Bucht wirklich traumhaft schön. Es gab keine Gastronomie, ein paar junge Leute hatten den Weg hierher zu Fuß genommen. Man hätte durchaus auch mit ihrem Mietwagen bis zum Herrenhaus fahren können, dachte sie. Wollte er, dass sie ihn auf dem Motorroller umarmen musste?

»Gefällt es dir hier?«

»Und wie«, brach es aus Milla heraus. Die Sonne schien für Ende Februar erstaunlich warm. Leandro knöpfte einfach sein Hemd auf, zog es aus und ging mit nacktem Oberkörper und in abgewetzter Jeans auf das Meer zu. Dabei zog er auch noch seine Turnschuhe aus, warf sie in den Sand. Was sollte das?

Er wusste genau, wie er auf Frauen wirkte. Milla fühlte sich plötzlich eingeschüchtert von diesem Mann, folgte ihm aber, betrachtete dabei verstohlen seinen von der Sonne langjährig gebräunten, eher feingliedrigen Rücken. Sie dachte an ihre weiße Haut, die in Berlin über den Winter so wenig Sonnenstrahlen abbekommen hatte. Doch im selben Moment schalt sie sich selbst. Und wenn schon. Paul gefiel ihre blasse Haut sehr gut. Paul. Oh Gott, Paul. Was tat sie hier?

»Milla, kommst du?«

»Ja.« Als hätte er sie in seinen Bann gezogen, trat sie zu ihm. Die Sonne tauchte alles in ein fast unwirkliches Licht. Ein paar wenige Touristen liefen zu dieser Jahreszeit am Strand entlang, ein paar saßen im Sand und sahen aufs Meer. Leandro krempelte seine Jeans etwas hoch, ging mit nackten Beinen ins Wasser. Den Blick auf den Horizont, der in der Sonne glitzerte.

Milla stellte sich neben ihn, schirmte ihre Augen mit der Hand vor der Sonne ab.

»Ich liebe diese Insel«, sagte er leise. »Ich bin hier geboren, meine Familie stammt von hier, es ist mein Zuhause.«

»Du Glücklicher. Ich meine, ich wusste bis vor ein paar Tagen nicht einmal, dass ein Teil meiner Familie aus Mallorca kommt. Meine Mutter hat immer behauptet, wir kämen aus Andalusien. Sie wollte irgendwie nicht, dass ich es weiß. Dass wir jüdische Wurzeln haben.«

»Wieso das denn nicht?«

»Sie wollte mich schützen, sagt sie.«

Er sah sie an. Mit seinen dunklen, schönen Augen. »Ich wurde nie angefeindet.«

Verblüfft horchte Milla auf. »Du bist auch …?« Wieso hatte sie daran nicht gedacht. Aber was änderte es schon. Heutzutage war es egal. Oder nicht?

Er lächelte sie an, breitete sein Hemd für sie auf dem Boden aus und ließ sich selbst daneben im Sand nieder.

Wie galant. Milla schüttelte lächelnd den Kopf, nahm ihre Jeansjacke und setzte sich darauf.

Leandro erzählte: »Vor ungefähr fünfzehn Jahren gab es mal eine Umfrage auf der Insel, bei der tatsächlich noch einige Einheimische angaben, sie würden niemals einen Xueta heiraten. Manche meinten sogar, sie würden auch keine Freundschaften mit Xuetes eingehen. Vor fünfzehn Jahren!«

»Wie bitte?«

»Aber, wie gesagt, ich selbst habe nie etwas mitbekommen. Meine Familie nur früher, schon lange nicht mehr.«

»Ein Glück.«

Er sah sie mit seinen dunklen, warmen Augen an, und diesmal versank sie vollkommen in seinem Blick. Bitte nicht, dachte sie noch, bitte nimm jetzt nicht meine Hand. Bitte doch. Seine Lippen öffneten sich. »Ich würde den Laden deiner Großmutter in Ehren halten«, hörte sie ihn sagen. »Wenn du ihn mir verkaufst.«

Wie bitte? Hatte er das gerade eben ernsthaft gesagt? Hatte er also doch nur eines im Sinn? Ihren Laden, mehr nicht? Milla spürte ihre Enttäuschung, einen Stich in ihrem Herzen, und ärgerte sich über sich selbst. Er wollte ihren Laden, aber den bekam er nicht.

Milla spürte, wie wütend sie wurde. »Ach ja, du würdest ihn in Ehren halten?« Ihre Stimme vibrierte. »Großmutter wollte aber, dass ich den Laden behalte. Aus irgendeinem Grund.«

»Aus Sentimentalität vielleicht? Sie war eine Frau, die sehr an der Vergangenheit hing.«

Milla atmete durch, beschloss, jetzt, wo die Fronten zwischen ihnen geklärt waren, ihn wenigstens noch auszuhorchen. »Wie gut kanntest du sie eigentlich?«

Leandro zögerte, grub seine Zehen in den Sand. »Ganz gut«, erwiderte er knapp.

Milla horchte auf. Wieso reagierte er so verhalten? »Weißt du zufällig, warum sie mich nicht schon früher kontaktiert hat? Hat sie irgendwann einmal mich oder meine Mutter erwähnt?«

Leandro nickte, schien zu überlegen, was er sagen sollte. »Sie hat mir einmal unter Tränen erzählt, dass sie ihre Tochter sehr vermisst. Und ihre Enkelin auch. Das muss ein halbes Jahr vor ihrem Tod gewesen sein.«

Milla schluckte schwer, stellte sich mitleidig eine alte Frau vor, die ihre Enkelin gerne gekannt hätte. Ein Gefühl der Sehnsucht überflutete sie. Wieso nur hatte Großmutter Milla nicht früher ausfindig gemacht? Oder hatte sie das, und Sarah hatte ein Treffen unterbunden?

Das Meer glitzerte, eine Möwe am Himmel kreischte. »Hat sie noch etwas erzählt? Es könnte alles wichtig sein.«

Milla hielt insgeheim den Atem an, aber Leandro schüttelte bedauernd den Kopf. »Ich weiß nur, dass es ihr im Alter sehr leidtat, ein so schlechtes Verhältnis zu ihrer Tochter zu haben. Mehr nicht. Ach doch, einmal hat sie gesagt: Es sei ihre Schuld.«

»Ihre Schuld?« Das Gleiche hatte sie in ihrem Brief geschrieben. Was meinte sie nur damit? Verwirrt sah Milla aufs Meer. »Können wir jetzt gehen?«, brach es aus ihr hervor.

Leandro blickte sie verwundert an. »Ich wollte dir eigentlich noch ein paar meiner Lieblingsplätze auf der Insel zeigen.«

»Ich weiß nicht. Wozu?« Wieder spürte sie Stiche im Herzen.

»Wozu?« Er lächelte charmant. »Du hast mich darum gebeten.« Er fing ihren Blick ein, und seine dunklen Augen flackerten. Flirtete er jetzt etwa doch mit ihr? Milla fühlte sich wie in einer Achterbahn. Seine dunklen Augen blickten sie voller Leidenschaft an, oder konnte er nicht anders? Als jede Frau so anzusehen? Sein braun gebrannter nackter Oberkörper neben ihr strahlte so viel Wärme und Geborgenheit aus.

Milla wandte ihren Kopf abrupt ab, starrte wieder aufs Meer. Ein Liebespaar ging Hand in Hand vor ihnen am Wasser entlang, sah sich liebevoll an und küsste sich zärtlich.

»Ich will jetzt doch lieber gehen«, hauchte Milla. Aber sie spürte, dass ihr Herz sich nach ihm sehnte. Er berührte es, und das schockierte sie. Was bedeutete das für sie und Paul? Wieso konnte sie den Gedanken an ihn hier in der Sonne Mallorcas verdrängen? An den Mann, den sie noch vor ein paar Tagen hatte heiraten wollen? Milla stand eilig und verwirrt auf.

Leandro erhob sich ebenso, doch anstatt zusammenzupacken, zog er wortlos seine Jeans aus, unter der seine eng anliegende Unterwäsche zum Vorschein kam. Milla starrte seine muskulösen Beine überrumpelt an. Ehe sie einen Ton sagen konnte, rannte Leandro ins Meer, das um diese Jahreszeit doch bitterkalt sein musste.

»Bist du verrückt?«, entfuhr es ihr.

Er drehte sich nach ihr um, lachte und rief: »Ja. Manchmal muss man einfach verrückte Dinge tun.« Mit diesen Worten tauchte er kopfüber hinein ins kalte Nass und verschwand unter der schäumenden Wasseroberfläche.

Unwillkürlich beeindruckt, sah Milla auf die Stelle im Meer. Es dauerte ein paar Sekunden, dann tauchte er wieder auf. Prustend und lachend, und er winkte ihr zu, es ihm gleichzutun. »Auf keinen Fall«, dachte sich Milla. Das Meer musste doch noch richtig kalt sein. Doch dann dachte sie an die junge Abbigail, die so viel mutiger war als sie, und kurzerhand zog sie ihr gelbes Oberteil aus, knöpfte ihre Jeans auf, streifte sie hüpfend ab und rannte in Unterwäsche zum Meer. Hinein in die plätschernden Wellen. Oh mein Gott, wie kalt. Ihr Herz schlug schneller. Wie köstlich dieses kühle Nass. Milla wurde bewusst, dass sie sich lange nicht so frei und ungezwungen gefühlt hatte. Er lächelte sie beeindruckt an. Milla lachte befreit, tauchte mit dem Kopf ganz unter und prustend wieder auf.

Plötzlich schwamm Leandro direkt neben ihr. »Ich liebe das Meer«, sagte er leise.

»Ich auch.«

Sie schloss die Augen. Spürte die kleinen Wellen um sich herum schaukeln.

»Weißt du eigentlich, dass du deiner Großmutter sehr ähnlich siehst?«

Sie öffnete die Augen, lachte auf. »Ist das jetzt ein Kompliment, oder muss ich mir eine bessere Faltencreme zulegen?«

Er lächelte, sodass seine schönen Zähne hervorblitzten. »Musst du nicht. Nein, du siehst aus, wie Señora Fuster bestimmt mit Mitte zwanzig ausgesehen hat.«

»Ha, ha. Aus der Nummer kommst du nicht mehr heraus.« Sie lächelten sich an, die Sonne schien, aber Milla fror. Was tat sie hier? Was, wenn Paul sie so sehen würde? Erschrocken über sich selbst, drehte sie sich um und schwamm zurück zum Strand. Leandro ließ sie. Wie sie aus den Augenwinkeln sah, betrachtete er sie wohlwollend, als sie in Unterwäsche triefend nass zu ihren Sachen ging. Milla fühlte sich nackt, hielt sich schnell ihr Oberteil vor, streifte es über. Dann versuchte sie, rasch ihre Jeans anzuziehen, doch der Stoff blieb auf ihrer nassen Haut kleben.

Leandro kam halb nackt auf sie zu, schien sich über ihre Verrenkungskünste, um in die Jeans zu kommen, zu amüsieren. Der Kerl sah unverschämt gut aus, so braun gebrannt und schlank. Paul besaß zwar deutlich mehr Muskeln und war breiter gebaut, aber Leandros schlanke, fast filigrane Figur gefiel ihr auch.

»Kannst du mich bitte nach Palma zurückfahren? Mir ist kalt, und meine Mutter wartet auf mich.« Sie musste weg hier, so schnell wie möglich.

Während sie wortlos zur Vespa liefen, erinnerte sich Milla gerührt an Bescha Baums Erzählung von Abbis Tag mit Johann am Strand. Es hieß doch, die Geschichte wiederhole sich immer wieder. Galt dies auch für Liebesgeschichten? Abbigail hatte sich genau wie Milla gegen ihre Gefühle gewehrt. Gegen dieses Herzflattern, gegen die Leidenschaft. Doch es gab einen Unterschied, einen großen sogar: Abbigail hatte in den Fünfzigerjahren keine wirkliche Wahl gehabt, durfte ihre Liebe nicht leben. Milla heute dagegen schon. Erschüttert erinnerte sich Milla wieder an Beschas zittrige Stimme, als diese ihr von Abbis Verzweiflung erzählte.

Mallorca 1956

Abbi stand in ihrem Laden, polierte versonnen den Tresen und dachte an den wunderschönen Tag mit Johann am Strand zurück. An ihren leidenschaftlichen Kuss, der ihr immer noch die Schamesröte ins Gesicht trieb.

Doch plötzlich sah sie Pomade durch ihre Schaufensterscheibe, wie er in der Calle Montesión herumlungerte und auf irgendwas oder irgendwen zu warten schien. Ihre Glieder versteiften sich. Immer wieder fuhr er sich durch sein fettglänzendes schwarzes Haar, kaute Kaugummi und ließ eine Blase platzen. Am Ohr hatte er ein großes Pflaster, darunter einen Mullverband.

»Was mache ich denn jetzt?«, fragte sich Abbi verzweifelt. Sie fühlte sich in ihrem Laden zwar erstaunlich sicher, da ständig irgendwelche Touristen hereinkamen, aber was, wenn ihn das nicht störte? Sofort kam die Erinnerung. An diese dunkle Gasse, an sein schmerzverzerrtes Gesicht, als sie ihn am Ohr gerissen hatte. Wäre doch bloß Johann jetzt hier. Aber er musste noch arbeiten, sie hatten sich erst wieder für morgen verabredet.

Eine rundliche deutsche Touristin im figurbetonten Bleistiftrock begutachtete gerade die Stickerei auf den Topflappen. *Palma de Mallorca, Sonneninsel.*

»Kann ich Ihnen helfen?«, erkundigte sich Abbi schnell in ihrem inzwischen recht guten Deutsch. Dabei schielte sie immer wieder durchs Schaufenster, hinaus zu Pomade, zu dem sich gerade zwei seiner Kumpane gesellten.

»Ach danke. Sehr liebenswürdig. Ich brauche ein Souvenir für meine Tante. Eine sehr schöne Stickerei ist das.«

»Ja, sie wurde von Frauen von hier gemacht.«

»Sehr schön. Aber ein bisschen teuer, nicht?«

»Finden Sie? Es ist Handarbeit.«

»Ja, ja. Nein, nein, mein Egon, der spart ja immer an allem. Auf Wiedersehen.«

»Nein!«, rief Abbi panisch aus. »Bitte gehen Sie nicht!«

Die üppige Frau sah sie verwundert an. »Was? Wieso denn nicht?«

»Weil … ich … hätte hier noch etwas Günstigeres für Sie.«

Fieberhaft suchte Abbi in ihren Souvenirs nach etwas Billigerem. Was schwer war, die Topflappen kosteten wirklich nicht viel.

»Da, diese bemalten Muscheln.«

»Muscheln?« Die Frau runzelte ihre Stirn. »Die findet man doch selber am Strand.«

Sie wandte sich zum Gehen, und Abbi erstarrte, sah Pomade durchs Schaufenster, der sie in dem Moment rachsüchtig anstarrte.

»Aber nicht solche. Ich meine, das sind ganz besondere Muscheln«, stotterte Abbi angsterfüllt. »Wenn Sie sich die ans Ohr … ich meine, wenn Sie sich die ans Ohr halten, hören sie das Meer rauschen.«

Abbi starrte auf Pomades verbundenes Ohr.

Die Frau lachte leicht zynisch auf. »Ja, ja. Sagt Egon auch immer. Ich kaufe trotzdem nichts.«

Sie ging. Die Türglocke läutete. Pomade grinste von draußen herein. Er wartete ab, bis die Frau Abbis Laden verlassen hatte, nickte mit dem Kinn seinen Schergen zu und ging auf Abbis Laden zu. Geistesgegenwärtig stürmte Abbi hinaus, der Frau hinterher, und rief ihr nach: »Entschuldigung! Kann ich Sie etwas fragen?« Am helllichten Tag auf der Straße würde er ihr doch nichts tun? Oder doch?

Pomade hielt genervt inne. Die Frau drehte sich um. »Was? Ja?«

Abbi überlegte panisch. »Woher kommen Sie denn, aus Deutschland?«

Verwundert blickte die Frau sie an. »Aus Hannover, wieso?«

»Ach … ich … lerne gerade Deutsch, und ich frage mich, ob Sie einen Dialekt sprechen.«

»Nein. In Hannover redet man das beste Hochdeutsch.«

»Ach ja?« Abbi registrierte aus den Augenwinkeln, dass Pomade nur noch ein paar Schritte von ihr entfernt stand und sich genüsslich eine Zigarette anzündete.

»Na dann, schönen Tag noch«, sagte die Frau und ging weiter.

Abbis Herz rutschte tiefer, ihre Beine fühlten sich gelähmt an, ihr ganzer Körper zitterte. »Moment noch«, rief sie mit dem Mut der Verzweifelten. »Ich habe den gleichen Weg.« Ohne ihren Laden abzusperren, eilte sie der Frau nach.

Die sah Abbi zusehends irritiert an, vermutete offenbar

eine Trickbetrügerin oder dergleichen in ihr, denn sie umklammerte ihre Handtasche krampfhaft mit beiden Händen und ging eilig weiter. Abbi, mindestens genauso schnell, hinterher. Pomade und seine Freunde folgten, ihre Absätze klackerten auf den Steinen.

»Was mache ich nur?«, überlegte Abbi fieberhaft, doch ihr Gehirn schien sich zu verknoten. Ihr Körper versagte seinen Dienst, Abbis Beine stolperten, und sie fiel hin. Die Frau hielt einen Moment inne, doch als sie sah, dass die netten jungen Herren hinter ihr Abbi hochhalfen, ging sie eilig weiter.

Pomade hielt Abbi am Arm, half ihr auf die Beine und blickte sie mit zusammengekniffenen Augen an. Abbis Haut brannte an der Stelle, an der er sie anfasste. Sie starrte unwillkürlich auf seinen Verband.

»Na, du kleine Judenhure, denkst du etwa, du kannst mir einfach so das Ohr halb abreißen? Ohne Strafe?«

»Nein … ich meine … es war Notwehr.«

»Ich sag dir gleich, was Notwehr ist.«

»Wenn du mir was tust, rufe ich die Polizei.«

Ein paar Passanten beobachteten die Szene, und Pomade sah wohl ein, dass hier ein denkbar schlechter Zeitpunkt für seine Racheaktion war.

»Ich hab Zeit, du Hure. Aber eins sag ich dir. Hör endlich auf, dich wie ein Flittchen zu verhalten! Du beleidigst die mallorquinischen Frauen!«

»Und du die mallorquinischen Männer.«

Seine Kumpels lachten. Pomade gefiel das sichtlich nicht.

»Du gehörst hinter den Herd, wie jedes andere Weib auch! Aber stattdessen ziehst du den Leuten das Geld aus der Tasche und hurst mit einem Deutschen herum!«

Ein paar amerikanische Touristen blieben stehen, doch sie verstanden kein Wort Spanisch und dachten vermutlich, es handele sich um eine familieninterne Angelegenheit. Abbi schickte ihnen einen Hilfe suchenden Blick zu, doch die Touristen schienen keine Lust auf Probleme zu haben. Sie gingen weiter, steckten ihre Köpfe in Stadtpläne und ließen Abbi mit ihren Peinigern allein.

»Lass mich los«, zischte Abbi außer sich.

Pomade entließ sie nicht aus seinem Klammergriff. »Bald bist du fällig«, zischte er. »Und eins lass dir noch gesagt sein.« Seine Stimme wurde bedrohlicher. »Wenn du nicht endlich brav bist, werden es auch deine Eltern büßen.« Er ließ sie los.

Entsetzt starrte Abbi ihn an. »Meine Eltern? Lass ja meine Eltern in Ruhe.«

Pomade grinste. Nahm erneut einen tiefen Zug an seiner Zigarette, blies Abbi den Rauch ins Gesicht. »Lass ich nicht. Sie haben ihr Töchterchen nicht im Griff. Haben es schlecht erzogen. Ohren einreißen. So was tut man nicht. Aber was soll man auch erwarten von euch Xuetes, ihr primitives Volk!« Er spuckte ihr ins Gesicht.

Abbi bebte, riss sich mit Mühe und Not zusammen, ihre Lippen zitterten.

»Kapito? Denk an deine armen Eltern, Judenhure. Wenn du nicht brav wirst, werden sie ihr blaues Wunder erleben.«

»Lass meine Eltern in Ruhe«, forderte Abbi aufgelöst, aber mit versagender Stimme. »Sie sind ehrbare Leute, im Gegensatz zu dir. Sie haben niemandem etwas getan.«

»Wissen sie denn, dass du mit diesem Deutschen rumhurst? Wissen sie das?«

Abbi biss sich auf die Zunge, spürte, dass es besser wäre, jetzt nichts mehr zu sagen. Ihr loses Mundwerk hatte sie schon oft in Schwierigkeiten gebracht. Sie hatte nicht mit Johann geschlafen. Und selbst wenn. Dieser Kerl führte sich ja auf, als sei er eifersüchtig, durchfuhr es sie.

Pomade ging einen Schritt näher auf sie zu. Sie roch ihn wieder, diesen unerträglichen Atem. »Entweder du machst Schluss mit diesem Deutschen, oder deine Eltern sind dran!«

Er sah sie noch einmal intensiv an, und wenn Abbi es nicht besser gewusst hätte, würde sie seinen Blick wirklich als eifersüchtig deuten. Dann drehte er sich um, wies seine Schergen an, ihm zu folgen, und ging breitbeinig, wie ein Revolverheld, die Gasse entlang.

Abbi blieb zutiefst schockiert und elend zurück. Sie fühlte sich, als würde sie gleich in Ohnmacht fallen. Ihre Eltern, ihre geliebten Eltern! Die schon so viel Leid erfahren mussten. Es durfte nicht sein, dass er ihnen wehtat, doch wie konnte sie das verhindern?

Abbi machte sich wie in Trance auf, zurück zu ihrem Laden, den sie mutterseelenallein zurückgelassen hatte. Tatsächlich hatte dies bereits jemand ausgenutzt. Es fehlten ein paar Tassen, die Kasse stand offen, das Bargeld war weg.

Weinend ließ sich Abbi auf den Stuhl hinterm Tresen sinken und schlug die Hände vors Gesicht. Sie musste mit Johann Schluss machen, ihn sich aus dem Herzen reißen, es musste sein! Nur so konnte sie sich und vor allem ihre geliebten Eltern retten. Ihre Eltern, die ihr so viel Liebe schenkten.

»Abbi, Liebes, bist du das?«, rief Abbis Mutter Esther aus der Küche, als Abbi zum Mittagessen nach Hause kam.

»Ja, Mutter, was gibt es denn heute?« Abbi stand im Flur, zitterte immer noch, versuchte, sich zusammenzureißen. Es duftete köstlich.

»Wasch dir schon mal die Hände«, rief Esther, »ich bin gleich fertig!«

»Mach ich«, hauchte Abbi, ging ins Bad und wusch sich die Hände. Dabei starrte sie ihr Gesicht im Spiegel ausdruckslos an. Sie liebte Johann so sehr, doch konnte man diese Liebe mit der Liebe zu den eigenen Eltern in Vergleich stellen? Was verlangte dieser Bastard da von ihr? Welches Gefühl wog schwerer? Sie liebte ihre Eltern über alles. Aber Johann liebte sie auch!

Männer kommen und gehen, hatte Eli einmal gesagt. Wenn dem so sei, dann musste Abbi Schluss machen mit ihm, ihn verletzen, ihn zerstören. Genauso wie sich selbst. Nie wieder würde sie für einen Mann ihr Herz öffnen, nie wieder so sehr lieben, das spürte sie. Ihre Augen blickten ihr im Spiegel zutiefst verzweifelt entgegen. Hätte sie früher auf die Traditionen gehört und sich einen der Ihren als Mann gesucht, steckte sie jetzt nicht in diesem furchtbaren Dilemma. Ihr unteres Augenlid zuckte nervös. Ihre Wangen sahen blass aus, ihre Lippen wirkten dünn.

»Abbi, wo bleibst du denn? Papa sitzt schon am Tisch. Der Auflauf wird kalt!«

Abbi starrte weiter in den Spiegel. Jegliche Emotion schien bereits jetzt aus ihrer Mimik gewichen.

»Abbi?«, hörte sie nun die strenge, tiefe Stimme ihres geliebten Vaters. Sie war schon immer ein Papakind gewesen, bewunderte diesen großen, gebildeten Mann seit jeher. Rachels Tod hatte ihrer aller Leben verändert, die Liebe zwischen Noah und seiner nun einzigen Tochter Abbi war eine noch tiefere geworden. Dieses wundervolle Band, das Pomade zerstören wollte, durfte nicht zerschnitten werden. Abbis Hände ballten sich zu Fäusten. Doch nur einen kurzen Moment, dann löste sie diese wieder. Sie ging ins Wohnzimmer, setzte ein bemühtes Lächeln auf und lobte ihre Mutter, wie gut der Auflauf aussah. Sie dachte an ihr Kochbuch, daran, dass sie eine gute Tochter sein wollte.

»Du siehst blass aus, Kind. Ist irgendetwas?« Ihr Vater sah sie forschend an. Abbi schenkte ihm ein kurzes Lächeln.

»Nein, Vater. Ich … hatte heute Nacht nur einen Albtraum. Daran habe ich gerade gedacht.«

»Um was ging es denn?«, erkundigte sich ihre Mutter besorgt.«

»Ach … reden wir besser nicht darüber, sonst träume ich es heute Nacht noch einmal.« Abbi sah, wie sich ihre Eltern einen besorgten Blick zuwarfen. Sie stocherte in ihrem Essen herum, doch sie hatte einfach keinen Appetit.

»Irgendetwas ist doch mit dir, Liebes?«, fragte Esther besorgt. Abbi tat es in der Seele weh, ihre gute Mutter anzulügen. »Nichts, Mutter, ich … habe mich bloß ein wenig mit Eli gestritten. Sie kam mal wieder so unpünktlich.« Die Eltern wussten, dass Abbi das an ihrer Freundin zuweilen störte und sie sich deshalb schon öfter in die Haare bekommen hatten.

Schweigend wurde die Mahlzeit fortgesetzt. Bis sich ihr Vater räusperte. »Ich hatte heute Morgen einen Brief im Briefkasten der Kanzlei.« Er zögerte. »Sie haben mich als geldgierigen Xueta beschimpft. Als einen, der alle über den Tisch ziehen will.«

Abbi schluckte schockiert. Hatte Pomade schon mit seinem Werk begonnen? »Von wem war der Brief?«, hauchte sie.

Auch Esther sah ihren Mann bang an, knetete ihre kurzen Finger, bis diese fast weiß wurden. Doch Noah zuckte die Schultern. »Von Menschen. Die ihren Namen nicht nennen. Die unbegründet Hass säen, weil sie Angst haben. Vor der Zukunft, vor ihrem Leben.«

Abbi hörte die Verbitterung in den Worten ihres Vaters, und sie verstand sie gut. Immer wieder als Aussätziger behandelt zu werden, obwohl man überhaupt nichts Schlimmes getan hatte, tat weh. Sehr weh sogar.

Ihr Vater war so ein herzensguter Mann. Hatte schon

Mandate von Leuten übernommen, die kaum Geld besaßen, hatte ihnen zu ihrem Recht verholfen und auf Bezahlung verzichtet. Woher kam er nur, dieser tief sitzende Hass gegen die Ihren? Abbi wusste natürlich um ihre Geschichte und all die Hintergründe. Doch jede Art von Fanatismus und Verbohrtheit war ihr so fremd.

»Abbigail?« Ihr Vater unterbrach ihre Gedanken. »Triffst du Eli dann nicht mehr so häufig? Jetzt, wo ihr euch gestritten habt?« Er sah sie forschend an. Natürlich hatte er sich seinen Reim darauf gemacht, dass all die vorgeschobenen Treffen mit Eli eher ein Rendezvous mit einem Mann sein könnten.

Abbi zögerte, sah ihn ehrlich an. »Nein, Vater. Jetzt bin ich wieder öfter zu Hause.«

Sie sah, wie sich ihre Eltern einen erleichterten Blick zuwarfen und weiteraßen. Abbis Mund wurde ganz trocken, als sie daran dachte, dass sie Johann, ihre große Liebe, nun verlieren würde. Dass sie sich innerlich verabschieden musste, für immer. Ihre Hände zitterten. Schnell legte sie diese unter den Tisch auf ihre Knie. Sie musste es tun, ihr blieb keine Wahl.

Mallorca 2016

Paul? Was machst du denn hier in Palma?«, entfuhr es Milla, und sie starrte Paul an, der da in der Lobby von Millas Pension in einem abgewetzten Plüschsessel saß. Sein iPhone hielt er wie immer in der Hand. Er lächelte, trug eine schwarze Baseballmütze, rückte sie zurecht.

»Überraschung, Chica!« Dann sah er sie verwundert an. »Wieso hast du denn feuchte Haare?«

»Ich, ich war baden, im Meer.«

»Im Februar?«

»Auf Mallorca ist vieles möglich«, antwortete sie rasch, und ihr schlechtes Gewissen schnürte ihr die Kehle zu.

Gerade noch saß sie mit Leandro auf dem Motorroller. Gerade noch hatte sie ihre Arme beim Fahren eng um ihn geschlungen. Zum Glück hatte Paul nicht gesehen, wie sie sich eben vor ihrer Pension verabschiedet hatten. Oder hatte er?

Er lächelte sie erwartungsvoll an. Sie wusste, sie müsste jetzt eigentlich freudestrahlend auf ihren gut aussehenden Zukünftigen zugehen. Ihn zur Begrüßung umarmen und küssen. Doch all dies kam ihr im Moment, nach ihrem Strandausflug mit Leandro, dermaßen unpassend und falsch vor.

»Na, du freust dich ja wahnsinnig«, stellte Paul jetzt trocken fest. Sie registrierte seine enttäuschte Miene, und er tat ihr schlagartig leid.

»Doch, natürlich freue ich mich.« Aber sie fühlte es nicht, keine Freude. Er tat ihr nur leid. War das die richtige Reaktion für den Überraschungsbesuch des »Richtigen«? Hätte Abbi ihren Johann, wenn sie sich ein paar Tage nicht gesehen hätten, so begrüßt? Milla hoffte, dass ihr Herz ihr gerade einen Streich spielte. Nichts anderes konnte es sein. Sie liebte Paul doch, oder nicht?

Sofort war es wieder da. Dieses schreckliche Gefühl, nicht hundertprozentig sicher zu sein. Wieso war er gekommen? Betrog er sie mit dieser Corinne etwa doch? Ihre Eifersucht kroch wieder hervor. Zaghaft, aber immerhin. Hatte er ihr etwas zu beichten?

Paul kam auf sie zu, mit ausgebreiteten Armen. Sie zögerte noch einen Moment, doch da nahm er sie schon und drückte sie liebevoll an sich. Mit seinen kraftvollen Armen, an seine breite Schulter, die ihr schon so oft Halt gegeben hatte. Er duftete gut und vertraut, sie versenkte ihre Nase in seine Halsbeuge, wie sie es immer tat.

»Wo warst du denn den ganzen Mittag?«, flüsterte er sehnsüchtig. »Mein Flieger ist schon morgens gelandet, ich dachte, ich küsse dich einfach wach. So früh stehst du doch sonst nicht auf.«

»Stimmt, seit ich hier bin … ist irgendwie alles anders.«

»Was denn?«

Sie löste sich sanft aus seiner Umarmung. »Na alles eben. Ich meine… wieso bist du eigentlich gekommen?« Hatte Corinne ihm einen Korb gegeben, durchfuhr sie erneut ein eifersüchtiger, dummer Gedanke. Sie wollte so nicht sein. »Du hättest mir doch Bescheid geben können. Dann hätte ich dich vom Flughafen abgeholt.«

»Dann wäre es aber keine Überraschung mehr gewesen.«

»Du weißt doch, dass ich Überraschungen überhaupt nicht mag.«

»Ach ja.« Offenbar hatte er das komplett vergessen.

»Das Meeting mit dem Kunden hat sich verschoben, und ich hatte einfach Bock auf Mallorca, auf dich. Komm, lass uns rausgehen in die Sonne, in ein nettes Straßencafé. Es ist ja schon recht warm hier für Ende Februar.«

Milla nickte, folgte ihm zögerlich und fragte sich, ob sie sie einfach aussprechen sollte, ihre eifersüchtigen Gedanken.

Bei einem Mandeleis nahm Milla all ihren neu gewonnenen Mut zusammen. Sie saßen im *Ca'n Joan de S'aigo*, einer im Jahr 1700 gegründeten Chocolateria in Palmas Altstadt. Zahlreiche Touristen genossen die Sonne und das köstliche Mandeleis, für das dieses Café berühmt war.

»Paul, ich muss dich etwas fragen«, platzte sie heraus. Dabei wollte sie es doch ganz nebenbei erfragen. Geschickt. Nicht so plump. Was sollte er schon antworten außer Nein.

»Was denn?« Er lächelte sie an.

»Hast du etwas mit deiner neuen Kollegin, dieser Corinne? Wenn ja, sag es mir bitte.«

»Wie bitte?« Verblüfft lachte er auf. »Natürlich nicht. Wie kommst du denn darauf?«

»Na ja, weil …« Sie kam sich so dumm vor. Obwohl … wieso nicht? Er hatte sich seltsam benommen. Dann diese SMS.

»Ich habe zufällig eine SMS in deinem Handy gelesen. Also nicht absichtlich, es lag da, und ich dachte zuerst, es sei meines …«

Er runzelte die Stirn. »Du liest meine Nachrichten? Milla, das finde ich echt scheiße.«

»Ich weiß.« Sie schluckte den restlichen Eiswürfel herunter, eine spitze Seite kratzte im Hals. »Ich ja eigentlich auch. Aber du warst auch ständig weg, zu irgendwelchen ominösen Terminen …«

Paul sah sie fassungslos an, verstand dann offensichtlich, was sie meinte. »Ach das.«

»Ach das. Mehr hast du dazu nicht zu sagen?« Sie verschränkte ihre Arme vor der Brust.

»Milla.« Paul beugte sich zu ihr, legte seine Hände auf ihre Knie. Sie fühlten sich warm an, beruhigend. »Dann muss ich es dir eben sagen.«

Also doch, durchfuhr es Milla, und ihr Herz wurde schwer. Er betrog sie, sie hatte recht gehabt.

»Ja, ich habe Corinne öfter getroffen, das stimmt.« Eine Touristin am Tisch neben ihnen lachte laut auf, als verhöhnte sie Milla, die Naive. Dabei galt das Lachen ihrem Freund, der sie amüsiert ansah. »Aber doch nur …«, fuhr Paul jetzt fort, »weil ich eine Überraschung für dich geplant habe.«

»Schon wieder eine Überraschung«, erwiderte Milla tonlos.

Paul nickte lächelnd. »Gegen die wirst du sicher nichts haben. Sie ist für unsere Hochzeit.«

»Ich bin übrigens nicht mehr so naiv wie vor ein paar Tagen«, entfuhr es ihr aufgewühlt. Sie glaubte ihm nicht. Oder sollte sie?

Paul sah sie nun leicht genervt an. »Na gut, wenn du mir nicht vertraust, was ich im Übrigen echt krass finde, verrate ich sie dir eben.« Er holte Luft, beobachtete eine Taube, die auf der Straße vor ihnen einen Kuchenkrümel aufpickte. »Ich habe Gitarre spielen gelernt. Corinne hat es mir beigebracht.«

»Gitarre?«

»Du hast doch mal gesagt, du stehst total auf Männer, die Gitarre spielen.«

Milla sah ihn an, spürte, wie sie heiß wurde im Gesicht, fühlte sich wie ein begossener Pudel.

»Stimmt, das … das habe ich.« Sollte sie ihm das glauben?

Er sah sie nachdenklich an. »Und du? Kann ich dir vertrauen?«

»Wie meinst du das denn jetzt?«

»Wo warst du die ganze Zeit?«

Milla zögerte. »Am Strand.«

»Und mit wem? Deine Ma sitzt im Hotel. Ich hab ihr eine SMS geschickt und gefragt, wo du bist.«

Milla schluckte, und die Worte kamen schwer aus ihrem Mund. »Alleine.«

»Alleine? Du?«

Paul kannte sie einfach zu gut. Sie hasste es, alleine Ausflüge zu machen, alleine im Restaurant zu sitzen oder an einer Bar. Sie kam sich jedes Mal vor wie der einsamste, verlassenste Mensch auf der Welt. Der keine Freunde hat, den keiner mag. Völliger Blödsinn, das wusste sie auch. Dennoch empfand sie es so. Fieberhaft suchte sie nach einer Ausrede.

»Na ja, Mom hatte keine Lust, und ich kann ja nicht den ganzen Tag Nachforschungen nach meiner Familie anstellen, wenn ich schon mal auf dieser wunderschönen Insel bin. Irgendwie komme ich gerade eh nicht so richtig weiter.« Sie lenkte ab und brachte Paul dann auf den neuesten Stand. Milla erzählte von ihrem Besuch in dem edlen Seniorenheim, vom ehemaligen Offizier Franz Xaver Schuller, der mit der Jüdin Bescha Baum auf seine alten Tage unter einem Dach leben musste und dem es erstaunlich gut dabei ging. Dass ihre Großmutter Abbigail daran nicht unwesentlichen Anteil hatte. Über die mutige, rebellische Abbigail, die in den Fünfzigerjahren eine moderne Powerfrau gewesen war. Paul fragte viel nach, und Milla erzählte mehr.

Alles, was Leandro betraf, sparte Milla aus.

Paul hörte ihr fasziniert und neugierig zu, stellte immer wieder Fragen, nahm ihre Hand und drehte dabei an ihrem Verlobungsring am linken Ringfinger.

Als Milla ihre Erzählung beendete, sahen sie sich an, und er sagte leise: »Du musst wirklich nicht eifersüchtig sein, Milla, okay? Wieder alles gut zwischen uns?«

Milla nickte seufzend. Auch wenn nicht alles gut war momentan. Aber die Geschichte mit der Hochzeitsüberraschung passte zu Paul. Sie starrte auf ihren silbernen Ring, den sie selbst mit so viel Liebe angefertigt hatte. Wie glücklich war sie gewesen, als Paul ihr den Antrag im Dezember gemacht hatte. Ganz spontan, unkonventionell, bei einem Spaziergang am Lietzensee im Schnee. Ausgelassen hatten sie sich eine Schneeballschlacht geliefert, waren schon ganz nass vom gegenseitigen Einseifen. Lachend plumpste Milla in den Schnee, Paul ließ sich ebenso lachend neben ihr nieder, sah sie an und platzte übermütig und aus einer Laune heraus damit hervor: »Milla, weißt du was, wir könnten doch einfach heiraten?«

Es klang eher wie eine verrückte Idee, ein neues Spiel, das ihm in den Sinn gekommen war, aber Milla, die sich so sehr eine Familie wünschte, sich nach Geborgenheit und Beständigkeit sehnte, sagte sofort überglücklich Ja.

»Echt jetzt?«, hakte er lächelnd nach.

»Ja, ja, ja und nochmals ja.« Sie rückte ihre Pudelmütze zurecht, sah sich schon im Brautkleid und verkündete es noch am selben Abend freudestrahlend Tine bei einem ihrer Freundinnenabende auf dem Sofa.

Tine umarmte ihre Freundin überschwänglich, und gemeinsam stellten die Freundinnen bei ein paar Gläsern Aperol Spritz und jeder Menge Schokolade bereits die Gästeliste zusammen, überlegten, welche Location die perfekteste wäre und wann Milla die Pille absetzen sollte. Es wurde ein lustiger Freundinnenabend. Es fühlte sich alles so leicht und unbeschwert an. Paul fand dann zwar alles, was die Freundinnen ausgeheckt hatten, übertrieben, er wollte eine coole, lässige Party, mehr nicht, und Milla lenkte ein, wie sie es in dieser Beziehung oft tat.

Und jetzt? Jetzt setzte Milla all ihre Pläne, eine kleine Familie mit Paul zu gründen, einfach so aufs Spiel? Wegen eines romantischen Mallorquiners, der noch dazu vergeben war? Aber sein Herz nicht, dachte Milla aufgelöst. Sonst hätte Leandro sie nicht so angesehen. Er wollte ihren Laden und setzte dafür sein ganzes Repertoire an Charme ein. Und davon besaß er eine ganze Menge. Nicht den üblichen, kitschigen, deutschen Charme, sondern den ganz besonderen südländischen. Den leidenschaftlichen, extrem anziehenden.

Ihre Großmutter hatte sie zu ihm geführt. Das Schicksal wollte es so. Oder nicht? Milla seufzte leise. Was hatte Großmutter ihr da nur eingebrockt? Wie anders fühlte sich ihr

Leben an, seitdem sie Großmutters Brief erreicht hatte. Um wie vieles aufregender. Dieses Fakts wurde Milla sich plötzlich gewahr. Ihr Leben mit Paul in Berlin verlief in geregelten Bahnen. Berlin, diese coole, sexy Stadt, hatte viel zu bieten, und sie beide schöpften einiges aus. Aber irgendwann wiederholten sich die Abende. Irgendwann wiederholte sich jeder Alltag, schalt sich Milla sofort. Auch mit Leandro. Auch in der Sonne auf dieser traumhaften Insel.

»Hey, Süße, was denkst du denn gerade, du bist so still?«

»Ich?« Milla sah Paul ertappt an. »Ach, ich frage mich die ganze Zeit, warum mir Großmutter ihren Laden vererbt hat«, lenkte sie ab.

»Na ja, sie wollte ihrer einzigen Enkelin eben ein bisschen Geld hinterlassen. Wenn du ihn verkaufst, bekommst du ja einiges. Und weißt du, was ich mir überlegt habe?«

»Nein, was denn?«

»Wir könnten uns ein Loft in Mitte kaufen. Das wäre doch cool.«

Milla sah ihn überrumpelt an.

»Also es wäre dann natürlich dein Loft. Ich kann Miete zahlen, wenn du willst.« Paul sah sie lächelnd an. »Stell dir das mal vor, da könnten wir Dachterrassenpartys feiern ohne Ende.«

Ein Loft in Mitte. Dachte er überhaupt an Kinder? Sollten die inmitten abgasgeschwängerter Straßen aufwachsen? Träumten sie überhaupt noch die gleichen Träume? Milla schluckte, der Gedanke schnürte ihr die Kehle zu. »Na ja, so viel Geld wird das auch nicht sein, wenn ich den Laden verkaufe. Du weißt doch, was Immobilien in Mitte kosten. Die Preise sind total verrückt. Außerdem weiß ich immer noch nicht, ob ich den Laden verkaufen will.«

Paul runzelte die Stirn, beschloss aber offenbar, nicht weiter zu insistieren. Er bestellte für sie beide noch zwei Cola, ohne Milla zu fragen. So wie er es immer tat, so wie sie es immer gut gefunden hatte. Doch nun sträubte sich in ihr etwas dagegen. Sie wollte selbst entscheiden.

»Entschuldigung!«, rief sie dem Kellner auf Spanisch nach. »Ich nehme keine Cola, ich nehme einen Café solo.« Der Kellner nickte und verschwand in der Bar.

Paul sah sie überrascht an, nahm ihre Hand und hielt sie ganz fest. So saßen sie eine Weile stumm in der frühlingshaften Sonne. Da kam eine SMS von ihrer Mutter. »Wo bist du? Muss mit dir reden. Bin im Hotel.«

Milla horchte auf. Hatte ihre Mutter ihr doch noch etwas zu sagen, etwas über das Geheimnis ihrer Familie? Milla stand abrupt auf, bedeutete dem Kellner, der ihren Café solo und eine Cola brachte, gleich zahlen zu wollen. Er kassierte ab, und Milla stürzte ihren Café solo hinunter, sah Paul ungeduldig an.

Der trank rasch seine Cola aus und stand ebenso auf. »Jetzt chill mal. Wieso sollte sie dir ausgerechnet jetzt etwas Entscheidendes erzählen wollen? Wo sie all die Jahre geschwiegen hat?«

»Vielleicht weil die Sonne ihre Kälte hat schmelzen lassen?«, versuchte Milla zu scherzen. »Ich weiß es doch auch nicht.«

Gemeinsam, Hand in Hand, gingen sie die pittoresken Gassen durch Palmas Altstadt entlang.

Ihre Mutter saß in ihrem Hotel in der Lobby an einem der Tischchen und trank eine Limonade mit Minzblättern.

»Da bist du ja endlich.« Sie legte die Stirn in Falten, erkannte Paul. »Paul! Wie kommt er denn hierher?«

»Ich freue mich auch, dich zu sehen, liebe Schwiegermama in spe«, scherzte Paul locker. Er wusste Millas reservierte Mutter zu nehmen. Und tatsächlich lächelte sie ein wenig.

»Was gibt es, Mom?« Milla konnte ihre Ungeduld mal wieder nicht zügeln. Sie setzten sich zu ihr. Doch Sarah schien vor Paul nicht reden zu wollen.

»Soll ich euch zwei Hübschen alleine lassen? Mir ist es hier drin eh zu schattig«, schlug er einfühlsam vor.

»Wäre das denn okay?« Milla lächelte ihn dankbar an.

»Klar, Babe.« Er gab ihr einen Kuss auf die Stirn und ging hinaus vors Hotel.

Milla sah ihre Mutter erwartungsvoll an.

Sarah platzte heraus: »Milla, Johann lebt!«

»Was?«

»Er ist vor ein paar Wochen aus Deutschland hierher zurückgekehrt. Zu seiner Finca, im Westen der Insel.«

Milla starrte ihre Mutter an, die ebenso aufgeregt wirkte, wie sie es selbst schlagartig war.

»Johann«, wiederholte Milla überwältigt. Ihre Gedanken verknoteten sich, sie versuchte, Ruhe zu bewahren. Johann konnte ihnen sagen, ob und wie die Liebe zwischen ihm und Abbigail weiterging oder wann sie endete. Vielleicht kamen sie dank ihm ja sogar Großmutters Geheimnis auf die Spur? »Woher weißt du das denn eigentlich, dass er lebt, meine ich?«, hakte Milla nach.

»Das war reiner Zufall. Oder Schicksal, nenn es, wie du willst. Ich habe vorhin Eli beim Einkaufen beim Bäcker am Plaza d'España getroffen. Ich habe gehört, wie die Verkäuferin ihren Namen nannte. Ihren Xueta-Nachnamen. Pomar. Eli Pomar. Daraufhin habe ich mir ihr Gesicht genauer angeschaut. Und dann habe ich es gesehen. Ihr Muttermal am Hals. Dir ist es vielleicht nicht aufgefallen, mir als kleines Kind hingegen schon. Ich fand es ganz scheußlich und dachte, sie ist eine Hexe. Ich habe die junge, schöne Eli in ihr erkannt. Die Nase, der Mund, sie hat sich ja nicht komplett verändert.«

Milla freute sich unbändig, endlich einen Schritt weitergekommen zu sein. »Wir müssen zu ihm. Hat Eli gesagt, wo Johanns Finca genau liegt?«

»Nein. Sie hat es zu Hause auf einem Zettel notiert. Sie hat mir ihre Nummer gegeben und sich gewundert, warum du nicht angerufen hast. Dann fiel ihr ein, dass sie ihre Telefonnummer oft selbst nicht mehr richtig weiß.« Sarah kramte lächelnd einen Zettel heraus mit einer handschriftlich aufgekrakelten Telefonnummer, hielt ihn Milla hin. Milla verglich ihn mit der Nummer, die sie von Eli bekommen hatte. Tatsächlich. Ein Zahlendreher. Deshalb konnte sie Eli die ganze Zeit nicht erreichen!

Aufgeregt zückte Milla ihr Handy und wählte die Nummer, die auf Sarahs Zettel stand. Es klingelte, aber zuerst nahm niemand ab. Doch dann hörte Milla ein Klicken und Elis krächzige Stimme. »Hallo?«

»Hallo? Hier ist Milla Stendal, die Enkelin von Abbigail. Ich konnte mich leider die ganze Zeit nicht melden, weil es bei der Telefonnummer einen Zahlendreher gab. Meine Mutter hat mir gerade erzählt, dass sie Sie getroffen hat.«

»Ja, das hat sie.«

»Sagen Sie, Eli, könnten Sie mir bitte die Adresse von Johanns Finca geben?« Milla hielt gebannt den Atem an, sah ihrer Mutter in die Augen.

»Warten Sie.« Man hörte ein Rascheln am anderen Ende der Leitung. »Es ist die Finca *Es Molino* bei Santa Maria. Die genaue Adresse habe ich nicht. Johann König. Da können Sie sich aber durchfragen. Ich habe keinen Kontakt zu ihm.« Eli klang seltsam abweisend.

»Vielen Dank, Eli. Ich bin Ihnen so dankbar. Ach, noch eins. Wieso haben Sie mir nicht gleich gesagt, dass Johann noch lebt?«

Eli zögerte einen Moment. »Weil ich es selbst erst nach unserem Gespräch von einer Frau aus der jüdischen Gemeinde erfahren habe. Als ich über Abbigail sprach. Was ich ja sonst nicht mehr so oft tue«, setzte sie noch etwas leiser hinzu.

Milla überlegte einen Moment, ob sie fragen sollte, warum Eli und Abbigail keinen Kontakt mehr hatten. Was damals vorgefallen war und so vieles mehr. Doch sie entschied, das demnächst lieber persönlich anzusprechen, nicht am Telefon.

»Ich muss aufhören, meine Suppe kocht über«, hörte sie auch schon Eli aus der Sprechmuschel.

»In Ordnung. Also noch mal vielen herzlichen Dank! Und wir müssen uns bitte, bitte noch treffen, solange ich hier bin. Also am besten morgen? Ich habe so viele Fragen. Wann passt es Ihnen denn?« Doch Eli antwortete nicht mehr, sie hatte bereits aufgelegt.

In dem Moment betrat Paul das Foyer des Hotels, sah Milla fragend an. »Ich wollte nur sagen … braucht ihr noch ein bisschen? Ich hab tierischen Hunger. Wenn ihr noch nicht so weit seid … esse ich einfach alleine etwas …«

Milla lächelte ihn an, stand aufgeregt auf. »Stell dir vor, Großmutters große Liebe, Johann, lebt. Er ist auf die Insel zurückgekehrt. Ich möchte sofort zu ihm, kommst du mit uns mit?«

»Na gut, dann hole ich mir einen Burger auf die Hand. Der muss ja schon weit über neunzig sein, oder?«

Milla nickte glücklich lächelnd, registrierte, dass ihre Mutter nachdenklich und ernst dasaß und ihre Finger knetete.

»Mom, kommst du?«

»Wozu?« Da war sie wieder, die kühle, abweisende Art ihrer Mutter.

Milla wunderte sich. »Weil er Großmutter geliebt hat und uns vielleicht irgendeine Spur liefern kann, die uns weiterhilft?«

»Geht ihr bitte erst einmal ohne mich. Ich … kann nicht.«

Milla blickte ihre Mutter enttäuscht an. Wieder stand sie nicht an ihrer Seite. Was für ein Rückschlag.

»Komm, ich fahre mit dir«, hörte sie Pauls Stimme neben sich. Und plötzlich war sie froh, dass er gekommen war. Sie legte ihre Hand in seine und ging mit Paul hinaus auf die Straße vor das Hotel. Dort legte er seinen Arm um ihre Schulter, drückte sie an sich. »Mach dir nichts draus.«

Genau in diesem Moment kam Leandro aus einer Gasse gebogen, steuerte mit Einkäufen genau auf sie zu. Er erstarrte, blieb augenblicklich stehen, sah Milla an, als habe sie ihn verraten. Seine dunklen Augen schienen sich noch dunkler zu verfärben. Oder machte das der Schatten der Häuser neben ihm? Die Sonne stand bereits tief, Touristen machten sich auf, die Restaurants zu erobern.

Paul hatte Leandros Blick offenbar auch registriert, sah Milla fragend an. »Kennst du diesen Typen, oder wieso guckt der so?«

»Ach, das ist nur … der Geschäftsinhaber, der ein Café neben Großmutters Laden hat. Er hat das Kaufangebot abgegeben, das mir der Notar genannt hat.«

»Ach so. Aber wieso sieht er dich so düster an?«

»Woher soll ich das wissen«, wich Milla aus. »Vielleicht weil ich mir immer noch nicht sicher bin, ob ich verkaufen will.« Ihr Herz schlug schneller. Dieser Blick. Dieser leidenschaftliche Blick war so klar. Leandro empfand eindeutig mehr für sie, und wie es aussah, war ihm das in diesem Moment, als er sie in den Armen von Paul sah, gerade bewusst geworden.

»Verstehe. Du kannst dich mal wieder nicht entscheiden«, neckte Paul sie und drückte sie besitzergreifend an sich. »Spricht er Deutsch?«, flüsterte er ihr ins Ohr, rückte dabei sein Basecap zurecht, wie um sich auf ein Duell vorzubereiten.

»Ja, wie so viele hier.«

Paul straffte sich, ging mit Milla im Arm auf Leandro zu, der immer noch wie angewurzelt dastand. »Hallo. Ich bin Paul, Millas Verlobter«, stellte er sich Leandro kurzerhand vor. Aufmerksam beobachtete sie Leandros Gesichtszüge. Sie verrutschten bei dem Wort »Verlobter« eindeutig ein wenig.

Doch Leandro fing sich gleich darauf wieder, und er setzte sein umwerfendes Lächeln auf. »Hola. Mein Name ist Leandro.« Dann wandte er sich an Milla. »Milla, ich würde mich gerne mit dir auf ein Glas Wein treffen.«

Millas Magen zog sich schlagartig zusammen. Erschrocken starrte sie Paul an, dessen Miene sich deutlich verfinsterte. Leandro lächelte weiter. »Mit einem Glas Wein, das ist die mallorquinische Art, den Verkauf eines Ladens in Ruhe zu besprechen.«

Milla fiel hörbar ein Stein vom Herzen. Dieser Schuft, das hatte er doch mit Absicht getan! »Mal sehen«, sagte sie. »Wir haben jetzt noch etwas Wichtiges vor. Wenn wir nicht zu spät zurück sind, melde ich mich bei dir.«

»Hast du denn seine Nummer?«, fragte Paul sofort nach.

»Nein«, antwortete Milla bemüht neutral. »Aber die kann er mir ja jetzt geben.«

Leandro lächelte, reichte ihr eine Visitenkarte seines Ladens, sah ihr dabei intensiv in die Augen, berührte wie unabsichtlich ihre Hand, drehte sich um und ging.

Millas Herz klopfte nach dieser Berührung wie wild, und sie hoffte sehr, Paul würde es nicht hören. »Lass uns bitte endlich gehen, ich bin so gespannt auf diesen Johann und was er uns zu erzählen hat.«

* * *

Angespannt fuhr Milla, mit Paul auf dem Beifahrersitz, mit ihrem kleinen Mietwagen ins Landesinnere. Laut Routenplaner lag Santa Maria von Palma nur vierundzwanzig Minuten Fahrzeit entfernt. Aus dem Radio ertönte *Can't remember to forget you* von Shakira und Rihanna, und Milla summte leise und in Gedanken versunken mit. Was Johann wohl über damals noch alles wusste? Normalerweise erinnerten sich alte Menschen ganz besonders gut an die längst vergangene Zeit.

Palmen, blühende Büsche, karge Felsformationen, zartrosa Mandelblüten, so weit das Auge reichte. »Schon wunderschön, diese Insel zu dieser Jahreszeit«, stellte Paul angetan fest. Er schien die Fahrt eher als Ausflug ins Landesinnere auf seiner Urlaubsreise zu begreifen. Doch für Milla bedeutete sie mehr.

»Nicht nur zur Zeit der Mandelblüte«, erwiderte sie und merkte, dass sie sich in diese Insel, ihre Heimat, die Heimat ihrer Familie, bereits hoffnungslos verliebt hatte. »Es gibt traumhafte Buchten hier. Und ich will noch so viele entdecken.«

Paul lächelte sie an, streichelte ihren Nacken, massierte ihn. »Weißt du was, wir können ja hier unsere Flitterwochen verbringen.« Mangels Geld hatten sie bisher noch nichts gebucht.

Milla versteifte sich etwas, nickte nur leicht. Paul sah sie von der Seite an, massierte weiter. »Du bist ganz schön verspannt.«

»Kein Wunder. Gleich lerne ich die große Liebe meiner Großmutter kennen. Wer weiß, was er uns über sie und sein und ihr Leben zu erzählen hat.«

Eine Weile fuhren sie weiter, ohne zu reden, dann bog Milla den Weg in Richtung des pittoresken Städtchens Santa Maria ein, das in einer Ebene lag, nahe den Tramuntanabergen, wie Milla gegoogelt hatte.

Plötzlich wurde ihr unwohl. »Lass uns hier irgendwo ein Mineralwasser kaufen, dann können wir gleich nach seiner Finca fragen.«

»Okay, Süße.«

Sie fuhr in den Ort hinein. Dort sahen sie unzählige bunte Schilder, die auf den Verkauf von Ledererzeugnissen und auf Gratisproben in den Bodegas hinwiesen.

»Wie wäre es mit einem kurzen Stop-over in einer Bodega?«, fragte Paul angetan.

»Du willst jetzt Pause machen, wo wir so kurz vor dem Ziel sind?« Sie verstand ihn nicht, wie konnte er so etwas vorschlagen?

Paul zuckte nur mit den Schultern, ließ das Fenster herunter und hängte seinen Arm hinaus.

Milla parkte den Wagen neben einem kleinen kioskähnlichen Laden, stieg aus und kaufte sich dort ein Mineralwasser. An der Kasse fragte sie die Verkäuferin, eine junge Mallorquinerin mit schiefen Zähnen, auf Spanisch: »Entschuldigung, kennen Sie zufällig die Finca *Es Molino* hier am Ort?«

»Nein. Aber fragen Sie mal im Restaurant *Can Calet*. Die kennen sich sehr gut hier aus.« Sie gab Milla noch die Wegbeschreibung und lächelte sie an.

»Mache ich, danke.« Dann trat sie wieder hinaus in die Sonne zu Paul.

»Und?«

»Nichts. Ich soll in einem Restaurant da hinten fragen.« Sie öffnete das Mineralwasser, es zischte. Gierig trank sie ein paar Schlucke, ihre Knie wurden weich. Dass sie die bevorstehende Begegnung mit diesem alten Mann so aus der Bahn warf. Wusste er, warum Abbigail sich so kühl zu ihrer eigenen Tochter verhielt? Bestimmt wusste er es. Milla spürte ein Kribbeln in ihrem Bauch.

Endlich fanden sie das genannte Restaurant, und Milla ging hinein, fragte nervös nach. Tatsächlich kannte die ältere Bedienung die Finca und auch den Besitzer Johann, der wohl kürzlich erst wieder nach Mallorca gekommen war. Vermutlich um hier zu sterben, wie sie sagte. Sie nannte ihn einen »verbitterten alten Narren«. Milla hakte nach, warum ein Narr? Doch sie bekam keine Antwort mehr.

Verwirrt lenkte Milla den Wagen den genannten Weg in die Berge. Paul spürte offenbar ihre Nervosität, streichelte ihren Arm. Mandelbäume, so weit das Auge reichte, standen in voller Blüte am Wegesrand, sahen wunderschön aus. Weiß und rosa gesprenkelt, in allen erdenklichen Rottönen. Kein Wunder, dass ihre Blüte jedes Jahr Scharen von Touristen nach Mallorca lockte. Es sah einfach traumhaft aus, bezaubernd.

Endlich erreichten sie die Finca *Es Molino*, wie ihnen ein Holzschild, auf dem der Name eingebrannt war, verriet.

»Da sind wir«, verkündete Paul und warf Milla, die sich wie ein Nervenbündel fühlte, einen aufmunternden Blick zu. Sie stiegen aus, und gerade, als sie Hand in Hand auf die Finca zugingen, öffnete sich die Tür, und ein weißhaariger, sehr alter Mann am Stock trat heraus. Er schien den Besuch nicht zu sehen, aber zu hören. Er horchte auf. »Wer ist da?«, rief er mürrisch auf Spanisch.

»Guten Tag, ich … bin Milla Stendal«, erwiderte Milla nervös. Was sollte sie nur sagen? Der Mann schien fast blind zu sein.

»Und wer ist da noch?«

»Das ist Paul. Paul Bergmann.«

»Ich bin Millas Verlobter, guten Tag«, schaltete sich Paul ein.

»Sind Sie Touristen?« Man merkte, er mochte keine Touristen.

Milla zögerte einen Moment, verneinte. »Nicht wirklich. Meine Familie, die Familie meiner Mutter, stammt von dieser Insel, und ich … wandele ein bisschen auf ihren Spuren.«

Der alte Mann runzelte die Stirn. Man sah, dass Johann früher einmal ein attraktiver Mann gewesen sein musste. Jetzt strahlten seine Haare weiß, seine wässrigen Augen glänzten tiefblau. Viele Falten hatten sich in sein sonnengegerbtes, schönes aristokratisches Gesicht gegraben.

Milla warf Paul einen kurzen, nervösen Blick zu und fuhr fort, während sie ein paar Schritte näher herangingen. »Die vielen Mandelbäume in dieser Gegend sind so wunderschön. Sie duften so herrlich«, begann sie erst einmal vorsichtig.

Der Alte nickte jetzt deutlich freundlicher. »Ich habe den Geruch der Mandelblüten so vermisst.« Er lächelte verbittert. »Aber in Deutschland gibt es sie ja kaum.«

Milla wusste nicht, wie sie fortfahren sollte, redete einfach weiter, voller Nervosität. »Und warum gibt es eigentlich so viele Mandelbäume auf Mallorca?«

Der alte Mann lächelte nun, taute sichtlich auf. »Dazu gibt es eine sehr schöne Legende, wollen Sie die hören?«

»Sehr gerne.«

Er lächelte, hielt sich an seinem Stock fest und begann: »Es war einmal ein arabischer Herrscher, der soll sie gepflanzt haben. Er wollte seiner Lieblingsfrau im Harem von Manacor eine Freude bereiten. Denn die Prinzessin aus Granada vermisste den Schnee aus der Heimat. Ihre Traurigkeit verschwand erst, als weiße Mandelblüten wie Schnee von den neu gesetzten Bäumen rieselten.«

Überwältigt lächelten Milla und Paul sich an. Milla sog den Duft der Mandelblüten ein.

»Aber deshalb sind Sie gewiss nicht zu mir gekommen?«, unterbrach der Alte die entstandene Stille.

»Nein.« Milla schluckte und wagte sich vor. »Sind Sie Johann König?«

Der Alte horchte auf. »Wieso wollen Sie das wissen?«

Milla sah Paul Hilfe suchend an, der schaltete sich räuspernd ein. »Milla hat vor ein paar Tagen erst erfahren, dass ihre Familie, also von der mütterlichen Seite, ursprünglich aus Mallorca stammt. Sie hat einen Brief von ihrer Großmutter bekommen. Von Abbigail Fuster.«

Milla betrachtete diesen Mann, der bei Abbigails Namen zusammenzuckte, als habe man ihn mit einer Peitsche ins Gesicht geschlagen.

Leise wisperte Paul Milla ins Ohr: »Er weiß bestimmt noch gar nicht, dass sie tot ist.«

Milla nickte ergriffen, biss sich auf die Lippen.

»Abbi?«, flüsterte Johann nun, schwankte, hielt sich am Stock fest. »Ich habe seit damals nichts mehr von ihr gehört. Nur dass sie diesen anderen geheiratet hat.« Johann schwankte erneut.

Milla eilte sofort zu ihm, hielt ihn am Arm, entdeckte eine Bank auf der Terrasse neben ihnen. »Wollen Sie sich besser auf diese Bank setzen?«

Er nickte zittrig. Milla geleitete ihn hin, half ihm, sich niederzulassen. Es stimmte also, was ihre Mutter gesagt hatte. Ihr Großvater war ein anderer.

»Wie geht es ihr?«, brachte er schließlich hervor. »Ist sie mit diesem Kerl glücklich geworden? Ich habe nie gewagt, nach ihr zu fragen. Verstehen Sie mich nicht falsch, ich würde es ihr so sehr gönnen. Ich würde sie so gerne noch einmal sehen.«

Entsetzt sahen sich Milla und Paul an. Er wusste es tatsächlich noch nicht. Aufgrund der Stille verstand er. »Sie ist im Himmel? Ich habe zu lange gewartet. Aber sie haben mir doch gesagt, dass sie noch lebt?«

»Das hat sie auch, bis vor einer Woche. Es tut mir so leid.«

Er blickte hinauf in den sonnigen blauen Himmel, obwohl er vermutlich nur wenig sehen konnte. Milla und Paul folgten seinem Blick. Dort oben schwebte eine einzige weiße Wolke. Ergriffen betrachtete Milla die kleine Wolke, die so weich und beruhigend wirkte.

»Lassen Sie mich alleine.« Seine Stimme klang eindringlich, verletzt. »Bitte. Gehen Sie!«

Paul nickte Milla zu, sie standen auf.

»Dürfen wir ein andermal wiederkommen?«, fragte Milla zaghaft. »Ich bin nicht mehr lange hier und will sie so gern etwas fragen …«

Doch Johann wischte sich eine Träne aus den Augenwinkeln, scheuchte sie mit einer unwirschen Handbewegung davon, blieb ihr eine Antwort schuldig, rief laut: »Gehen Sie! Gehen Sie, habe ich gesagt!«

Erschüttert trat Milla, gefolgt von Paul, zu ihrem Mietwagen. Sie drehte sich um, sah diesen alten Mann noch einmal an, stieg ein.

»Alles klar, Süße?«, erkundigte sich Paul liebevoll.

Sie schüttelte traurig den Kopf. »Nein, denn jetzt bin ich keinen Schritt weitergekommen.«

»Wir fahren morgen noch mal zu ihm. Gib ihm ein wenig Zeit. Er hat gerade erfahren, dass seine große Liebe gestorben ist.«

Wie recht er hatte und wie gut es tat, Paul an ihrer Seite zu wissen. Wie dumm von ihr, dass sie auch nur einen Moment an ihm gezweifelt hatte. Oder nicht? Ihre Gedanken schweiften unwillkürlich zu Leandro. Sollte sie gleich wirklich noch ein Glas Wein mit ihm trinken gehen? Der Abend hatte gerade erst begonnen. Doch wenn sie ihn träfe, würde sie dann nicht die Büchse der Pandora öffnen? Oder hatte sie das mit ihrem gemeinsamen Tag am Strand bereits getan? Milla seufzte, startete den Wagen, parkte rasant aus und gab Gas.

* * *

Auf der Autofahrt zurück nach Palma überredete ausgerechnet Paul sie: »Jetzt kannst du dafür noch diesen Leandro anrufen und bei einem Glas Wein über den Verkauf des Ladens sprechen.«

»Was? Nein.«

»Wieso nicht? Du bist nicht mehr lange hier, Milla. Der Typ steht zwar auf dich, aber ich muss mir ja wohl keine Sorgen machen, oder?«

»Nein.« Es kam etwas zu schnell. Hatte Paul wirklich gemerkt, dass Leandro auf sie stand?

»Milla. Etwas Besseres, als dass dieser Leandro den Laden kauft, kann dir nicht passieren. Der Typ scheint unkompliziert und locker zu sein.«

»Das scheint nur so«, konnte sich Milla nicht verkneifen. »Außerdem … will ich nicht verkaufen. Das wird mir immer klarer.«

»Milla. Wir wohnen in Berlin! Was soll denn das jetzt?«

Milla atmete durch. Vermutlich dachte er nur an sein Loft. »Großmutter wollte nicht, dass ich verkaufe. Das muss ich respektieren.«

»Du musst das tun, was für *dich* am besten ist. Und deshalb triffst du dich gleich noch mit ihm auf einen Wein.«

»Du meinst, das ist das Beste für mich, ja?«

»Ja, das meine ich.«

Wenn er sich da mal nicht täuschte, dachte Milla aufgebracht. Aber gut, wenn er darauf bestand …

Allein in ihrem Pensionszimmer, zog sich Milla rasch um. Sie wählte ein rotes Kleid, das sie vor ihrer Abreise noch rasch in den Koffer gesteckt hatte. In Millas Pensionszimmer befand sich nur ein Einzelbett, und so hatte sich Paul in einem Hostel ein paar Straßen weiter eingemietet.

Im Bad betrachtete sie sich im Spiegel. Sie zog den Kajalstrich ein wenig nach und kämmte sich die widerspenstigen dunklen Locken. Was tat sie da nur? Leandro hatte der Verabredung am Telefon sofort zugestimmt und ihr eine kleine Wein- und Tapasbar genannt. Die Tapasbar *Cucu*, die sich im Windschatten der Plaza Major oben an der Treppe Richtung Rambla befand.

Milla spürte, wie sich ihr Magen nervös zusammenzog. Was, wenn sie ihm heute Abend hoffnungslos und endgültig verfiel? Allein der Gedanke, dass dies möglich sein könnte, schockierte sie erneut. Paul war nach Mallorca geflogen, weil er spürte, dass sie nicht mehr zu hundert Prozent bei ihm war. Die Geschichte mit der Gitarre spielenden Corinne nahm sie ihm ab. Sie klang so abstrus, so typisch nach Paul. Solche Ideen konnte nur er haben, und dafür liebte sie ihn. Zumindest bisher. Zumindest glaubte sie es. Ihre Hochzeit in zwei Monaten versuchte sie zu verdrängen. Denn jetzt galt es herauszufinden, welcher Mann für sie der richtige war. So wie es ihr Großmutter in ihrem Brief ans Herz gelegt hatte.

Milla legte noch ihren roten Lippenstift auf und fühlte sich nach einem erneuten Blick in den Spiegel verführerisch, fast wie ein Vamp. Zu verführerisch?

Zwei Männer interessierten sich für sie. Das hatte es in ihrem Leben noch nie gegeben. Vielleicht sollte sie es einfach einmal genießen. Das Leben.

»Danke, Großmutter«, flüsterte Milla lächelnd, »du machst aus mir eine mutige, begehrenswerte Frau.«

* * *

Inmitten der vielen Touristen erblickte sie ihn sofort. Leandro, mit seinen zerzausten dunklen Haaren, stand an seinen Motorroller gelehnt vor dem *Cucu*, die Hände in den Hosentaschen, und sah ihr ernst entgegen. In seinem Blick lag Trauer. Wie konnte das sein? Sie irrte sich. Ganz sicher.

Auf ihren hohen roten Sandalen stakste Milla auf ihn zu und wünschte sich, etwas flachere Schuhe angezogen zu haben. Aber sie hatte nicht viele dabei. Nicht genug. Was quälte ihn denn nur?

»Hola«, begrüßte sie ihn mit etwas zittriger Stimme.

»Hola. Du siehst … bezaubernd aus.« Er flüsterte beinahe. Seine Miene blieb ernst.

»Danke.« »Du auch« wäre ihr fast herausgerutscht. Seine Haare schienen noch etwas nass vom Duschen, hingen ihm locker ins Gesicht, sein schwarzes Hemd stand ein bisschen offen, sodass sie ein wenig von seiner glatten braunen Brust sehen konnte. Er roch umwerfend. Milla räusperte sich, versuchte, sich zu konzentrieren. »Das ist also die nette Tapasbar, das *Cucu*?«

Leandro nickte, musterte sie sehnsüchtig, oder zumindest kam es ihr so vor, streichelte mit seinen Blicken ihre Haut. »Eine der wenigen Bars, in der ich den Besitzer nicht kenne.«

»Verstehe.« Er wollte mit ihr nicht gesehen werden. Wegen seiner Freundin Diana, durchfuhr es Milla, und es fühlte sich an wie ein Stich ins Herz. Sie ärgerte sich über sich selbst, überhaupt hierhergekommen zu sein. Schnell ging sie vor, in die Bar hinein. Ihr Körper reagierte auf diesen Mann eindeutig zu stark.

Innen sah es modern, aber gemütlich aus, auf der Theke standen zahlreiche weiße Teller, bestückt mit verschiedenen köstlichen Tapas. Milla setzte sich auf die Bank, mit dem Rücken zur Wand. Leandro ihr gegenüber. Er ließ sie nicht aus dem Blick. »Hier gibt es spanisch-italienische Häppchen mit pikanter Puttanonepaste oder Sobrassada.«

»Klingt gut.«

Ihre Laune war schlecht. Er wollte mit ihr nicht gesehen werden. Was sollte das? Für eine Affäre war sie sich eindeutig zu schade.

»Bis der Ober kommt, können wir schon mal über Großmutters Laden reden«, preschte sie deshalb vor. »Das willst du doch.«

»Nein, darüber wollte ich nicht mit dir reden.«

»Und über was dann?«

Leandro sah sie intensiv an. »Diana ist eine wundervolle Frau. Sie ist intelligent, wunderschön, amüsant …«

»Was soll das?«, unterbrach Milla verletzt.

Doch Leandro fuhr unbeirrt fort. »Und ich werde mich trotzdem von ihr trennen.«

Fassungslos sah Milla ihn an. Wollte er sich über sie lustig machen?

Der Ober stand plötzlich neben ihnen. Er fragte auf Spanisch: »Hola. Darf ich Ihnen schon etwas zu trinken bringen?«

»Einen Schnaps«, entgegnete Milla auf Spanisch. »Irgendeinen.«

Der Kellner sah Leandro fragend an, als ob der die Genehmigung für sie geben müsse. Milla konnte es nicht fassen. Wieso wollte er sich von Diana trennen?!

»Ich nehme eine Cerveza.« Der Kellner nickte und ging. »Die Tapas holt sich jeder selber«, wandte sich Leandro an Milla, als habe er eben noch über das Wetter geplaudert.

Milla starrte ihn an, immer noch um Fassung ringend.

Sie biss sich auf die Unterlippe. »Und wieso?«, räusperte sie sich. »Ich meine, wieso willst du dich von dieser tollen Frau trennen?« Sie ahnte es, sie hoffte es, aber es konnte nicht sein. Diana sah besser aus als Milla, war ganz bestimmt unterhaltsamer, witziger, es konnte nicht sein …

Stumm, voller Leidenschaft sah er ihr in die Augen und rang nach Worten. »Es ist … weil ich dich kennengelernt habe. Das ist es, Milla. Das ist es.«

Millas Herz stand augenblicklich still. Ihr Blut hörte auf, zu fließen.

Leandros dunkle Augen flackerten, als er sie ansah und sagte: »Ich weiß, du bist mit Paul zusammen und wirst ihn heiraten. Aber ich weiß jetzt auch, dass ich Diana nicht heiraten kann. Es wäre unfair. Es gibt nichts Schlimmeres, als vor dem Altar zu stehen und ein seltsames Gefühl im Bauch zu haben.«

Ein seltsames Gefühl. Milla kannte es zu gut. Was bedeutete das für sie und Paul? Ging es ihr nicht ebenso? Hatte sie nicht genau die gleiche Angst? Vor dem Traualtar zu stehen und nicht aus tiefstem Herzen »Ja« sagen zu können? Einen Fehler zu begehen? Den Fehler ihres Lebens?

Leandro beobachtete ihre Reaktion genau. Die Gänsehaut auf ihren nackten Armen. Die Härchen, die sich aufstellten. Dann stand er auf, drehte sich um, ging zur Theke und kam mit zwei Tellern Tapas wieder.

Millas Magen verknotete sich. Die Garnelen-Tomate-Mozzarella-Spieße sahen köstlich aus. Dennoch, Milla bekam keinen Bissen herunter. Leandro nahm eine Garnele vom Spieß, steckte sie sich in den Mund. Beim Kauen beobachtete er sie.

Milla öffnete den Mund, um etwas zu sagen. »Das kannst du nicht tun. Du kannst dich doch nicht von ihr trennen!«

»Ich muss.«

»Das darfst du nicht. Die arme Diana!«

»Ich weiß. Ich … hatte es auch nicht vor, das kannst du mir glauben. Aber … ich kann nichts dagegen tun.«

»Natürlich kannst du!«, erwiderte Milla aufgebracht. Sie wollte nicht schuld sein am Unglück dieser so sympathischen Frau. Was gab es Schlimmeres, als kurz vor der Hochzeit verlassen zu werden? Ihre innere Stimme meldete sich. Es gab etwas Schlimmeres: geheiratet zu werden von einem Partner, der einen nicht zu hundert Prozent liebt.

Endlich kam der Ober mit dem Schnaps. Oder was auch immer es war. Milla nahm das Glas, schüttete es auf ex hinunter, hielt es dem verblüfften Ober erneut hin. Der sah wieder fragend Leandro an, der nickte. Der Ober ging.

Der Alkohol brannte in ihrer Kehle. Ihr Kopf dröhnte. »Sie ist hübscher als ich, bestimmt gebildeter, lustiger, was soll das?«, fragte sich Milla erneut. Obwohl sie die Antwort bereits kannte. Er hatte sich in sie, in Milla, verliebt. Aus unerfindlichen Gründen.

Und sie sich in ihn? Das Ganze setzte sie enorm unter Druck. Erwartete er jetzt von ihr, dass sie sich von Paul trennte? Nein. Auf keinen Fall, rebellierte es in ihr. So einfach ging das alles nicht. Paul und sie, das war etwas Besonderes, von Anfang an. Mit Paul war es unbeschwert, zumindest bisher. Er wollte Kinder mit ihr.

Und Leandro? Sie kannte ihn nicht. Und er sie nicht. Wie konnte er wegen eines seltsamen Gefühls sein ganzes Leben über Bord werfen? Sind die Mallorquiner so? Ungestüm und leidenschaftlich? Die Deutschen aber nicht. Milla war so nicht. Oder doch? Immerhin war sie eine halbe Mallorquinerin. Zwei Seelen rangen in ihrer Brust. Milla seufzte.

Leandro lächelte sie entschuldigend an, als habe er ihre Gedanken gehört. »Du musst jetzt nichts dazu sagen.«

»Tue ich auch nicht.«

»Ich wollte nur, dass du es weißt.«

»Okay.« Milla nahm sich einen Tapasspieß, zog mit den Fingern eine Mozzarellascheibe ab und aß sie. Dann eine Garnele, eine Tomate. Alles in ihren Mund. Doch das alles bewahrte sie nicht vor ihm. Sie mussten reden. Oberflächliche Konversation lag ihr nicht. Aber über ihre Gefühle konnte sie nicht mit ihm reden. Über Großmutter. Über Johann könnte sie ihn befragen. »Hat meine Großmutter jemals etwas von einem Johann erzählt? Von einem Johann König?«

Leandro lächelte. »Natürlich. Von einem Johann hat sie oft geredet.«

Sofort war Milla hellwach. Sie ärgerte sich, dass sie Leandro nicht schon früher auf Johann angesprochen hatte. »Ja und? Was hat sie genau erzählt?«

Er ließ sie zappeln. Lächelte sie an. »Du bist wie sie. Klug und schön.«

»Lenk jetzt bitte nicht ab. Es ist mir sehr wichtig.«

Er verstand, konzentrierte sich. »Sie hat mir erzählt, dass er ihre große Liebe war. Dass sie bei ihm so eine unerklärliche Nähe spürte.« Er sah sie intensiv an. Millas Bauch vibrierte, seine Stimme klang in ihrem Innersten nach. »Ich weiß noch, wenn sie von ihm sprach, wurden die Gesichtszüge dieser alten Frau immer ganz weich, ihre Stimme sanft.«

7. Kapitel

Mallorca 1956

Abbi musste jede Sekunde an Johann denken, und es tat unendlich weh. Schon seit dem Morgen hatte sie Kopfschmerzen, denn heute musste sie es endlich tun. Johann das Herz aus dem Leib reißen und sich ihr eigenes mit.

Sie verglich jeden Mann, der ihren Laden betrat, mit ihm. Gerade bediente sie einen deutschen Touristen aus Bayern, verstand sein seltsam klingendes Deutsch kaum, bemühte sich aber, freundlich zu sein. Auch wenn er sich beschwerte, dass es hier auf der Insel nirgends einen Schweinsbraten gebe.

»Aber Sie sind doch bestimmt nach Mallorca gekommen, um die mallorquinische Küche kennenzulernen?«, fragte sie verwundert.

Der Bayer sah sie irritiert an und nuschelte in seinen Bart, dass er hierhergekommen sei, um Urlaub zu machen. Und dazu gehöre ein gutes Essen. Also Schweinsbraten mit Knödeln.

Abbi wunderte sich über den Deutschen, der so ganz anders war als Johann, verkniff sich aber, ganz entgegen ihrer Art, einen frechen Kommentar.

Der Bayer nörgelte weiter. »Kennens denn da koa bayrisches Lokal?«

»Bitte was?«

»A bayrisches Lokal? In Palma?«

»In Palma?«, entfuhr es Abbi jetzt fassungslos. Nun konnte sie ihre Zunge nicht mehr zügeln. All ihre Wut auf die Ungerechtigkeit des Lebens, auf Pomade, auf das Gefühl, in die Enge getrieben worden zu sein, brach sich Bahn: »Wozu reisen Sie denn, wenn Sie nichts Neues kennenlernen wollen? Wieso bleiben Sie dann nicht einfach in Ihrem Bayern?«

Der Mann sah sie empört an, grantelte dann noch etwas in seinen Bart und ging. Die Tür schepperte laut.

Endlich allein. Verzweifelt fasste sich Abbi ins Haar. Sie konnte es nicht tun. Sie liebte Johann zu sehr. Doch ihre Angst vor Pomade und seinen Schergen, ihre Angst, dass diese ihren geliebten Eltern etwas antun könnten, wuchs mit jedem Tag. Sie wusste, Pomade war zu allem fähig.

Oder jetzt erst recht? Sie hatte ihm das Ohr fast abgerissen. Ein Typ wie Pomade konnte das auf keinen Fall ungesühnt lassen. Sie wunderte sich sowieso, dass noch nichts passiert war. Es fühlte sich an wie das Ticken einer Zeitbombe, das immer lauter wurde.

Ein Blick auf die Uhr, der Feierabend nahte. Sie würde Johann wie meistens am Springbrunnen treffen. Ihr Herz, ihr Körper sehnte sich nach ihm. Nach seinen Küssen. Die Sekunden und Minuten vergingen kaum.

Johann hatte geplant, mit ihr heute wieder an den Strand zu fahren. Abbi nahm an, dass er nicht länger warten wollte. So viele Wochen waren sie nun schon heimlich zusammen. Doch miteinander geschlafen hatten sie immer noch nicht. Johann hatte ihr Zeit gelassen, Zeit, die sie nach dem Überfall von Pomade brauchte.

Eli hatte sich zwar schon wieder über Abbi lustig gemacht, dass sie einen Freund hatte und immer noch Jungfrau war, dass das so typisch Abbi sei, aber Abbi wischte das weg. Sie brauchte die Zeit, und Johann ließ sie ihr. Das zählte. Und genau das machte ihn zu etwas ganz Besonderem.

Doch heute, so nahm sie an, sollte es so weit sein. Am Strand wollte er ein Picknick mit ihr machen, ganz romantisch, an ihrem Strand. Abbi hatte schon viel darüber gehört, über das erste Mal, aber so richtig vorstellen konnte sie es sich nicht. Es gehörte sich nicht, bevor man verheiratet war, das wusste sie. Eli scherte sich da nicht weiter drum. Sie wollte das Leben genießen, und ihre Eltern mussten ja nichts erfahren. Denn auch sie musste einen der Ihren heiraten, konnte sich aber bisher dagegen gut wehren. Abbis bisherige Verehrer hatten die Voraussetzung entweder nicht erfüllt oder waren in ihren Augen sowieso indiskutabel gewesen. So war sie bisher nie in die Bredouille gekommen. Erst durch Johann wurde sie zur Lügnerin und Betrügerin ihren eigenen Eltern gegenüber.

Endlich, der große Zeiger der Uhr hatte im Schneckentempo die Zwölf erklommen. Der kleine stand auf der Sechs. Abbi warf einen Blick in den Spiegel, der in ihrem Laden neben dem Garderobenhaken hing, zog sich eine weiße Strickjacke über das rote Petticoatkleid, fuhr sich nervös über das schwarze Haar. Sie sah kreidebleich aus. Schnell färbte sie ihre Lippen mit einem Lippenstift rot ein, wodurch ihr Teint aber noch blasser wirkte. Unzufrieden mit sich und äußerst nervös schloss sie den Laden ab, trat angespannt auf die Straße hinaus. Eine große schwarze Gestalt trat von rechts auf sie zu. Abbi zuckte zurück, schrie auf, erschrak zu Tode. Doch es handelte sich nicht um Pomade, sondern um ihren Vater, Noah, in seinem schwarzen Mantel.

Besorgt und prüfend blickte er seine Tochter an. »Kind, was erschrickst du denn so?«

»Ach Vater, nichts … ich war nur in Gedanken.«

»Und an was denkst du die ganze Zeit? Meinst du etwa, mir entgeht das nicht?« Er sah sie forschend an. Eine Ladennachbarin kam vorbei, blickte neugierig herüber.

»Es ist nichts, Vater, ich bin nur müde.«

»Und wieso?« Er würde nicht locker lassen, das spürte sie. »Abbigail.« Sein Blick wurde noch ernster. »Ich weiß, dass du uns keine Schande bereiten wirst.«

Getroffen sah Abbi zu Boden. Wusste er etwas? Ahnte er etwas? Natürlich tat er das. Er war ein kluger Mann. Dafür hatte Abbi ihn schon als Kind bewundert.

»Du weißt, dass deine Mutter schon genug gelitten hat, dass ihr Herz schwach ist und die Sache mit Rachel …«

»Ja, Vater!«, entfuhr es Abbi. Selbst erschrocken über ihren Ton, entschuldigte sie sich leise. »Es tut mir leid, aber ich bin Abbi. Und ich lebe. Und sei dir sicher, Vater, ich werde euch keine Schande bereiten. Dafür liebe ich euch zu sehr.«

Noah betrachtete Abbi etwas erleichtert mit seinen gütigen Augen. Sie musste sich sehr bemühen, ihre Tränen zurückzuhalten. Denn jetzt gab es kein Zurück mehr. Abbigail und Johann, Johann und Abbigail, sie gehörten der Vergangenheit an, ab morgen.

»Kind, dann sag mir, wo du jetzt hingehst. In diesem Aufzug.« Abfällig deutete er auf ihr rotes Kleid und ihre roten Lippen.

Abbi schluckte und suchte fieberhaft nach einer Antwort, wischte sich mit der Hand etwas Lippenstift weg. »Vater, ich … du musst dir keine Sorgen machen. Ich muss noch etwas erledigen. Und ich verspreche dir, es wird alles gut.« Skeptisch und streng sah er sie an. Schnell fügte Abbi hinzu: »Weißt du was, ich werde ein Kochbuch herausbringen. Mit Mutters Mandelrezepten. Mit den Rezepten von Großmutter und Urgroßmutter …«

»Ein Kochbuch?«, ließ er sich ablenken. Vermutlich, weil er die Wahrheit nicht wirklich hören wollte.

»Ja, du kennst doch ein paar Verleger.« Es gab einige Verleger auf der Insel.

»Das schon.«

»Und ich wollte dich bitten, es ihnen zu zeigen. Aber erst, wenn es fertig ist.« Bemüht lächelte sie ihn an.

Noah betrachtete seine Tochter müde, strich ihr über das Haar, als sei sie ein kleines Kind, und nickte. »Ich werde sie fragen. Denn das würde deine Mutter sehr stolz machen, sehr.«

Abbi lächelte und bestätigte. »Gewiss, das würde es.«

»Du bist zu Hause, bevor es dunkel wird, versprichst du mir das?«

»Das werde ich.«

Noah sah sie erneut eindringlich an, drehte sich um und ging seines Weges. Abbi sah ihm betroffen nach. Wie alt er geworden war die letzten Jahre. Um ein Haar hätte sie es nicht bemerkt. Und das Herz ihrer Mutter, war es noch schwächer geworden? Abbi wurde von einem schlechten Gewissen übermannt, denn sie war die letzten Wochen viel zu sehr mit Johann und sich beschäftigt gewesen. Dabei hatte sie die Sorgen und Nöte ihrer Eltern ganz übersehen. Das würde sich jetzt ändern, das musste es.

Als sie zum Springbrunnen kam und Johann erblickte, ihren Johann, warf ihr Gehirn alle Vorsätze in einer Sekunde über Bord. Wie liebevoll er sie ansah, wie unendlich glücklich. Wie schön er aussah. Mit seinen blonden Haaren, seinen blauen Augen. Diesem Mann konnte sie doch nicht so wehtun!

»Abbi, endlich«, begrüßte er sie stürmisch, nahm sie in seine Arme, drehte sich mit ihr im Kreis. »Abbi, es gibt ganz wunderbare Neuigkeiten!«

»Erzähl«, entfuhr es ihr tonlos, doch seine Lippen umschlossen ihren Mund. Er küsste sie, so zärtlich, so verliebt, dass sie nur noch die Augen schließen und genießen konnte. Dann löste er sich von ihr, sah ihr strahlend in die Augen. »Später. Komm, wir fahren zu unserem Strand. Ein paar Leckereien habe ich eingepackt.«

»Ein paar«, scherzte sie. »Wieder für eine ganze Horde?«

Er lächelte, führte sie zu seiner Vespa, und sie stiegen auf. Abbi genoss seine Nähe, umarmte seinen warmen Oberkörper, schloss die Augen. Diese Fahrt mit ihm würde die letzte in ihrem Leben sein. Obwohl, nein, die Fahrt zurück vom Strand wäre es dann. Aber anschließend wäre alles vorbei. Er würde sie nur noch zu Hause absetzen und sie ihn nie wieder sehen. Nie wieder riechen, spüren, küssen.

Der Fahrtwind wehte in ihrem Haar. Sie hatte heute ihr Kopftuch vergessen, aber egal. So spürte sie mehr, so nahm sie mehr auf. Sie drückte sich an seinen Körper, um ihn stärker zu fühlen.

An ihrem Strand, ihrer Bucht, die sonst um diese Uhrzeit einsam und verlassen dalag, ging es ausgerechnet heute recht turbulent zu. Eine Gruppe deutscher Touristen in ihrem Alter hatte sich hier niedergelassen, und sie feierten etwas. Sie aßen Kuchen, tranken Sekt, und einer hatte eine Gitarre dabei. Die jungen Männer trugen Röhrenjeans, einer eine schwarze Lederjacke, die Frauen Petticoats wie Abbi. Der in der schwarzen Lederjacke spielte auf der Gitarre Rock 'n' Roll, er imitierte Elvis Presley mit seinem Hüftschwung, und alle wippten begeistert mit.

Johann und Abbi hörten einen Moment angetan lächelnd zu. Hand in Hand. Abbi mochte die Musik sehr, und Johann erklärte ihr, dass dies *Heartbreak Hotel* von Elvis Presley sei. Abbi sah ihn an und wusste, dass sie Johann nie gehen lassen würde aus ihrem Herzen. Nie.

»Lass uns besser in einer anderen Bucht picknicken, wo wir ungestört sind«, wandte sich Johann flüsternd an Abbi, als das Lied zu Ende ging. Doch Abbi, die plötzlich panische Angst bekam, sie könne schwach werden, wenn sie allein wären, schüttelte vehement den Kopf. In einer einsamen Bucht würde sie weich werden, in seinen Armen wie Butter zerfließen. Vielleicht würde sie sogar mit ihm schlafen, um ihn wenigstens einmal zu spüren, damit er der Erste wäre. Ob sie danach so hart sein konnte, alles zu beenden, bezweifelte sie sehr. Und deshalb wollte sie sich lieber hier in der Nähe dieser Touristen aufhalten, wo sie es sagen musste. Das Unmögliche.

»Nein, wir lassen uns da drüben nieder, bei dem Felsen. Da hören wir die Musik.«

Sie sah Johann an, dass er andere Pläne mit ihr gehabt hatte. Aber einfühlsam, wie er war, drängte er sie nicht. Er nickte, ging mit ihr zu dem Felsen und breitete dort die Picknickdecke aus. Wieder hatte er allerlei mallorquinische Köstlichkeiten dabei. Feigen in Weinbrand, getrocknete Tomaten in Olivenöl, Salchichon Torrens, eine mallorquinische Hartwurst, Ziegenkäse mit feinen Kräutern und Ensaimada Mallorquina, ein ungefülltes süßes Gebäck.

»Du bist verrückt.« Abbi lächelte traurig.

»Nach dir. Was hast du?«

»Nichts.«

»Bitte, sag es mir.«

Sie blickte ihm verzweifelt in seine schönen blauen Augen, nahm sein Gesicht zwischen ihre Hände und küsste ihn auf seine vollen Lippen. Erst zart, dann leidenschaftlich und wild. Es sollte ihr letzter Kuss sein, es wurde ein Kuss der Verzweiflung.

Johann schien das zu spüren, machte sich nach ein paar Minuten schwer atmend los, starrte sie ahnungsvoll an und schüttelte flehend den Kopf. »Nein, das darfst du nicht tun! Wieso? Du bist eine moderne Frau!«

»Ich muss!«, schrie sie heraus.

Ein paar der Touristen sahen einen Moment verwundert herüber, dachten sich dann aber nichts und feierten weiter. Der in der schwarzen Lederjacke stimmte mit einer täuschend echten tiefen Stimme Elvis an: *»I want you, I need you, I love you«*, und Abbis Tränen drängten sich hervor. Sie drückten sich heraus wie kleine Küken aus dem Ei. Unaufhaltsam, stark.

»Aber …«

»Nichts aber. Wir können nicht zusammen sein. Nicht für immer.« Sie wischte die Tränen wütend weg.

»Das weiß ich doch.« Seine Stimme zitterte.

Verblüfft sah sie ihn an. »Das weißt du?«

»Natürlich. Von den Anfeindungen gegen Xuetes habe ich gehört. Aber Abbi, wir leben in den Fünfzigern. In einer modernen Gesellschaft.«

»Ich weiß. Aber hier ist es so. Die Gesellschaft duldet es nicht. Meine Eltern müssten es büßen.«

»Abbi, aber ich liebe dich.« Er nahm ihre Hand, doch Abbi entzog sie ihm. Sie sagte nichts mehr, krampfte ihre Hände ineinander, starrte aufs Meer, in dem sich die untergehende Sonne spiegelte. Die kleinen Wellen schienen immer wilder zu werden.

»Abbi. Dann lass uns nach Deutschland gehen.«

»Bist du wahnsinnig?«

»Entschuldige. Dann aufs spanische Festland?«

»Nein.« Sie bemühte sich, hart zu bleiben. »Ich lasse meine Eltern nicht im Stich.«

Verzweifelt fuhr er sich durch sein blondes Haar. »Abbi. Unsere Liebe ist etwas ganz Besonderes. Du bist etwas ganz Besonderes. Eine Frau wie dich werde ich nie wieder kennenlernen. Willst du mein Leben, willst du *dein* Leben zerstören?«

»Um das meiner Eltern zu retten, ja!« Abrupt stand sie auf.

Johann sprang ebenso auf, hielt sie fest, sah ihr in die Augen. »Abbi, sag, liebst du mich?«

Sie zögerte. Sie musste es tun. »Offenbar nicht genug.«

Als habe er einen Schlag ins Gesicht bekommen, torkelte er im Sand zurück.

Der Gitarrist sang: *»Darling, you're all that I'm living for, I want you, I need you, I love you, more and more, I thought I could live without romance, before you came to me…«*

»Kannst du mich jetzt bitte nach Hause fahren? Ich habe meinem Vater versprochen, früh zurück zu sein.« Abbi hatte es all ihre Kraft gekostet, das zu sagen, sie fühlte sich, als habe man ihre Knochen entfernt, als klappe sie gleich wie eine leere Hülle zusammen.

Der Gesang der Gruppe tönte höhnisch in ihren Ohren. Vielleicht ging es in Deutschland moderner zu, aber sie lebte auf Mallorca, das hier war ihre Welt. Sie hatte Angst vor Pomade, vor seiner Rache, panische Angst um ihre Eltern.

»Bitte«, flüsterte sie, kniete sich nieder, packte hektisch all die Köstlichkeiten ein, von denen sie noch keinen Bissen genommen hatten, und stopfte alles in Johanns Tasche. Der sah ihr nur benommen und fassungslos zu. Abbi knüllte die Decke zusammen, schulterte die Tasche und sah ihn herausfordernd und bemüht kühl an. Es gelang ihr offenbar, denn Johann schien zu spüren, dass sie es ernst meinte. Dass er sie heute nicht überzeugen konnte. Er kannte ihre zuweilen trotzige Art.

»Gut. Ich bringe dich nach Hause. Morgen ist ein neuer Tag.«

Sie sagte nichts dazu, fürchtete sich vor morgen, vor ihrer eigenen Schwäche. Dann brach es aus ihr heraus: »Ich will dich spüren, ein letztes Mal.«

Johann starrte sie an, verstand, was sie ihm sagen wollte. »Komm mit.« Er nahm ihre Hand und führte sie zu seiner Vespa. Er fuhr mit ihr in eine einsame, wunderschöne Bucht. Der Mond schien hell. Die Luft war kühl, aber es störte sie nicht.

Ohne ein Wort zu sagen, standen sie sich gegenüber, sahen sich tief und verzweifelt in die Augen, dann küssten sie sich. Erst vorsichtig und zart, dann immer wilder, zogen sich gegenseitig die Kleider vom Leib und liebten sich voller Gefühl, voller Leidenschaft und tiefer Verzweiflung im Sand. Und es war einzigartig, wunderschön.

* * *

Die Fahrt zurück nach Palma zog sich unendlich. Abbi hielt sich wie leblos an seinem Oberkörper fest. Sog den Geruch ein, den sie nie wieder riechen würde, versuchte, ihn in ihrem Gehirn für immer abzuspeichern. Aber sie wusste, es ging nicht.

Er setzte sie wie immer an der Ecke ab, damit ihre Eltern oder Nachbarn sie nicht sehen konnten, sah sie zutiefst getroffen, unendlich verzweifelt an. Abbi zögerte, wollte ihm so gerne noch einen Kuss geben, fühlte sich wie magisch zu ihm hingezogen, doch sie schaffte es in dieser Sekunde, sich zurückzuhalten. »Leb wohl.«

Jetzt klang auch er verletzt. »Das sagt man dann wohl in so einer Situation.«

»Ja«, hauchte sie, drehte sich um und verließ ihren eigenen Körper.

Mallorca 2016

Oh nein«, entfuhr es Milla. »Und wie ging es mit den beiden weiter?« Milla sah Leandro mitgenommen und zutiefst berührt an. Seine Augen blitzten im Schein der Kerze auf ihrem Tisch, und sie spürte plötzlich, auch ihr konnte es bei diesem Mann passieren, nicht standhaft bleiben zu können. Sie musste hier weg.

»Das weiß ich leider nicht«, sagte er leise und sah ihr dabei tief in die Augen.

Abrupt und völlig überfordert stand Milla auf. »Ich … muss gehen.«

»Bitte nicht.« Leandro nahm ihre Hand. Doch Milla entzog sie ihm.

»Entschuldige, es ist … spät, und die Geschichte meiner Großmutter hat mich sehr, sehr aufgewühlt, und … Paul wartet auf mich in meiner Pension.«

»Verstehe.« Leandro fuhr sich traurig durchs Haar, stand auch auf, winkte dem Ober, um zu zahlen.

»Ich lade dich ein«, wandte sich Milla entschuldigend an ihn.

»Kommt überhaupt nicht infrage.«

»Doch, kommt es.«

»Nein! Das ist vielleicht bei den deutschen Männern so, dass sie die Frauen zahlen lassen, bei uns Mallorquinern nicht.« Seine Stimme klang leidenschaftlich und energisch.

Milla steckte ihren Geldbeutel wieder ein. »Also gut. Dann danke ich dir.«

Leandro zahlte und geleitete sie hinaus, sie spürte seine Hand zart an ihrem Rücken. Milla musste insgeheim zugeben, dass ihr diese dezent galante Art gefiel. Deutsche Männer konnten sich wirklich eine Scheibe davon abschneiden. Nicht, dass sie ständig eingeladen werden wollte. Aber sich als Frau, als begehrenswerte Frau zu fühlen, fühlte sich gut an. Paul behandelte sie eher wie einen Kumpel, mit dem man Pferde stehlen kann. Was sie auch mochte. Aber das hier, wie Leandro sich gab, fühlte sich neu an. Vielleicht war es einfach nur das. Das Neue, das Aufregende, das reizte. Sie musste es herausfinden.

Sie versuchte sich auf das eben Gehörte zu konzentrieren. Ihre Großmutter hatte versucht, Schluss mit ihrer großen Liebe zu machen. Hatte sie es damals wirklich geschafft? Johann würde es ihr sagen können, wie diese große, tragische Liebe weiterging. Sie musste morgen sofort wieder zu ihm, auf seine Finca.

Müde und zutiefst durcheinander betrat sie ihre Pension. In ihrem Zimmer wartete tatsächlich Paul auf sie. Sie hatte es nur so dahingesagt, zuckte zusammen. »Wie kommst du denn hier rein?«

»Die freundliche Dame am Empfang hat mir den Schlüssel gegeben. Sie weiß ja, dass wir verlobt sind.« Er lächelte, lag auf ihrem schmalen Bett. »Freust du dich gar nicht?«

»Doch, doch.« Sie zog die Pumps aus. Ihre Füße schmerzten. Hatte er seinen Vorschlag bereut, sie in Leandros Arme geschickt zu haben?

»Ja und, erzähl, wie war's?«

»Ganz gut. Entschuldige, ich erzähle dir alles morgen, ich bin so was von müde.«

»Okay, aber ganz kurz: Seid ihr euch einig geworden?«

Milla legte ihre Handtasche ab, blickte ihn abwesend an, wusste für einen kurzen Moment nicht, wovon er sprach. Er kam ihr so fremd vor.

»Na, mit dem Verkauf des Ladens.«

Milla verstand, zuckte die Schultern. »Ehrlich gesagt … noch nicht wirklich.«

Paul sah sie forschend an. Merkte er, dass sie in Gedanken noch bei Leandro war? »Milla, ich dachte eigentlich, du schließt das heute ab, und wir erkunden morgen ein paar Strände.«

»Paul … es tut mir leid, ich habe jetzt keinen Kopf für so etwas. Wir wollten doch noch mal zu Johann. Und mit Mom bin ich auch nicht wahnsinnig viel weiter. Sie hatte sich schon ein wenig geöffnet, aber jetzt hat sie wieder zugemacht, und ich will endlich wissen, warum. Verstehst du das denn nicht? Ich meine, ich habe das Gefühl, die Zeit rennt mir davon, und ich komme nicht hinterher, und du willst dir gemütlich Strände angucken?«

Getroffen sah er sie an, riss sich zusammen und bedeutete ihr mit einer einladenden Geste, sich zu ihm auf das schmale Pensionsbett zu kuscheln. Milla zögerte. Denn sie fühlte sich, als sei sie gerade fremdgegangen, zumindest ihr Herz.

Betreten schüttelte sie den Kopf. »Sei mir nicht böse, bitte. Ich will jetzt schnell Zähne putzen und dann schlafen gehen. Ich bin wirklich sehr müde.« Sie rieb sich die schmerzenden Füße. Wie können Frauen nur stundenlang in hohen Absätzen laufen?

Paul schluckte, nickte offensichtlich verletzt, riss sich aber schnell wieder zusammen und setzte sich auf. »Milla. Weißt du was? … Lass die Vergangenheit Vergangenheit sein.«

»Was? Du meinst das wirklich so, stimmt's? Nach all dem, was ich über meine Familie bereits erfahren habe? Das kann ich nicht.«

»Und wieso nicht?«

»Weil ich … wissen muss … warum ich so bin. Es liegt mir so im Magen, dass ich zu meiner Mom so ein schlechtes Verhältnis habe, das weißt du doch. Meine chronische Gastritis, die hab ich doch nur deshalb.«

»Ihretwegen?«

»Ja, *sie* liegt mir im Magen. Weil sie immer so kühl, so lieblos war zu mir.« Verstand er denn gar nicht?

Er sah sie traurig an. »Du kannst schon auch so wirken.«

Erschrocken drehte sie sich um zu ihm. »Lieblos? Ich?«

Er nickte traurig, atmete durch. »Hauptsache, du wirst nicht zu unseren Kindern so wie sie zu dir.« Erwartungsvoll sah er sie an, verfolgte ihre Reaktion.

Milla schluckte und nickte ernst. »Genau … das will ich auf keinen Fall. Deshalb muss ich herausfinden, warum sie so ist.«

»Verstehe.«

Endlich. Sie lächelte ihn entschuldigend an, ging einfach ins Bad, schloss die Tür, zog sich rasch aus und stellte sich nackt unter die Dusche. Das warme Wasser tat gut auf ihrer so sensiblen Haut.

Ihre Gedanken wirbelten herum wie ein Blatt, das im Herbst vom Baum fiel. Wollte sie wirklich noch Kinder mit Paul? Sie dachte an Leandro, der sich ihretwegen von Diana trennen wollte. Würde er es wirklich tun? Sie dachte an ihre bevorstehende Hochzeit, für die noch so viel zu erledigen war. An ihre Großmutter, die in einer Zeit lebte, in der man als jüdischstämmige Frau auf Mallorca nicht heiraten durfte, wen man liebte. Sogar in den Fünfzigerjahren. Sie selbst hatte die freie Wahl. Aber sie konnte sich nicht entscheiden. Verrückte Welt.

Als sie mit einem Handtuch um ihren nackten Körper gewickelt aus dem Bad zurückkam, war Paul verschwunden.

* * *

Die Bar *Cristal* existierte bereits seit 1930, wie Milla in ihrem Smartphone aus dem Internet erfuhr. Die Lokalität hatte also schon viele Gäste kommen und gehen sehen. NS-Offiziere hatten hier ihren Kaffee getrunken, daneben vermutlich Xuetes, Touristen und andere. Während sie in der Morgensonne auf ihre Mutter wartete, plauderte Milla mit dem netten Geschäftsführer, der die Bar 1955 übernommen hatte. Vielleicht hatte ihre Großmutter, die junge Abbigail, ja auch schon hier gesessen und einen Café solo geschlürft? Milla glaubte natürlich nicht wirklich daran, dass sich der Geschäftsführer an Abbi erinnern könnte, aber wer wusste es schon? Mallorca war eine Insel, und damals kannte man sich vielleicht. Aber leider tat er es nicht. Er wünschte Milla viel Glück bei ihren Nachforschungen und noch einen schönen Aufenthalt in Palma.

Dennoch ein wenig enttäuscht, nahm Milla einen Schluck Kaffee. Da erblickte sie von Weitem ihre Mutter, mit der sie hier zum Frühstück verabredet war. Sarah wirkte gehetzt, trug ein farbenfrohes, blumiges Kleid, roten Lippenstift, Sandalen.

»Wo hast du denn Paul gelassen?«, fragte sie außer Atem.

»Guten Morgen, Mom. Er wollte nachkommen. Er schläft doch im Hostel.«

Sarah zog eine Augenbraue hoch. »Habt ihr euch gestritten?«

»Nein«, erwiderte Milla sofort. »In meiner Pension gab es kein Bett mehr.« Oder hatten sie sich gestritten? Irgendwie ja, aber irgendwie auch nicht. Mit Paul konnte man nicht wirklich streiten, er lenkte immer wieder ein.

Sarah setzte sich. »Herr Ober, einen Cappuccino bitte, ohne Kakaopulver.«

»Si Señora.«

»Und jetzt spann mich nicht länger auf die Folter, wie war es bei diesem Johann? Was hat er gesagt?«

»Leider nicht viel. Ich glaube, Johann ist im Grunde ein sehr netter Mann. Er hat schneeweiße Haare, gütige blaue Augen. Aber er schien blind zu sein.«

»Blind?«

»Zumindest fast blind. Das ist so traurig, denn in der Nähe seiner Finca wachsen sehr, sehr viele wunderschöne Mandelbäume, sie blühen rosarot, weiß, dunkelrosa, hellrosa, es sieht so traumhaft aus. Er hat von uns erfahren, dass Großmutter, dass seine große Liebe tot ist. Er hatte wohl gehört, dass sie noch lebte, was ja bis vor Kurzem auch so gewesen ist. Vermutlich kam er deshalb hierher zurück. Als er von ihrem Tod erfahren hat, fiel er regelrecht in sich zusammen.«

»Herrjeh, und dann?«

»Hat er uns weggeschickt, ziemlich barsch.«

»Ziemlich barsch?«, wiederholte ihre Mutter und sah nachdenklich vor sich hin. »Und du hast dich wegschicken lassen? Ohne weiter nach ihr zu fragen?«

»Ja. Weil ich gespürt habe, dass es der völlig falsche Augenblick war, dass er ein wenig Zeit braucht. Aber ich werde ihn natürlich ein weiteres Mal besuchen. Er ist nach Mallorca zurückgekehrt, um sie kurz vor seinem Tod noch einmal zu sehen. Vielleicht um hier, in ihrer Nähe, zu sterben. Das sagt doch, dass er sie ein Leben lang geliebt hat, oder nicht?«

»Oh ja, Schatz. Das sagt es. Wie tragisch.« Wie lange hatte Mom sie nicht mehr »Schatz« genannt. Milla spürte, wie ihr warm wurde.

»Wie schrecklich, seine große Liebe zu finden und sie dann nicht leben zu dürfen.« Sarah wurde offensichtlich gerade von einer Woge Mitgefühl übermannt. Wie schön, dachte Milla, ihr Herz öffnete sich doch weiter. »Milla. Du musst dein Gefühlschaos für dich klären, bevor es zu spät ist.« Erschrocken blickte Milla auf. »Triff dich mit diesem Leandro. Möglichst gleich. Du musst wissen, was das ist zwischen euch.«

Wie recht sie hatte. Wie gut Milla dieser mütterliche Rat tat, den sie bisher nicht kannte. Offenbar nahm Sarah diese seltsame Anziehung, diese Magie zwischen Milla und Leandro ebenso wahr.

»Aber wie, Mom? Ich meine, wie soll ich es herausfinden, wenn ich ihn treffe?«

»Das wirst du schon, das wirst du.« Sie legte ihre Hand auf die von Milla und streichelte ihr sanft darüber. Wie selten hatte sie das getan.

Der Ober brachte den Cappuccino. »Einen Cappuccino, bitte schön, die Dame.«

»Danke schön.« Sarah zog ihre Hand wieder weg, sah nachdenklich vor sich hin. »Ich finde es seltsam, dass dieser Johann nicht schon Jahre zuvor nach Mutter gesucht hat.«

Milla pflichtete ihrer Mom bei. »Ja, ich frage mich auch die ganze Zeit, warum nicht. Und du hast wirklich keine Idee?«

»Nein. Sonst würde ich es dir doch sagen. Er wusste bestimmt, dass es nach ihm einen anderen Mann gab, meinen Vater, Baruch. Deshalb hat er es vermutlich nicht gewagt.«

Milla gab ihr recht. »Schließlich schien Johann ein feiner Kerl gewesen zu sein.«

Ihre Mutter hatte nie viel über ihren Vater gesprochen, speiste die kleine Milla immer mit knappen Antworten ab, als diese mehr wissen wollte von ihrem Großvater, den sie nie kennengelernt hatte. Milla wusste nur, dass er sich der kleinen Sarah gegenüber immer fair verhielt, aber auch sehr distanziert. Dass er Abbigail vor der Kleinen oft vorwarf, dass sie doch herzlicher mit dem Kind umgehen solle, wie eine richtige Mutter. Insofern schien er nichts mit Abbis Wandlung von der fröhlichen, weltoffenen jungen Frau zur kühlen, distanzierten Mutter zu tun zu haben. Oder doch? Milla wusste plötzlich gar nicht mehr, was sie denken sollte. Vielleicht lebte Baruch noch und war nicht bereits tot, wie Sarah es ihr all die Jahre weismachen wollte.

Vorsichtig fragte Milla nach. Sie fürchtete, das erst so zarte Band zu ihrer Mutter erneut zu zerstören, doch Sarah erklärte sichtlich ergriffen, dass ihr Vater Baruch wirklich tot sei. Und sie entschuldigte sich noch einmal für ihre schreckliche Lüge, Millas Großmutter betreffend.

»Es tut mir inzwischen wirklich sehr leid, Milla. Ich merke immer mehr, wie wichtig Familie für dich ist. Für jeden Menschen. Auch für mich. Aber damals war meine Mutter für mich einfach gestorben. Es sind diese kleinen Verletzungen im Alltag, diese kleinen Lieblosigkeiten einer hartherzigen Mutter, verstehst du das ein wenig? Es ist nichts Großes passiert, aber viele kleine Stiche, die immer noch bluten.«

»Ich denke, ich verstehe es, Mom, immer mehr.« Die beiden Frauen lächelten sich an.

»Erinnerst du dich noch? Wir hatten eine Beileidskarte bekommen, dass Baruch Bonnin, mein Vater, gestorben sei. Sie hing lange in unserer kleinen Küche am Kühlschrank. Mit diesem Apfelmagneten befestigt.« Milla fiel es wieder ein. Diese Karte mit dem schwarzen Rand drumrum. Als kleines Kind hatte sich Milla vorgestellt, dass darin ihr Großvater lag. Sie wagte es nicht, die Karte aufzuklappen. Großvater könnte ja womöglich herausfallen. Irgendwann entsorgte ihre Mom die Karte. Sie lag zerknüllt im Mülleimer. »Die sieht doch nicht mehr schön aus«, hatte sie gesagt. »Ich hab sie weggeworfen.« Milla wusste noch, wie herzlos sie das gefunden hatte.

»Mom, bevor wir später zu Johann fahren: Erzähl mir bitte etwas mehr von meinem Großvater Baruch.«

Sarah seufzte. »Da gibt es nicht viel zu erzählen. Er war ein Xueta. Deshalb hat sie ihn geheiratet. Aber sie hat ihn nie so geliebt wie Johann. Er war ihr nicht wichtig.« Sie atmete durch. »Und ihm war seine Arbeit wichtiger als ich. Aber so ist es ja in vielen Familien.«

Milla tat ihre Mom augenblicklich leid. Was musste das für eine Kindheit gewesen sein. Beide Elternteile nicht fähig, ihr Kind wahrhaftig zu lieben.

In diesem Moment tauchte Paul auf. Er trug sein Basecap auf dem Kopf, die Sonnenbrille auf der Nase, fuhr sich übers Gesicht und wirkte dabei, als habe er schlecht geschlafen.

»Guten Morgen.« Er gab Milla einen kurzen Kuss auf den Mund. Sein Atem roch nach Zahnpasta. Sarah reichte er wie immer locker die Hand und setzte sich dazu. »Also eins weiß ich jetzt. Ich bin zu alt für Hostelbetten.«

»So schlimm?«

»Mein Rücken. Total durchgeleiert diese Matratze. Egal.« Er setzte sich, wurde plötzlich ernster. Ungewohnt ernst. »Milla, wann soll's losgehen, ich will heute doch nicht an den Strand. Ich begleite dich zu Johann.«

Milla zuckte etwas zusammen und warf ihrer Mutter einen Hilfe suchenden Blick zu. Denn wie sollte sie ihre Gefühle für Leandro klären, wenn Paul sie den ganzen Tag begleitete? »Das ist lieb von dir, aber das brauchst du wirklich nicht«, entfuhr es ihr.

»Ich weiß, dass ich es nicht muss. Ich tu es aber gerne. Für dich. Also, wann geht's los?«

Sarah sprang Milla bei. »Paul, Milla und ich wollten heute Mittag zusammen zum Strand. Bist du uns böse, wenn wir ein paar Stunden Zeit für uns brauchen?«

»Was? Nein, nein.«

»Ihr könnt ja dann am späteren Nachmittag zu Johann. Was haltet ihr davon?«

Milla nickte schnell und warf ihrer Mutter heimlich einen dankbaren Blick zu.

Sarah trank ihren letzten Schluck Cappuccino aus, stand

auf. »Ich mache mich im Hotel fertig, frühstückt ruhig noch in Ruhe. Holst du mich dann da ab, Milla?«

»Mache ich, bis später.«

Paul setzte sich zu ihr, rückte sein Basecap zurecht, sah sie treuherzig an. »Ich hab noch mal über alles nachgedacht. Du kannst mir wirklich glauben. Mit Corinne ist nichts gelaufen, und das wird es auch nie. Die kannst du mir nackt auf den Bauch binden«, scherzte er. »Ich hab nur Gitarrenunterricht bei ihr bekommen, um dich auf unserer Hochzeit zu überraschen. Wir verstehen uns gut, ja. Mehr nicht. Darf ich jetzt nicht mal mehr mit einer anderen Frau Kaffee trinken gehen? Ist das jetzt ein Problem?«

»Nein, ist es nicht.« Milla wusste, dass es noch vor ein paar Tagen ein Problem für sie gewesen war, aber jetzt nicht mehr. Ihr Problem hieß jetzt Leandro und spukte ihr erneut im Kopf herum.

»Oder geht es um diesen Typen?«, fragte er nach.

Konnte Paul Gedanken lesen? »Welchen Typen?«, versuchte Milla Zeit zu schinden.

»Na, diesen Lennhart, mit dem du gestern Wein trinken warst.«

»Leandro«, verbesserte sie ihn.

»Dann eben Leandro. Du bist so anders. Du hast schon am Telefon so anders geklungen. Deshalb bin ich, ehrlich gesagt, auch aus Berlin gekommen. Habe ich dich jetzt auch noch in seine Arme geschickt? Hat er dich mit seinem mallorquinischen Charme eingewickelt?«

»Du weißt genau, dass ich mich von so etwas nicht einwickeln lasse!«, erwiderte sie aufgewühlt. Dann beobachtete sie ein Taubenpärchen, das vor ihr auf der Straße Brotkrumen aufpickte. Meistens leben Tauben in lebenslanger Monogamie, hatte sie einmal gelesen. Wie schaffen sie das?

»Milla, wo bist du?«

»Vielleicht bin ich ja einfach nur … ein wenig mehr bei mir selbst als zuvor?«

Paul lächelte, drückte ihre Hände. »Das wäre ja gut.« Er atmete durch. »Ich denke, das, was du bisher alles über deine Großmutter erfahren hast, hat einiges in dir ausgelöst, stimmt's?«

»Ja, das hat es. Sie war so mutig, wollte ihre Träume leben. Und ich, ich habe mir noch nicht einmal wirklich Gedanken gemacht, was meine Träume genau sind. Darüber denken wir im Alltag nicht nach! Und verfolgen sie zu wenig.«

»Das wird sich jetzt ändern. Du hast vollkommen recht.« Paul sah sie liebevoll an. »Bitte, bleib bei mir. Versprichst du mir das?«

Milla starrte ihn an, diesen schönen Mann, den sie bald heiraten wollte. Zumindest bisher.

Sie zögerte. Plötzlich ertönte eine SMS auf ihrem Handy. Sie sah Leandros Namen, nahm ihr Handy rasch in die Hand, damit Paul seinen Namen nicht aus Versehen las. Sie klickte darauf.

»Was ist denn jetzt so wichtig?« Er klang zu Recht verschnupft. »Deine Mom?«

»Äh … ja, entschuldige.« Sie las. Leandro fragte sie, ob sie kurz Zeit habe, dann könne er ihr das Judenviertel von Palma zeigen. Es musste Schicksal sein. Sie schrieb ihrer Mutter kurz, dass sie Leandro träfe und sich melden würde, und Leandro schlug sie einen Treffpunkt vor.

»Milla?«

Oh mein Gott, Paul. »Entschuldige, meine Ma. Sie ist fertig und will doch gleich los. Wäre es okay, wenn du alleine frühstückst?« Was tat sie da nur?

»Na ja, von mir aus. Immerhin scheint die Sonne, und diese Bar scheint ganz cool zu sein.«

»Das ist sie. Und du auch«, lächelte sie und gab ihm einen kurzen Kuss auf die Wange. Ihr Herz pochte vor Aufregung, die Sonne schien.

* * *

Leandro ging dicht neben Milla, sein Duft nach Aftershave und Sonne wehte zu ihr herüber. Er sah sie von der Seite immer wieder sehnsüchtig an.

»Das alte Judenviertel von Palma ist sozusagen ›unsichtbar‹. In den letzten Jahren wurden aber an einigen Straßen die alten jüdischen Bezeichnungen angebracht. Symbolhaft und in alten Techniken auf Kacheln gebrannt.«

»Wie schön. Sie sind mir bisher nie aufgefallen.«

»Dann solltest du mit offeneren Augen durch ein Urlaubsland gehen.«

Sie lachte. »Das stimmt.« Leiser fügte sie hinzu: »Vor allem dann, wenn es nicht mehr nur ein Urlaubsland für mich ist.« Sie lächelten sich an.

Nachdem er ihr an verschiedenen Stellen die Täfelchen gezeigt hatte, führte er sie in die Calle Monseñor Palmer, in der sich, wenige Schritte vom Hafen entfernt, ab 1971 wieder eine kleine jüdische Gemeinde zusammengefunden hatte. Die erste jüdische Gemeinde in Palma seit 1435, wie er sagte.

Milla versuchte, sich auf all das zu konzentrieren, wagte nicht, nach Diana zu fragen. Sie blickte sich um. Hier könnte sie vielleicht mehr über ihre Großmutter erfahren, auch wenn Abbigail nie in der Gemeinde gewesen war, wie ihr Leandro erzählte. Aber eine Zeitzeugin musste es mindestens geben, immerhin hatte eine Frau aus der Gemeinde Eli verraten, dass Johann lebte und zurückgekehrt war. Vielleicht wusste der Vorsitzende der Gemeinde mehr.

»Sind denn viele der Xuetes in der jüdischen Gemeinde?«, wollte sie wissen.

»Nein. Es gibt um die dreißigtausend Xuetes. Der Gemeinde gehören nur rund hundert Mitglieder an. Die meisten sind zugewanderte Juden aus der Türkei, Osteuropa, Lateinamerika, Marokko. Viele Xuetes wollten nicht zum jüdischen Glauben zurückkehren. Manchen ist der Glaube nicht mehr wichtig, andere fühlen sich jetzt im katholischen Glauben heimisch. Aber für die, die zum jüdischen Glauben zurückkehren wollen, hat ein Rabbinatsgericht bestätigt, dass es möglich ist. Die Xuetes wurden offiziell als Juden anerkannt.«

Milla lauschte ihm interessiert. Es war ihre Geschichte, es betraf ihre Familie, es betraf sie. Milla ließ sich in die belebte Calle Monseñor Palmer zu einem schmiedeeisernen Tor mit zwei Davidsternen führen. Leandro klingelte, die Holztür dahinter öffnete sich, und ein älterer Mann mit Kippa lächelte sie freundlich an und ließ sie herein.

Die dunklen Räume der Synagoge erstrahlten in warmem Licht. Der Mann mit der Kippa bat sie zu warten, als Leandro ihm erklärte, dass diese junge Frau eine Frage an den Vorsitzenden und Kantor habe.

Während sie warteten, sah Milla sich ehrfürchtig um. Leandro stand dicht neben Milla, sodass sie seinen Atem spürte. Er blickte sie intensiv an, wie sie aus den Augenwinkeln bemerkte.

»Milla, was fühlst du? Jetzt hier in diesem Augenblick? Ist es nicht … mystisch?«

Sie konnte ihn nicht ansehen, ihre Hände zitterten. Sie tat so, als missverstehe sie ihn. »Ich bin kein besonders religiöser Mensch, ich fühle hier nichts.«

Etwas enttäuscht wandte er sich dem Vorsitzenden entgegen, der auf sie zukam, einem etwa vierzigjährigen sympathisch wirkenden Mann. Milla erklärte ihm ihr Anliegen, doch er bedauerte, konnte ihr nicht weiterhelfen.

»Es tut mir leid, aber ich darf Ihnen die Namen und Telefonnummern der Gemeindemitglieder nicht geben, das verstehen Sie sicherlich? Und in ihren Gebeten möchte ich sie nicht stören.«

»Natürlich.« Etwas frustriert bedankte sich Milla. Was hatte sie erwartet? Vielleicht konnte ihr Eli den Namen der Frau nennen, die gesagt hatte, dass Johann lebte. Vielleicht wusste diese Dame mehr über damals? Sie musste jetzt jeder kleinen Spur nachgehen, sei sie noch so winzig. Die Zeit drängte.

»Komm, lass uns gehen.«

Sie zückte ihr Handy und versuchte es bei Eli. Doch Eli ging nicht ran. Milla schalt sich innerlich selbst, nicht gleich letztens am Telefon ein Treffen mit ihr ausgemacht zu haben. Aber Eli hatte ja auch so schnell aufgelegt.

Sie verließen das Gelände, gingen weiter eine Straße entlang, und Leandro zeigte ihr das sogenannte »unsichtbare Judenviertel«, Palmas Altstadt, die Straßenzüge des Call Major und Call Menor.

Gebäude der mittelalterlichen Viertel existierten leider nicht mehr. Nur der alte Straßenverlauf war erhalten geblieben. An der Stelle der Kirche Montesión stand früher eine alte Synagoge, von der an der Seitenwand zur Calle Vent nur noch ein paar Quader übrig geblieben waren. In der Zentralachse des Call Menor gab es zahlreiche Läden, vor allem Juweliere in der Calle Argenteria, die sich nach Leandros Aussage bis heute zum großen Teil in der Hand von Xuetes befanden.

Leandros Charme, seine lockere Art brachten Milla dies alles sehr nahe, ließen sie eintauchen in eine längst vergangene Zeit. Sie lernte Leandro als wissbegierigen, gebildeten Mann kennen und verglich ihn ungewollt mit Paul. Paul interessierte sich zwar auch für Politik und Geschichte, aber viel mehr als in seinem Smartphone die Schlagzeilen las er in letzter Zeit immer seltener. Dagegen informierte er sich über alles im Sport, wer wie viele Tore geschossen hatte, welcher Trainer wohin wechselte. Dafür brannte er. Milla jedoch nicht. Das, was Leandro ihr hier erzählte, das bewegte sie, erschütterte sie, rüttelte sie auf. Milla fragte nach und erfuhr, dass die Xuetes im 17. Jahrhundert sogar blutig verfolgt wurden. Damals richtete man einige von ihnen hin, drei wurden bei lebendigem Leib verbrannt.

Schockiert sah Milla ihn an. »Bei lebendigem Leib? Wie grausam können Menschen nur sein.«

Er nickte. »Was alles unter dem Deckmantel irgendeines Gottesgebotes geschieht.«

Die Sonne schien immer heißer und tauchte die Altstadt in ein magisches Licht. Hier auf dieser wunderschönen Sonneninsel sollte so viel Leid geschehen sein?«

»Die Büßerkleider dieser armen Seelen wurden zur öffentlichen Abschreckung ausgestellt. Mehr als hundert Jahre lang. Deshalb sind die Namen der fünfzehn Hingerichteten auch überliefert. Fuster ist einer davon, Pico, mein Nachname, ein anderer. Die Nachfahren der Hingerichteten werden als Xuetes bezeichnet. Andere Zwangskonvertiten von damals nicht.«

»Verstehe.« Sie sah ihn ungewollt mit großen Augen an, lauschte seinen Worten, hing an seinen Lippen.

»Diese fünfzehn Familien wurden für verdammt erklärt.«

Fassungslos horchte Milla auf. »Dann … bin ich auch … verdammt?«

»Wir beide.« Er lächelte, sah ihr tief in die Augen.

Sie wandte sich ab, erwiderte tonlos: »Manchmal ist es gut, nicht glauben zu können.«

»Du kannst es überhaupt nicht?«

»Nein. Und bitte fang jetzt nicht an, mich bekehren zu wollen.«

»Ganz sicher nicht. Komm hier entlang.« Er führte sie durch eine schmale Gasse. »Da drüben stand einmal eine Schule«, erzählte er weiter. »Kinder der Xuetes durften erst seit Ende des 19. Jahrhunderts die öffentlichen Schulen besuchen.«

»Das ist ja unfassbar.«

»Das ist es. Aber es macht einem wieder klar, was für ein Glück wir haben, heute auf Mallorca oder eben in Deutschland zu leben. Wie dankbar wir sein sollten. Dass wir jeden Tag bewusst erleben müssen.«

»Du hast vollkommen recht.« Sie lächelte ihn an und konnte den Zauber, der sich zwischen ihnen entspann, nicht mehr leugnen.

Da klingelte sein Telefon, Diana rief an. Wie durch die Faust eines Riesen wurde Milla wieder auf die Erde gedrückt. Was tat sie hier nur? Leandro gehörte zu Diana und sie zu Paul. Seinem Gespräch entnahm sie, dass er noch nicht Schluss mit ihr gemacht hatte.

»Natürlich, ich melde mich, sobald ich kann«, versuchte er das Telefonat so schnell wie möglich zu beenden. Milla betrachtete seine angespannte Miene, sein verzweifeltes Gesicht, und sie spürte selbst eine schier unbändige Sehnsucht nach ihm. Er legte auf, sah sie betreten an und sagte nichts.

»Ich muss zu meiner Mutter«, hauchte sie. »Wir wollten zum Strand, und wer weiß, vielleicht kriege ich ja doch noch ein Treffen mit Eli hin. Ich habe das Gefühl, sie geht mir aus dem Weg.«

»Das kann sein.« Er fuhr sich durch sein dunkles, glänzendes Haar. »Ich werde nachher Diana sehen. Ich bin mir jetzt noch sicherer als gestern Abend.«

»Tu es nicht«, bat sie ihn. »Bitte, tu es nicht.« Er durfte es nicht tun.

»Ich muss, Milla. Ich kann nicht anders.«

Schnell wandte sie sich von ihm ab, bedankte sich kurz, aber auch herzlich für seine Führung, küsste ihn rechts und links auf die Wange, sog seinen Geruch ein und eilte davon.

* * *

Früher als erwartet kam sie im Hotel ihrer Mutter an. Sarah saß mit einem Buch im Schatten einer Palme im Garten ihres Hotels und fächerte sich mit einem bunten Werbeprospekt Luft zu. »Mom, geht es dir nicht gut?«

»Ach, diese Hitze. Ich bin sie einfach nicht mehr gewohnt.« Sie atmete schnell, fasste sich mit der rechten Hand auf den Bauch. »Mir ist irgendwie übel.«

»Übel? Hast du etwas gegessen?«

»Ja, im Hotel. Ein wenig Obst, eine Scheibe Toast.«

»Hast du dir vielleicht den Magen verdorben?«

»Vermutlich. Vorhin musste ich mich bereits übergeben.«

»Oh nein.« Milla sah ihre Mutter besorgt, aber auch ein wenig skeptisch an. Wollte sie vielleicht nur später nicht mit zu Johann? Spielte sie ihr hier etwas vor? Aber warum?

»Und ich habe so ein seltsames Druckgefühl im Brustkorb.«

Milla seufzte. »Mom. Wenn du nicht mitwillst, nachher zu Johann, dann sag es doch einfach.«

»Nein, Schatz, das ist es nicht. Was hältst du davon, wenn du auch einen Gang herunterschaltest und wir uns jetzt einfach ein paar Stunden an einen schönen Strand legen.« Sie versuchte zu scherzen. »Weder der alte Johann noch Eli rennen uns die nächsten zwei Stunden davon.«

Milla musste unwillkürlich lachen. »Na gut.«

»Paul war vorhin übrigens kurz hier.«

»Ach ja?«

»Ich soll dir ausrichten, dass er zum Strand gegangen ist. Er hat sein Handy bei mir gelassen, damit es nicht geklaut wird, wenn er alleine ins Wasser geht. Im Hostel gab es keinen Safe.«

»Verstehe.« Milla fühlte sich schlecht. Sie erkundigte sich, an welchen Strand er gehen wollte. Vielleicht könnte man ihn dort noch treffen.

Doch ihre Mutter sah sie nur zerknirscht an. »Also, ich muss gestehen, ich konnte mir den Strandnamen nicht merken. Ich kannte ihn nicht.«

»Wieder Schicksal«, dachte Milla. Nach dem Ausflug mit Leandro musste sie auch erst einmal wieder zu Sinnen kommen.

»Dann lass uns losgehen, Mom. Du kennst doch vielleicht noch einen hübschen Strand aus deiner Kindheit?«

»Oh ja. Den Playa de Bendinat.« Milla freute sich, und ihrer Mutter, die gerade wieder angespannt atmete, tat ein bisschen Entspannung sicher sehr gut.

Der Playa de Bendinat, ein kleiner Strand vor Palmas Haustür, lag zwischen mit Pinien bewachsenen Felsen. Hier hatte Sarah als kleines Kind oft gespielt, Muscheln gesammelt und die gefundenen Schätze in ein selbst geknüpftes Körbchen gelegt.

Milla versuchte, sich das vorzustellen, und ihr wurde ganz warm ums Herz. Die Sonne tat ein Übriges, dieser Februar war wirklich erstaunlich warm. Das klare Wasser sah ruhig aus und löste bei Milla, die mit ihrer Mutter schnaufend ankam, ein Gefühl der Ruhe aus. Man sollte öfter einfach mal innehalten, selbst im größten Trubel, dachte sie sich. Ein wenig besorgt blickte sie ihre Mutter an, deren Kurzatmigkeit nicht besser wurde.

»Setz dich jetzt erst mal hin. Dort, auf diese Holzkiste.«

Die Sonne schien. Der Himmel sah wunderschön blau aus.

»In Ordnung. Ich weiß auch nicht … was das ist.«

Milla führte ihre Mutter zu der Kiste, und Sarah setzte sich schnaufend, strich sich eine Haarsträhne aus ihrem verschwitzten Gesicht.

»Geht es? Du bist ja klatschnass.«

»Tja, ich bin eben eine alte Frau, und das mit sechzig«, erwiderte Sarah bemüht heiter, doch Milla erkannte, dass es ihr wirklich nicht gut ging. Milla spürte, wie die Sorge um ihre Mom wie ein kleiner Hefeteig in ihrem Bauch anschwoll.

Ein Jogger, ein kleiner, sportlicher Spanier, kam auf sie zu, deutete auf Sarah und mutmaßte, in gebrochenem Deutsch, dass es vielleicht besser sei, zum Arzt zu gehen.

»Auf keinen Fall!«, entrüstete sich Sarah.

Milla reichte ihr einen Schluck Wasser aus ihrer Wasserflasche. »Du musst viel trinken. Mom, hast du irgendwo Schmerzen?«

»Nur in der Brust.«

Alarmiert musterte Milla ihre Mutter. »›Nur‹ ist gut. Dann lass uns jetzt bitte zum Arzt gehen.«

Stur schüttelte Sarah den Kopf. »Ich bin im Urlaub. Ich setze mich jetzt nicht in irgendein völlig überfülltes Wartezimmer.«

»Wie kannst du nur so eigensinnig sein, es geht um deine Gesundheit. Mom, ich verstehe dich nicht.«

Traurig sah Sarah ihre Tochter an. »Ich weiß. Ich verstehe mich selbst ja oft nicht. Aber … ich möchte zu keinem Arzt und auch nicht … zu Johann.«

Enttäuscht stellte Milla fest: Das war es also wirklich. »Dann sag das doch einfach. Dafür musst du mir doch nichts vorspielen.«

»Ich spiele dir nichts vor. Mir geht es nicht gut, und vielleicht ist es auch einfach nur… dass ich die Vergangenheit ruhen lassen will. Dann geht es mir bestimmt bald wieder besser. Ich will nicht, dass du herausfindest, warum mich meine Mutter nicht wollte. Es ist verletzend, verstehst du das denn nicht? Manche Dinge muss man einfach akzeptieren, so hart sie sind.«

Milla schluckte. »Aber… der Punkt ist doch: Vielleicht war deine Mutter im Grunde gar nicht so lieblos. Sondern die Umstände oder ein Ereignis, von dem wir noch nichts wissen, haben sie so werden lassen. Oder es gab andere schwerwiegende Gründe, warum sie dich nicht so lieben konnte, ihr eigenes Kind. Mom, es geht doch auch um mich. Du hast es von ihr nie erfahren, ich mache dir keinen Vorwurf, aber ich möchte einfach wissen, warum das in unserer Familie seit Generationen so ist.«

Erschüttert sah Sarah ihre Tochter an. Hatte Milla zu viel gesagt, ihre Mutter zu sehr verletzt? Die fasste sich plötzlich ans Herz, kniff das Gesicht zusammen vor Schmerz und stöhnte.

Erschrocken und mit schlechtem Gewissen ging Milla einen Schritt auf sie zu, hielt sie am Arm. »Mom? Bitte entschuldige.« Doch ihre Mutter verzog nur schmerzerfüllt das Gesicht, krümmte sich ein wenig nach unten. »Oh Gott, Mom, was hast du denn?« Aufgelöst und Hilfe suchend sah Milla sich um, während sie immer noch den Arm ihrer Mutter hielt. Hier mitten am Strand, fernab der Zivilisation, fühlte sie sich einsam und verlassen. Sarah krümmte sich schmerzerfüllt.

Ein junger Einheimischer, der am Strand entlangging, sah auf, kam zu ihr und erkundigte sich auf Spanisch, was der Frau fehle, welche Symptome sie die letzte Stunde gespürt habe. Milla erzählte es rasch.

Alarmiert sah er Milla an und verkündete, dass er Medizin studiere und dass das ein Herzinfarkt sein könne. Bei Frauen seien die Symptome ein wenig anders als bei Männern.

Zutiefst schockiert und schuldbewusst starrte Milla ihre Mutter an, ihr eigenes Herz raste jetzt. Sie setzte sich zu ihr, strich ihr liebevoll über den Arm, hielt sie fest. »Bitte, können Sie eine Ambulancia rufen? Ich weiß nicht, welche Nummer das hier auf Mallorca ist.« Ihre Stimme zitterte.

»Natürlich.« Der Mann wühlte in einer Tasche nach seinem Handy und rief den Notarzt.

Sarah sagte die ganze Zeit kein Wort, litt sichtlich Schmerzen, hatte Atemnot und war einer Panik nahe.

Milla versuchte, ihr Halt zu geben, fühlte sich selbst aber unendlich allein und verloren. Zum Glück lag dieser Strand nicht so extrem weit von Palma entfernt. Bitte, lieber Gott, wenn es dich gibt, lass sie jetzt nicht … sie durfte den Gedanken nicht zu Ende denken.

»Mom, halt durch, es tut mir so leid, bitte verzeih mir. Das habe ich doch nicht gewollt!« Doch ihre Mutter sagte nichts mehr. Was hatte sie mit ihren Worten nur angerichtet?

* * *

Die Fahrt mit der Ambulancia zog sich unendlich, die wunderschöne mallorquinische Landschaft verschwamm vor Millas Augen. Anfangs bemühte sie sich noch, die Tränen wegzublinzeln, doch dann rannen sie haltlos über ihr Gesicht.

Das Krankenhaus, in das man sie brachte, roch nach Desinfektionsmitteln und schlechtem Essen. Milla saß nervös wartend auf dem Flur vor der Notaufnahme und knetete ihre Hände. Ihre Mutter durfte jetzt nicht auch noch sterben! Zu viele Verluste hatte Milla in ihrem Leben ertragen müssen. Sie machte sich große Vorwürfe, ihrer Mutter vorhin am Strand deren Lieblosigkeit zu ihr als Kind einfach so ins Gesicht geschleudert zu haben. Welche Mutter verkraftet das schon?

Milla wusste, sie würde sich zeitlebens schuldig fühlen, wenn ihre Mom nicht mehr gesund werden würde.

Diese Reise in ihre Vergangenheit war ihre Chance, sich ihrer Mutter endlich anzunähern, sie zu verstehen. Und ein wenig war Sarah auch schon aufgetaut. Doch Milla hatte sich zu weit vorgewagt, an den Rand der Klippe. Mit ein paar unbedachten Worten hatte sie alles zunichtegemacht.

Eine kleine, korpulente Schwester kam und erklärte ihr auf Spanisch, als Milla sie ansprach, dass sie noch nicht zu ihrer Mutter könne. Mehr nicht. Tapfer versuchte Milla stark zu bleiben, doch die Tränen drängten unaufhaltsam hervor. Aufgeregt zückte sie ihr Handy. Paul konnte sie jetzt nicht erreichen, aber Tine, ihre beste Freundin, die immer für sie da war.

Während das Telefon klingelte, knetete Milla ihre Hände, dass die Knöchel weiß hervortraten. Sie dachte an ihre Großmutter, an deren Geheimnis, das ihre Mom so belastete. Wenn sie es nur endlich herausfinden würde, ginge es ihrer Mutter vielleicht bald besser. Gab es irgendeinen Hinweis in den ganzen Erzählungen, den sie bisher übersehen hatte? Irgendeine Spur, die sie endlich weiterbrachte? Milla versuchte, all das, was sie die letzten Tage und Stunden über diese mutige Frau gehört hatte, zu rekapitulieren.

8. Kapitel

Mallorca 1956

Abbi hatte die Tage nach der Trennung von Johann wie in einer Art Trance verbracht. Jeden Abend heulte sie im Bett Rotz und Wasser, möglichst leise, damit ihre Eltern nichts hörten.

Im Laden bediente sie ihre Kundschaft ohne ein einziges Lächeln, ganz entgegen ihrer sonstigen fröhlichen Art, reagierte beim Abendbrot gereizt, wenn die Eltern sie fragten, was los sei.

»Lass sie«, bat Esther ihren Mann leise, auch wenn sie nur ahnen konnte, um was es ging. »Sie braucht uns jetzt.«

Seitdem Abbi mit Johann Schluss gemacht hatte, hatte sich dieser weder blicken noch etwas von sich hören lassen. Diese Tatsache machte Abbi abwechselnd tieftraurig und dann wieder wütend. Es verletzte ihr Herz noch mehr und auch ihren Stolz. Wieso kämpfte er nicht um sie? Nicht ein einziges Mal? Bedeutete sie ihm also doch so wenig? Hatte sie sich in diesem Mann so sehr getäuscht? Ihre Leichtgläubigkeit, was Liebesschwüre und Komplimente anbetraf, schien grenzenlos.

Eli besuchte die Freundin, die jeden Tag weniger zu werden schien, immer in der Mittagspause in ihrem Laden. Sie versuchte, sie mit feinen Pinones, mallorquinischen Gebäckkugeln, und ähnlichen Leckereien aufzumuntern. Doch Abbi wehrte jedes Mal ab.

»Sag, wieso kämpft er nicht?«, wollte Abbi nur von ihr wissen, doch Eli konnte es ihr nicht beantworten, biss in eine Pinones und ließ sich den Geschmack auf der Zunge zergehen.

»Vielleicht sind die Deutschen so. Sie haben einfach kein Temperament, keine Leidenschaft. Vielleicht können sie nicht so intensiv lieben wie wir Mallorquiner.« Eli hatte es nur so dahingeplappert, aber es verletzte Abbi sehr.

»Was redest du da für einen Unsinn?«, fauchte sie die Freundin an.

»Ist ja gut, ist ja gut.«

Plötzlich ging die Ladenglocke, und Pomade betrat den Laden. Die beiden Frauen zuckten zusammen, auch Eli hatte ihn, ihrer Miene nach, sofort erkannt.

Pomade grinste, die Furcht der Frauen schien ihn zu erfreuen. Sein Ohr war schlecht verheilt, die Narbe würde man immer sehen.

»Na, ihr zwei Hübschen?« Dann wandte er sich an Eli. »Du lässt uns jetzt mal ganz schnell alleine.«

»Das werde ich nicht«, konterte Eli wütend.

Sie sah Abbi Hilfe suchend an, doch die nickte ihr zu. Was konnte Pomade ihr jetzt noch antun, nachdem sie den Mann verloren hatte, dem ihr Herz gehörte.

Eli zögerte noch einen kleinen Moment, ging dann hinaus, blieb draußen zu Abbis Schutz stehen.

»Was willst du noch?« Abbis Stimme klang schwach, sie starrte auf den Boden, stumpf und leer.

Da Pomade nichts sagte, blickte sie auf. Und sie erschrak. Denn in seinem Blick sah sie Begierde. Offenbar versuchte er selbst, sich dagegen zu wehren. Denn schließlich war sie eine Xueta und somit in seinen Augen Abschaum. Hatte er sich etwa tatsächlich in sie verliebt?

»Ich wollte nur sichergehen, dass es aus ist zwischen euch«, sagte er endlich und schnaufte schwer.

»Das siehst du doch! Sieh mich doch an«, fauchte sie, und er zuckte zusammen und nickte. »Und lass jetzt ja meine Eltern in Frieden«, fuhr sie gereizt fort.

Er fing sich wieder, stellte sich männlich drohend vor sie. »Wenn du brav bleibst, dann schon.« Er sah ihr noch einmal streng in die Augen, drehte sich um und ging.

Sobald er sich in der Gasse außer Sichtweite befand, huschte Eli wieder in den Laden. Die Glocke schepperte. »Was wollte er?«

»Mich.«

»Wie bitte?«

»Ich glaube, er hat sich wirklich in mich verschaut. Wie ich es schon geahnt hatte.«

»Oh mein Gott«, entfuhr es Eli. »Dann wirst du ihn ewig nicht los.«

Schockiert sah Abbi sie an. »Ich kann nicht mehr, Eli, ich kann einfach nicht mehr. Bitte hilf mir.«

Eli nickte und wirkte sehr nachdenklich.

* * *

An einem der nächsten Sonntage stibitzte Eli heimlich die Vespa ihres Bruders, um mit Abbi einen kleinen Ausflug zu unternehmen. Sie wollte die Freundin aufmuntern, so sagte sie. Abbi wischte sich eine Träne weg, die der Fahrtwind an ihre Wange drückte, und lächelte bemüht. »Eli, wo führst du mich hin?«, rief Abbi über Elis linke Schulter, während sie sich krampfhaft an ihr festhielt.

»Das wirst du schon sehen, sei nicht immer so neugierig.«

»So bin ich nun mal.«

Vielleicht war es ganz gut, der Trauer um Johann, an den jede Gasse, jeder Stein in Palma erinnerte, und der ständigen Angst vor Pomade zu entfliehen. Einfach mal raus aus der Stadt.

»Alles klar bei dir da hinten?«, erkundigte sich Eli und gab noch mehr Gas. Abbi nickte und schrie ihr ins Ohr, um den Fahrtwind und das Geröhre der Vespa zu übertönen. »Jaaa. Sag, das ist doch die Straße nach Santa Maria?«

»Nicht schlecht.« Eli drehte sich kurz zu ihr um, mit einem Lächeln auf den Lippen.

»Und was, bitte schön, sollen wir dort? Ich dachte, wir fahren irgendwohin ans Meer?«

»Ach, immer ans Meer. Ich habe mir für heute etwas anderes einfallen lassen.«

»Lass mich raten, du hast mal wieder nette Männer kennengelernt und willst mich mit einem verkuppeln. Mit dem Zweithübschesten natürlich.«

»Natürlich«, kicherte Eli. »Der Hübscheste ist selbstverständlich für mich reserviert.«

Abbi knuffte ihre Freundin lächelnd, und diese quietschte auf. »Lass das, oder willst du, dass wir im Graben landen?«

»Ich wundere mich eh schon, dass wir noch sitzen, bei deinem Fahrstil.«

Eli knuffte mit dem Ellbogen grinsend zurück, konzentrierte sich aber darauf, die Vespa zu lenken.

Der warme Fahrtwind kitzelte Abbis Nase. Sie schloss die Augen, und unwillkürlich kamen ihr wieder die Bilder in den Kopf, wie sie mit Johann auf dessen Vespa gefahren war. Sie versuchte, sich seinen Geruch in Erinnerung zu rufen, doch sosehr sie sich bemühte, es misslang. Erschüttert musste sie feststellen, dass sie sich jetzt schon nicht mehr an seinen einzigartigen Duft erinnern konnte.

Eli lenkte die Vespa nach Santa Maria del Cami, brauste hindurch und hielt auf der Plaza an, auf dem Marktplatz. Ein buntes Markttreiben war in vollem Gange. Marktverkäufer priesen Obst und Gemüse an, einige Lederwaren, Socken, Fleisch.

»Das ist mit Abstand der schönste Markt in der Gegend«, sagte Eli lächelnd zu Abbi.

»Schon. Aber wieso führst du mich auf einen Markt?«

Eli grinste. »Wieso nicht? Vielleicht entdeckst du ja etwas für deinen Souvenirladen, was du dort weiterverkaufen kannst.«

»Mal sehen.« Abbi stand nicht wirklich der Sinn auf einen Einkaufsbummel, aber Eli zuliebe, die ihr die letzten Tage wie eine echte Freundin beiseitegestanden hatte, bemühte sie sich, ein wenig zu lächeln.

Frauen mit prall gefüllten Einkaufstaschen eilten nach Hause, um rechtzeitig ihren Mann und ihre Kinder zu bekochen. So wie es sich eben gehörte.

»Und was habe ich?«, dachte Abbi traurig. Keinen Mann, keine Kinder, und das mit fast dreißig, wo jede anständige Frau schon längst unter der Haube ist.

Da sah sie ihn. Seinen blonden Schopf. Zwischen Zitronen und Oliven lugte er hervor und blickte sie mit seinen warmherzigen blauen Augen sehnsüchtig an. Ihr Magen zog sich schlagartig zusammen. Johann. Was machte er denn hier? Ein Blick zu Eli genügte. Das Ganze schien ein abgekartetes Spiel zu sein!

Wütend drehte sie sich zu Eli um, die sie verraten hatte. Die beste Freundin. »Was soll das, Eli, was fällt dir ein?«

Eli versuchte, sie zu beschwichtigen. »Abbi. Wenn wir nicht mehr an die Liebe glauben, was hat das Leben denn dann noch für einen Sinn?«

»Keinen mehr. Für mich hat es keinen mehr, jetzt erst recht

nicht, wenn ich nicht einmal mehr meiner engsten Freundin vertrauen kann.«

»Abbi«, flüsterte Eli nun sauer. »Ich habe dich nicht betrogen. Ich will nur, dass du glücklich wirst. Und glaub mir, du wirst unglücklich, wenn du ihn wegen deiner alten Eltern aufgibst.«

Stur schüttelte Abbi den Kopf. »Kein Mann auf dieser Welt, keine Liebe dieser Welt ist mehr wert als die zu meinen Eltern.«

Johann trat einen Schritt auf sie zu, seine tiefe, angenehme Stimme erklang: »Abbi.« Er holte einen Zweig weiß-rosa blühender Mandelblüten hinter seinem Rücken hervor, streckte ihn ihr hin. »Bitte, Abbi, hör mich wenigstens an. Riech mal, wie sie duften.«

Er hielt sie ihr unter die Nase, und obwohl Abbi innerlich abwehrte, der betörende, unwiderstehliche Mandelblütenduft umwob ihre Sinne. Eine Marktfrau neben ihr pries ihre Zitronen an, ein Mann am Gemüsestand seine Oliven und Orangen.

Da Abbi keinen Laut von sich gab, sich nicht wehrte, trat Johann noch einen Schritt näher, sodass sich der Geruch der Mandelblüten mit dem seinen durchmischte. »Abbi, ich wollte dir nur etwas Zeit lassen, und ich hatte zu tun. Aber ich liebe dich, und ich will mein Leben mit dir verbringen. Hier in der Region wachsen viele Mandelbäume, die liebst du doch so sehr. Ich hatte dir am Strand, an unserem letzten Abend, gesagt, dass es gute Neuigkeiten gibt. Erinnerst du dich? Ich habe ein bisschen Geld gespart und mir den Rest von meinem Vater geliehen. Ich habe eine kleine Finca gekauft und sie mit meinen eigenen Händen renoviert. Damit deine Eltern sehen, dass ich dir etwas bieten kann. Wenn auch nicht viel. Wenn ich hier auf der Insel nicht weiter als Geologe arbeiten kann, dann leben wir vom Mandelanbau. Gegen ehrliche Arbeit können deine

Eltern nichts haben. Abbi, ich spüre, dass es dir genauso geht wie mir.« Seine Worte kamen etwas wirr zu ihr herüber. »Deine Eltern lieben dich über alles, und deshalb bin ich mir sicher, dass sie dich glücklich sehen wollen. Weil du es verdient hast. Weil du eine außergewöhnliche, mutige, einzigartige Frau bist.«

»Sie wollen, dass ich einen Xueta heirate«, unterbrach ihn Abbi leise und wiederholte es wie ein Mantra. Sie spürte, sie wurde schwach. Schwach von diesem Duftgemisch, schwach bei der Vorstellung, wie es wäre, hier in dieser wunderschönen bergigen Natur, in einem Häuschen mit ihm leben zu können. Inmitten der Mandelbäume. Wie schön könnte das Leben doch sein. Wenn es keinen Krieg gegeben hätte, wenn so vieles, was in der Vergangenheit geschah, was die Menschen entzweit, was Hass gesät hatte, nie geschehen wäre. Wenn die Religionen keine Rolle spielten.

Abbi spürte, wie ihre Hände zitterten. Um einen Halt zu haben, nahm sie ihm den Mandelblütenzweig ruckartig aus der Hand, starrte die Blüten an, in ihrer Reinheit, ihrer Schönheit. Was konnten sie dafür? Dass das Leben so ungerecht war? Ihre Eltern konnten auch nichts dafür, schoss es ihr durch den Kopf. Sie selbst hielten sich an die gesellschaftlichen Regeln, um nicht umzufallen. Nur diese hielten sie am Leben, hielten Generationen vor ihnen am Leben. Sie wussten, was das Beste für Abbi war. Für ihre einzige, geliebte Tochter.

»Die Finca wird dir gefallen«, fuhr Johann nervös fort. »Bitte, komm mit, sieh sie dir wenigstens an.«

Eli, die ein paar Schritte zur Seite gegangen war, jetzt aber wieder zu den beiden trat, nickte Abbi aufmunternd zu. »So wie er sie beschrieben hat, klingt sie wirklich wunderhübsch.«

Abbi sah ihre Freundin zutiefst enttäuscht an. »Wieso hast du dich mit ihm gegen mich verbündet? Ich habe dir vertraut.«

Eli hob entnervt die Arme, und wie es ihre lockere, leichte

Art war, wandte sie sich an Johann und sagte: »Ich lass euch dann mal alleine. Da hinten sind ein paar Matrosen.« Sie zwinkerte und ging auf die gut gelaunten Männer zu.

Abbi und Johann sahen sich ergriffen in die Augen. Keiner von ihnen sagte ein Wort. Nach schier endlosen Minuten, in denen die Zeit stehen geblieben schien, streckte ihr Johann seine Hand entgegen und wartete.

Abbi biss sich auf die Lippen, zögerte, rang mit sich, doch ihr Herz gewann. Sie legte ihre schmale, zarte Hand in die seine, und er führte sie einen Weg entlang, zu seiner Vespa.

Sie saß hinter ihm, versuchte, ihn kaum zu berühren. Es ging aus dem Städtchen hinaus, in die Berge, an blühenden Mandelbäumen vorbei. Und die ganze Zeit sagte keiner von beiden ein Wort.

An einer Weggabelung parkte er, und sie stiegen ab. Abbis Herz schlug bis zum Hals, und sie fürchtete, er könnte das Pochen hören. Doch der Gesang der Vögel und der wispernde Wind schienen lauter. Johann sah sie immer wieder zaghaft und hoffnungsvoll von der Seite an, schien sein Glück nicht fassen zu können und zauberte Abbi ein heimliches Lächeln auf die Lippen. Er hatte eine Finca gekauft, für sie beide. Eine schönere, überwältigendere Liebeserklärung hätte er ihr nicht machen können.

Nach einem kleinen Fußmarsch konnte sie die Natursteinfinca bereits sehen. Umgeben von Mandel- und Olivenbäumen und Palmen. In einer pittoresken mediterranen Landschaft befand sich ihr neues Zuhause. Zumindest träumte sich Abbi für ein paar Minuten hierher. Sie versuchte, alle Widrigkeiten ihres Lebens außen vor zu lassen und sich nur auf das Hier und Jetzt zu konzentrieren.

»Sieh, da ist sie«, hörte sie Johann an ihrer Seite. Aufmerksam beobachtete er ihre Reaktion.

Überwältigt von dieser schönen, perfekten Natur, konnte Abbi nicht anders als strahlen. »Sie ist so wunderschön.« Sie lachte und gluckste und fiel ihm um den Hals. Erleichtert lachte er mit, hielt sie ganz fest, drehte sich mit ihr im Kreis, wie er es immer getan hatte, und hielt sie dann wieder fest.

»Du weißt gar nicht, wie glücklich du mich machst.«

Bei diesen Worten hielt Abbi erschrocken inne, merkte, dass sie ihre Gefühle nicht unter Kontrolle hatte, versuchte aber, alle negativen Gedanken sofort wieder zu verdrängen. Dieser Augenblick, den konnte ihr keiner nehmen. Diesen Moment würde sie konservieren, ihr Leben lang.

»Komm, ich zeige dir, wie es innen aussieht.«

Sie zögerte, doch ihre Neugierde siegte. Sie musste doch wissen, wie er alles für sie eingerichtet hatte. Wieder nahm er ihre Hand und führte sie ins Innere der Finca, wo es angenehm kühl war. Gespannt sah sich Abbi um. Es gab einen alten Herd, einen braunen Küchenschrank, einen Holztisch und vier Holzstühle. Eine Tür führte zur Schlafkammer, eine andere zum Bad. Auf dem Holztisch standen eine Schale mit Mandeln sowie ein lilafarbener Wildblumenstrauß.

»Oh, das sieht ja zauberhaft aus«, entfuhr es Abbi mit großen Augen. »Das hast du alles selbst so eingerichtet?«

Er grinste. »Traust du mir das etwa nicht zu?«

»Jetzt schon.« Sie lächelte nun auch. Ihre Münder schienen wie magisch voneinander angezogen. Er berührte sie sacht um die Hüfte, zog sie näher zu sich heran, doch da wehrte Abbi ihn ab. »Nein, bitte nicht.«

Mallorca 2016

Milla saß aufgewühlt mit dem Handy in der Hand auf einer weißen Holzbank im Krankenhauspark, erzählte Tine am Telefon von Abbigail und Johann in deren Finca, von deren Liebe, deren Schmerz. Dabei blickte sie auf die roten und gelben Blumen im Park, die hier bereits blühten. Als wollten sie die Kranken durch ihre Farben heilen.

Aber Tine hatte nach Millas Erzählung auch keine Idee, die sie auf ihrer Spurensuche weiterbrachte. Tines Stimme klang so nah aus dem Hörer heraus, Milla merkte, wie sehr sie die Freundin vermisste. Tine wunderte sich, warum Millas Großmutter damals so enttäuscht von ihrer besten Freundin Eli gewesen war. »Diese Eli hat es doch nur gut gemeint«, hörte Milla Tines Stimme aus dem Hörer.

»Sicher. Aber sie hat Abbis Schmerz dadurch auch wieder noch größer werden lassen. Indem sie Abbi heimlich zu Johann geführt hat. Damit ist sie zu weit gegangen. Großmutter wollte ihn nicht mehr sehen, um nicht noch mehr leiden zu müssen. Also ich verstehe Abbi gut.«

»Ich nicht. Manche Leute muss man einfach zu ihrem Glück zwingen. So wie dich. Wehe, du sagst jetzt einfach die Hochzeit mit Paul ab, nur weil dir irgend so ein Urlaubsflirt im Kopf rumspukt. Auch wenn du kaum was erzählst. Das sagt ja schon alles. Ich bin Trauzeugin, schon vergessen? Mein Kleid war sündhaft teuer«, scherzte sie.

Milla musste lachen, obgleich ihr im Moment nicht wirklich danach zumute war. Sie mochte Tines trockenen Humor so sehr. »Nein, nein, ich sage die Hochzeit nicht ab«, entgegnete sie leise, aber ihre Stimme klang unsicher. Hoffentlich hörte es die Freundin nicht. Aber natürlich, sie kannte sie einfach zu gut.

»Hey, Süße, wenn du dir echt unsicher bist, dann diskutieren wir das, wenn du zurück bist, nächtelang, okay? Aber mach jetzt keinen Scheiß. Sei lieb zu Paul. Er ist kein schlechter Kerl. Und du weißt, beschissene Typen gibt es viele.«

»Das stimmt.« Milla atmete durch. »Jetzt ist eh erst mal Mom wichtig. Dass sie gesund wird.«

»Allerdings.«

»Das wird sie doch? Was meinst du?« Erneut überrollte Milla ihre Angst.

»Bestimmt. Heutzutage können die Ärzte schon so viel tun.«

»Aber sie haben mich nicht zu ihr gelassen.«

»Das sagt noch gar nichts, Süße.« Tine, die eigentlich extrem hypochondrisch veranlagt war, riss sich offensichtlich sehr zusammen.

»Ich hätte es ihr nicht so knallhart sagen dürfen, wie lieblos sich das oft angefühlt hat. Tine, ich mach mir solche Vorwürfe.«

»Ach komm. Es musste wohl einfach mal raus, und ihr habt euch doch zuvor schon angenähert, wie du sagst. Da kann man doch so was schon einmal sagen.«

»Meinst du?«

»Meine ich. Sonst ist die Nähe nicht echt. Sondern nur gespielt. Süße, über das zu reden, was einem auf dem Herzen liegt, ist immer besser. Ihr Herz war, wie die Ärzte sagen, eh schon krank. Dafür kannst doch du nichts.«

Milla seufzte etwas getröstet. »Du hast recht. Ihr ging es schon die ganzen Tage nicht so gut. Da hatte ich noch nichts Schlimmes zu ihr gesagt.«

»Na also. Ich hab dich lieb. Und deine Ma wird ganz sicher wieder. Sitzt du da jetzt eigentlich ganz alleine im Krankenhaus?«

»Im Moment schon. Paul ist am Strand und hat sein Handy nicht dabei.«

»Oh nein. Soll ich kommen, Süße? Ich müsste halt eine Vertretung fürs Atelier finden … und gucken, ob ich so spontan einen Flug kriege …«

Überwältigt von diesem Angebot, lächelte Milla für einen Moment.

»Ach, du bist echt ein Schatz. Aber Paul müsste ja bald wiederkommen.«

»Siehst du. In der Not merkt man, wie schön es ist, jemanden zu haben, auf den Verlass ist.«

»Stimmt. Hab dich auch lieb. Ich halte dich auf dem Laufenden.«

»Wehe, wenn nicht. Ciao, Süße, und grüß deine Ma, wenn sie aufwacht.«

»Mach ich. Wenn sie aufwacht. Kussi.«

Sie legte auf, mit einem dankbaren kleinen Lächeln auf den Lippen. Wie gut es tat, eine Freundin zu haben, die immer für einen da war und alles stehen und liegen lassen würde.

Sie wählte die Nummer des Hotels ihrer Mutter und hinterließ Paul dort eine Nachricht. Wenn er sein Handy abholte, würde er sie bekommen.

Milla fühlte sich plötzlich unendlich einsam. Wie ein Vogeljunges, allein im Nest. Die Sorge um ihre Mutter ließ sie erneut erschauern, auch wenn die Sonne warm vom blauen Himmel schien. Und was, wenn sie Leandro anrief? Schließlich war er der einzige Mensch, den sie hier noch kannte. Sie zögerte einen Moment, versuchte es dann aber mit zittrigen Fingern. Sie erwischte nur die Mailbox, sprach angespannt darauf, warum und wo sie sich im Krankenhaus befand, stand mit weichen Knien auf und ging wieder zurück ins Krankenhaus. Auf die Intensivstation, wo ihre Mutter inzwischen lag. Diesmal durfte sie zu ihr.

Sarah schlief, und ihr Gesicht sah blass aus, sehr blass

sogar. Die Intensivschwester hatte Milla gesagt, dass es ihr unverändert gehe, jetzt hieß es warten.

Milla setzte sich vorsichtig auf einen Stuhl neben das Bett, dessen Sitzfläche auffallend kühl war. Sie betrachtete ihre Mutter erschüttert und dachte daran, wie gut es jetzt wäre, beten zu können. Doch sie war einfach kein religiöser Mensch, beneidete jedoch in diesem Moment alle, die glauben konnten. Die Halt bekamen von irgendeinem Gott.

»Bitte, Mom, ich hab dich so lieb, ich brauch dich, du musst kämpfen«, flüsterte sie, auch wenn sie nicht sicher war, ob Sarah es hören konnte.

Nach einer Stunde schickte die Intensivschwester Milla wieder in den Park. »Sie braucht Ruhe. Ich hole Sie, wenn sie aufwacht, versprochen.«

Im Park ließ sich Milla wieder allein und aufgelöst auf die weiße Holzbank nieder, checkte ihr Handy, ob sich Paul gemeldet hatte. Doch er schien immer noch am Strand zu sein. Spürte er denn nicht, dass es ihr nicht gut ging? Da sah sie Leandro. Wie er alarmiert und mit besorgter Miene durch den Krankenhauspark auf sie zugeeilt kam.

»Milla, es tut mir so leid, dass ich nicht schneller kommen konnte, ich habe es gerade erst gehört. Wie geht es deiner Mutter?«

Er setzte sich außer Atem neben sie unter diesen weiß blühenden Baum, und sofort fühlte sie sich geborgen und ihm nahe. Ihr Herz polterte, all ihre Sorge sprudelte aus ihr heraus: »Die Ärzte haben gesagt, dass sie kurz bei Bewusstsein war, danach aber in einen tiefen Schlaf gefallen ist. Jetzt heißt es abwarten, wie sich die Sache entwickelt. Es war kein Herzinfarkt, aber ein schwerer Angina-Pectoris-Anfall, also kurz davor. Sie haben mich gefragt, ob ich nicht wusste, dass Mom ein krankes Herz hat. Und das Schlimme ist, ich wusste es nicht.«

Millas Stimme vibrierte. Wie viel wusste sie nicht? Was würde noch alles herauskommen? Sie erinnerte sich an Sarahs Erzählung, dass Abbis Mutter, also ihre Urgroßmutter Esther, auch ein schwaches Herz gehabt hatte. Lag es vielleicht in ihrer Familie? Hatten alle Frauen bei den Fusters ein anfälliges Herz? Sie selbst auch?

Zumindest ein verwirrtes Herz hatte sie, das heftig pochte. Jetzt, wo Leandro neben ihr saß. Wieso hatte sie ihn nur angerufen, schalt sie sich innerlich. Was, wenn Paul sich jetzt meldete?

»Wenn es kein Infarkt war, glaube ich nicht, dass du dir allzu große Sorgen machen musst«, sagte Leandro sanft. »Die Ärzte haben ihr sicher einen Stent gelegt, oder?«

»Ja, genau. Du kennst dich aus?«

»Nur ein bisschen. Meine Tante hat das auch. Drei sogar.«

»Der Arzt hat aber auch noch gesagt, dass die nächsten Tage kritisch sind. Und sie ist noch nicht wach!« Erneut zitterte Milla am ganzen Körper. Leandro strich ihr sanft über den Arm, sodass sich ihre Härchen aufstellten. Kaum hörbar fuhr Milla fort: »Ich weiß noch nicht einmal, wie schwerwiegend ihre Herzerkrankung ist. Sie hat mir ja nichts gesagt. Noch nie.« Verzweifelt sah sie ihn an. »Und wer weiß, ob sie mir jemals wieder etwas sagen kann.«

»Schsch.« Er legte seinen Arm um ihre Schultern. »Natürlich wird sie das. Die Ärzte in dieser Klinik sind sehr gut, sie wird sich ganz sicher wieder erholen, und ihr werdet noch genug Zeit zusammen verbringen.«

Milla atmete unruhig durch, hoffte es so sehr. Jetzt, wo es sein konnte, dass ihr Herz bald nicht mehr schlagen würde, spürte Milla, wie sehr sie an ihrer Mutter hing. Noch mehr, als sie es je geahnt hatte. Sie war schließlich ihre Mutter, jeder

Mensch hatte nur die eine auf dieser Welt. Musste es immer erst zu einer Krise oder Krankheit kommen, bis man merkte, wie viel einem ein Mensch, ein Familienangehöriger im tiefsten Inneren bedeutete?

Milla dachte angespannt darüber nach, wie immens wichtig gerade jetzt die Nachforschungen über ihre Großmutter waren. Wichtiger als jemals zuvor. Um ihrer Mutter endlich klarzumachen, dass es nicht an ihr gelegen hatte, dass Abbigail so kühl und distanziert zu ihrer Tochter gewesen war. Und wenn tatsächlich ein für ihre Mutter verletzendes Ergebnis dabei herauskommen würde, musste es Milla ihr schließlich nicht erzählen.

Milla besprach das alles aufgeregt mit Leandro, und der gab ihr recht, bestärkte sie darin, schnell weiterzuforschen, bot an, ihr zu helfen.

Milla nickte, atmete aufgefangen und entschlossen durch. »Ich gebe nicht auf«, dachte sie. Jetzt erst recht nicht, ich muss wissen, warum Großmutter ihre Tochter nicht lieben konnte. Vielleicht gibt es eine einleuchtende Erklärung, die Mom mit ihrer Mutter im Nachhinein versöhnt.

Leandro sah sie durchdringend an, nahm vorsichtig ihre Hand, und Milla ließ es atemlos zu. Ein kleiner Vogel über ihnen im Baum zwitscherte vergnügt, als gebe es nichts Wichtigeres auf der Welt. Leandros Hand fühlte sich warm und beruhigend an. Stumm saßen sie so da, grübelten beide, was als Nächstes zu tun wäre. Eli. Sie musste sie endlich treffen, beschloss Milla. Bloß wie, wenn sie wieder nicht ans Telefon ginge?

Milla wurde aus ihren Gedanken gerissen, denn hinter einem Busch im Krankenhauspark hatte sie im Augenwinkel gerade eine Frau wahrgenommen, die Diana, Leandros Freundin, zum Verwechseln ähnlich sah. Sie war es. Diana stand da, mit großen, traurigen Augen, und blickte herüber. Milla wurde sich Leandros Hand in der ihren gewahr, zog ihre Hand schnell zurück, blickte Leandro erschrocken an.

»Da ist … Diana, da drüben, sieh nur.«

Leandro blickte irritiert in die ihm gedeutete Richtung, doch Diana war bereits verschwunden. Leandro wirkte angespannt.

»Hast du mit ihr bereits … hast du es ihr schon gesagt, was du sagen wolltest …?«

Er zögerte. »Ja. Vorhin. Kurz vor deinem Anruf.«

Oh nein, dachte Milla, die arme Frau. Dann war sie ihm vermutlich gerade gefolgt. Milla rückte unwillkürlich ein wenig ab von ihm. »Ich habe dir doch gesagt, du sollst es nicht tun«, sagte sie leise.

»Und ich dir, dass ich nicht anders kann«, entgegnete er sanft. »Milla, ich will dich damit nicht unter Druck setzen.«

»Das tust du aber«, rutschte ihr verzweifelt heraus. Leandro starrte sie erschüttert an.

Da wurden sie von einer jungen Krankenschwester im weißen Kittel abgelenkt, die eilig auf Milla zukam. »Frau Stendal?«

»Ja, das bin ich.« Milla sprang sofort alarmiert auf und versuchte besorgt, den Gesichtsausdruck der Krankenschwester zu deuten.

»Ihre Mutter … kommen Sie bitte.«

»Geht es ihr schlechter?« Milla hielt den Atem an, doch die Krankenschwester antwortete nicht. Milla eilte ihr nach, gefolgt von Leandro. Der Weg vom Klinikpark zum Krankenhaus schien sich ins Unendliche zu ziehen. Vorbei an rosa blühenden Büschen, an Palmen, an sattem Grün.

»Warum dürfen Sie mir denn nichts sagen?«

»Der Arzt wird Sie über alles informieren«, wich die junge Krankenschwester aus, sah dabei Milla nicht einmal an. Milla warf Leandro, der neben ihr her eilte, einen verzweifelten Blick zu.

»Wir sind gleich da«, versuchte er, sie zu beruhigen.

Endlich hatten sie das Hauptgebäude erreicht. Davor standen Patienten in Morgenmänteln, die rauchten. »Señor Bayarri, Sie sollen nicht rauchen, denken Sie an Ihr Herz!«, rügte die Krankenschwester einen Mann um die fünfzig im Vorbeigehen. Der nickte nur, zog aber erneut an seiner Zigarette.

Im Foyer warteten sie auf den Aufzug, der im fünften Stock steckte. Nervös trat Milla von einem Bein auf das andere. Endlich öffneten sich die Aufzugtüren. Millas Gedanken rasten. Sie erinnerte sich plötzlich, wie sie als kleines Kind von einem Fahrradfahrer angefahren worden war. Er hatte nicht einmal angehalten, als die kleine Milla schluchzend, mit blutüberströmten Knien, auf dem Boden lag. Ihre Mutter hatte sich rührend um sie gekümmert, ihr die Wunden mit hübschen rosa Pflastern versorgt und ihr ein Liedchen vorgesungen. Es hatte sie definitiv gegeben, die liebevollen Szenen zwischen Mutter und Tochter. Auch wenn nicht allzu oft.

Weitere Szenen ihrer Kindheit schossen ihr durch den Kopf. Wie sie als Kind so oft abends im Bett gelegen hatte, hoffend, dass ihre Mutter kommen würde, um mit ihr zu kuscheln. Wie sie es bei ihrer Freundin Julia gesehen hatte, als sie bei ihr übernachtete. Doch selten gab es mehr als einen kurzen Gutenachtkuss, der kaum ihre Wange berührte.

Wie gern würde sie ihre Mutter jetzt in den Arm nehmen und ihr all das verzeihen, ihr sagen, wie lieb sie sie trotzdem hatte. Ihr sagen, dass sie sie jetzt, wo sie ein wenig von ihrer Familiengeschichte wusste, viel besser verstand und dass sie selbst nicht anders konnte.

Endlich kamen sie auf der Intensivstation an, und ein junger mallorquinischer Arzt bat sie in sein Büro.

»Soll ich mitkommen?«, erkundigte sich Leandro fürsorglich.

Doch Milla schüttelte tapfer den Kopf. »Warte bitte hier.«

Sie folgte dem Arzt, setzte sich mit stocksteifen Gliedern auf einen grauen Plastikstuhl.

»Frau Stendal, ich muss gleich zur Visite, ich mache es kurz. Ist Ihre Mutter immer so störrisch?«

Verblüfft und zutiefst erleichtert lachte Milla auf. »Störrisch? Das heißt, sie lebt?«

»Natürlich. Ich meine, hat man Ihnen das noch nicht gesagt?«

»Nein. Die junge Schwester sah ziemlich beunruhigt aus.«

»Das tut mir leid. Sie ist noch im Praktikum. Ja, Ihre Mutter lebt und ist ziemlich renitent.«

Milla lächelte glücklich. »Das passt zu ihr. Wieso, um was geht es denn?«

»Einfach gesagt: Sie braucht dringend einen Bypass in einem Gefäß, das man nicht stenten kann. Sonst besteht die Gefahr, dass sie wirklich einen Herzinfarkt bekommt. Es ist eine Operation, und ihre Mutter lehnt sie ab.«

»Wie bitte, wieso denn das?«

»Weil sich ihre Mutter lieber in Berlin operieren lassen will.«

»Verstehe. Und davon raten Sie ab?«

Er nickte. »Es ist ein Risiko, natürlich.«

»Wieso sperrt sie sich dann dagegen?«

»Das müssen Sie Ihre Mutter fragen.«

Milla nickte. »Das mach ich. Kann ich zu ihr?«

»Ja, aber nicht lange. Sie braucht jetzt wirklich noch Ruhe.«

»In Ordnung.«

»Die Schwester wird Ihnen das Zimmer zeigen, warten Sie hier.« Er stand auf, gab ihr die Hand und verschwand.

Milla stand allein in diesem nüchternen hellen Arztzimmer, ihr Körper dröhnte. Einerseits fühlte sie sich zutiefst erleichtert, andererseits blieb die Angst. Es war ein Risiko, hatte der Arzt gesagt. Wieso ging ihre Mutter das ein? Wollte sie womöglich nicht mehr leben? Erschüttert über diesen Gedanken, fröstelte Milla.

Da steckte Leandro seinen Kopf herein. »Und? Wie geht es ihr?«

»Sie will sich hier keinen Bypass legen lassen«, entfuhr es Milla aufgeregt. »Aber sie lebt.«

Er strahlte. Wie konnte er sich so für sie freuen? Er schien ein guter, mitfühlender Mensch zu sein. Wie Paul, durchfuhr es Milla. Der jeden Moment kommen könnte, wenn er im Hotel die Nachricht übermittelt bekommen hatte.

»Leandro, danke, dass du sofort gekommen bist, aber ich möchte jetzt mit ihr alleine sein.«

»Natürlich. Ich warte unten im Park auf dich.«

»Nein, nein. Ich meine, das ist lieb, aber ich komme klar.«

Er sah sie an, nickte verstehend, trat zu ihr, nahm sie kurz und zärtlich in den Arm, und für einen Moment schmiegte sie sich an seine Schulter. Wie gut er roch. Er ließ sie wieder los, lächelte ihr aufmunternd zu und ging.

Eine rundliche ältere Schwester führte Milla in das Intensivzimmer, in dem ihre Mutter, weiß wie ein Laken, mit geschlossenen Augen lag.

»Mom?«, flüsterte Milla sofort wieder besorgt.

»Sie schläft schon wieder«, sagte die Schwester auf Spanisch und lächelte sie aufmunternd an. »Setzen Sie sich zu ihr. Eigentlich müsste sie inzwischen genug geschlafen haben.«

Milla tat, wie ihr geheißen. Nach einer kurzen Weile schlug Sarah tatsächlich endlich die Augen auf, blickte sich einen Moment irritiert um, erkannte Milla und lächelte. Ein warmes, ehrliches Lächeln. »Milla, Schatz, du bist hier, wie schön.«

Milla strahlte. »Natürlich, Mom.«

»Wenn du am Strand nicht dabei gewesen wärst… du hast mir das Leben gerettet.«

»Ach, Mom.« Milla suchte nach Worten. »Wieso hast du mir nicht gesagt, dass du so ein schwaches Herz hast? Ich hätte dich doch gar nicht mitgenommen auf diese Reise.«

»Das wäre aber schade gewesen, findest du nicht?«

Milla lächelte wieder. »Das finde ich allerdings.«

»Milla, es tut mir so unendlich leid, dass ich so eine…«, begann Sarah leise und hielt wieder inne.

»Eine was?«

Sarah zögerte, atmete durch: »… eine so schlechte Mutter war.« Schnell redete sie weiter, als ob sie keine Widerworte duldete. »Ich kann die Jahre nicht nachholen. Aber du. Mach es bitte bei deinen Kindern besser, das wollte ich dir unbedingt noch sagen. Versuch es!«

»Mom!«, entrüstete sich Milla liebevoll. »Du warst, ich meine, du bist keine schlechte Mutter, sondern …«

»Bitte erspar uns das.«

»Nein. Du konntest nicht anders sein, weil deine Mutter dich nicht mit Liebe überschüttet hat. Mom, du hast für mich das getan, was dir möglich war. Du hast mich alleine großgezogen ohne finanzielle Unterstützung. Ohne die Hilfe von Großeltern …«

Sarah nickte traurig. »Ich will jetzt nicht schon wieder über sie reden, verstehst du das?«

»Natürlich.« Milla suchte nach Worten. »Aber wir müssen

noch über etwas sehr, sehr Wichtiges sprechen: Wieso lässt du dich hier nicht schnellstmöglich operieren? Ein Bypass ist doch heutzutage eine Routineoperation.«

Sarah atmete durch, schaute aus dem Fenster. Milla folgte ihrem Blick. Hier oben im fünften Stock konnte man nur den Himmel sehen. Ein paar kleine Wölkchen am tiefblauen Firmament.

Sarah antwortete ausweichend: »Ich … ich habe meinen Herzspezialisten in Berlin, Schatz. Dem vertraue ich. Die Ärzte hier wollen Geld verdienen; ich will wissen, ob es wirklich nötig ist. Mach dir keine Sorgen, Milla, das Leben ist nie ohne Risiko.«

»Da ist was Wahres dran.« Milla atmete durch. Ihre Mutter sah müde aus. »Na gut. Soll ich dich alleine lassen oder lieber bleiben?«

»Geh bitte raus in die Sonne, genieße Palma, die mallorquinische Küche, deinen Paul oder von mir aus auch diesen anderen Mann, genieße das Leben. Tu es für mich. Weißt du, in solchen Situationen wird einem wieder bewusst, wie endlich alles ist. Es hätte auch ein richtiger Infarkt sein können. Dann wäre es vielleicht vorbei gewesen.«

»Oh, Mom, bitte sag so etwas nicht. Du musst kämpfen, damit du wieder ganz gesund wirst, für mich. Versprichst du mir das?«

Sarah nickte lächelnd. »Wenn du mir versprichst, dein Leben in jeder Minute zu genießen.«

»Das ist nicht immer so leicht, aber ich bemühe mich.«

* * *

Ergriffen ging Milla durch die Straßen Palmas, sog den Geruch dieser wunderschönen pulsierenden Stadt ein, den Geruch des

Lebens. Wie schnell konnte es sich drehen, das Leben, wie schnell konnte alles anders sein. Noch vor ein paar Tagen war sie nicht die Besitzerin eines Souvenirladens in Palma, war sie glücklich mit Paul, zwar auch eifersüchtig, dennoch prinzipiell zufrieden mit ihrem Leben. Aber war sie das wirklich? Milla merkte jetzt, hier in der Sonne Mallorcas, dass sie ihrer Großmutter in jungen Jahren recht ähnlich zu sein schien. Ihre Sehnsucht nach etwas Neuem, nach etwas Großem in dieser weiten Welt brach in ihr auf, überrollte sie, wie eine riesige Welle ein kleines Schiff auf dem endlosen Meer.

Milla atmete tief durch. Sie befand sich gerade vor dem Palacio de la Almudaina, dem Königspalast, der gegenüber der Kathedrale la Seu stand, und googelte nach Hintergrundinformationen. Sie hatte beschlossen, künfig nicht mehr so unwissend durch das Leben zu gehen, sondern alles Interessante um sich herum in sich aufzusaugen. »Der Palacio war Sitz der Militärkommandantur sowie Amtssitz des spanischen Königs Juan Carlos«, las sie. Wie groß, wie mächtig das Gebäude wirkte. Wie viel hatte es schon erlebt. Einst diente es muslimischen Herrschern und nach der christlichen Wiedereroberung auch den Königen der katalanischen Krone als Residenz.

Milla blieb stehen, hielt ihr Gesicht mit geschlossenen Augen in die Sonne und fühlte sich lebendig und stark. Die Sorge um ihre Mutter verzehrte sie zwar beinahe, doch sie gab ihr erstaunlicherweise auch Kraft. Milla musste nun stark sein, für sie. Irgendwann drehten sich die Rollen wohl wirklich um. Doch eigentlich war es dafür noch viel zu früh. Sarah war erst sechzig, sie hatte hoffentlich noch viele Jahre vor sich.

Milla beschloss, optimistisch zu bleiben, überlegte fieberhaft, wie sie Eli ausfindig machen könne. An ihr Telefon ging sie einfach nicht mehr. Milla rief sich ins Gedächtnis, was ihre Mutter ihr über die Begegnung mit Eli erzählt hatte. Da hatte sie plötzlich eine Idee: Sie musste die Bäckerei finden, in der ihre Mutter Eli getroffen hatte. Natürlich, wieso war sie nur nicht früher darauf gekommen? Vielleicht konnte ihr die Verkäuferin sagen, wo Eli wohnte. Die Zeit rannte Milla davon, wer wusste schon, ob und wie schnell sich der Gesundheitszustand ihrer Mutter doch wieder verschlechtern würde. Sie musste herausfinden, was damals geschehen war, warum Großmutter ihre Tochter nicht lieben konnte.

Milla dachte angestrengt nach. Hatte Mom ihr nicht gesagt, auf welchem Platz sich die Bäckerei befand? Gerade als ihr einfiel, dass es die Plaza d'España war, kam ihr Diana, Leandros Exfreundin, mit sichtlich verweinten Augen entgegen. Diana trug ein elegantes hellbeiges Kostüm, das ihre Zartheit betonte. Selbst in ihrer Trauer sah sie einfach umwerfend aus. Milla stellte sich einen Moment vor, wie sie selbst aussehen würde, wenn ihre große Liebe sich gerade von ihr getrennt hätte. Verquollen, verheult, in Joggingklamotten und ungekämmt. Aber diese Frau schaffte es, selbst in diesem Zustand noch sie selbst zu sein.

»Entschuldigung, Milla, kann ich dich einen Moment sprechen?«, fragte Diana leise und beinahe flehend. »Es ist dringend.«

»Natürlich.« Mitleidig willigte Milla ein, sich mit Diana kurz in eines der Straßencafés zu setzen. Sie bestellten je einen Café solo, und Diana begann sofort zu reden: »Du weißt vermutlich, dass sich Leandro von mir getrennt hat?«

Milla zögerte, bestätigte dann aber. »Ja, und ich habe ihm gesagt, dass ich das überhaupt nicht gut finde.«

Diana nickte erleichtert, suchte nach Worten. »Bis vor ein paar Tagen wollten wir noch heiraten.« Sie rührte mit dem Löffel in ihrem Kaffee. »Und das heißt doch, er hat mich bis vor zwei Tagen noch unendlich geliebt.« Verzweifelt fuhr Diana fort: »Dann kann diese Liebe doch nicht so einfach dahin sein, habe ich recht? Nur weil er dich jetzt kennengelernt hat.«

Milla schluckte. »Das stimmt.« Doch sie dachte an sich selbst, der es nicht anders ging mit Paul. Worauf wollte Diana hinaus?

»Ich mag dich wirklich, Milla. Und deshalb rede ich mit dir. Es tut mir leid, das zu sagen, aber ich bin mir sicher, dass er dich schnell wieder vergessen wird. Wie er all die anderen auch nach ein paar Wochen, oder lass es Monate sein, vergessen hat.« Wie meinte sie das denn? »Nur ich bin so dumm und bleibe jedes Mal weiterhin offen für ihn.« Diana sah Milla bedeutungsvoll an. »Es ist leider so. Ich bin ihm verfallen. Auch wenn er jedem hübschen Rock hinterherjagt. Und wenn der Jäger seine Beute erlegt hat, kehrt er zu mir zurück. Ich will dich wirklich nur warnen, ich meine es gut.«

»Moment«, stammelte Milla tonlos. »Das heißt, er hat dich schon sehr oft betrogen?«

Diana nickte, fuhr sich mit den Händen übers Gesicht. »Was erleidet man nicht alles aus Liebe, nicht wahr? Manche Frauen lassen sich schlagen, andere bleiben bei Alkoholikern. Vielleicht schaffe ich ja diesmal auch den Absprung. Aber … ich sehe vielleicht tough aus, aber springen ist nicht so mein Ding.«

Sie legte Geld für ihren Kaffee auf den Tisch und stand auf. »Bitte sag ihm nicht, dass ich mit dir gesprochen habe. Er würde natürlich alles abstreiten, das ist ja klar. Aber wenn du dein Herz schützen willst, dann halt dich von ihm fern. Adiós.« Mit diesen Worten drehte sich Diana um und ging auf ihre leichtfüßige Art die Straße entlang.

Erschüttert starrte Milla ihr hinterher. Sollte sie Diana glauben? Oder war das nur der verzweifelte Versuch einer verletzten Frau, alles um sie herum zu zerstören? Milla atmete durch, versuchte, sich zu sammeln. Sie zahlte beim Kellner, setzte ihre Sonnenbrille auf und ging in die andere Richtung davon.

Ihr Herz stolperte. Sie versuchte, nicht an Leandro zu denken oder an Paul. Es gab jetzt wirklich Wichtigeres. Ihre Mutter musste so schnell wie möglich gesund werden, das zählte, nicht die Männer in ihrem Leben.

»Señora Eli Pomar, kennen Sie die?« In der Bäckerei am Plaza d'España roch es köstlich nach frisch gebackenem Brot und Kuchen. Hoffnungsvoll betrachtete Milla die rundliche Verkäuferin, die keine Miene verzog. »Wieso suchen Sie die?«

Sie kannte sie. Sie kannte sie. Milla verschluckte sich beinahe vor Aufregung.

»Ich bin die Enkelin ihrer damals besten Freundin. Ich möchte nur etwas über meine Großmutter herausfinden.«

»Wie heißt denn Ihre Großmutter?«

»Hieß. Sie ist leider verstorben. Abbigail Fuster. Kennen Sie sie?«

»Nein.« Die Miene der Verkäuferin wurde milder. »Aber Eli Pomar.«

»Ach, was für ein Glück«, strahlte Milla. »Können Sie mir vielleicht sagen, wo Eli wohnt?«

»Natürlich, gleich um die Ecke.« Milla ließ sich die Adresse nennen und bedankte sich überschwänglich.

Eli wohnte in einer kleinen Wohnung mit Balkon im ersten Stock eines Hauses nahe der Plaza d'España. Der Balkon wurde von roten und rosa Hängegeranien überwuchert, dazwischen hingen Küchentücher auf einer Wäscheleine.

Milla klingelte an der Tür, doch niemand machte auf. Na wunderbar, dachte sie. Was mache ich denn jetzt? Sie blickte nach oben zum ersten Stock, und da sah sie, wie sich eine Gardine bewegte. Das gibt es ja wohl nicht? Sie ist zu Hause und macht mir nicht auf? Milla wunderte sich sehr. Was verheimlichte Eli ihr? Wieso ging sie ihr aus dem Weg? Forsch drückte sie erneut auf die Klingel, und nach ein paar Minuten sah Eli wohl ein, dass Milla stur bleiben würde. Sie öffnete mit einem aufgesetzt freundlichen Gesicht die Tür. In der Hand ihren Stock.

»Kommen Sie herein. Ich habe Sie erst gar nicht gehört. Meine Ohren sind ziemlich schlecht, wissen Sie?«

»Man hört nur, was man hören will«, dachte sich Milla wütend, bemühte sich aber, sich ihre Wut nicht anmerken zu lassen.

Elis Wohnung war klein, schlecht gelüftet und dunkel. Milla sah sich um. Es wirkte ordentlich und gepflegt. Nicht gerade modern, aber stilvoll. Ein paar antike Möbel, ein altes braunes Ledersofa. »Erbstücke meiner Eltern«, erklärte Eli, als sie Millas Blick registrierte. »Ich konnte sie einfach nicht wegwerfen, obwohl ich dachte …« Eli hielt inne.

»Was?«, hakte Milla nach.

»Dass ich nicht so an meinen Eltern hänge … wie Abbi«, fügte sie hinzu. »Aber man hängt immer an den eigenen Eltern, nicht wahr? Auch, wenn man es sich nicht eingestehen will.«

»Vermutlich. Und man merkt es manchmal erst, wenn es fast zu spät ist. Meine Mutter hatte beinahe einen Herzinfarkt«, brach es aus Milla heraus. »Einen schweren Angina-Pectoris-Anfall.«

Eli sah sie schockiert an. »Dios mio! Aber sie lebt?«

»Ja, aber sie ist noch im Krankenhaus und verweigert eine nötige Operation.« Milla fasste Eli am Arm. »Bitte, bitte erzählen Sie mir, was Sie noch wissen über damals. Ich muss herausfinden, warum meine Großmutter so kühl zu meiner Mutter war, zu ihrem Kind. Vielleicht gibt es eine Erklärung, die meiner Mutter helfen würde, es zu verstehen. Vielleicht würde sie dann mehr um ihr Leben kämpfen. Ich habe irgendwie das Gefühl, dass sie sich selbst aufgegeben hat.«

Eli sah Milla ausdruckslos an. »Hat sie Ihnen von Baruch erzählt?«

»Von Baruch, meinem Großvater?«

»Ja, genau.«

»So gut wie nichts. Sie meinte, es war eine Vernunftehe, aber das kann eine Mutter doch nicht dazu bringen, ihr Kind nicht zu lieben.«

»Da haben Sie sicher recht. Vernunftehen gab es damals viele.«

»Erzählen Sie mir bitte von meinem Großvater, wer weiß, vielleicht bringt es mich auf eine Idee.«

Eli nickte. »Wollen Sie eine Tasse Ingwertee?«

»Gerne.«

Eli ging mit ihrem Stock in Richtung Küche, drehte sich noch einmal um und sagte: »Sie erinnern mich sehr an Abbi.«

»Wie meinen Sie das?«

»Sie hat für ihre Eltern auch so viel getan.«

9. Kapitel

Mallorca 1956

Abbi stand in ihrem Laden und betrachtete abwesend zwei deutsche Touristen, die ihre Auslagen durchstöberten. Ihr Blick ging immer wieder hinaus auf die Straße, wie es ihr schon zur Gewohnheit geworden war. Einerseits hoffte sie insgeheim, Johann dort zu sehen, auf der anderen Seite fürchtete sie sich vor Pomade. Was würde er als Nächstes tun? Abbi versuchte, diesen Gedanken zu verscheuchen.

Sie verspürte große Sehnsucht nach Johann, nach ihrer Finca, in der sie so wunderschöne Stunden mit ihm verbracht hatte. Nie würde sie diese kostbare Zeit vergessen, nie bis an ihr Lebensende.

»Was ist das denn für ein Teller?«, fragte einer der Touristen in schlechtem Spanisch und hielt einen der Teller hoch, die Abbis Tante bemalt hatte.

»Das ist eine Obstschale«, antwortete sie ebenfalls auf Spanisch.

»Ganz schön primitiv bemalt«, sagte er auf Deutsch zu seinem Freund, nicht ahnend, dass sie ihn verstand.

»Kunstverstand hat eben nicht jeder«, konterte sie frech ebenfalls auf Deutsch. Alles musste sie sich von den Touristen nun auch nicht gefallen lassen. Der junge Mann, in Anzug mit Hut, sah erstaunt zu ihr und raunte seinem Freund zu:

»Bei uns sind die Frauen nicht so vorlaut. Komm, wir gehen.«

Der andere nickte und sagte im Hinausgehen: »Wenn mir meine so kommen würde, würde es was geben.«

Abbi atmete tief durch. Nicht alle Deutschen waren so, das wusste sie genau. Ihr Johann war anders. Viele waren anders. Ihre Gedanken wanderten wieder zu ihm, zu dem Tag auf der Finca. Ihrer Finca, die Johann für sie gekauft hatte. Wie wunderschön es dort aussah. Die vielen blühenden Mandelbäume, sie roch diesen betörenden Duft so gerne. Und wieder rann ihr eine Träne über die Wange.

Abbi seufzte, bereitete sich einen Bohnenkaffee zum Trost. Ein schwacher Trost für den Verlust ihrer Liebe. Sie hatte Johann erneut den Dolch in die Brust gerammt, ihm erneut gesagt, dass es nicht sein dürfe. Wie verzweifelt er sie angesehen hatte. Doch er hatte auch gespürt, dass sie dabei blieb, dabei bleiben musste.

Eli hatte im Ort auf sie gewartet. »Wieso hast du mich bloß zu ihm geführt?«, hatte Abbi sich beschwert.

Eli wurde sauer. »Das frage ich mich inzwischen auch. Ich kann es einfach nicht mehr hören, weißt du das? Dieses ewige Gejammer wegen Johann. Ich habe keine Lust mehr, keine Lust mehr auf unsere Freundschaft.«

Entgeistert sah Abbi Eli an. Ihre Verbündete, die einzige Person, von der sie dachte, sie würde sie noch verstehen. Eli kündigte ihr die Freundschaft, wie konnte sie das tun? Sie war doch ihre beste Freundin. Abbis Welt brach vollends zusammen. Eli war schon immer etwas lockerer gewesen, in jeder Beziehung, aber dass sie so plötzlich nicht mehr ihre Freundin sein wollte …

Wie in Trance war Abbi hinter Eli auf die Vespa gestiegen, nur um fortzukommen von Santa Maria. Doch sie hatte sich kaum an Eli festgehalten. »Was soll's, wenn ich hinunterrutsche«, dachte sie.

Ihre Mutter knetete in der Küche gerade mit den Händen einen Teig, als Abbi bedrückt nach Hause kam und die gemütliche Küche betrat. Esthers Arme waren bis zum Ellenbogen voller Mehl, sie sah lächelnd auf. »Na, wie geht es dir heute, Liebes?«

»Gut«, erwiderte Abbi knapp und lenkte ab. »Was backst du uns denn da Schönes, Mutter?«

»Ich backe Mandelbrot, das mag dein Vater doch so gern.«

Mandelbrot, durchfuhr es Abbi, und sie sah wieder im Geiste die blühenden Mandelbäume bei Santa Maria vor sich.

»Ich liebe es auch«, erwiderte Abbi leise. Sie würde es in ihr Kochbuch aufnehmen.

»Es gibt Neuigkeiten«, fuhr Esther fort. Doch ihre Stimme klang nicht sehr freudig.

»Ist etwas passiert?«, erkundigte sich Abbi sofort bang.

»Na ja, wie man es nimmt. Dein Vater möchte dir etwas sagen.«

»Verrat es mir, bitte, Mutter.«

Doch Esther schüttelte den Kopf. »Wir wollen nur das Beste für dich, mein Kind. Das musst du uns glauben.«

Fieberhaft dachte Abbi nach, was es Neues geben könnte. Wollten sie sie fortschicken von zu Hause? Bitte nicht.

»In einer Dreiviertelstunde ist das Mandelbrot fertig, dann gibt es Kaffee. Bis dahin musst du dich ein wenig gedulden.«

Doch Geduld gehörte nicht zu Abbis Stärken. Seufzend ging sie in ihr Zimmer, legte sich aufs Bett und starrte die Decke an. Hatte ihr Vater wirklich alles mitbekommen von ihrer verbotenen Liebe? Oder hatte Pomade ihre Eltern doch bedroht?

Die Dreiviertelstunde zog sich wie ein ganzer Tag. Endlich roch es in der ganzen Wohnung verführerisch nach Mandelbrot und Bohnenkaffee, und Noah tauchte aus seinem Arbeitszimmer auf. Esther steckte ihrem Mann die Pantoffeln an die Füße, hatte den Kaffeetisch bereits schön gedeckt. Sogar ein gelbes Blümchen stand in einer Vase. Es musste etwas Wichtiges sein, was sie bereden mussten, durchfuhr es Abbi, und ein kühler Schauer lief ihr über den Rücken.

Angespannt setzte sie sich zu ihren Eltern, die ihr beide nicht in die Augen sehen konnten. Nachdem Esther zuerst ihrem Mann, dann Abbi und zuletzt sich eine Scheibe noch warmen Mandelbrots auf den mit Gold verzierten Teller gelegt hatte, räusperte sich Noah, blickte Abbi unwohl an. »Abbi, wir müssen mit dir reden.«

»Ja, Vater? Was gibt es?« Abbi bemühte sich, ruhig zu klingen.

»Du bist jetzt fast schon dreißig Jahre alt und hast immer noch keinen Mann«, fing Noah zögerlich und schweren Herzens an.

Ich habe einen Mann, war Abbi versucht laut aufzuschreien, doch sie besann sich, biss sich auf die Unterlippe und blieb abwartend und ruhig.

»Der Sohn eines Klienten von mir, aus einer Xueta-Familie, ist ein wirklich netter Mann. Ich habe ihn selbst kennengelernt.« Nein, oh bitte nein, schrie alles in Abbi, doch sie schaffte es, ihren Kloß im Hals hinunterzuschlucken und ihren Vater weiterreden zu lassen. »Er hat Humor, sieht gut aus, denke ich, und ist gebildet. Er ist nicht schlecht gestellt, er ist Verleger.«

Abbis geschundenes Herz rutschte zwei Stockwerke tiefer. Sie warf ihrer Mutter einen Hilfe suchenden Blick zu, doch diese starrte nur auf ihren Teller, auf dem das Mandelbrot lag und dampfte.

»Abbi, wir haben dir lange Zeit gelassen und viele Freiheiten, das musst du zugeben.«

»Das stimmt, Vater.«

»Aber wir wollen dich gut versorgt wissen. Und die Auswahl an Männern im passenden Alter, die jüdischer Abstammung und noch nicht verheiratet sind, wird einfach immer kleiner. Verschwindend gering.«

»Ich weiß«, gab Abbi tonlos zu. »Und warum ist er noch nicht verheiratet? Wo er doch ach so unterhaltsam, gebildet und wohlhabend ist?« Wieder einmal waren die Pferde mit ihr durchgegangen, ihre lose Zunge reizte ihren Vater sehr.

»Das Gleiche könnte ich mich bei dir fragen«, entgegnete er nun strenger.

»Noah, bitte lass«, mischte sich jetzt ihre Mutter leise ein. »Schatz, Liebes, Vater würde dir doch niemals einen Mann aussuchen, der nicht gut zu dir ist.«

»Woher wollt ihr das denn wissen? Ob er gut zu mir ist?«, schrie sie verzweifelt. »Ich brauche niemanden, der mir einen Mann aussucht!« Mit diesen Worten stand sie auf und rannte in ihr Zimmer. Heulend warf sie sich auf ihr Bett, drückte ihren Kopf in ihr Kissen und trommelte mit den Fäusten auf die Matratze.

Die Tage vergingen, und Noah insistierte immer wieder, Abbi solle endlich in ein Treffen mit diesem guten Mann, einem gewissen Baruch Bonnin, einwilligen. Doch Abbi konnte nicht. Sie wusste, sie könnte ihn nicht lieben, keinen anderen Mann außer Johann, nie wieder.

Johann tauchte wie ein geschlagener Hund ein paarmal doch wieder in ihrem Laden auf, aber sie schickte ihn immer weg. Dass sie so standhaft, so kühl zu ihm sein konnte, wunderte sie selbst, doch die panische Angst vor Pomade, der sich immer wieder wie der Leibhaftige vor ihrem Schaufenster zeigte, saß zu tief.

Verzweifelt bemühte sich Abbi, jeden Tag aufs Neue zu überstehen. Sie schrieb bis spät in der Nacht an ihrem Kochbuch mit den Mandelrezepten und willigte schließlich ein, Baruch Bonnin wenigstens einmal zu treffen. »Er könnte auch dein Verleger werden«, versuchte es Noah erneut. Doch das interessierte Abbi nicht. Einen Verleger würde sie schon finden. Diesem Treffen sagte sie nur ihrem Vater zuliebe zu. Dadurch, so hoffte sie, konnte sie ihren guten Willen als brave Tochter zeigen. Wenn sie danach berichten würde, dass er ihr so überhaupt gar nicht gefiele, würden die Eltern bestimmt wieder Ruhe geben. So weit ihr Plan.

Baruch Bonnin sah gar nicht so schlecht aus. Er war groß, fast so schlank wie ihr Vater, hatte dunkle kurze Haare und eine runde Brille. Man merkte ihm an, als er redete, dass er belesen war. Eine Tatsache, die Abbi gut gefiel. Er hatte kleine, flinke Augen und eine große, prägnante Nase, die aber nicht störte, sondern seinem Gesicht etwas Männliches gab. Die Konversation im *Café Bosch*, das am Ende des Passeig del Born lag, ging mühsam voran. Abbi bemühte sich nicht, und Baruch schien nervös zu sein und ein ruhiger Vertreter seiner Spezies. Vermutlich konnte er keiner Fliege etwas zuleide tun.

Abbi hatte sich nicht extra hübsch gemacht, sondern war nach einem warmen Arbeitstag gekommen, wie sie war. Baruch schien von ihrem spröden, störrischen Wesen äußerst entzückt zu sein. Angespannt verknotete er seine Finger, während er ihr von seiner Arbeit im Verlag erzählte und sie nach ihren Plänen für ihr Kochbuch befragte. Ihr Vater hatte ihm bereits davon erzählt. Nach einer knappen Stunde, die der Anstand gebot, bedankte sich Abbi freundlich und verabschiedete sich.

Der arme Kerl. Er hatte offensichtlich Feuer gefangen, wohingegen bei Abbi jegliche Flamme für andere Männer für immer erloschen schien. Sie dachte an Johann, wie gut er ihr gefiel, dieser warmherzige, sensible Mann.

Ihre Mutter fing sie nach dem Treffen im dunklen Hausflur ab. »Und, Kind, wie hat er dir gefallen?«

»Gar nicht, Mutter. Er ist sicher ein guter Mann. Aber absolut nicht mein Typ. Er ist … langweilig.«

Esther seufzte, strich Abbi übers Haar. »Er war bestimmt nur nervös.« Sie ging weiter, ihre Einkäufe für die Familie zu erledigen.

Beim Abendessen erkundigte sich ihr Vater nach Baruch. »Ist er nicht weltoffen? Genau das, was du dir immer gewünscht hast.«

»Nein, Vater«, entgegnete Abbi fest. »Ich meine, und wenn schon. Er ist nett. Aber ich liebe ihn nicht und werde mich niemals in ihn verlieben.«

»Wie willst du das wissen. Die Liebe ist unbegreiflich. Sie kann kommen, sich entwickeln.«

»Und wenn nicht?«

»Abbi.« Seine Tonlage wurde strenger. »Ich habe es dir schon einmal gesagt. Du wirst uns keine Schande bereiten. Ich habe mit Baruchs Vater bereits alles besprochen. Baruch ist hin und weg von dir, er wird dir den Himmel auf Erden bereiten. Ich bin mir sicher, dass er das Beste ist, was dir in deinem Alter passieren kann.«

Fassungslos und wütend starrte Abbi erst ihren Vater, dann ihre Mutter an. »Das könnt ihr mir nicht antun. Mutter, bitte sag etwas. Du hast Vater doch auch geliebt.«

»Sicher, Schatz. Das habe ich. Und wir lieben dich. Wir wollen nur dein Bestes.«

Noah nickte entschlossen. »Es wird eine Hochzeit geben. So wie es sich gehört.«

Abbi sprang alarmiert auf. »Selbst wenn Baruch der letzte Mann auf der Welt wäre, ich werde ihn niemals heiraten!«

* * *

Die nächsten Tage fingen ihre Eltern immer wieder mit Baruch an, aber Abbi wehrte das Thema jedes Mal ab. Wie lange konnte sie das noch durchhalten, dachte sie. Baruch schickte ihr ständig Blumen oder Pralinen. Sie verschenkte sie an die Armen.

Bei einem ihrer täglichen Gänge über den Marktplatz zog sich Abbis Magen plötzlich zusammen. Das konnte doch nicht sein! Sie wischte sich über die Augen, blieb wie angewurzelt stehen und starrte ihn an. Johann. Er ging in zweihundert Meter Entfernung mit einer anderen Frau über den Platz. Sie liefen sehr eng nebeneinander, und das so kurz nach ihrer Trennung. Abbi, die hier wie immer ihr frisches Obst für ihre Nachmittagspause im Laden kaufte, starrte die beiden fassungslos an. Die Frau lachte, und Johann legte seinen Arm um sie und lachte auch.

Das tat er doch mit Absicht, nur um sie eifersüchtig zu machen, oder nicht? Er wusste, wie oft sie hier war. Abbis Gedanken rasten. Oder hatte er wirklich bereits eine andere? Sie musste es wissen. Unbedingt. Schnell versteckte sie sich hinter dem nächstbesten Obststand. Abbi war schon immer eine misstrauische, schnell eifersüchtige Person gewesen. Es durfte kein vorschnelles, vielleicht falsch empfundenes Gefühl werden, das sie zermartern würde.

Auf leisen Sohlen nahm sie die Verfolgung auf. Die beiden gingen lachend vor ihr her. Abbi bemühte sich, an jeder Ecke innezuhalten, zu warten, ihre Absätze nicht zu laut klackern zu lassen. Wie konnte er nur schon wieder so herzlich lachen, wo sie selbst sich so unendlich nach ihm sehnte?

Erzürnt eilte sie weiter, den beiden hinterher. Die Frau trug ein blaues Petticoatkleid und schwarze hohe Schuhe. Sie sah geschmackvoll zurechtgemacht aus, trug ihr dunkles Haar ähnlich kurz und modisch antoupiert wie Abbi. Deren Laune wurde immer düsterer. Hatte er sich einfach die nächste Mallorquinerin genommen, nur diesmal keine jüdischstämmige?

Abbi hatte es so satt, aufgrund ihrer Religion immer außen vor zu sein. Ihr Bauch tat weh, ihre Gelenke schmerzten. Oh nein, nicht schon wieder. Sie befühlte ihre Stirn. Sie fühlte sich heiß an. Fieber. So oft litt sie an diesen Fieberschüben, an denen nur die Nachfahren der zwangskonvertierten Insulaner erkrankten. Wie hatte ihr Vater das erklärt? »Dadurch, dass sie immer nur ihresgleichen heiraten dürfen, durch diese jahrelange Endogamie, hat sich diese seltene Erbkrankheit entwickelt. Das sogenannte familiäre Mittelmeerfieber. Das ›Fiebre mediterranea familiar en Mallorca‹.«

Schweißperlen sammelten sich auf ihrer Stirn, als sie weiterging, Johann und dieser Frau hinterher. Die beiden ließen sich in einem Straßencafé an der Plaza Major nieder. Ausgerechnet hier, wo sie jeder sehen konnte? Abbi war sich immer sicherer, dass dies nur ein gemeines Spiel sein konnte. Er wollte ihr wehtun, denn er wusste genau, dass sie am Markt jeden Tag einkaufte. Doch nicht mit ihr.

Gerade als sie sich umdrehen und zu ihrem Laden gehen wollte, küsste er sie. Die andere Frau. Nicht sie, Abbi. Sie sah zwar nicht genau, ob er sie auf den Mund küsste oder nur auf die Wange, direkt daneben, aber Abbis Welt geriet aus den Fugen. Ihr Kopf explodierte. Und hätte sie nicht eine Xueta-

Nachbarin in diesem fiebrigen, aufgelösten Zustand angetroffen, am Arm gepackt und mit nach Hause geschleppt, wäre sie vermutlich auf der Plaza Major laut schreiend zusammengebrochen.

Jetzt lag sie mit schmerzenden Gelenken im Bett und wurde von ihrer Mutter umsorgt. Esther wischte ihr mit einem feuchten Lappen über die glühende Stirn. »Mein Schatz, du glühst ja, es wird wieder gut.«

»Nichts wird gut, Mutter«, flüsterte Abbi. Selbst wenn es nur eine Scharade von Johann gewesen war, so hatte er sie damit so tief getroffen wie noch nie ein Mensch. Dass er so sein konnte, so gemein und lieblos. Hatte er denn gar nichts verstanden? Dass dies alles für sie kein Spiel war? Dass es etwas bedeutete, eine Xueta zu sein, dass es ein Vermächtnis war, eine Last, eine Bürde, ein Schicksal? Dass es nicht möglich war, gegen dieses jahrzehntelange Erbe anzugehen? Zumindest nicht als Frau in dieser Zeit. Auch nicht als rebellische, mutige Frau. Denn selbst die mutigste Frau musste Angst haben. Große Angst vor diesem Teufel, vor Pomade. Und selbst wenn es Pomade nicht geben würde, wenn er sich wie durch ein Wunder in Luft auflöste. Keiner würde es hier akzeptieren, keiner auf dieser Insel. Sie würde angefeindet werden, diskriminiert, schikaniert ihr Leben lang. Durfte sie das Johann antun? Ihren Eltern oder sich selbst? Hatte Johann auch nur einmal darüber nachgedacht? Abbi wälzte sich im Bett, fieberte und träumte.

Von Pomade, von Johann, von ihrem Vater. Ein wüster, schlimmer Traum. Ihre Eltern und sie standen, wie einst ihre Vorfahren, vor einem Gericht, wurden von diesem zum Tode verurteilt. Nach dem Urteilsspruch wurde ein Bild von ihnen gemalt, in einem Büßerhemd, einem Sanbenito, und mit ihren Namen versehen. Dann wurde es öffentlich im Kloster von

Santo Domingo ausgestellt, um die Erinnerung an sie, die Verurteilten, zu verewigen. So wie es so vielen der Ihren damals ergangen war. Anschließend wurden ihre Eltern, erst Esther, dann Noah und schließlich Abbi, in ihrem weißen Sanbenito an einer johlenden Menge vorbeigeführt. Mitten im feixenden Volk erkannte sie Pomade und seine Schergen, wie sie grinsend zu ihr sahen.

»Nein, nein!«, schrie sie und wachte schweißgebadet auf. Doch der Albtraum ging nicht zu Ende. Am Abend, als sie sich trotz erhöhter Temperatur in den Laden geschleppt hatte, stand Pomade plötzlich vor ihrer Schaufensterscheibe, sah sie mit glühenden Augen an. Es würde nie enden, nie.

Als Abbi am Abend aschfahl nach Hause kam, bereitete ihre Mutter gerade einen Tee zu. »Abbi, was hast du denn?«, fragte Esther und hielt ihrer aufgelösten Tochter einen Tee hin.

»Mutter«, erwiderte Abbi mit zitternder Stimme und starrem Blick.

»Ja, Liebes?«

»Mutter. Kannst du bitte Vater etwas ausrichten?«

»Ja sicher doch. Was denn, Schatz?«

»Er soll Baruch Bonnin sagen … ich werde ihn heiraten.«

Mallorca 2016

Milla trat nachdenklich und in sich gekehrt aus dem Krankenhaus, sie hatte erneut nach ihrer Mutter gesehen. Zum Glück war sie den Aussagen der Ärzte nach soweit stabil.

Elis Erzählung über ihren Großvater Baruch Bonnin, die Zwangsheirat ihrer Großmutter damals, ließ Milla nicht los. Wie musste sich die junge Abbi nur gefühlt haben, als sie vor den Traualtar trat. Milla hatte ihre Mutter am Krankenbett eben sehr vorsichtig auf Baruch Bonnin, deren Vater, angesprochen, dass ihr Eli ein wenig mehr über ihn erzählt hatte, doch Sarah wollte einfach nicht über ihn sprechen.

»Sei mir nicht böse, Liebes, du hast doch jetzt genug erfahren. Ich will nicht mehr über längst Vergangenes reden, ich lebe von nun ab nur noch im Hier und Jetzt. Das habe ich mir nach diesem Zusammenbruch geschworen«, hatte sie müde gesagt. »Es war keine besonders glückliche Ehe, ja. Aber er hat sie nie richtig schlecht behandelt, hat sie mir einmal versichert. Ich war kein Kind der Liebe, aber das sind so viele Kinder nicht. Daran kann es nicht gelegen haben, dass sie ihr Kind so gar nicht annehmen konnte.«

Milla ließ es gut sein, gab ihrer Mutter einen Kuss auf die Stirn und versprach, sie bald wieder besuchen zu kommen. Vor dem Krankenhauseingang standen wieder ein paar Raucher und qualmten. Wie konnte ihnen ihr Leben nur so egal sein?

»Milla«, hörte sie plötzlich die ihr so vertraute Stimme von Paul. Er kam eilig auf sie zu. »Oh Gott, und ich war nicht da. Wie geht es ihr?«

Milla sah ihn traurig an, erzählte ihm, was geschehen war. »Sie braucht Ruhe und hat mich gerade wieder weggeschickt, als ich bei ihr war. Du kennst sie ja, wie stur sie sein kann. Ich soll die Sonne und das Leben genießen und nicht mehr über damals nachdenken.«

»Vielleicht hat sie ja recht. Das heißt, sie ist über den Berg?«

»Na ja, es kann jederzeit wieder zu Komplikationen kommen. Sie braucht dringend einen Bypass, will sich aber erst in Deutschland operieren lassen.«

Er drückte sie an sich, doch Milla fühlte sich nicht – wie sonst immer – in Pauls starken, muskulösen Armen sofort geborgen. Bedeutete das, dass sie ihn nicht mehr liebte? Sie löste sich sanft. »Komm, lass uns einfach ein paar Schritte laufen, ich will jetzt nicht weiter reden.«

»Okay.« Seine Stimme klang irritiert.

So gingen sie schweigend den Krankenhauspark entlang. Die bunte Blumenpracht verlieh dem ganzen Leid, das im Gebäude ausgefochten wurde, ein bizarres Gesicht.

Doch dann blieb Paul stehen, sah sie plötzlich ernst und etwas unsicher an, nahm ihre Hand. »Milla, ich weiß, es ist jetzt völlig unpassend, aber ich muss dich etwas fragen. Freust du dich denn noch auf unsere Hochzeit?«, platzte es aus ihm heraus. In seinen Augen konnte sie Angst lesen.

»Natürlich«, erwiderte sie schnell. Ihr Herz klopfte. Mehr sagte sie nicht. Sie spürte, wie sich Pauls Hand ein wenig entspannte. Sie gingen weiter, und Milla versuchte, in sich hineinzuhorchen, dachte traurig an Dianas Worte, daran, dass Leandro viele Frauen liebte. Dass sie aber auch nicht aus diesem Grund bei Paul bleiben wollte, nur weil Leandro nicht mehr infrage kam.

Paul küsste sie unvermittelt aufs Ohr und flüsterte: »Ich wollte dir noch sagen, dass ich immer für dich da sein werde. Ich meine, selbst wenn mit deiner Mutter etwas sein sollte … ich meine, du hast noch mich, ich bin deine ›family‹, ja?«

»Mit meiner Mutter wird nichts sein.« Ihre Stimme zitterte.

»Ich weiß. So hab ich das auch nicht gemeint.«

»Dann sag es nicht. Lass uns in die Altstadt gehen.«

»Wohin?«

»Keine Ahnung.« Sie fühlte sich verloren.

»Ich weiß, wohin wir gehen, in den Laden deiner Großmutter.«

»Nein, nicht dorthin.« Sie würde Leandro begegnen, auf keinen Fall, noch dazu mit Paul. Aber der schien von seinem Vorschlag begeistert und ließ sich nicht abbringen.

»Doch, ich hab ihn ja noch gar nicht gesehen. Deinen neuen coolen Fiftiesladen.« Er lächelte, griff ihre Hand, hielt sie ganz fest, und Milla, die sich fühlte wie ausgelaugt, ergab sich. So liefen sie weiter durch den Park, an gelben Blumenrabatten entlang, so gelb wie die mallorquinische Sonne.

* * *

Zum Glück stand Leandro nicht vor seinem Laden wie so oft. Milla zog Paul schnell vorbei an seinem Schaufenster, doch zu spät. Von drinnen hatte Leandro, der gerade eine blonde junge Frau bediente, Milla entdeckt. Ihre Blicke trafen sich, und Milla wurde ganz heiß. Hatte er Diana wirklich so oft betrogen? Würde eine Frau wie Diana das so lange mitmachen? Sie jedenfalls nicht, dachte Milla, und sie funkelte Leandro jetzt wütend an.

Der blickte irritiert, wusste ja nicht, was Milla plötzlich gegen ihn hatte, und kam eilig heraus. »Hola, Milla.« Seine Stimme klang sanft. »Ich habe mehrmals versucht, dich zu erreichen. Wie geht es dir, wie geht es deiner Mutter?«

Pauls Miene verfinsterte sich, er rückte sein Basecap zurecht, stellte sich aufrecht hin. Er hatte versucht, sie zu erreichen? Sie checkte ihr Handy. Tatsächlich, zehn Anrufe in Abwesenheit von Leandro. Sie hatte es auf stumm geschaltet, die Anrufe nicht gehört.

»Meine Mutter sagt, sie sei nicht totzukriegen.«

»Und was sagen die Ärzte?«

»Nichts Neues. Dass Mom sich schnellstmöglich den Bypass legen lassen soll.«

»Du machst dir Sorgen, das musst du nicht.«

»Woher willst du das denn wissen?«, mischte sich Paul etwas genervt klingend ein.

»Ich fühle es.«

Milla lächelte dankbar.

Paul räusperte sich neben ihr. »Ich bin jedenfalls für dich da, Schatz, das weißt du.«

»Ja, das ist lieb von dir, danke.« Leise fügte sie hinzu: »Sie will mich nicht bei sich haben. Das ist doch seltsam von einer Mutter, oder nicht?«

»Ist es nicht«, versuchte Leandro sie zu beruhigen. »Das kenne ich von meiner auch. Immer wenn sie krank ist, scheucht sie uns alle davon. Ich glaube, es ist ein gutes Zeichen. Sie liebt dich, will dir das nicht antun. Eine kranke, nörgelnde Mutter.«

Milla lächelte. »Meinst du?«

Er nickte nun auch, sah ihr verzaubert in die Augen. Sie konnte sich seinem Blick einfach nicht entziehen. War sie ihm bereits genauso verfallen wie Diana? Würde sie alles mit sich machen lassen wie sie? Paul räusperte sich, legte besitzergreifend seinen Arm um Millas Schultern. In verletztem Ton erkundigte er sich, ob Leandros Laden denn gut laufe.«

»Er läuft hervorragend, unser Mandelkuchen ist sehr beliebt.«

»Na ja, die Lage hier in der Altstadt von Palma ist einfach optimal.«

»Das ist sie«, entgegnete Leandro, den Blick nicht von Milla wendend. »Sie ist perfekt für mich.« Dabei schien er weniger die Lage zu meinen als vielmehr Milla.

Milla störte es, wie Paul sich benahm. Vorsichtig löste sie sich aus seiner Umarmung, ging zu dem Vorhängeschloss an Großmutters Laden und versuchte, es rasch aufzuschließen. Es klemmte erneut.

»Soll ich dir helfen?«, erkundigte sich Leandro.

»Moment, ich helfe dir«, sagte Paul schnell und drängte sich vor.

»Herrjeh, jetzt hört auf, ich komme alleine klar«, entfuhr es ihr.

Verdutzt sahen die Männer sie an. So resolut kannte sie sich selbst nicht.

In dem Moment kam eine hübsche Spanierin im kurzen weißen Rock, der ihre braun gebrannten Beine betonte, auf hohen Pumps die Gasse entlanggestöckelt. Sie strahlte, als sie Leandro erkannte.

»Leandro, amor! Cómo estás?«

Milla horchte auf und verfolgte eifersüchtig, während sie an dem Schloss herumnestelte, die Konversation auf Spanisch. Tatsächlich. Die schöne Spanierin schien eine Exaffäre von ihm zu sein. Milla versetzte es einen Stich ins Herz, denn das hieße, Diana könnte recht gehabt haben.

Ich muss ihn vergessen, diesen mallorquinischen Frauenschwarm. Großmutter hätte mich vermutlich sofort vor ihm gewarnt. Von wegen, sie hat mich zu ihm geführt, was habe ich mir da nur eingeredet, verfluchte sie sich selbst. Und im nächsten Moment dachte sie daran, was Leandro gesagt hatte: Die Xuetes galten als verflucht. Es schien nie aufzuhören.

Endlich hatte sie das Schloss offen und stolperte hinein in ihren Laden. Die Zufluchtsstätte ihrer Großmutter und in diesem Moment auch die ihre.

Paul folgte ihr. »Was hat er, was ich nicht habe?«, sagte er bemüht launig. »Die Frauen scheinen wirklich auf ihn zu stehen.«

»Ich weiß nicht«, erwiderte Milla spontan.

»Jetzt sag schon, du bist doch eine Frau.« Und wieder tat er ihr leid.

»Er … Eli hat neulich gesagt, er sei sehr romantisch, vielleicht ist es das?«

Paul nickte nachdenklich und dachte offensichtlich nach.

Von draußen hörte man das launige Geplänkel der Spanierin, das Milla wehtat, im tiefsten Inneren sehr weh sogar.

* * *

»Wohin führst du mich?«

»Wird nicht verraten«, erwiderte Paul nervös und aufgedreht. Es war bereits früher Abend.

Er hatte Milla die Augen mit einem ihrer bunten Seidenschals verbunden und führte sie über weichen Sandboden. Die Sonne fing bereits an unterzugehen. Milla hörte ein paar Stimmen von deutschen Touristen.

Während Paul sie vorsichtig über den Sand führte, dachte sie an ihre Mutter, die geschlafen hatte, als sie gerade noch einmal im Krankenhaus gewesen war. Der Krankenschwester zufolge hatte es bis jetzt keine weiteren Komplikationen gegeben. Morgen früh, so nahm sich Milla vor, würde sie sofort wieder zu ihr gehen und ihr frisches Obst bringen. Die mallorquinischen Orangen schmeckten so köstlich, spritzig, sie würden sie hoffentlich schnell wieder gesund machen.

Ihre Gedanken trugen sie davon. Sie dachte wieder an ihre Großmutter, an deren Hochzeit, zu der sie Eli, ihre ehemals beste Freundin, nicht eingeladen hatte. Verständlicherweise. Da Eli sie so hatte hängen lassen. Eli hatte damals aber wohl aus Neugier herausgefunden, wo die Zeremonie stattfinden sollte, und hatte von Weitem, versteckt hinter einer Kiefer, zugeschaut. Sie hatte Abbis trauriges, resigniertes Gesicht so anschaulich beschrieben, dass es Milla jetzt noch fast das Herz zerriss. Baruch, ihr Großvater, lebte laut Eli leider tatsächlich nicht mehr. Milla hätte ihn trotz allem sehr gerne kennengelernt, vielleicht hätte er ihr noch etwas Wesentliches erzählen können. Nun gab es immerhin noch Johann als Zeitzeugen.

Aber durch den Zusammenbruch ihrer Mutter war der zweite Besuch bei Johann auf der Finca etwas ungewiss. Außerdem wusste Johann über die Zeit nach Abbis Hochzeit mit Baruch vermutlich nichts, grübelte Milla. Trotzdem wollte sie ihn unbedingt noch einmal besuchen, solange sie noch auf Mallorca war.

Was hatte Paul nur mit ihr vor? Hatte er schon wieder vergessen, dass sie keine Überraschungen mochte? Ihm zuliebe spielte sie mit.

»Vorsicht, da steht etwas«, hörte sie Pauls Stimme neben sich und spürte seine kräftige Hand, die etwas zog. Zu spät. Sie stolperte gegen das Etwas, stieß ihren großen Zeh daran.

»Autsch.« Das tat weh.

»Weil du dich einfach nicht führen lässt. Das war schon bei unserem Tanzkurs so«, neckte er sie.

»Was war das?«

»Ach, nur eine Rettungsringkiste.«

»Jetzt sag endlich, was du mit mir vorhast?«

»Das wirst du gleich sehen.«

»Wo sind wir?«

»In einer sehr hübschen Bucht.«

»Ich habe Hunger.«

»Dagegen kann ich gleich etwas tun.« Seine Stimme klang vorfreudig aufgeregt, aber auch ein wenig nervös.

Was sollte das Theater? Milla fühlte sich ausgelaugt von einem langen, anstrengenden Tag. Paul hatte sie zwar vorhin noch gedrängt, sich zu duschen und ein hübsches Kleid anzuziehen, doch am liebsten würde sie heute früh ins Bett gehen und schlafen. Die Luft kühlte deutlich ab, und es wurde immer dunkler.

»So, jetzt sind wir da. Warte bitte einen kurzen Moment.«

Milla nahm wahr, wie er sich von ihr entfernte, hörte etwas

rascheln und das mehrmalige Zünden eines Feuerzeugs. Immer wieder. »Was soll das wohl werden«, dachte sie, und eine leise Ahnung beschlich sie.

»Kann ich den Schal jetzt abnehmen?«

»Ich helfe dir.« Behutsam streifte er ihr den Schal vom Gesicht. Milla musste blinzeln, da die Sonne gerade wie ein orangefarbener Feuerball am Horizont stand, und dann sah sie es: Paul hatte ein großes Herz aus brennenden Teelichtern und roten Blütenblättern in den Sand gelegt, stellte sich nun mitten hinein und sah sie unsicher lächelnd an. Ein paar Touristen, die sich am Strand befanden, lächelten und machten mit ihren Smartphones Fotos von dem brennenden Herzen. Milla fühlte sich unwohl, überrumpelt.

»Milla. Siehst du, auch ich bin romantisch, in mir steckt mehr, als du denkst.« Er kämpfte ganz offenbar um sie.

»Das weiß ich doch.« Oh mein Gott, was hatte sie da vorhin nur gesagt. Das war nicht die Art von Romantik, die sie meinte. Zumindest jetzt nicht mehr, seit sie Leandro kannte. Leandro brauchte keine Rosenblätter und Kerzen wie in einem kitschigen Film. Es waren seine Worte, was er sagte und wie er es sagte. Voller Leidenschaft, Sehnsucht und tiefem Gefühl. Seine Sicht auf das Leben und die Liebe. Plötzlich wurde Milla klar, wie gut ihr das alles an diesem Kerl gefiel. Dass sie auf der anderen Seite Pauls lässige, lockere Art auch sehr mochte, aber dass sie sich insgeheim nach großen Gefühlen, nach der alles infrage stellenden Liebe sehnte. Wie ihre Großmutter damals. Und selbst wenn Leandro nicht der Richtige war, dann wünschte sie sich so einen Mann.

Milla ahnte plötzlich, was Paul vorhatte, und ihr wurde abwechselnd heiß und kalt. Sie brachte keinen Ton hervor, sodass Paul denken musste, sie sei völlig überwältigt.

Er lächelte jetzt, wenn auch etwas sicherer, und es sprudelte aus ihm hervor: »Milla, warum noch länger warten, ich frage dich einfach hier und jetzt noch einmal, auf Mallorca, auf dieser coolen Insel: Willst du meine Frau werden?«

Milla starrte ihn an. Die Welt stand still. Sie hörte, wie Paul weiter redete, hörte, wie das Meer weiter plätscherte. »Wir können uns die Papiere sicher schicken lassen und noch hier ganz spontan heiraten. Milla, denk dran, was deine Ma gesagt hat. Wir sollen nur noch im Hier und Jetzt leben.«

Mit weit geöffneten Augen blickte Milla zu den Touristen, die sich mit ihren Handys zum Fotografieren einfach dreist um sie herum gruppiert hatten.

Sie lächelten vorfreudig, als sei es das Normalste der Welt. Als müsse jede Frau Ja sagen, wenn sie gefragt wurde. Mit Rosenblättern in Herzform im Sand. In Milla fing es an zu rebellieren. Ja, sie wollte nur noch im Hier und Jetzt leben, und sie wollte eine Wahl haben. Anders als ihre Großmutter, konnte sie sich freien Herzens für oder gegen einen Bräutigam entscheiden, und diese Freiheit würde sie sich nicht nehmen und sich nicht unter Druck setzen lassen.

»Paul«, fing sie leise an, räusperte sich, da ihre Kehle trocken wurde. »Mir geht es gerade wirklich nicht gut. Wegen meiner Ma, wegen dem allen, was ich bisher über meine Familie herausgefunden habe … ich … ich fürchte, ich kann das jetzt gerade nicht.«

Zutiefst enttäuscht sah er sie an. Die Touristen zogen betreten von dannen, einer rief sogar »buh«.

Paul starrte ihm sauer hinterher, wandte sich dann getroffen an Milla. »Wie meinst du das, Milla? Jetzt oder generell nicht? Also, mich nicht?« Er wagte sich vor, an den Rand der Klippe.

»Ich … weiß im Moment gar nichts mehr. Bitte, sei mir nicht böse, es ist einfach der falsche Zeitpunkt.«

»Okay, wenn du das sagst.«

»Entschuldige bitte, du hast dir so viel Mühe gegeben.« Die Flammen der Teelichter flackerten im Wind. Milla fror, und sie fühlte sich schlecht, blickte in den dunklen Himmel. Wieder war da diese kleine, flauschig wirkende Wolke, kaum sichtbar am dunklen Firmament. Was hatte Großmutter geschrieben? Sie solle auf ihr Herz hören, nur den Richtigen heiraten. Und solange sie nicht hundertprozentig wusste, wer das war, heiratete sie niemanden. Basta.

Aber Paul tat ihr unendlich leid. Ein paar Touristen sahen immer noch peinlich tuschelnd herüber. Paul kniete sich nieder, um die Kerzen auszupusten und die Teelichter und Blütenblätter einzusammeln. Milla kniete sich zu ihm. »Bitte, Paul, es tut mir so schrecklich leid, lass mir ein wenig Zeit, ja? Du bist toll, so wie du bist …«

Er versuchte ein Lächeln. »Mach dir keinen Kopf, ich stecke das weg. Zumindest, wenn es ›nur der falsche Zeitpunkt‹ war.«

Milla lächelte erleichtert, nahm seine Hand in die ihre, hauchte einen Kuss darauf. »Ich würde jetzt hier gerne alleine sein, wäre das okay für dich?«

»Natürlich. Aber hier alleine am Strand im Dunkeln?«

»Nur ein Stündchen. Noch ist es nicht ganz dunkel. Ich möchte mir den Sonnenuntergang anschauen, es sind genug Touristen hier.«

»Wir sind aber zusammen mit dem Mietwagen hierhergekommen, wir müssen zusammen fahren.«

»Was, ach … nimm du ihn. Dort hinten ist eine Bushaltestelle. Ich nehme den letzten Bus.«

»Den Bus?«

»Ja, es wird schon noch einer fahren, ansonsten rufe ich mir ein Taxi. So weit ist es ja nicht nach Palma rein.«

»Ich weiß nicht … du hast doch so großen Hunger gehabt.«

»Im Moment würde ich keinen Bissen hinunterkriegen. Ich verhungere schon nicht.«

»Na gut. Aber ich. Ich brauche jetzt ein Steak oder so etwas. Wir sehen uns morgen früh und frühstücken irgendwo zusammen, ja?«

»Sehr gerne. Hoffentlich tut dir in diesem Hostelbett nicht wieder der Rücken weh.«

»Na ja, und wenn schon.«

»Holst du mich morgen früh zum Frühstück ab? Danach fahren wir zusammen zu Mom ins Krankenhaus und dann zu Johann, in Ordnung?«

»Geht klar. Milla, du bist eine Wahnsinnsfrau. Zumindest für mich. Und du bist noch aufregender geworden in diesen paar Tagen auf Mallorca.«

»Geht das überhaupt?«, scherzte sie und knuffte ihn. Er knuffte lächelnd, aber immer noch sichtlich traurig zurück.

»Nein. Eigentlich nicht. Bis morgen früh. Ich lass dir aber noch meine Jacke da. Ist ja wirklich frisch geworden jetzt.«

»Danke, das ist lieb. Bis morgen früh.«

Sie küssten sich sanft auf den Mund. Dann hängte Paul ihr die Jacke vorsichtig um die Schultern und ging, die Rosenblätter und Kerzen in einem Beutel tragend, den Strand entlang in Richtung Mietwagen. Milla blickte ihm traurig hinterher. Sie fühlte sich schlecht, aber auch irgendwie befreit. Seufzend setzte sie sich in den kühlen Sand, sah aufs Meer. Was hatte sie da nur angerichtet? Konnte man so eine Abfuhr überhaupt je wiedergutmachen? Würde ihr Paul das jemals verzeihen?

Milla sehnte sich plötzlich nach ihrer Mutter. Sie kramte ihr Handy hervor, versuchte, sie anzurufen, doch es meldete sich keiner. Sie versuchte es auf der Station. Eine Krankenschwester nahm ab, versprach nachzusehen. Kurz darauf teilte sie Milla mit, dass Sarah Stendal bereits schliefe. Tief und fest, Milla sollte sich keine Sorgen machen.

Sie hatte gut reden. Milla hatte das Gefühl, dass das Verhältnis zu ihrer Mutter bereits deutlich besser geworden war, dass auch die Herzattacke etwas bewirkt hatte. Ihre Mutter war zwar noch so stur wie seit jeher, aber sie hatte so viel milder und einfühlsamer geklungen. Milla hatte ihre beiden Flüge nach Sarahs Herzattacke sofort verschoben. Mit horrenden Umbuchungsgebühren zwar, aber es half ja nichts. Ihre Chefin und Freundin Tine verstand das zum Glück und wollte das Atelier während ihrer Myomentfernung dann eben schließen. Milla dachte an Tine, die so eine Angst vor dieser Operation hatte, und bedauerte sehr, nicht bei ihr sein und Händchen halten zu können, wie sie es im Normalfall getan hätte. Sie hoffte so sehr für Tine, dass sie nach der Operation noch Kinder bekommen konnte, ihr großer Traum. Und sie selbst? Wollte sie Kinder, und vor allem, von wem? Sie war bereits Mitte dreißig, und wenn sie sich tatsächlich gegen Paul entscheiden sollte, konnte es durchaus sein, dass sie sich nicht so schnell wieder verlieben würde. Nicht so Hals über Kopf wie in Leandro, diesen Herzensbrecher. Milla seufzte auf. Was aber wäre, wenn sie ihm unrecht täte? Wenn es nicht stimmte, was Diana behauptet hatte? Milla zog ihre Knie enger an ihren Körper, um sich zu wärmen. Sie wusste gar nichts mehr.

Melancholisch dachte Milla an ihre Großmutter, die ihre große Liebe Johann hatte gehen lassen müssen. An ihre Mutter, die ihren Mann, Millas Vater, so früh verlor. Vielleicht war es das Schicksal der Frauen in ihrer Familie, die große Liebe zu finden, aber nicht leben zu dürfen?

In dem Moment ertönte ein Piepen von ihrem Handy. Eine SMS. Leandro schrieb: »Wo bist Du? Ich muss Dich sehen.«

»Ich Dich aber nicht«, tippte sie spontan zurück und schickte es los, ehe sie es sich anders überlegen konnte.

»Was ist los? Du bist so anders?«, kam sofort die Antwort.

»Nichts«, schrieb Milla, lehnte sich zurück und betrachtete die Sonne, die sich gerade wie ein glutroter Feuerball aufs Meer zu legen schien. Von wegen »nichts«, dachte sie. So viel wie in diesen paar Tagen war in ihrem ganzen bisherigen Leben nicht geschehen.

Zuerst antwortete er nicht mehr. Ein paar Minuten später doch wieder: »Was hat Dir Diana erzählt?«

Woher wusste er, dass sie mit ihr gesprochen hatte, wunderte sich Milla. Sie wollte schon tippen: dass du ein Hallodri bist. Stattdessen schrieb sie: »Alles.«

Das klang dramatisch, es gefiel ihr. Sofort piepte ihr Handy erneut. »Diana lügt. Sie ist verletzt. Ich muss Dir etwas Wichtiges über Deine Großmutter erzählen.«

Dieser Schuft. Er wusste genau, wie er sie kriegen konnte, ärgerte sich Milla und verriet ihm, innerlich seufzend, wo sie steckte. Dann tippte sie noch: »Bring Alkohol mit.«

Keine halbe Stunde später stand er da, zog eine Rotweinflasche und einen Korkenzieher aus seiner Umhängetasche, breitete eine Wolldecke aus, legte ihr eine zweite über die Schultern und setzte sich wortlos neben sie. Wie umsichtig von ihm. Er roch frisch geduscht und nach Aftershave, wirkte jedoch angespannt. Trug wieder ein schwarzes Hemd, eine schwarze Lederjacke, eine dunkelblaue Jeans.

»Milla. Was hat Diana dir erzählt?«, fragte er leise.

»Das ist doch völlig egal. Sag lieber, was du mir über Großmutter sagen willst? Das war nur vorgeschoben, habe ich recht?«

Er sah sie an, beugte sich zu ihr, hauchte in ihren Nacken: »Dass du deiner Großmutter immer ähnlicher wirst, wollte ich dir sagen.« Er lächelte leidenschaftlich. »Du wirst immer selbstbewusster, immer mutiger …«

»So ein Schwachsinn«, unterbrach sie ihn wütend. Wütend, dass sie doch wieder auf ihn hereingefallen war. Wütend, dass sie es wusste und ihn trotzdem sehen wollte.

Er öffnete die Rotweinflasche mit einem Plopp, zauberte zwei Weingläser aus seiner Umhängetasche und goss ein. Wie stilvoll.

»Wirklich, du bist mutiger geworden, eine kleine Rebellin. Weil: andernfalls würdest du jetzt mit Paul hier im Sonnenuntergang sitzen und Wein trinken.« Er reichte ihr ein Glas, blickte sie dabei intensiv an.

Ertappt sah sie ihn von der Seite an, nahm das Glas und anschließend einen großen Schluck. Der mallorquinische Rotwein schmeckte voll und üppig. Leandro hatte recht. Noch vor ein paar Tagen hätte sie nicht den Mut besessen, Nein zu sagen, ohne zu wissen, was die Zukunft bringen würde. Sie hätte den Halt gebraucht, die Sicherheit, das Gefühl der Geborgenheit und Gewohnheit. Nun fühlte sie sich zwar ein bisschen wie ein aus dem Nest gestürztes Küken, doch sie merkte, dass es gar nicht so schwer war, sich das Fliegen selbst beizubringen.

Der rote Feuerball am Horizont versank gerade im Meer. Die letzten Touristen verließen die kleine Bucht. Bald waren sie ganz alleine. Milla legte unbewusst ihre Arme um sich, wie um sich zu schützen, doch sie ahnte, dass es ihr nicht helfen würde.

»Dir ist kalt. Kein Wunder. Weißt du was, dort drüben ist eine Hütte von einem Freund. Er ist der Barkeeper in dieser Strandbar da drüben und wohnt im Sommer oft in der Hütte. Ich weiß, wo der Schlüssel versteckt ist.«

Es klang verlockend, abenteuerlich. Milla spürte den Wein, der ihre Sinne vernebelte. »Ich weiß nicht.«

»Was auch immer Diana dir gesagt hat, es ist nicht wahr.

Sie ist verletzt, und das tut mir sehr, sehr leid, aber... sie hat kein recht, Unwahrheiten über mich zu verbreiten.«

»Da steht jetzt Aussage gegen Aussage.« Wieder nahm sie einen Schluck Wein. Sie vertrug nicht viel. Hatte sie noch nie.

»Das stimmt. Aber dann hör einfach auf deinen Bauch, auf dein Herz.« Wieder sah er ihr tief in die Augen. Und sie konnte seine Sehnsucht, seine Liebe und Nähe in ihrem ganzen Körper spüren.

»Manchmal muss man Dinge erst ausprobieren, um zu wissen, ob es etwas für einen war«, dachte sie. »Verdammt, diese Augen, wenn er mich jetzt küsst, ist es um mich geschehen.«

Seine Lippen näherten sich ihrem Mund, als habe er sie gehört. Milla konnte sich dieser Magie nicht mehr entziehen, sie schloss ihre Augen, vielleicht, um nicht sehend in ihr Unglück zu rennen, und da spürte sie seine vollen Lippen auf den ihren. Erst berührte er sie nur ganz zart, küsste sie sanft und zärtlich, dann immer wilder und leidenschaftlicher. Milla gab sich ihm hin, das Leben genießend, den Moment, den Augenblick, das Hier und Jetzt. Über ihnen funkelten die Sterne, sie spürte den Sand, seine Lust und Zärtlichkeit, seine bedingungslose Liebe.

Milla hielt einen Moment inne, doch dann beschloss sie, es zu genießen, einfach nur glücklich zu sein, das, was ihre Großmutter damals nicht durfte. »Lass uns in diese Hütte gehen.«

* * *

Nackt und fröstelnd wachte Milla am nächsten Morgen in aller Frühe auf einem harten, einfachen Bett auf. Durch die Bretter der Hütte schien die Sonne, tauchte das Innere in ein beinahe magisches Licht. Was hatte sie getan? Ihre Kleider lagen verstreut auf dem Holzboden der Hütte herum. Leandro lag nackt neben ihr, eine karierte Wolldecke lag über seiner Blöße.

Schockiert und plötzlich stocknüchtern rieb sie sich die Augen und sah sich um. Sein Freund hielt offenbar nicht viel von Ordnung. Mehrere Stapel Cola- und Bierdosen standen in der Ecke, auf dem kleinen Tisch standen noch leere gebrauchte Weingläser. Ach nein, die gehörten ja Leandro.

Leandro atmete ruhig, sein braun gebrannter nackter Körper sah schön aus, so friedlich, entspannt. Milla musste sich zwingen, wegzusehen, ihr Blick wanderte immer wieder zu ihm. Rasch schnappte sie ihren Slip, ihren BH, ihr Kleid, all das, was ihr Leandro gestern Nacht so gewandt ausgezogen hatte, und schlüpfte hinein. War sie denn von allen guten Geistern verlassen? Hatte der Wein ihre Sinne komplett vernebelt? Alkohol konnte sie noch nie gut vertragen, doch dass er sie so willenlos und leidenschaftlich werden ließ, war ihr neu. Was nur sollte sie Paul gleich sagen, mit dem sie zum Frühstück verabredet war? Und was, wenn sie schwanger war? Oh mein Gott. Hatten sie überhaupt ein Kondom benutzt? Milla konnte sich beim besten Willen nicht mehr daran erinnern. Die Leidenschaft und der Alkohol hatten ihr komplett den Verstand geraubt.

Und das mit diesem mallorquinischen Frauenhelden! Verzweifelt und fassungslos über sich selbst, fuhr sie sich durch ihre verknoteten Locken. So unvernünftig kannte sie sich nicht, was hatte diese Insel nur mit ihr gemacht? Fieberhaft suchte Milla ihre roten Sandalen, entdeckte sie neben dem Bett. Und das alles an diesem Strand, wo Paul ihr gestern noch einen romantischen Heiratsantrag mit Kerzen und Blütenblättern gemacht hatte.

Doch es war wunderschön gewesen, so schön und leidenschaftlich, mit so viel Nähe, so viel Lust und Liebe, wie sie es – ehrlich gesagt – lange nicht oder überhaupt noch nie erlebt hatte.

Milla wollte sich gerade davonschleichen, da wurde Leandro wach. Zu spät. Er blinzelte, sah sie verträumt an und lächelte. »Guten Morgen«, hauchte er. »Nachts wird es zu dieser Jahreszeit noch ganz schön kalt. Ich hoffe, du hast nicht gefroren?« Er setzte sich auf, immer noch nackt.

»Ein bisschen.«

»Komm her, ich wärme dich.«

»Nein.«

»Milla. Du bist wunderschön, weißt du das überhaupt? Ich glaube fast, du weißt es nicht.«

»Ist es das, was du jeder Frau am nächsten Morgen sagst?« Sie sprang auf, konnte ihre Wut, ihre Wut über sich selbst, nicht mehr zügeln.

»Nein, das sage ich nicht zu jeder. Was soll das, du bist etwas ganz Besonderes für mich!«

Er stand auf, nackt, wie Gott ihn geschaffen hatte, ging zu ihr, sah sie eindringlich an. »Du bist die Frau, nach der ich mein ganzes Leben lang gesucht habe! Mit der ich die nächsten fünfzig Jahre verbringen will.«

»Die nächsten fünfzig nur?«, rutschte Milla heraus.

Er lächelte, sein charmantes, hübsches Lächeln. Dann wurde er wieder ernst. »Bitte, Milla, ich weiß, es ist nicht leicht, du willst Paul nicht wehtun. Aber ist es denn fair, wenn du ihn nicht hundertprozentig liebst?«

»Woher willst du wissen, dass es so ist?« Doch ihre Worte, nach dieser letzten Nacht, hallten höhnisch wider. Sie hörte eine Möwe kreischen.

»Milla, mach es bitte nicht kaputt, das, was nicht jeder Mensch erleben darf. Das, was deine Großmutter nicht leben durfte.«

»Hör sofort auf! Lass Großmutter aus dem Spiel.«

»Es tut mir leid. Bitte, ich will doch nur … gib uns eine Chance, gib mir eine Chance.«

Sie wehrte seine Hand ab, die die ihre fassen wollte. »Lass.

Ich muss zurück, zu Paul, zu meiner Mutter ins Krankenhaus. Paul macht sich sicher schon Sorgen.«

Leandro ließ sie los. »Ich denke, er schläft in diesem Hostel?«

»Ja, schon. Aber er wollte mich zum Frühstücken abholen und dann mit mir ins Krankenhaus.«

Sie zog ihr Handy aus ihrer Handtasche. Mit zittriger Hand. Hoffentlich hatte es bei ihrer Mutter über Nacht keine Komplikationen gegeben. Sie sah darauf. Erst sieben Uhr. Ein wenig atmete sie auf. Wenigstens schien es ihrer Mutter nicht schlechter zu gehen, und Paul konnte sie noch gar nicht vermisst haben.

»Kannst du mich bitte zu meiner Ma fahren?« Sie musste weg hier.

Ihre Hände zitterten, als sie auf der Vespa hinter ihm saß und ihre Arme um ihn schlang. Bei dem Gedanken, was sie heute Nacht getan hatte, zog sich ihr Herz zusammen.

* * *

»Mom, wie geht es dir heute?« Besorgt betrachtete Milla ihre Mutter, die mit geschlossenen Augen blass und klein inmitten der weißen Laken lag. Sie hatte Paul eine SMS geschrieben, dass sie erst allein zu ihrer Mutter wollte und ihn dann zum Brunchen treffen würde.

Sarah schlug müde die Augen auf und blinzelte. Als sie Milla erkannte, lächelte sie. »Ganz gut, Schatz. Wie oft soll ich es noch sagen: So schnell wirst du mich nicht los.«

»Das würde ich dir auch nicht raten.«

Sarah lächelte liebevoll, so wie es Milla von ihrer Mutter früher nicht kannte. »So eine kleine Nahtoderfahrung sollte übrigens jeder einmal mitmachen«, fuhr Sarah fort. »Ich habe zwar bei dieser Herzattacke am Strand keinen weißen Tunnel oder irgendwelche Engel oder gar einen Teufel mit Klumpfuß gesehen, aber ich habe gemerkt, dass ich an dir … und an meinem kleinen tristen Leben hänge.«

Milla fühlte sich so unendlich erleichtert. »Mom, dein Leben muss nicht trist sein. Das liegt in deinen Händen.«

»Wie wahr, mein Schatz.«

»Du hast dich in deiner Wohnung und hinter deiner Käsetheke ein bisschen zu sehr verkrochen, kann das sein?«, neckte sie ihre Mom übermütig.

»Sag mal, wie redest du denn mit mir?« Sarah lächelte.

Milla lächelte auch. Sie fühlte sich plötzlich ganz leicht und unbeschwert. »Entschuldige, aber es ist doch so. Findest du nicht?«

Sarah schien nachzudenken, wiegte den Kopf. »Verkriecht sich nicht jeder hinter irgendetwas? Oder auf dem Sofa? Weil es da so schön warm und gemütlich ist?«

»Stimmt, aber man verpasst dabei ein bisschen das Leben.«

»Milla, du strahlst ja so von innen heraus. Ist heute Nacht etwas vorgefallen?«

Ertappt blickte Milla zu Boden. Das Linoleum des Krankenhausbodens hatte ein Muster aus verschiedenen Sprenkeln, sodass man den Dreck nicht sehen konnte.

»Milla?«

Seufzend blickte sie ihre Mutter an. »Na ja«, begann sie und hielt inne. Noch nie hatte sie mit ihrer Mutter über so intime Dinge geredet.

»Na ja was?« Ahnungsvoll und mühsam setzte sich ihre Mutter auf.

»Mom, darfst du das denn überhaupt, mit den ganzen Kabeln?«

»Natürlich, ich muss doch meinen Kreislauf wieder in Schwung bringen. Also? Ich höre?«

Aufgewühlt sah Milla ihre Mutter an, fühlte sich wie das kleine Kind, das getröstet werden will. Wo fing sie bloß an? »Also, es ist so ... Paul hat mir noch mal einen Heiratsantrag gemacht.«

»Noch mal? Wieso das denn? Hat er vielleicht doch ein schlechtes Gewissen, hatte er doch eine andere?«

»Was ...? Nein, hatte er nicht. Er hat nur Gitarrenunterricht genommen, bei einer Kollegin. Als Überraschung für mich, für unsere Hochzeit.«

»Ah, und wo ist dann dein Problem?«

»Er ... also Paul hat gestern Abend eine Spontanhochzeit am Strand organisiert. Mit Rosenblättern und Kerzen. Er hat wohl gemerkt, dass ich etwas für Leandro empfinde. Beziehungsweise empfunden habe.« Milla merkte, wie sie sich in ihrer Erzählung verhedderte.

»Tust du das nicht mehr?«

»Nein ... doch ... keine Ahnung. Seine Ex hat mich vor ihm gewarnt, dass er ein Frauenheld sei und mir das Herz brechen würde, und jetzt weiß ich gar nichts mehr.«

»Seine Ex.« Es war keine Frage. Sarah lächelte. »Ach, mein Schatz, glaub niemals verletzten, verlassenen Frauen. Ich weiß, wovon ich rede.«

»Wie meinst du das?«

»Ich habe ein ähnliches Märchen auch einmal einer Nachfolgerin erzählt. Es ist lange her. Und ich schäme mich dafür.« Verblüfft betrachtete Milla ihre Mutter. »Wir sind alle nicht perfekt«, sagte ihre Mutter leise. »Männer auch nicht.«

»Doch, Paul schon. Aber vielleicht nicht für mich. Ich weiß es einfach nicht.«

Sarah sah ihre Tochter liebevoll an. »Dann find es heraus.

Oder lass dich endlich auf diesen Leandro ein, du hast nur das eine Leben.«

Milla seufzte. »Ich ... habe mich heute Nacht auf ihn eingelassen. Am Strand. In einer Hütte.«

»Wie wunderbar.« Sarah klatschte lächelnd in die Hände. So locker nahm sie es?

»Ja, es war wunderbar. Aber Mom, ich hab jetzt so eine Angst, dass ich ... wir haben nicht verhütet.«

»Oh weh. Na ja. Wäre das denn in deinem Alter jetzt so schlimm?«

»Es wäre vielleicht vom Falschen. Zumindest, wenn es doch stimmt, was Diana sagt.«

»Vielleicht aber auch nicht. Zumindest wäre es nicht so tragisch wie bei meiner Mutter damals«, sagte Sarah nachdenklich. »Heutzutage kann man auch alleine ein Kind großziehen.«

Milla hakte neugierig nach, spürte, dass jetzt der richtige Moment war, um nachzufragen. »Eli hat mir von der Hochzeit deiner Mutter berichtet. Aber alles danach wusste sie natürlich nicht. Weil sie sich zerstritten hatten. Also, Eli hat mit ihr gebrochen.«

»Ja.« Sarah seufzte und dachte nach. »Mutter hat mir einmal von ihrer Heirat erzählt. Und der Zeit danach. Da war ich schon sechzehn, und sie hatte panische Angst, ich könnte schwanger werden, von meinem damaligen Freund.«

Mallorca 1956/57

Die letzten Gäste hatten das Hochzeitsfest verlassen. Abbi wartete auf Baruch, der sein Whiskyglas begierig austrank. Sie hatte kurz sogar mit Baruch getanzt, sich wirklich bemüht.

Ihre Furcht vor dem, was jetzt kommen würde, war grenzenlos. Baruch bedeutete ihr angeheitert, vorzugehen, um sich frisch zu machen, er werde im Schlafzimmer auf sie warten. Sie hatten die Wohnung seines Bruders bekommen, der im Moment in Israel weilte. Vorübergehend, bis das frisch vermählte Ehepaar, das junge Glück, in Palma eine passende Bleibe gefunden hätte.

Abbi ging in ihrem Brautkleid rasch vor, betrat das schlecht geputzte Bad eines Junggesellen, sah sich angeekelt um. Ein schwarzes Haar lag im Waschbecken, die Badewanne zeigte einen grauen Rand. Dann wanderte ihr Blick zum Spiegel. Sie sah ihr Gesicht, den weißen Schleier, den sie zurückgesteckt hatte, und ihr wurde schlecht. Sie sah eine unglückliche Braut. Dabei sollte es doch der schönste Tag in ihrem Leben werden. Sie konnte es nicht tun, aber sie wusste, Baruch würde es von ihr verlangen.

Sie spürte sich nicht. So fing sie an, sich auszuziehen, hielt inne. Der Bräutigam wollte sicher der Braut das Hochzeitskleid selbst ausziehen, dachte sie. Sie wusste es nicht. Sie fühlte sich naiv. Naiv und dumm. Wie hatte sie ihn nur heiraten können? Wie konnte es nur so weit kommen? Doch dann sah sie wieder Pomades dunkle, funkelnde Augen vor sich. Sie dachte an Flucht, daran, Johann aufzusuchen, mit ihm durchzubrennen. Sofort kam ihr wieder der Anblick von Johann und dieser Frau auf dem Marktplatz in den Sinn, wie er mit ihr lachte, wie übermütig und frei er schien ohne sie.

Frei.

Ihre jüdischen Wurzeln hatten sich wie Lianen um ihre Beine gewickelt, hielten sie fest umschlungen, gefangen. Bei lebendigem Leibe. Sie verfluchte Pomade, seine Schergen, alle engstirnigen Menschen dieser Welt.

»Abbi? Bist du so weit?«, hörte sie Baruchs Stimme aus dem Schlafzimmer. Er klang bereits ein wenig ungeduldig.

»Gleich!«, rief sie zurück. Gleich würde er sich nehmen, was ihm als Ehemann zustand. Verzweifelt dachte sie an ihr erstes Mal mit Johann, wie zärtlich und einfühlsam er gewesen war. Voller Liebe.

»Abbi? Jetzt komm endlich.« Baruch hatte Musik aufgelegt, die sie einstimmen sollte, doch die Übelkeit blieb.

Abbi atmete durch, wusste, sie könnte nicht ewig in diesem Bad ausharren, schloss die Tür endlich knarzend auf.

Baruch hatte sich bereits ausgezogen, lag im weinroten Morgenmantel, mit nackter behaarter Brust auf dem Bett und lächelte sie angetrunken an.

Abbi schluckte, versuchte ein Lächeln, doch es misslang. Baruch klopfte einladend mit der Hand auf die Bettseite neben sich. Er hatte auf dem Fest eindeutig zu viel getrunken, Abbi hoffte, dass es wenigstens schnell gehen würde und er danach sofort einschliefe. Da hatte sie eine Idee. Vielleicht würde sie es ja schaffen, ihn vorher schon zum Einschlafen zu bringen. Indem sie viel mit ihm plauderte.

In ihrem Hochzeitskleid legte sie sich steif neben ihn auf das Bett und fing sofort an, ihm alle möglichen Fragen zu stellen. Wie er die Feier fand, ob er gut gegessen habe, ob er ihre Eltern schon lange kenne und so fort.

Baruch antwortete anfangs noch bereitwillig und nett, doch dann wurde es ihm zu viel. Er beugte sich ohne Vorwarnung über sie, zog sie an sich und erklärte, sie plappere ein wenig zu viel, das habe sie doch bisher nicht getan. Bevor sie antworten konnte, verschloss er ihren Mund mit dem seinen. Sie roch seinen Atem, der nach Alkohol und Zigarren stank, spürte kurz darauf seine dicke, nasse Zunge. Sie bemühte sich, ihren Brechreiz zurückzuhalten, da fasste er auch schon ihre Brüste an. Er knetete sie ungelenk, zog dann das weiße Kleid hoch.

Abbi wehrte sich nicht, lag einfach nur da und versuchte, an etwas Schönes zu denken. Die blühenden Mandelbäume kamen ihr in den Sinn, ihre Finca, ein Leben in Freiheit.

Endlich ließ er ab von ihr und fragte sie stolz lächelnd, ob ihr ihr erstes Mal gefallen habe?

Fassungslos sah sie ihn an. »Hat dich das auch nur eine Sekunde interessiert?«, fauchte sie. Da war sie wieder, die alte Abbi, die ihren Mund nicht halten konnte. Endlich.

Baruch runzelte wütend die Stirn, drehte sich um und schlief schnarchend ein.

Abbi stand auf, ging ins Bad und musste sich übergeben.

Am nächsten Morgen lag Baruch nicht mehr neben ihr. Abbi war froh darüber.

Die nächsten Wochen schlief Abbi unruhig neben ihm, doch er berührte sie nicht mehr.

Eines Morgens wurde ihr übel. Sie stand auf, rannte ins Bad und musste sich abermals übergeben. So ging das die nächsten Tage. Sie befühlte ihren Bauch, der praller war als sonst, ebenso ihre Brüste, die voll und dick aufblühten, als müssten sie bald Milch geben. Baruch hatte das sofort an ihrem Kleid gemerkt, das um die Brust spannte. Er schickte sie zu einem Frauenarzt, einem alten Freund seiner Familie. Der untersuchte sie und schnaubte mit seiner langen Nase.

»Sie bekommen ein Kind.« Mehr sagte er nicht.

Abbis Kreislauf brach zusammen, sie wurde ohnmächtig. Ihre schlimmsten Befürchtungen waren wahr geworden.

Erst als sie ein Klopfen auf der Wange spürte und ein übel riechendes Tuch ihre Nase kitzelte, kam sie wieder zu sich und hörte kurz darauf Baruchs Stimme aus dem Nebenzimmer. Sie hatten ihn gerufen, den Ehemann, um seine bewusstlos gewordene Frau abzuholen. Was für ein stolzes Gesicht machte

Baruch, als er in Begleitung des Arztes hereinkam. Abbi wandte sich ab, versuchte verzweifelt, ihre Tränen zurückzuhalten.

»Komm mit«, befahl Baruch. »Von nun an wirst du nicht mehr in deinem lächerlichen Laden arbeiten.«

* * *

»Hecheln, Sie müssen hecheln!«, fuhr die teigige Hebamme mit den dünnen braunen Haaren die schweißnasse Abbi an.

»Ich hechele doch!«, schrie diese so laut, dass es vermutlich die ganze Nachbarschaft hören konnte. Sie wohnten inzwischen in einer eigenen Wohnung inmitten der Altstadt von Palma. Abbi hatte sich durchgesetzt. Bis vor ein paar Wochen war sie – wenn auch schon hochschwanger – in ihrem Laden gestanden, was zu einem riesigen Streit geführt hatte. Baruch hatte sich die gesamte Schwangerschaft über nicht sonderlich für ihr Wohlbefinden interessiert. Stattdessen vergrub er sich hinter seinen Büchern. Der große Verleger, der mit keinem Wort mehr ihr Kochbuch erwähnte, an dem sie in ihrer Schwangerschaft so fleißig weitergeschrieben hatte.

Kurz vor der Geburt musste Abbi nach einigen Bemerkungen der Kundschaft und der Einheimischen einsehen, dass sie in diesem Zustand nicht weiterarbeiten konnte. Zumindest nicht, wenn sie ihre Kunden nicht missmutig stimmen oder gar für immer vergraulen wollte. So übergab sie ihren Laden die nächsten Wochen einem jungen Mann, der studierte. Schon bald nach der Geburt wollte sie aber weiterarbeiten. Mit Baruch hatte sie darüber nicht gesprochen. Mehr mangels Gelegenheit, denn Baruch hielt sich abends lange im Verlag oder in seiner Lieblingsbar auf. Immer öfter kam er betrunken nach Hause, und wehe, Abbi kam ihm mit ihrem losen Mundwerk dazwischen.

Abbi schloss sich dann immer schon schnell im Gästezimmer ein, in dem sie ihr Quartier aufgeschlagen hatte. Baruch schien diese Tatsache nicht zu stören. Hauptsache, die anderen bekämen von den Zuständen in ihrer Ehe nichts mit. Nun, zur Geburt, hatte sie aber zurück ins Ehebett gemusst, denn was sollte die Hebamme sonst denken oder der Arzt.

»Pressen! Jetzt pressen Sie doch.« Die dicken Hände der Hebamme schoben Abbis Rock hoch, um zu sehen, wie weit sie war.

»Wenn Sie nicht sofort den Mund halten… ich presse doch!«, rief Abbi unter Schmerzen. Unter Schmerzen, die so groß waren, so unermesslich groß.

»Jeder bekommt im Leben das, was er verdient«, kamen ihr die Worte ihres Vaters in den Sinn. Er hatte es vor vielen Jahren gesagt, noch vor Rachels Tod. Damals dachte Abbi viel darüber nach. Hatte es Rachel verdient zu sterben? Was hatte sie denn getan? Sie war getötet worden, weil sie jüdisch aussah. Hatten es alle der Ihren verdient, Schmerzen zu erleiden, gequält oder getötet zu werden? In ihrem Delirium der Wehenschmerzen ging das Abbi durch den Kopf. Dieses Kind in mir ist schuld an diesem Schmerz.

Wieder durchfuhr sie eine Wehe. Sie fühlte sich, als ob sie von einer Welle erfasst, mitgerissen und gegen eine Klippe geschleudert werden würde. Sie ging unter, ertrank beinahe, schluckte Wasser und kämpfte sich wieder nach oben. Da endlich schien es voranzugehen.

»Jetzt geben Sie noch mal alles, ich sehe schon das Köpfchen.«

Abbi hatte alles gegeben, sie hatte nichts mehr zu geben und wollte es auch nicht. Doch obwohl sie keine Kraft mehr besaß zu pressen, ging es jetzt von alleine. Das Kind wollte hinaus, wollte leben, Luft. Doch als die Hebamme es herauszog, war es blau angelaufen und atmete nicht. Abbis Herz stand still.

»Das hat ja so kommen müssen!«, rief die Hebamme und patschte mit ihren wurstigen Fingern auf das glitschige Etwas. Da ging ein Ruck durch das Kind, es atmete und schrie so laut, wie Abbi noch nie ein Baby hatte schreien hören. Oder kam es ihr nur so vor? Die Hebamme drückte es an ihren Busen, wiegte es, doch das Kind schrie.

Oh mein Gott, dachte Abbi. Wenn das kein ruhiges Kind ist, jagt mich Baruch aus dem Haus. Selbst in diesem Moment dachte sie dabei nur an die Schande für ihre armen Eltern, an ihre arme Mutter mit ihren Herzproblemen.

Stolz verkündete die Hebamme, dass es ein Mädchen sei, eine ganze Xueta, um genau zu sein. So stolz, als habe sie gerade dieses Wesen zur Welt gebracht, als habe ihr dieses Kind all diese Schmerzen zugefügt.

Eine Xueta, durchfuhr es Abbi. Dann wird es ihr so ergehen wie Rachel – oder wie mir. Sie spürte nichts, außer Müdigkeit und Erschöpfung, und schlief ein.

Aus dem Albtraum wachte sie nicht mehr auf. Das Kind schrie viel, und Baruch trieb sich noch mehr in Bars und Etablissements herum.

Eines Nachmittags, eine Woche nach der Geburt, betrachtete Abbi ihr Kind in der Wiege, als sei es eine Puppe. Sie hatte ihm immer noch keinen Namen gegeben. »Das Kind«, »die Kleine« hatten sie es genannt.

»Welcher Name passt bloß zu dir?«, sprach sie leise und bewegte die Wiege ein wenig. Baruch machte Druck. Das Kind brauchte einen Namen, einen jüdischen Namen, was sollten die Leute denken.

Na gut, dachte sich Abbi. Ein jüdischer Name musste her. Aber einer, der weltoffen klang. Als ihr Vater mit dem Vorschlag »Sarah« ankam, nickte sie. »Warum nicht, Vater. Wenn er dir gefällt.«

»Abbi, was ist mit dir? Sie ist dein Kind! Sieh sie dir an, sie hat deine Augen.«

»Ich weiß, Vater. Aber das ist auch das Einzige.« Sie konnte es keinem sagen.

Abbi wollte am liebsten nach ein paar Wochen wieder in ihren Laden, dieser häuslichen Enge und Eintönigkeit entfliehen, doch sie musste bitter einsehen, dass dies mit einem schreienden Säugling nicht ging. Baruch wollte ihr partout keine Haushaltshilfe zur Verfügung stellen, da eine Ehefrau und Mutter für den Haushalt zuständig sei. Ihre Mutter, Esther, bot sich zwar ab und zu als Hüterin der Kleinen an, doch da Sarah die Brust verlangte, blieb Abbi angebunden, in Ketten. Denn im Souvenirladen ein Kind zu stillen, in der Öffentlichkeit, war einfach undenkbar.

Auf die schmalen Einkünfte ihres Ladens, den Baruch bei jeder Gelegenheit schlecht machte, konnte er gerne verzichten, sagte er, als sie eines Morgens das Thema wieder einmal aufs Tapet brachte. Er, der große Verleger, der seine Karriere vorantreiben konnte, fernab von Haus und Herd. Wieder einmal verstand Abbi die Frauen ihrer Zeit nicht, wie diese ihr tristes Hausfrauendasein so ohne Widerworte ertrugen.

Ihre Eltern machten sich Sorgen um sie, das bemerkte sie, doch sie konnte nichts dagegen tun. Ihre Mutter hatte abgenommen, wirkte kurzatmig. Es war das Herz. Abbi tat deshalb alles dafür, nach außen hin so zu wirken, als sei ihr Leben in Ordnung, als lebte sie eine normale Ehe.

Doch Abbis Ehe fühlte sich nicht normal an. Eher wie ein Gefängnis mit unsichtbaren Gitterstäben, ein Martyrium. Baruch nahm sie nicht mehr wahr. Er lebte sein Leben, zu dem sie und das Kind nicht gehörten. Er hatte sich einen Sohn gewünscht, mit einem Mädchen konnte er nichts anfangen. Zumal mit so einem lauten Mädchen, das, wie man hörte, nach seiner Mutter kam.

Abbi zog sich immer mehr in sich zurück. Sie hatte nichts mehr von Johann gehört. Dabei dachte sie jeden Tag an ihn. Jede Stunde, Minute, Sekunde. Während sie für Baruch die Hemden bügelte, träumte sie sich in ihre gemeinsame Finca, an ihren Strand, in Johanns Arme, um alles zu verdrängen, alles.

Abbi hatte Johann zuletzt gesehen, als sie mit Baruch zwei Tage nach ihrer Hochzeit über die Plaza Major geschlendert war. Johann hatte ihr plötzlich gegenübergestanden, hatte erst sie, dann den Mann an ihrer Seite angestarrt und mit tieftraurigen Augen gesagt: »Herzlichen Glückwunsch. Deine Freundin Eli hat mir erzählt, dass du geheiratet hast.«

»Eli?«, brachte Abbi nur tonlos hervor. Deshalb hatte er sich nicht mehr gemeldet. Eli, zu der sie keinen Kontakt mehr hatte, kannte Abbis Nachbarin und bekam von dieser bestimmt immer alles brühwarm erzählt. Abbi hätte gern noch etwas zu Johann gesagt, aber Baruch zog sie mit einem Ruck besitzergreifend mit sich.

»Wer war das?«, wollte Baruch spröde wissen.

»Ach, niemand«, antwortete Abbi schnell. Ihre Knie zitterten.

An diesen Blick von Johann dachte sie immer wieder. Wieso sah er so enttäuscht aus? Schließlich war er es gewesen, der sich nach ihrer Trennung sofort wieder vergnügte.

Es ließ sie nicht los. Hatte sie einen Fehler begangen? Den Fehler ihres Lebens? Nein, ganz bestimmt nicht. Eine Ehe mit Johann hätte es nie geben dürfen. Ihr Vater hätte dieser Verbindung niemals zugestimmt.

Immer wenn die Gedanken besonders schwer wurden und

das Kind wieder stundenlang schrie, schnappte sie sich die Kleine, setzte sie in den Kinderwagen und schob sie zu ihrem Laden. Die Aushilfe machte ihre Sache ganz gut. Ihr kleiner Laden gab ihr Trost, das Gefühl, doch irgendwie frei zu sein, auch wenn sie selbst ihn gerade nicht führen durfte, noch nicht.

Eines Tages, als die kleine Sarah wieder einmal schrie, bis sie blau anlief, stürmte Abbi mit ihr im Kinderwagen hinaus auf die Straße. Was hatte das Kind nur? Spürte es vielleicht, wie gefangen ihre Mutter sich fühlte? Wie leblos, wie einsam und allein? Abbi hatte keine Kraft für dieses kleine Wesen, sosehr sie sich auch bemühte. Bei einem dieser Spaziergänge mit dem schreienden Kind kam ihr plötzlich Pomade entgegen. Abbis Beine versagten beinahe. Er schien verblüfft zu sein über die Tatsache, dass Abbi inzwischen Mutter war. Sein Ohr war schlecht verheilt.

Etwas merkwürdig sah er sie an, seine dunklen Augen flackerten. »Endlich weißt du, was deine Bestimmung ist. Hausfrau und Mutter, das ist sie«, zischte er.

»Das kann nicht alles sein«, konterte Abbi mit zittriger Stimme. »Geh mir aus dem Weg.« Und all das Schreckliche, das ihr durch ihn widerfahren war, kam wieder hoch wie Lava aus einem Vulkan. Sie schob den Kinderwagen panisch voran, sodass er ein wenig über Pomades Fußspitze holperte.

»Miststück!«, rief er ihr nach. Aber Abbi ging es ein klein wenig besser.

Dieser wiedergewonnene kleine Respekt vor sich selbst wurde allerdings am Abend von Baruch gleich wieder zunichtegemacht.

»Wo sind meine Pantoffeln?«, schrie er angetrunken durch die Wohnung.

»Da, wo du sie liegen gelassen hast«, erwiderte Abbi rebellisch. Sofort musste sie es büßen.

»Wenn du mir noch einmal Widerworte gibst, du teuflisches Weib, dann schlage ich dir den Verstand aus dem Leib!«, drohte er, und eine Alkoholfahne wehte zu ihr herüber.

»Wage es nicht«, sagte sie leise.

Es schien ihn zu provozieren, denn er erhob die Hand, und ehe Abbi sich's versah, sauste seine große, knochige Hand auf ihre Wange, und Abbi, die damit nicht gerechnet hatte, wurde zur Seite geschleudert. Dabei prallte sie mit dem Kopf gegen die Wand. Es schmerzte und blutete.

Fassungslos sah sie ihn an, bemerkte seinen anfangs schockierten, dann aber wollüstigen, befriedigten Blick und rannte hinaus. Die Sterne funkelten am Himmel, aus dem geöffneten Kinderzimmer hörte man das Gebrüll der kleinen Sarah bis auf die Straße.

Zutiefst verzweifelt hielt sich Abbi an der Häuserwand fest, tupfte sich mit einem Taschentuch das Blut ab. Was mache ich nur, dachte sie, und die Tränen standen ihr in den Augen. Was, wenn er das Kind schlägt? Denn man hörte nun, wie Baruch in seiner Hilflosigkeit das Kind anbrüllte, endlich aufzuhören. Vermutlich schüttelte er es. »Hör auf, hör endlich auf!«

Sofort rannte Abbi nach oben zurück.

So vergingen die Wochen, und Baruch rutschte noch einmal die Hand aus, doch Abbi hielt sie kraftvoll fest. Er winselte alkoholisiert, dass es nie wieder vorkommen würde, dass Abbi es ja niemandem erzählen dürfe, denn ein gebildeter Mann wie er hatte einen Ruf zu verlieren. Abbi sagte es keiner Menschenseele, vergrub es in ihrem Herzen, wo es zu einem riesigen schmerzenden Klumpen wurde, bis dieser eines Tages kurz davor stand, zu platzen wie eine dicke Eiterblase. Baruch hatte sie nicht mehr geschlagen, aber die eisige Stimmung im Hause, die Respektlosigkeit, fühlte sich schlimmer an als jeder Schlag.

Ich muss hier weg, flüsterte sie zu Sarah, die inzwischen schon krabbeln konnte. Wir müssen weg. Der Plan gedieh in ihr, und Abbi knapste von dem spärlichen Haushaltsgeld, das Baruch ihr wöchentlich auszahlte, immer ein wenig ab. Ihre ganzen früheren Einnahmen aus ihrem Laden hatte er als ihr Ehemann einkassiert.

Sie wollte es ihren Eltern sagen, dass Baruch sie geschlagen hatte, damit sie Abbi verstünden und nicht zornig werden würden. Sie wollte bei ihnen Unterschlupf finden, denn sonst wusste sie nicht, wohin mit diesem unruhigen Kind. Gerade als sie ihr Köfferchen gepackt und ihre wichtigsten Habseligkeiten aus der Wohnung darin verstaut hatte, kam eine Nachbarin ihrer Eltern aufgeregt zu ihr.

»Abbi, komm schnell, deinem Vater geht es gar nicht gut.«

»Was? Was ist denn, was hat er?«

»Ich weiß es nicht, der Herr Doktor ist gerade bei ihm.«

Abbi versteckte ihr Köfferchen im Kleiderschrank, sodass Baruch keinen Verdacht schöpfen konnte, wenn er zurückkam. Dann setzte sie Sarah auf ihre Hüfte und eilte der Nachbarin mit der Kleinen hinterher.

Ihr Vater lag aschfahl in seinem Bett und sah ihr traurig und schwach entgegen. »Abbi, Liebes, es steht nicht gut um deinen alten Vater.«

»Bitte sag so etwas nicht, Vater, was ist mit dir?«

»Ich kann nicht mehr laufen.«

»Bitte was?!« Entsetzt eilte sie an sein Bett, setzte Sarah auf dem Boden ab und nahm seine Hand.

»Ich hatte einen kleinen Schlaganfall. Aber ich hatte Glück. Sprechen kann ich noch, nur meine Beine und mein linker Arm sind gelähmt.«

»Oh mein Gott, aber … aber das kann doch wieder vorbeigehen?«

»Der Doktor sagt, es ist eher unwahrscheinlich.«

Abbi dachte fieberhaft nach. Ihr Vater, der noch mitten im Leben stand, sollte ab jetzt hilfs- und pflegebedürftig sein?

»Das ist wohl ein Zeichen. Ich werde die Kanzlei an einen Jüngeren übergeben. Wir werden schon über die Runden kommen.«

»Was heißt hier über die Runden kommen, du hast doch gut verdient?«

»Eine Zeit lang ja. Aber nach der Sache mit Rachel … es ging dann wieder, aber nun das mit dir …«

Schockiert sah Abbi ihn an. »Was meinst du ›mit mir‹?«, flüsterte sie ahnungsvoll.

Er blickte traurig und sagte leise: »Glaub nicht, wir hätten es nicht mitbekommen. Ausgerechnet ein Deutscher, Abbi. Wie konntest du uns das antun?«

Ihr Herz stand still. »Habt ihr deshalb, ich meine, hast du deshalb etwa weniger Mandanten gehabt?«

»Natürlich. Du weißt doch, wie die Leute sind. Aber dann hat ja alles einen guten Weg eingeschlagen. Du bist verheiratet mit einem guten Mann.«

Schwach drehte er sich zur Seite. Abbi schluckte entsetzt. Sie konnte ihm in diesem Zustand nicht sagen, wie spröde und abweisend Baruch geworden war. Baruch, der anfangs so einfühlsame, gebildete Verleger.

»Abbi«, hörte sie die Stimme ihrer Mutter hinter sich. Esther winkte sie zu sich her. Abbi nahm das Kind hoch und folgte ihrer Mutter wie in Trance in die Küche. Setzte Sarah wieder ab.

»Abbi«, fing Esther vorsichtig an. »Ich fürchte, es steht nicht gut um uns.«

»Vater sieht schlecht aus«, bestätigte Abbi.

»Das meine ich nicht.«

»Was meinst du dann?«

Esther wischte ihre bemehlten Hände an ihrer geblümten Hausfrauenschürze ab und zögerte. Dann gab sie sich einen Ruck. »Dein Vater hat von einigen Mandanten keine Gelder bekommen.«

Fassungslos setzte sich Abbi auf einen Stuhl. So dreist konnten die Leute sein? »Und er hat sich nicht dagegen gewehrt?«

»Nein.« Esthers Stimme wurde sanft. »Er ist einfach zu gut für diese Welt. Es hat ihn sehr aufgeregt. Aber du weißt ja. Sie reden. Und schikanieren uns. Vater hatte keine Kraft mehr, sich zu wehren.«

»Verstehe. Und alles wegen mir.«

»Ach Kind.«

Mehr sagte sie nicht. Abbi starrte die kleine Sarah an, die auf dem Boden saß und sie mit ihren dunklen Kinderaugen anstarrte. Sie kam ihr so fremd vor, so unsagbar fremd.

»Abbi, könnte uns Baruch vielleicht … es ist mir sehr unangenehm, aber … könnte uns Baruch vielleicht, jetzt, wo Vater nicht mehr arbeiten kann, ein wenig unterstützen?«

Abbi schluckte und nickte sofort. »Natürlich, Mutter. Ich meine, ich rede mit ihm. Ich hoffe, dass es geht.« Das hieß, sie musste bleiben. Bei ihm.

Sie starrte auf Sarah, die sich gerade eine Erbse, die auf den Küchenboden gekullert war, in das rechte Ohr stopfte. Abbi reagierte nicht, dafür ihre Mutter. »Sarahschatz, nein! Aus!«

Esther bückte sich rasch zu ihrer Enkelin und nahm ihr gerade noch rechtzeitig die Erbse aus dem Ohr. Dann wandte sie sich an Abbi, die immer noch wie versteinert auf diesem Küchenstuhl saß.«

»Kind, wieso bist du denn so zu der Kleinen?«

»Wie bin ich denn?«

Esther sagte nichts mehr, streichelte ihrer Tochter nur liebevoll über die Schulter und seufzte.

In Abbi reifte eine Idee. »Ich will euch auch unterstützen, Mutter. Mit meinem Laden kann ich ein wenig dazuverdienen. Wenn du in der Zeit auf Sarah aufpassen könntest? Was meinst du?« Sie brauchte Abstand zu ihrem Kind.

Esther überlegte einen Moment. »Ein Kind gehört doch zur Mutter.«

»Bitte.« Ihre Stimme klang eindringlich, fast verzweifelt.

»Na gut«, seufzte Esther leise. »Wenn dein Mann es auch so will.«

Hoffentlich, dachte Abbi, dann könnte sie wenigstens wieder in ihren Laden, einfach raus.

Baruch klang alles andere als begeistert von der Tatsache, die Schwiegereltern unterstützen zu müssen. Er gestattete Abbi, wieder zu arbeiten, damit er nicht ganz so viel zahlen musste für seine lästige angeheiratete Verwandtschaft. An dem Kind hing er nicht besonders, es war nur ein schreiendes Mädchen.

Abbi atmete durch. So konnte sie immerhin ein paar Stunden jeden Tag fliehen, an ihren Zufluchtsort, ihren Laden.

Mallorca 2016

In sich gekehrt ging Milla durch die Gassen Palmas, vorbei an Souvenirläden, Bistros, Cafés. Wie gut, dass Großmutter ihren Laden hatte, dachte Milla. Sie durfte ihn wirklich auf keinen Fall verkaufen. Die Erzählung über die Ehe mit Baruch klang schrecklich. Dennoch fühlte Milla, dass dies allein nicht der

Ursprung sein konnte, dass Abbi ihr Kind nicht hatte lieben können. Es musste noch mehr dahinterstecken, bloß was?

Vor dem Straßencafé, in dem sie sich mit Paul verabredet hatte, setzte sich Milla in die Sonne und wartete auf Paul. Ein Liebespaar am Nebentisch küsste sich zärtlich. Milla sah weg, sie konnte ihn nicht mehr hinauszögern, den Moment, Paul gegenüberzusitzen, ihm verschweigend, dass sie mit Leandro geschlafen hatte. Milla fühlte sich schäbig, voll schlechten Gewissens, aber auch aufgedreht und lebendig.

»Guten Morgen, oder besser gesagt, guten Mittag«, erklang seine vertraute Stimme in ihrem Rücken. Sie holte ein wenig Luft, drehte sich um und lächelte ihn entschuldigend an. Er hatte gestern diesen romantischen Heiratsantrag organisiert, wie musste sich der Arme nur fühlen.

Sie stand auf, umarmte ihn. »Paul, es tut mir so unendlich leid wegen gestern.«

Sofort glänzte ein Hoffnungsschimmer in seinen Augen. Oh nein, er hatte es doch nicht falsch verstanden?

Sie löste sich schnell. »Ich meine, im Moment passiert so viel in meinem Leben, ich will den Kopf einfach komplett frei haben, wenn ich heirate. Verstehst du?«

»Ich denke schon.«

Da war er wieder, ihr unkomplizierter, gutmütiger Paul. Der sie immer verstand, egal, wie verdreht es in ihr gerade zuging. Eine Seele von Mensch.

»Allein, dass ich jetzt von meinen jüdischen Wurzeln weiß. Mom hatte recht, es spielt eine Rolle. Es ist der Ursprung von allem in unserer Familie. Es ist eine große Verantwortung. All das Leid meiner Vorfahren. Wir, die Nachkommen, müssen es hinaustragen in die Welt. Ich weiß bloß noch nicht, wie.«

Sie setzten sich, er nahm ihre Hand. »Ich bin ja auch noch da«, sagte er leise. »Ich werde es unseren Kindern und Enkelkindern erzählen. Und vielleicht kann Dave, du weißt schon, der vom Tennis, der arbeitet doch bei einer Zeitung, mal einen Artikel drüber machen.«

Überwältigt sah sie ihn an, und für einen Moment gab es nur noch sie beide. Doch dann holte die Erinnerung an die gestrige Nacht am Strand sie wieder ein. Milla machte sich vorsichtig von ihm los und schlug vor, etwas zu essen zu bestellen. Sie nahm die Karten zur Hand, gab ihm eine.

»Gerne. Wie geht es deiner Mutter?«

»Zum Glück wieder besser. Das Ganze scheint wirklich etwas mit ihr gemacht zu haben. Hoffentlich bleibt das«, fügte sie lächelnd hinzu.

»Ganz bestimmt. Du weißt ja, sie ist stur.« Er lachte. »Weißt du übrigens, was ich vorhin zufällig gelesen habe?«

»Erzähl.«

»Die Regierungen in Madrid und Lissabon sehen heute in der damaligen Entscheidung ihrer Königshäuser, die jüdische Bevölkerung zu vertreiben, einen ›historischen Irrtum‹. Sie wollen es wiedergutmachen, auch wenn das natürlich nicht geht. Spanien und Portugal haben letztes Jahr den Nachkommen der Vertriebenen angeboten, die spanische oder portugiesische Staatsangehörigkeit beantragen zu können. Zusätzlich natürlich.«

»Ach, da schau her. Spät, aber immerhin. Es ist ein tolles Zeichen.«

»Das ist es. Hast du Lust auf Fisch?«

Da piepte ihr Handy. Oh nein, bitte lass es nicht Leandro sein. Sie hatte es nicht ausgemacht, falls etwas mit ihrer Mutter sei. Sie zog ihr Handy heraus und schaute darauf. Ah, von Mom. »Die Untersuchung lief gut. Habe mich selbst entlassen, wo bist Du? Zeigst Du mir die blühenden Mandelbäume? Können wir zwei alleine da hin?«, las sie tonlos.

»Das gibt's doch nicht.« Entsetzt starrte Milla auf das Display.

»Sei doch froh, wenn sie sich gut fühlt …«

»Wenn sie sich gegen den Willen der Ärzte entlässt, heißt das nicht, dass es ihr gut geht.«

»Sie ist erwachsen. Es ist ihr Leben.«

Milla dachte nach. »Würde es dir etwas ausmachen, wenn ich mit Mom alleine zu Johann fahre?«

»Natürlich nicht. Ich erkunde ein bisschen die Insel. Es gibt so viele traumhafte Ecken auf Mallorca. Ich wäre gerne einmal in den Fünfzigerjahren hier gewesen. Als alles noch so natürlich und ursprünglich war.«

»Und ich erst.«

Während Milla ihrer Mutter schrieb, wo sie sich befand und ob sie sie irgendwo abholen solle, versenkte Paul seine Nase in der Speisekarte.

»Mmhm, mallorquinischer Stockfischauflauf. Oder Rotbarben auf mallorquinische Art.«

Wieder kam eine SMS. Diesmal von Leandro. »Vermisse Dich. Unendlich.« Millas Bauch zog sich zusammen.

»Und, was schreibt deine Ma? Sollst du sie holen? Dann warte ich mit dem Bestellen.«

»Äh, was? Sie kann sich noch nicht entscheiden, du kennst sie ja.«

Paul nickte lächelnd. »Du kommst schon sehr nach ihr. Entscheiden ist auch nicht gerade deine Stärke.«

Wenn er wüsste, wie sehr er den Punkt getroffen hatte.

* * *

»Mom, wieso hast du dich einfach selbst entlassen?«

»Weil ich mich sehr gut fühle und weil du jetzt eine Ausrede hast, den Tag nicht mit Paul verbringen zu müssen.« Sie lächelte stolz über diesen Schachzug. Sarah hatte sich mit dem Taxi hierherfahren lassen, und Paul, da sie mit dem Essen fertig waren, ließ Mutter und Tochter alleine. Milla lächelte ihre Mutter dankbar an.

»Und weil ich dir endlich beistehen will, Schatz, bei deinen Nachforschungen, ich will unbedingt mit zu Johann. So lange habe ich dich alles alleine machen lassen. Auch deine ganzen Hochzeitsvorbereitungen, ich schäme mich so, Milla.«

»Oh nein, Mom, das musst du nicht. Ich freue mich, dass du jetzt da bist. Das zählt. Obwohl es mir lieber wäre, wenn du noch in der Obhut der Ärzte geblieben wärst.«

»Wer weiß, wie lange ich noch lebe. Und da ich nicht weiß, wie viel Zeit mir noch bleibt, möchte ich jetzt dieses einzigartige Wunder, dieses Meer an Mandelbäumen sehen. Und den Mann kennenlernen, den meine Mutter so geliebt hat. So oft, wie sie von ihm gesprochen hat, glaube ich, diese Liebe zu ihm hielt ihr Leben lang. Und das ist wirklich selten. Zwischen deinem Vater und mir, das war auch etwas sehr Besonderes. Aber das Schicksal hat ihn mir ja leider viel zu früh genommen.«

Milla schluckte. Die Liebe ihrer Eltern war ähnlich stark? Selbst das hatte sie bisher nicht gewusst.

»Und du?«, fragte ihre Mutter vorsichtig. »Du hast Paul noch nichts gesagt von deiner Nacht mit Leandro?«

»Nein.« Millas schlechtes Gewissen brach sofort wieder hervor.

»Gut so.«

»Gut so? Also ich finde das überhaupt nicht gut.«

»Aber ich.« Sarah lächelte wieder. Sie gingen gemeinsam zum Mietwagen, Milla hakte ihre Mutter ein, um sie zu stützen.

»Milla, ich glaube, ehrlich gesagt, nicht, dass du nach

einem Mal schwanger bist. Ich finde es nicht schlimm, dass du die Nacht mit ihm verbracht hast. Du bist jung und musst es herausfinden. ›Drum prüfe, wer sich ewig bindet‹, heißt es doch. Und an diesen ganzen alten Sprüchen ist immer etwas Wahres dran. Von den Alten kannst du etwas lernen«, scherzte sie weiter. »Auf jeden Fall, wie du es nicht machen solltest.«

Wie gut gelaunt ihre Mutter plötzlich war, freute sich Milla insgeheim. Und wie offen, auch Leandro gegenüber. Sie hatte ja recht. Milla, die sich im Gegensatz zu ihrer Großmutter frei entscheiden konnte, welchen Mann sie heiraten wollte, sollte diese Wahlfreiheit nutzen. Hoffentlich war sie wirklich nicht schwanger, denn das würde diese Freiheit enorm einschränken.

Der Himmel schien blau, die Sonne strahlte. Im Wagen stellte Milla das Radio an, und es lief *La Bamba* von Los Lobos. Die Laune der beiden Frauen stieg immer mehr, bis sie sogar zusammen mitsangen, so gut sie den Text eben konnten. So ausgelassen und fröhlich kannte Milla ihre Mutter überhaupt nicht, und sie versuchte, diesen kostbaren Moment in ihrem Innern für immer festzuhalten.

Doch je näher sie Santa Maria kamen und je mehr weiße und zartrosa blühende Mandelbäume ihren Weg säumten, umso ruhiger, ergriffener und nachdenklicher wurden die Frauen. Was würden sie von Johann über ihre Familie noch erfahren, fragte sich Milla. Würde dieser alte Mann, der von ihr gehört hatte, dass die Liebe seines Lebens gestorben war, überhaupt noch mit ihr reden wollen?

Milla lenkte den Wagen die bergige Anhöhe hinauf, von Weitem sah man bereits die Finca im mallorquinischen Stil.

»Sieh, Mom, das ist die Finca, die er für Großmutter damals gekauft und hergerichtet hat, ist sie nicht wunderschön?«

»Oh ja.« Sarah wirkte sichtlich überwältigt, und Milla

hatte das Gefühl, dass noch mehr Blumen als das letzte Mal blühten. Gelbe, rote und lilafarbene. Der beginnende Frühling entfaltete sich in seiner ganzen Pracht.

»Dass er ihretwegen hierher zurückgekommen ist auf seine alten Tage … das ist wirklich entzückend«, überlegte Sarah laut und setzte die Sonnenbrille auf. »Wieso nur nicht Jahre zuvor? Baruch, mein Vater, ist doch schon lange tot, sie wäre frei gewesen …« Sarah holte ihren roten Lippenstift heraus und zog nachdenklich ihre Lippen nach.

»Es muss etwas zwischen ihnen gestanden haben, was wir noch herausfinden werden«, erwiderte Milla entschlossen. »Jedenfalls scheint Großmutter dann doch ein sehr liebenswerter Mensch gewesen zu sein, Mom. Wenn er sie so sehr und über Jahrzehnte hinweg liebte.« Milla blickte Sarah von der Seite an.

»Für ihn war sie liebenswert, auf jeden Fall«, sagte diese leise, aber weit weniger bitter als früher.

Milla parkte den Wagen, sie stiegen aus.

»Sieht irgendwie aus, als ob keiner hier ist.«

»Oh nein, hoffentlich ist er, nachdem er von ihrem Tod erfahren hat, nicht sofort wieder nach Deutschland oder sonst wohin zurückgereist«, kam Milla plötzlich in den Sinn.

»Das ist er nicht«, hörten sie plötzlich auf Spanisch eine männliche Stimme in ihrem Rücken. Milla und ihre Mutter drehten sich um. Ein etwa sechzigjähriger Spanier mit dunklen, lockigen Haaren lächelte sie an. In der Hand hielt er eine leere Holzkiste.

Irgendwo hatte sie diesen Mann doch schon gesehen, überlegte Milla. Bloß wo? Sarah schien ihn sofort zu erkennen, redete charmant auf Spanisch mit ihm. Da fiel es Milla wieder ein. Beim Anblick ihrer flirtenden Mutter. Er hatte die Mandeln geliefert, in Leandros Café. Der nette Mandellieferant.

Jesús Fernández Jiménez mit seinen dunklen Augen. Arbeitete er hier? Für Johann?

Milla schaltete sich neugierig ein. »Entschuldigung, aber was meinten Sie bitte damit? Kommt Johann, ich meine natürlich, Herr König, kommt er gleich zurück?«

»Ich denke schon. Zumindest wollte er nur kurz zum Arzt. Ein Rezept abholen. Ich habe ihm unseren alten Arzt im Ort empfohlen.«

»Ist er krank?«, wandte sich Sarah sofort besorgt an ihn.

»Nicht, dass ich wüsste. Irgendetwas zur Beruhigung wollte er, hat er gesagt.« Das bedeutete, der Tod von Abbigail hatte ihn sehr mitgenommen. Kein Wunder.

»Arbeiten Sie hier?«, fragte Milla neugierig nach.

»Ja, ich kümmere mich schon seit Jahren um den Mandelanbau hier. Zuvor meine Eltern, die gleich da drüben wohnen. Herrn König habe ich erst vorige Woche kennengelernt. Bisher hatten wir nur telefoniert. Er hat mir von Deutschland aus immer Anweisungen gegeben.« Nachdenklich fügte er hinzu: »Er hat wohl all die Jahre auf eine Dame gewartet, haben mir meine Eltern erzählt. Deshalb wollte er, dass hier immer alles wunderschön aussieht. Meine Eltern hätten ihn sofort informieren sollen, wenn sie käme. Aber sie ist wohl nie erschie-nen.«

»Verstehe. Er hat auf meine Großmutter gewartet. Señora Fuster.«

»Ach.« Jesús schien sichtlich überrascht. »Señora Fuster, die den Laden neben Leandro hatte?«

»Genau die.«

Er nickte etwas sentimental. »Diese Insel ist manchmal wirklich klein.«

Und manchmal riesengroß, dachte Milla. So groß, dass zwei Liebende einfach nicht zusammenkommen können. Milla blickte die blühenden Pflanztröge an. Wie traurig. All die Jahre hatte Johann die Finca mitsamt ihren Mandelbäumen bewirtschaften lassen. Stets in der leisen Hoffnung, dass Abbi irgendwann doch noch zu ihm zurückkehren würde.

Milla merkte, dass die Kräfte ihrer Mutter schwanden. »Mom, wie geht es dir? Soll ich dich wieder ins Krankenhaus fahren?«

»Auf keinen Fall«, erwiderte diese, etwas peinlich berührt, dass Jesús von ihrem kleinen Schwächeanfall etwas mitbekommen hatte.«

»Wollen Sie sich auf die Veranda setzen und hier auf Herrn König warten? Ich könnte Ihnen drüben bei mir eine Thermoskanne Tee machen und hierherbringen.«

»Das wäre ganz reizend.« Sarah lächelte ihn an und ließ sich erschöpft auf die Bank auf der Veranda sinken. Milla setzte sich neben sie, während Jesús eilig in Richtung seiner Finca verschwand, die rechts neben Johanns Anwesen lag.

Der Blick, der sich vor Milla hier von der Veranda auftat, war schlichtweg überwältigend. Blühende Mandelbäume, so weit das Auge reichte, in der Ferne das Meer.

Sarah schien ebenso beeindruckt von dieser Blütenpracht, ihre Miene wurde ganz weich. »Wie wunderschön es hier ist.«

In dem Moment klingelte Millas Handy. Eine ihr unbekannte Nummer, sie ging ran. Am anderen Ende der Leitung meldete sich eine Krankenschwester aus der Seniorenresidenz *Es Castellot*. Ob sie mit Frau Milla Stendal spreche?

»Ja, das bin ich«, erwiderte Milla verwundert.

»Ich soll Ihnen von Bescha Baum etwas ausrichten. Sie erinnern sich doch an Frau Baum?«

Milla hatte die grazile jüdische Tänzerin natürlich nicht vergessen. »Selbstverständlich, wie geht es ihr?«

»Leider nicht gut. Sie ist jetzt auf unserer Palliativstation, wenn Sie verstehen?«

»Oh ja, das tut mir sehr leid.«

»Und sie möchte Sie gerne noch einmal sprechen. Sie möchte Ihnen etwas Wichtiges erzählen, hat sie gesagt. Sind Sie noch auf Mallorca?«

»Ja, das bin ich.«

»Kommen Sie gleich vorbei?«

»Jetzt sofort?«

»Ich fürchte, sonst könnte es zu spät sein. Ihre Stimme ist schon sehr schwach.« Betroffen bestätigte Milla, sich umgehend auf den Weg zu machen.

»Was ist los?«, wollte ihre Mutter wissen, als Milla traurig aufgelegt hatte und vor sich hin sah.

»Bescha Baum, die betagte Jüdin aus der Seniorenresidenz, Großmutters letzte Freundin, ich habe dir doch von ihr erzählt …«

»Ja, ja, und?«

»Sie liegt im Sterben und möchte mir noch etwas Wichtiges mitteilen.«

Erschrocken starrte Sarah sie an. »Was könnte das sein?«

»Ich hoffe, ich werde es noch erfahren.«

»Dann beeil dich, Milla. Ich warte hier so lange auf dich.« Milla zögerte. »Willst du nicht lieber mitkommen, und danach ruhst du dich im Hotel aus?«

»Nein. Jesús ist doch gleich wieder bei mir. Bei ihm fühle ich mich sicher. Jetzt fahr endlich. Wir werden die Zeit schon herumkriegen, bis du wieder da bist. So lange wird es ja nicht dauern.«

Milla zögerte noch einen Moment. Konnte sie ihre Mutter, die eigentlich ins Krankenhaus gehörte, hier in dieser Einöde einfach zurücklassen? Aber Milla blieb keine Wahl. Sie musste sich beeilen, um zu hören, was Bescha ihr noch so kurz vor ihrem Tode Wichtiges zu sagen hatte.

10. Kapitel

Milla rannte zu ihrem Mietwagen, versuchte zitternd, den Schlüssel ins Schloss zu stecken, und schaffte es endlich, den Wagen zu starten.

So kurz vor ihrem Ziel durfte jetzt nichts mehr dazwischenkommen. Bitte, Bescha, halte durch. Wieso hatte sie ihr nicht gleich davon erzählt, bei ihrem letzten Besuch, fragte sich Milla. Es musste ein schreckliches Geheimnis sein.

Sie winkte ihrer Mutter, die mit Jesús, der gerade zurückgekommen war, auf der Terrasse saß und sich angeregt unterhielt. Ein hübsches Paar, die beiden, schoss es ihr durch den Kopf.

Milla gab Gas und fuhr mit ihrem kleinen Wagen rasant die schmalen Straßen entlang. Eine Herde Ziegen überquerte gemütlich den Asphalt. Milla musste bremsen, trommelte mit den Fingern aufs Lenkrad und wartete, bis das letzte Zicklein seiner Mutter hinterhergetrabt war. Es war ganz schwarz, seine Geschwister weiß.

Rasch fuhr Milla weiter in Richtung Palma. Auf der Straße am Meer hatte sich ausgerechnet jetzt ein Stau gebildet. Touristen mit ihren Mietwagen wollten zum Strand oder schon wieder ins Hotel zurück und schienen alle Zeit der Welt zu haben. Einige fuhren langsamer, um ein paar Fotos zu schießen, andere hielten einfach am Rand an, weil sie etwas aus dem Kofferraum holen wollten.

Verdammt, das durfte doch nicht wahr sein. Milla wurde

immer nervöser. Sie durfte nicht schon wieder zu spät kommen, wie so oft in letzter Zeit. Erst hatte sie die letzten Tage ihrer Großmutter verpasst und dann auch noch deren Beerdigung.

Endlich ging es wieder voran, und Milla fuhr weiter zum Schlösschen, der Seniorenresidenz, in der Bescha Baum auf sie wartete. Traurig dachte Milla daran, dass diese wundervolle Frau bald sterben würde. Doch sie versuchte sich mit der Tatsache zu trösten, dass sie ein so hohes Alter erreicht hatte, wie es nicht vielen vergönnt ist.

Milla parkte rasch den Wagen und eilte zum Empfang. Aina Garcia, diesmal im beigen Rock, der ihre schlanken Beine betonte, kam ihr bereits mit angespannter Miene entgegen.

»Frau Stendal«, begrüßte sie Milla indifferent auf Spanisch.

»Bin ich zu spät?«, brachte Milla außer Atem hervor.

»Nein, soviel ich weiß, nicht. Aber es kann jede Minute zu Ende gehen, fürchte ich. Kommen Sie.«

Aina Garcia ging in kleinen Schritten einen Weg entlang, aufgrund ihrer hohen Pumps kam sie nur sehr langsam voran. Ungeduldig folgte ihr Milla. Was würde ihr gleich bevorstehen? Sie hatte noch nie einen Menschen kurz vor seinem Tod gesehen, geschweige denn einen gerade Verstorbenen. Ihre Hände wurden ganz heiß.

Die Palliativstation sah nicht aus wie eine Krankenstation, sondern eher wie eine elegante, stilvolle Pension.

»Da drüben, in diesem Zimmer liegt sie.«

»Danke. Ist sie denn allein? Ich meine, ist niemand von der Familie bei ihr?«

Aina Garcia schüttelte bedauernd den Kopf. »Sie hat keine Familie mehr. Aber ein guter Bekannter aus unserem Hause, Franz Xaver Schuller, ist bei ihr, soviel ich weiß.«

Ausgerechnet der ehemalige NS-Offizier saß am Sterbebett der Jüdin, durchfuhr es Milla, und ein kleines Lächeln huschte über ihr Gesicht. Da hatte ihre Großmutter anscheinend wirklich etwas bewirkt. Es ging also, man konnte Menschen ändern.

Aina Garcia führte sie zu der besagten Tür, blieb stehen und sah sie fragend an. »Sind Sie bereit? Ich hoffe, Sie verkraften ihren Anblick.«

»Das hoffe ich auch«, entfuhr es Milla, und sie entschuldigte sich sofort.

»Sie müssen sich nicht entschuldigen. Ich bin immer dafür, dass man über seine Gefühle redet, ansonsten tut es der Seele nicht gut.«

Milla lächelte Aina Garcia dankbar an, atmete tief ein und klopfte vorsichtig an. Man hörte nichts. War sie etwa doch zu spät?, schoss es Milla durch den Kopf.

»Versuchen Sie es ruhig noch einmal. Herr Schuller ist ja auch schon schwerhörig.«

Milla klopfte erneut und diesmal lauter. »Herein«, hörte sie eine sonore männliche Stimme.

»Ich muss leider wieder weiter; falls etwas ist, rufen Sie eine Schwester«, verabschiedete sich Aina Garcia.

»Mache ich, vielen Dank.« Milla drückte die Türklinke herunter und trat vorsichtig ein.

Franz Xaver Schuller sah ihr ernst entgegen. »Wo bleiben Sie denn?« Mühevoll stand er auf.

Erst jetzt erblickte Milla Bescha Baum in ihrem Bett. Sie lag mit geschlossenen Augen da, zart und dünn und beinahe unwirklich.

»Es tut mir leid, es ging leider nicht eher.«

»Schon gut, schon gut. Sie schläft.«

Zutiefst erleichtert atmete Milla aus.

»Ein wenig eifersüchtig bin ich schon, dass sie in ihren letzten Stunden Sie sehen will und nicht mich. Ich lasse Sie jetzt alleine.« Er schmunzelte ein wenig. In diesem biblischen Alter ging man mit dem Tod wohl leichter um.

Milla lächelte nun auch etwas. »Vielleicht geht es ja schnell, und dann können Sie wieder zu ihr, ganz alleine, meine ich.«

»I wo, i wo. Wir haben uns sicherheitshalber schon voneinander verabschiedet.« Lächelnd fügte er hinzu: »Wir sehen uns schließlich da oben bald wieder. Zumindest sie ist sich sicher, dass ich hochkomme und nicht runter muss zu dem mit dem Klumpfuß.«

Milla wusste nicht, was sie dazu sagen sollte, doch Franz Xaver Schuller lächelte nur, tippte grüßend an seine Stirn und ging an ihr vorbei. Milla trat ehrfürchtig näher an Beschas Bett. Sie atmete ruhig, aber ein wenig rasselnd. Ihre Wangen sahen eingefallen aus, grau.

»Sie müssen sie wecken. Ansonsten kommt sie, fürchte ich, nicht wieder zu sich.«

Erschrocken sah Milla ihn an. »Wirklich?«

»Wenn ich es doch sage. Rütteln Sie ein wenig an dem alten Mädchen. Sie wollte Ihnen unbedingt irgendetwas sagen. Fällt ihr ein bisschen spät ein, finden Sie nicht auch?«

»Ja, das stimmt.« Milla fühlte sich von der Situation komplett überfordert, ihr Herz raste. Franz Xaver Schuller verließ den Raum. Jetzt erst sah Milla, wie liebevoll und freundlich das Zimmer eingerichtet war. Bescha lag in ihrem Bett mit Blick auf das Meer. Sie röchelte ein wenig mehr, und Milla beeilte sich, ganz an ihr Bett zu treten.

»Frau Baum«, versuchte sie es zunächst. Doch Bescha hatte die Augen zu. »Frau Baum, ich bin es. Milla Stendal, die Enkelin von Abbigail.«

Wieder keine Reaktion. Der Atem der alten Dame wurde flacher. Schnell fasste Milla die knochigen Schultern und rüttelte ganz vorsichtig an ihr. »Frau Baum, Sie wollten mir etwas von Abbigail, von meiner Großmutter, erzählen. Bitte, es wäre für mich so wichtig …«

Da fiel ein Sonnenstrahl durch die halb zugezogene Gardine, genau auf Beschas Gesicht. Er schien sie an der Nase zu kitzeln. Langsam und mühevoll schlug sie die Augen auf und versuchte, sich offensichtlich zu orientieren.

»Franz, du alter Charmeur?«, hauchte sie.

»Nein, er ist nur kurz raus, ich bin es, Milla Stendal. Sie wollten mir etwas über Abbigail erzählen. Etwas sehr Wichtiges.«

»Abbigail, ach, Abbigail«, flüsterte Bescha Baum betroffen, und Milla musste sich zu ihr beugen, um sie überhaupt zu verstehen. »Es ist geschehen …«, flüsterte sie, »bevor sie einwilligte, diesen Xueta zu heiraten. Diesen Baruch … ansonsten hätte Abbi dieser Heirat doch nie zugestimmt. Niemals …« Bescha hustete, fing sich wieder, fuhr leise und fast unhörbar fort. »Sie hatte es damals nicht einmal ihrer Freundin Eli gesagt, was geschehen war, nur mir, kurz bevor sie starb …«

Mallorca 1956

Es war jener Abend gewesen, als sich Abbi trotz Fieber in ihren Laden geschleppt hatte und Pomade plötzlich vor ihrer Schaufensterscheibe stand. Er sah sie mit glühenden Augen an. Was wollte er noch von ihr, dachte Abbi verzweifelt. Sie fühlte sich elend. Ihr Vater wollte sie mit einem jüdischstämmigen Ehemann verheiraten, den sie nicht kannte, und vorhin hatte sie Johann mit dieser Frau auf der Plaza Major gesehen.

Pomade betrat den Laden, sah sie begierig und angespannt

an. »Komm mit«, sagte er nur und machte eine ruckartige Kopfbewegung in Richtung Tür.

Mag es das Fieber gewesen sein, was Abbis Kampfgeist betäubte, oder die Erinnerung an Johann mit dieser Frau…? Abbi folgte seinem Befehl wie ein Lamm, das zur Schlachtbank geführt werden würde. Sie fühlte sich leer und ausgelaugt. Pomade hatte sie auf der Straße am Arm genommen und führte sie durch die Gassen von Palma.

Das Pflaster an seinem Ohr war ein bisschen verrutscht, und Abbi konnte die nässende Wunde erkennen, die sie ihm zugefügt hatte. Das Ohr wuchs anscheinend nicht mehr richtig an und hing wie ein kleiner Lappen zur Seite. Plötzlich keimte Angst in ihr auf. Was hatte er vor? Sollte jetzt seine späte Rache kommen? Sein Blick, der den ihren immer wieder von der Seite streifte, sah unruhig, ein wenig wirr, aber auch fasziniert aus. Sie gefiel ihm. Jetzt war sie sich sicher.

»Was guckst du so?«, herrschte er sie an.

»Gefalle ich dir?«

»Das hättest du wohl gern.«

Aber sie sah, dass sie recht hatte. Er schien mit sich zu ringen, da sie in seinen Augen doch bloß eine Xueta war. Aber seine Gefühle waren vermutlich stärker.

»Dann lass mich jetzt bitte wieder in meinen Laden gehen.«

»Halt endlich deinen liederlichen Mund!«, fauchte er. »Immer musst du Widerworte geben.«

»Das magst du doch an mir«, wagte sie sich vor. »Gib es zu.«

»Einen Teufel werde ich.«

»Bitte. Lass mich los. Du kannst doch nicht mit einer Xueta zusammen sein.« Mutig sah sie ihn an, seine Augenlider zuckten. Für einen Moment sagte er nichts mehr, starrte sie nur hin und her gerissen an. Sein Atem ging flach und stoßweise. Er zog sie wortlos weiter, zu einem Hauseingang, zog sie plötzlich hinein, in einen dunklen Eingang. Abbi begann zu schreien, doch er hielt ihr erschrocken den Mund zu. »Sei ruhig«, zischte er. »Ich will dir doch nur zeigen, wo wir wohnen werden.« Doch Abbi biss ihn und wehrte sich, und so blieb ihm nichts anderes übrig, als sie in Richtung Keller zu zerren, damit die Nachbarn nichts hörten. In diesen dunklen Kohlenkeller.

Abbi zappelte, versuchte weiter panisch, mit aller Kraft sich zu befreien und zu entkommen, Pomades Blick wurde immer panischer. Unten im Keller angekommen, trat er, während er sie zappelnd festhielt, mit seinen Stiefeln einen Bretterverschlag auf und warf Abbi auf den kalten, harten Boden. Warf sich selbst sofort hinterher auf sie, um mit seinem Körper ihre Schreie zu dämpfen und um sie endlich zu spüren.

* * *

Nach einer gefühlten Ewigkeit öffnete Abbi blinzelnd ihre Augen, starrte ins Dunkel. Sie horchte. War sie alleine? Abbi wurde übel. Sie konnte sich nicht bewegen, stand unter Schock. Ihr Körper schmerzte, vor allem im unteren Bereich. Dort, wo sie bisher nur ein Mann berührt hatte, nämlich Johann. Ekel überkam sie. Ekel auf Pomade, der sie liebte, wie er ihr versicherte, der dann irgendwann aus seinem Rauschzustand erwacht und geflohen war.

Abbi wusste nicht, wie lange sie hier auf dem kalten Kellerboden gelegen hatte. Sie musste ohnmächtig geworden sein. Ihr Körper fühlte sich eiskalt an, und ihre Glieder schmerzten. Es roch modrig und feucht, ihre Augen gewöhnten sich langsam an die Dunkelheit. Sie erkannte eine alte Kommode und den Kohlehaufen, neben dem sie lag. Einen verbeulten alten Schuh, einen Kohleeimer und einen Lederkoffer. Abbi versuchte, sich zu bewegen, doch es gelang nicht, sie fühlte sich wie gelähmt. Schlimmer als die körperlichen Schmerzen tobten die seelischen Qualen in ihr. Abbi fühlte sich zutiefst gedemütigt und schmutzig. Sie hatte das dringende Bedürfnis, sich zu waschen. Doch womit? Hier in diesem Keller gab es kein Wasser. Mit aller Kraft versuchte sie, sich aufzusetzen. Sie biss die Zähne zusammen, rappelte sich noch weiter auf und torkelte die Kellertreppe hinauf.

Die Tür zum Hausflur war geschlossen, aber zum Glück nicht abgesperrt. Abbi stieß sie auf, und der grelle Lichtstrahl einer Lampe blendete sie, sodass sie die Augen zusammenkneifen musste.

Sie stolperte hinaus auf die Gasse, wusste nicht, wohin mit sich und ihren Gefühlen. Es war schon dunkel. Die ihr entgegenkommenden Passanten sahen die verdreckte junge Frau verwundert an. Doch ehe jemand fragen konnte, ob er helfen könne, hetzte Abbi weiter. Es gab nur eine Person, zu der sie in diesem Zustand gehen konnte. Nur eine.

* * *

»Oh mein Gott, Abbi, wie siehst du denn aus?« Eli hatte über ihr Nachthemd einen Morgenmantel gezogen, starrte Abbi entsetzt an. Abbis Gesicht und Kleidung waren verschmiert mit schwarzer Kohle. »Was ist denn passiert um Himmels willen?«

Abbi erzählte Eli mit tonloser Stimme, dass sie in einer dunklen Gasse überfallen worden war, den Übeltätern aber entkommen konnte. Eli schlug die Hand vor den Mund, führte sie rasch herein, bedeutete ihr mit dem Finger auf den Lippen, leise zu sein. »Meine Eltern haben zum Glück noch Besuch. Sie sitzen im Wohnzimmer und dürfen dich auf keinen Fall so sehen. Komm.«

»Eli, wer ist es denn?«, rief da Elis Mutter aus der guten Stube.

»Ach, nur Abbi, wir gehen auf mein Zimmer.«

»Um die Uhrzeit noch?«, tönte Elis Mutter. »Aber nicht mehr lange, ja?«

»In Ordnung.« Eli wisperte Abbi zu: »Los, schnell.«

In Elis Zimmer ließ sich Abbi langsam auf einen Stuhl sinken. Ihr Kopf fühlte sich an, als hätte man ihn mit Messern traktiert. Abbi blickte Eli entschuldigend an. »Ich wusste nicht, wohin.«

»Schon gut.«

»Danke.«

»Aber jetzt erzähl.«

»Da gibt es nichts weiter zu erzählen.«

»Das heißt … sie haben dir nichts angetan? Also du weißt schon, was ich meine …« Eli deutete verschämt auf Abbis Rock.

»Was? Ich … nein … ich konnte mich gerade noch rechtzeitig wehren.« Die Scham überwältigte sie.

Eli blickte Abbi einen Moment skeptisch an, hatte aber offensichtlich keinen Grund, an ihrer Aussage zu zweifeln. Sie hatten sich immer die Wahrheit gesagt.

»Mein Gott«, sagte Eli voller Mitgefühl, »zieh dich erst mal um, du kannst dich bei mir waschen, ich leihe dir ein Kleid von mir.«

In Elis Zimmer befand sich ein Waschbecken mit einem Spiegel darüber. Abbi zog sich verschämt bis auf die Unterwäsche aus, wusch sich mit einem Schwamm notdürftig den schmerzenden Körper. Erst die Arme, dann den Hals, während Eli ein grünes Kleid mit einem Petticoat aus ihrem Kleiderschrank fischte. Ihre Blicke trafen sich. Stille.

»Abbi, es war Pomade mit seinen Leuten, richtig?«

»Nein!«, erwiderte Abbi bemüht überzeugend. »Es waren andere Typen.«

»Und wie sahen diese Typen aus?«, fragte Eli leise und plötzlich den Tränen nahe.

»Keine Ahnung, es war so dunkel.«

»Aber … wie viele waren es denn?«

»Also … ich glaube vier?«

»Was? So viele? Kanntest du wirklich keinen?«

»Nein.«

»Aber … du hast ihre Gesichter gesehen. Würdest du einen wiedererkennen?«

Die Erinnerung an das eben erlebte Grauen traf sie wie ein Fausthieb in den Magen. Abbi schüttelte den Kopf, starrte ihr kohleverschmiertes Gesicht, das sie gerade wusch, im Spiegel über dem Waschbecken an. Sie fuhr sich mit einem Waschlappen über die Wangen, wie um die schreckliche Erinnerung wegzuwischen. Doch sie blieb. Unerbittlich, grausam.

»Abbi, weißt du, dass du sehr mutig warst und stark?« Eli kam zu ihr, berührte sanft ihren Arm, doch Abbi zuckte wie ein verwundetes Reh zurück.

»Entschuldige. Ich wollte nur sagen … Dass du denen entkommen bist … Ich bin stolz auf dich, und das kannst du auch sein. Hast du eine Ahnung, warum sie dir das antaten?«

»Warum wohl.« Eli verstand, starrte getroffen zu Boden.

Abbi wusch sich weiter das Gesicht, rubbelte heftig, um den Dreck wegzukriegen, doch es gelang nicht. Hatte sie Pomade dazu auf irgendeine Weise provoziert? Mit ihrem Rock, einem falsch verstandenen Blick? Ihrer frechen, vorlauten Art? Ihr Vater sagte doch immer, Frauen seien selbst schuld, wenn sie Opfer sexueller Übergriffe würden. Abbi fühlte sich wie eine Hure, schämte sich, fühlte sich hilflos, allein. Niemandem außer Eli konnte sie von ihren seelischen Qualen erzählen. Immer wieder sah sie sein Gesicht vor sich, seine Begierde.

Mühevoll zog sie Elis Kleid über, hielt einen Moment inne, quetschte sich hinein. Es passte. Nur an den Hüften spannte es ein wenig. Eli war schmaler, knabenhafter gebaut. Waren es vielleicht Abbis weibliche Rundungen, ihre nicht gerade kleinen Brüste, die ihn gereizt hatten? Hätte sie einen anderen BH anziehen sollen, der ihre Brüste nicht so stark betonte, wie es Mode war?

Abbi starrte auf ihre verdreckte Kleidung, die sie auf einen Stuhl gelegt hatte. »Was soll ich denn jetzt meinen Eltern sagen?«, flüsterte sie zitternd. »Wegen meiner Kleider, meine ich?«

»Na, du hast Sorgen, Liebes.« Eli wunderte sich. »Willst du ihnen nichts von dem Überfall erzählen?«

»Auf keinen Fall! Sie machen sich eh schon immer so viele Gedanken um mich. Nach der Sache mit Rachel damals!«

»Ach ja. Deine Schwester. Tut mir leid, ich denke manchmal gar nicht mehr daran.« Eli rückte sich einen Stuhl gegenüber Abi zurecht, nahm deren schlaffe Hände in die ihren und sah sie eindringlich an. »Abbi. Diese Typen sind miese Schweine. Ich bin mir sicher, Johann wird sie suchen und finden und dann …«

»Hör auf!«, rief Abbi leidend. »Du weißt doch genau, es gibt keinen Johann mehr. Außerdem hat Johann bereits eine andere, ich habe ihn gesehen.«

»Wie bitte, was hat er?«

»Sie haben sich geküsst. Mitten auf der Plaza Major.«

Überwältigt nahm Eli Abbi in ihre Arme, und die beiden blieben so sitzen, hielten aneinander fest.

Die Wochen vergingen, doch die Erinnerung blieb. Immer wenn Abbi an die Stunden in diesem Kohlenkeller denken musste, wurde ihr übel. Es ging sogar so weit, dass sie sich übergeben musste, und das bald jeden Morgen.

Entsetzt wurde sich Abbi gewahr, dass sie möglicherweise schwanger war. Von Pomade, denn Johann hatte ihr vor ihrem ersten Mal gestanden, dass er aufgrund einer Mumpserkrankung keine Kinder zeugen könne. Ob Abbi sich trotzdem eine Zukunft mit ihm vorstellen könne, hatte er doch allen Ernstes gefragt. Natürlich konnte sie, und wie. Sie hätte sich zwar ein Kind von ihm gewünscht, aber was nicht sein konnte, konnte nun mal nicht sein. Sie liebte Johann so sehr.

Ein Kind von Pomade, durchfuhr es sie entsetzt. Sie ging sofort zu einem Arzt, beschwor ihn, sie zu untersuchen und ihren Eltern nichts zu sagen. Er versprach es, doch als sich ihr Verdacht bestätigte und Abbi von Heulkrämpfen geschüttelt wurde und inständig darum bat, das Kind wegzumachen, verneinte er stur. »Das darf ich nicht tun. Es ist ein Kind Gottes. Ein jedes Kind.«

»Dieses da nicht!«, schrie sie verzweifelt, zog sich rasch wieder an und rannte hinaus aus seiner Praxis. Zutiefst angeekelt dachte sie daran, was da in ihr wuchs, versuchte es selbst mit einem giftigen Tee und anderen schrecklichen Dingen, doch das Kind blieb.

Was sollte sie nur tun? Dieses Kind zu bekommen, noch dazu ganz allein ohne Mann, das konnte sie ihren Eltern nicht antun. Abbi fühlte sich überfordert und allein, wusste nicht ein noch aus.

Als Abbi eines Abends aschfahl nach Hause kam, bereitete ihre Mutter gerade eine Suppe zu.

»Abbi, was hast du denn?«, fragte Esther und hielt ihrer Tochter eine Schüssel Suppe hin.

»Mutter«, erwiderte Abbi mit zitternder Stimme und starrem Blick.

»Ja, Liebes?«

»Mutter. Kannst du bitte Vater etwas ausrichten?«

»Ja sicher doch. Was denn, Schatz?«

»Er soll Baruch Bonnin sagen … ich werde ihn heiraten.«

Sie hoffte so sehr, er würde nicht merken, dass sie bereits schwanger war, von einem anderen, und er merkte es lange nicht.

Mallorca 2016

Bescha Baum beendete ihren Bericht mühsam, mit traurigen, müden Augen. »Das alles hat mir Abbigail kurz vor ihrem Tode erzählt. Ihr ganzes Leben hat sie es für sich behalten.«

Milla sah Bescha bestürzt an. »Das heißt, dieser fiese Pomade ist mein Großvater … also Moms Vater!«

Bescha nickte kaum merklich, es schien ihr sehr leid zu tun. Die Erzählung hatte sie ihre letzten Kräfte gekostet.

»Ich wusste nicht, ob es richtig ist, Ihnen das alles zu erzählen«, wiederholte Bescha, »aber Sie wollten so unbedingt herausfinden, warum Abbi ihr Kind nicht lieben konnte. Verstehen Sie Ihre Großmutter jetzt ein bisschen besser?«

»Natürlich«, erwiderte Milla schwach. Was hatte ihre arme Großmutter nur alles erleiden müssen.

Die Tür ging auf, und eine Palliativschwester kam herein. »Ich glaube, Frau Baum braucht jetzt wieder etwas Ruhe«, sagte sie sanft.

»Die habe ich bald zur Genüge«, erwiderte Bescha lächelnd. »Das war es aber auch, was ich Ihnen sagen wollte.« Sie blickte mit ihren trüben Augen in Richtung Meer, das man von ihrem Bett aus so gut sehen konnte. Milla folgte erschüttert ihrem Blick, und sie fröstelte.

Möwen zogen dort ihre Bahnen, das Wasser kräuselte sich. Leise fügte Bescha an: »Sie hat sich so unendlich geschämt, bis zuletzt. Und schuldig gefühlt. Ich konnte es ihr nicht ausreden.«

Milla starrte sie fassungslos an. »Danke, Bescha, ganz lieben Dank.« Mehr brachte Milla nicht mehr heraus. Bewegt dachte sie an Großmutter, welches Leid sie hatte erfahren müssen, fühlte mit ihr, soweit ein Mensch das konnte. »Auch wenn es ein furchtbares Geheimnis ist, ich bin Ihnen sehr dankbar, dass Sie es mir gesagt haben.« Was sollte sie noch zu dieser tapferen Frau sagen, die bereits auf halbem Wege in den Himmel war? Vermutlich hatte sie selbst viel zu viel Schreckliches erleben müssen im Zweiten Weltkrieg wie so viele.

Bescha sah sie traurig an und sagte noch: »So wie ihr ist es vielen von uns ergangen. Und das Schlimme ist, die Geschichte wiederholt sich immer wieder.«

»Das darf sie nicht«, entgegnete Milla aufgebracht.

Bescha zitterte: »Dann tut etwas dagegen. Ihr seid noch jung.« Milla nickte ergriffen. »Schicken Sie den Franz zu mir«, hauchte Bescha. »Schnell.«

»Ich hole ihn«, sagte Milla rasch und eilte hinaus.

Franz Xaver Schuller saß in einem Rattanstuhl im Flur und sah verstehend auf. »Ist sie so weit, die gute Seele?« Er bemühte sich, eilig aufzustehen, doch es fiel ihm schwer. »Ist sie also doch schneller als ich. Na ja, dann kann sie Abbigail schon mal grüßen, und bald bin ich dann wieder der Hahn im Korb.« Er schlurfte an Milla vorbei, lächelte ihr noch einmal aufmunternd zu und verschwand in Beschas Zimmer.

Aufgewühlt blieb Milla im Flur zurück. Sie musste es erst einmal verdauen, das Schreckliche, Grausame, was sie da eben gehört hatte, das ihr die Luft zum Atmen nahm. Und auch die

Tatsache, dass in diesem Raum gerade ein Mensch im Sterben lag.

Als sie in den Park der Residenz trat, atmete sie tief durch und sah in den Himmel. Ein kleiner Vogel flog dort, und für einen Moment kam es Milla so vor, als winke er ihr zu. Zutiefst ergriffen von dem eben Gehörten, überlegte sie, dass sie es ihrer Mutter auf keinen Fall sagen durfte. Dass ihr Vater ein Vergewaltiger war. Ihr Herz würde es bestimmt nicht verkraften, und Milla wollte auf keinen Fall schuld an einer erneuten Herzattacke sein.

Milla fuhr sich durchs Haar. Ihr Großvater, ein Vergewaltiger, was gäbe sie darum, hätte sie es doch lieber nicht gewusst.

Aina Garcia kreuzte, eine Seniorin im Rollstuhl schiebend, ihren Weg. »Sind Sie noch rechtzeitig gekommen?«

»Ja, danke, das bin ich.«

»Sehr gut. Sie ist gerade friedlich eingeschlafen.«

Milla schluckte, fand keine Worte. »Sie… sie war so eine wundervolle Frau. Immerhin konnte sie noch das Meer sehen.«

Aina Garcia nickte lächelnd und widmete sich der Seniorin, die offensichtlich unbequem saß. Sie half ihr fürsorglich, sich richtig aufzusetzen.

Milla verabschiedete sich dankbar und wünschte, ein jeder könne im Alter in einer Residenz wie dieser sein. Ein beruhigendes Gefühl, dass es ihrer Großmutter hier vermutlich wenigstens die letzten Monate gut gegangen war. Abbi, die jüdische Tänzerin Bescha und der ehemalige NS-Offizier Franz schienen ein ganz besonderes Trio gewesen zu sein.

Milla ging in Gedanken versunken zu ihrem Wagen und machte sich auf zu Johanns Finca, wo ihre Mutter wartete. Vermutlich wartete sie nicht wirklich, da dieser Jesús bei ihr war.

»Das Leben geht weiter«, dachte Milla, und plötzlich wurde ihr wieder wärmer ums Herz. Jesús schien ihrer Mutter gutzutun, sie war vorhin richtig aufgeblüht. Was sollte sie Sarah jetzt mit dieser Geschichte über Pomade belasten und schockieren? Milla überlegte sich, was sie ihrer Mutter stattdessen erzählen könnte, was ihr Bescha noch hatte sagen wollen, doch ihr fiel auf der ganzen Rückfahrt zur Finca nichts ein.

Schon von Weitem sah sie, wie wohl sich ihre Mutter mit Jesús zu fühlen schien. Die beiden lachten, sahen sich in die Augen und bemerkten Milla erst, als sie schon fast vor ihnen stand.

»Oh nein, du bist mal wieder zu spät gekommen? Sie war schon tot?«, begrüßte ihre Mutter sie in ihrer nüchternen Art.

Milla nickte schnell, insgeheim dankbar, so musste sie ihr nichts erklären. »Ja, leider.«

Sarah sah Milla betreten und nachdenklich an und seufzte. »Vermutlich ist es besser so. Soll unser Familiengeheimnis in Frieden ruhen.«

Milla schluckte.

»Es ist immer traurig, wenn ein Mensch die Erde verlässt«, warf Jesús ein. »Auch wenn ich die Dame nicht kannte.«

»Ja, aber Bescha Baum war immerhin weit über neunzig.« Milla dachte an ihre Mutter, die mit gerade mal sechzig schon herzkrank war. Sie durfte ihr auf keinen Fall erzählen, warum Abbigail sie nicht hatte lieben können.

Während Jesús Sarah wieder in ein Gespräch verwickelte, setzte sich Milla erschöpft zu ihnen. Was hatte Pomade ihrer Großmutter nur angetan? Wie konnte ein Mensch so etwas tun? Kein Wunder, dass Abbi ihre kleine Tochter nicht bedingungslos liebte, wie eine Mutter ihr Kind von Geburt an liebt und wie es jedes Kind spüren sollte. Kein Wunder, dass

Abbi Johann vermutlich ihr Leben lang abgewehrt hatte. Aus Scham, aus Schuldgefühlen, aus Liebe? Ihre Großmutter, diese tapfere, aber gebrochene Frau.

Da klingelte Jesús' Handy. Er nahm ab und lauschte. »Señor König … ja natürlich, ich komme sofort.«

Johann! Milla und ihre Mutter sahen sich gespannt an. Jesús legte auf. »Ich soll ihn im Dorf abholen. Er war noch im Restaurant, etwas essen.«

»Na dann … wir warten hier auf ihn«, erwiderte Sarah und lächelte ihn an. Er lächelte fasziniert zurück, konnte sich fast nicht von ihr lösen, doch schließlich ging er.

»Mom, ich freue mich so für dich.«

»Was denn? Das sagt doch noch gar nichts. Vermutlich ist er verheiratet und hat Familie.«

»Hast du das etwa noch nicht durch die Blume erfragt?«

»Doch natürlich. Aber ich bin mir nicht sicher, ob er die Blume verstanden hat. Du weißt doch, wie Männer sind.« Sie lachte.

Und Milla lachte mit. Wie gut das tat. Nach alldem. Eine fröhliche Mutter. Sarah wirkte seit ihrem Zusammenbruch am Strand wie ausgewechselt, oder lag es an Jesús? Oder an der Sonne, an Mallorca, ihrer Heimat, oder dem Duft der Mandelblüten?

Woran auch immer, Milla genoss es sehr. Sie atmete diesen betörenden feinen Geruch tief ein. Vielleicht hatte Sarah ja recht gehabt. Sie sollte aufhören, in der Vergangenheit zu wühlen. Das war es also, ihr Familiengeheimnis, warum ihre Großmutter ihr Kind nicht lieben konnte. Wen wunderte es? Erschüttert dachte Milla daran, wie es für Abbigail gewesen sein musste, dieses Kind großzuziehen. Sie seufzte. Der Gedanke, von diesem Scheusal abzustammen, tat einfach nur weh.

Was machte sie hier überhaupt? Gleich würde Johann

kommen, und natürlich wollte sie von ihm, dem letzten Zeitzeugen, hören, wie diese unglückliche große Liebe mit ihrer Großmutter weitergegangen war. Aber eigentlich war es jetzt auch egal.

Ihr Handy piepte. Eine SMS von Leandro: »Möchtest Du heute Abend zum Geburtstag meiner Mutter mitkommen?«

Zum Geburtstag seiner Mutter. Das hieße doch, dass er es ernst meinte mit ihr? Und Paul? Sie war später mit Paul verabredet, konnte ihn unmöglich mit zu Leandro nehmen. Zu dessen Eltern. Millas Herz klopfte, was sollte sie nur Paul sagen?

Sie schloss die Augen, wie ihre Mutter es neben ihr immer noch tat, und spürte die wärmende Sonne auf ihrem kalten Gesicht. Sie war die Enkelin eines Vergewaltigers. Wieso nur hatte sie nachgeforscht!

Das Brummen von Jesús' Jeep konnte man schon von Weitem hören. Er fuhr genau vor der Finca vor, damit der alte Herr nicht so weit laufen musste. Milla und Sarah schlugen die Augen auf, beobachteten die beiden, eine jede gespannt.

Hilfsbereit kam Jesús um den Wagen herum, öffnete Johann die Tür, half dem gebrechlichen weißhaarigen Mann heraus und reichte ihm seinen Stock.

Milla versuchte mit aller Kraft, das, was ihr Bescha erzählt hatte, beiseitezuschieben. Doch es gelang kaum. Sie stand auf und ging auf Johann zu, der mit seinem Stock wie mit einem Blindenstock im Boden stocherte. »Guten Tag, Herr König, ich bin es wieder, Milla Stendal.«

»Ich weiß«, brummelte er. »Jesús hat mich schon vorgewarnt.«

»Und sie hat, wie gesagt, ihre Mutter mitgebracht«, erklärte Jesús an Johann gewandt, »zwei wunderschöne Damen, sie sehen der Frau auf dem Foto wirklich ähnlich.«

»Der Frau auf dem Foto?«, durchfuhr es Milla. Natürlich, Johann hatte bestimmt ein Andenken an Abbigail in der Finca. Sie wollte es unbedingt sehen. Denn ihre Mutter hatte kein einziges Foto von Abbigail.

»Herr König?«, wagte sich Milla vor. »Ich hoffe, wir stören nicht?«

Johann brummelte etwas Unverständliches, starrte in ihre Richtung. Wie viel er wirklich noch sehen konnte, vermochte Milla nicht zu sagen. Ein wenig bestimmt, denn er wandte den Kopf zu Sarah, die ihm etwas eingeschüchtert die Hand gab.

»Guten Tag, Señor, ich bin Sarah, Abbigails Tochter. Sie hat so viel von Ihnen gesprochen, sie hat Sie so geliebt.« Erstaunt blickte Milla ihre Mutter an.

»Hat sie das?«, flüsterte er ergriffen, und seine Augen füllten sich ein wenig mit Tränen. Tapfer gelang es ihm, sie zurückzuhalten. Er öffnete sich sichtlich.

»Ich sie auch«, sagte er leise, fast unhörbar.

»Wollen Sie sich nicht setzen, Señor König?«, schlug Jesús ergriffen vor. Johann nickte und ließ sich von ihm zur Veranda führen, wo sie alle zusammen Platz nahmen.

Bewegt fuhr Johann fort. »Aber sie hat mich nicht genug gewollt. Ihre Liebe hat nicht gereicht, hat sie gesagt. Nicht einmal, als ihr Ehemann gestorben ist, vor vielen Jahren, ist sie zu unserer Finca zurückgekommen.«

Milla spürte einen unendlichen Kloß in ihrem Hals. Sollte sie diesem Mann erzählen, warum es Abbigail nicht möglich gewesen war, mit ihm zusammen zu sein? Nicht einmal in den Achtzigerjahren, nicht einmal im hohen Alter? Ihre Großmutter hatte sich so unendlich geschämt, hatte Bescha gesagt.

Milla räusperte sich. »Soviel ich erfahren habe, war sie extrem getroffen, als sie Sie so kurz nach ihrer Trennung sofort mit einer anderen Frau gesehen hat.«

Johann horchte überrascht auf. »Mich? Mit einer anderen Frau?« Er schüttelte den Kopf. »Ganz gewiss nicht. Erst viele, viele Jahre nach unserer Trennung habe ich mich wieder auf eine Frau eingelassen.«

Milla sah Sarah erstaunt an, wandte sich dann wieder an Johann. »Abbigail hat sie damals gesehen, auf der Plaza Major, wie Sie eine Frau geküsst haben. Zumindest auf die Wange, so wurde es mir erzählt.«

Johann starrte irritiert vor sich hin. Der alte Mann kramte wohl in den Tiefen seines Gedächtnisses.

Dann fiel es ihm offensichtlich ein, sein Gesicht erhellte sich. »Oh nein. Das. Das kann nur … meine Spanischlehrerin gewesen sein. Sonst kannte ich in Palma doch keine Frauen näher. Wir begrüßten uns immer mit Küsschen auf die Wange oder verabschiedeten uns so, aber mehr war da ganz sicher nicht!«

Milla dachte sofort an Paul, dem sie ein Verhältnis mit seiner Gitarrenlehrerin unterstellt hatte. Ihre Großmutter schien ihr wirklich sehr ähnlich gewesen zu sein. Johann konnte es nicht fassen. »Und deshalb hat sie mich … nie wieder sehen wollen?«

»Nicht nur deshalb«, rutschte es Milla heraus. Sie biss sich sofort auf die Lippe, zum Glück konnte Johann das wohl nicht sehen.

Aber ihre Mutter sah sie fragend und mit zusammengekniffenen Augen an. »Milla, was verheimlichst du uns?«, raunte sie ihr zu und atmete schon wieder etwas schwer.

Milla wehrte besorgt ab. »Nichts, Mom.« Sie konnte ihr nicht sagen, dass sie die Frucht einer Vergewaltigung war, auf keinen Fall. »Geht es dir wieder schlechter? Soll ich dich zurück ins Krankenhaus bringen?«

»Nein, Milla, mach dir keine Sorgen, ich werde das Leben

ab jetzt genießen und auf mich achtgeben.« Sie lächelte Jesús zu. Er lächelte zurück.

Milla wandte sich ein wenig beruhigt wieder an Johann. »Soviel ich bisher herausbekommen habe, waren Sie wirklich ihre ganz große Liebe, aber weil sie eine Xueta war …«

»Ich weiß«, sagte er müde. »Ich weiß. Sie war so eine mutige, besondere Frau.«

Plötzlich hörte man das Geräusch einer Vespa, und ein Mann in sommerlicher Kleidung mit schwarzem Helm kam zur Finca gebraust. Milla, die beim Anblick der Vespa sofort an Leandro denken musste, atmete erleichtert aus, als sie an seiner Statur erkannte, dass es nicht Leandro sein konnte. Der Mann, der um die fünfzig sein musste, begrüßte Jesús und Johann freudig. Er sah sympathisch aus.

»Hola Jesús, hallo Paps, was habt ihr denn für netten Besuch?«

Milla horchte sofort auf, Sarah ebenso. Er nannte Johann »Paps«? Er hatte schwarze Haare und hellblaue Augen. Eine seltene Kombination.

»Ich grüße dich, Samuel«, erwiderte Johann müde.

»Willst du uns nicht vorstellen?«

»Doch, doch. Das sind … Abbigails Tochter und ihre Enkelin«, brachte er traurig hervor. In Millas Kopf rasten die Gedanken. Bescha hatte doch erzählt, dass Abbigail so traurig über Johanns Zeugungsunfähigkeit gewesen war. Deshalb war sie sicher gewesen, dass das Kind von Pomade sein musste.

»Hallo.« Milla reichte Samuel ihre Hand. »Entschuldigung, Sie sind wirklich Johanns Sohn? Also ich meine, der von Herrn König?«

»Ja, natürlich«, lächelte er unbedarft. »Freut mich, Sie kennenzulernen. Und herzliches Beileid. Mein Vater hat mich sofort angerufen, als er von Abbigails Tod erfahren hat.«

Milla nickte, eine Frage brannte ihr auf der Seele. Sie platzte heraus. »Abbigail dachte immer, dass Sie …«, sie sah Johann dabei an, »also, dass Sie, Herr König, keine Kinder zeugen können.«

»Was spielt denn das jetzt noch für eine Rolle?«, warf Sarah ein.

»Eine große.«

Alle sahen Milla verwundert an.

»Ja, Abbigail fand es sehr schade, dass ich keine Kinder zeugen kann«, erklärte Johann schließlich. »Aufgrund einer Mumpserkrankung mit sechzehn. Aber mit meiner späteren Frau hat es wundersamerweise geklappt, womit die Aussage meines Kinderarztes damals eindeutig widerlegt wäre.« Erschrocken blickte er Milla an. »War das etwa der Grund …? Hat es sie doch so erschreckt, dass wir niemals Kinder haben können?«

»Nein, nein, darum geht es nicht.« Milla stockte.

»Milla, was soll das?«, wollte Sarah nun neugierig wissen. »Schatz, sag endlich, was du herausgefunden hast.«

Alle Augenpaare richteten sich auf sie. Hin und her gerissen stocherte Milla mit ihren Sandalen im Kies. Sie spürte die kleinen Steine an ihren nackten Zehen, zögerte und rang mit sich. Konnte es sein, dass Abbigail nur dachte, dass die kleine Sarah von Pomade war, weil sie wusste, von Johann konnte sie nicht schwanger sein? Dann könnte es ebenso sein, dass Sarah ein Kind der Liebe war, von Johann gezeugt. Millas Gedanken rasten wie der Zug einer Achterbahn. Es konnte sein, die Chance lag bei fünfzig zu fünfzig.

Samuel sah sie forschend an. »Sagen Sie doch einfach, was Sie denken. Damit fahre ich immer am besten.«

Er hatte recht. Sie brauchte Hilfe. Ihre Gedanken verknoteten sich. »Also gut. Abbigail wurde ständig von diesem Pomade, also von so einem gemeinen Typen, bedrängt, der glaubte, er könne sie, weil sie jüdischstämmig, also eben eine Xueta war, unter Druck setzen. Also ich wollte damit sagen ... er hat ihr sehr wehgetan, und sie hat gedacht, von ihm schwanger zu sein. Weil Johann ja keine Kinder zeugen konnte«, brach es aus ihr heraus. Sie stockte.

Entsetzt sahen die anderen sie an. »Nein!«, schrie Sarah auf, und Jesús nahm sofort ihre Hand, tätschelte sie mitfühlend.

Johann schien noch weißer im Gesicht als zuvor, hielt sich zitternd an seinem Stock fest. »Mein Gott. Wieso hat sie mir das nie erzählt?«, hauchte er.

»Weil sie sich geschämt und schuldig gefühlt hat, wie es Frauen so oft ergeht ... nach so etwas.«

Schockiert schüttelte Sarah den Kopf. »Dann bin ich die Tochter von diesem widerlichen ...«

»Nein, warte!«, unterbrach Milla schnell. »Vielleicht eben nicht. Es muss nicht sein. Jetzt nicht mehr. Versteht ihr denn nicht? Jetzt, wo wir wissen, dass Johann einen Sohn hat, dass er zeugungsfähig ist, kann es sein, dass du Johanns Tochter bist, Mom. Die Tochter ihrer großen Liebe. Das Tragische wäre dann, dass Großmutter es nicht wusste und dich deshalb nicht lieben konnte ...«

Sarah und Johann blickten sich einen Moment fassungslos an, dann wandte sich Sarah wieder aufgeregt an Milla. »Und wenn nicht? Wenn ich doch das Kind dieses Vergewaltigers bin? Kein Wunder, dass sie so zu mir war!«

»Ja, deshalb verstehe ich sie jetzt. Aber denk bitte nicht immer so pessimistisch, Mom. Hör endlich auf damit. Was, wenn es nicht stimmt, was Abbigail zeit ihres Lebens geglaubt hat? Dann hast du noch einen Vater und einen Halbbruder. Und ich habe einen Großvater und ...«

»Paps, du musst sofort einen Test machen«, unterbrach Samuel aufgeregt.

»Das muss ich vielleicht nicht«, sagte Johann, kniff die Augen zusammen und beugte sich etwas näher an Millas Gesicht.

»Stammt Ihr Vater aus Asien?«, erkundigte er sich bei Milla.

Die schüttelte den Kopf. »Nein, er war Deutscher.«

»Wieso fragst du das?«, wunderte sich Samuel.

Johann lächelte. »Weil sie meine Enkelin ist.« Er deutete auf ihre Augen. »Diese wunderschönen mandelförmigen Augen, die hat sie aus meiner Familie. Einer der Vorfahren meiner Mutter stammte aus Vietnam. Bei mir sind sie nicht so ausgeprägt. Und bei meiner Tochter auch nicht.« Er sah Sarah bewegt an.

Sarah lachte auf: »Was? Das gibt es doch nicht. Wir haben uns immer gewundert, woher das Kind diese Augen hat!«

Auch Milla hatte sich als kleines Kind oft gefragt, wieso sie mandelförmige Augen hatte und ihre Eltern nicht. Sarah hatte ihr daraufhin erzählt, dass eines Tages eine verwunschene Fee gekommen sei und ihr diese schönen Augen gezaubert habe. Damit sie etwas ganz Besonderes sei.

Überwältigt und zutiefst erleichtert umarmte Milla nun erst ihre glücklich lächelnde Mutter, und dann, ohne darüber nachzudenken, schloss sie ihren Großvater in die Arme.

»Großvater«, was für ein schönes, heimeliges Wort. Johann zitterte ein wenig, das spürte sie, als sie diesen immer noch stattlichen, aber etwas knochigen alten Herrn in den Armen hielt. Aber er freute sich auch unbändig, das sah sie ihm an, als sie sich etwas schüchtern wieder von ihm löste. Sie blickten sich an, und Johanns etwas trübe, aber hellblaue Augen schienen plötzlich zu leuchten.

»Abbigail«, sagte er berührt und schluckte.

»Nein, ich bin Milla.«

»Das weiß ich doch. So senil bin ich nun auch wieder nicht.«

Milla lächelte. »Das habe ich auch nicht behauptet. Wie viel können Sie …«

»Kannst du …«, unterbrach er sie lächelnd.

»Kannst du denn noch sehen?«, fragte sie glücklich.

»Leider nicht mehr viel, aber mandelförmige Augen und Abbis Nase erkenne ich zum Glück gerade noch. Samuel, hol doch rasch das Foto.«

Samuel nickte und eilte in die Finca. Johann wischte sich über die Stirn, lächelte Sarah und Milla glücklich an. Da kam Samuel zurück, und Milla trat gespannt einen Schritt vor.

»Hier, das ist Abbigail. Dieses Foto stand all die Jahre bei uns zu Hause auf dem Kamin. Ich habe meinem Vater diesen letzten Wunsch erfüllt und habe ihn zu mir nach Mallorca geholt, um sie doch noch zu suchen.«

»Aber wir sind zu spät gekommen«, seufzte Johann traurig.

Milla starrte das Foto ihrer Großmutter an. Sie war ihr nicht wirklich aus dem Gesicht geschnitten, aber es gab durchaus eine gewisse Ähnlichkeit. Vor allem die Nase. Milla strahlte glücklich. Das war sie also, ihre mutige, tapfere Großmutter in jungen Jahren.

»Mein Gott«, meldete sich Sarah, die neben sie getreten war und das Bild anstarrte. »Wie anders wäre sie zu mir gewesen, wenn sie all das gewusst hätte.«

Betroffen sahen sich alle an. Jesús legte seinen Arm um Sarah und drückte sie liebevoll an sich.

Samuel unterbrach die andächtige Stille. »Was bin ich jetzt eigentlich für dich?«, fragte er Milla gut gelaunt.

»Na … mein Onkel, oder?«

Er bestätigte lächelnd und wandte sich an Sarah. »Und du meine Schwester.«

»Halbschwester«, verbesserte Sarah lächelnd. »Wer hätte das gedacht.« Sie wandte sich an Milla. »Danke, dass du nicht aufgegeben hast.«

»Aufgeben ist nie gut, Mom«, grinste Milla nun.

»Im Norden der Insel lebt übrigens noch mehr Familie und freut sich auf euch«, erzählte Samuel lächelnd. »Meine Frau, meine zwei Jungs und noch ein Halbbruder.«

Bewegt lachte Sarah auf. »Das ist ja … ich weiß gar nicht, was ich sagen soll.«

»Großartig, toll, genial, ich habe mir schon immer eine große Familie gewünscht«, juchzte Milla auf.

Sarah nahm glücklich ihre Hände, wurde dann plötzlich wieder ernst: »Milla, kannst du mir bitte verzeihen, dass ich … so oft so distanziert zu dir war?«

Überwältigt blickte Milla ihre Mutter an. »Aber natürlich, Mom.«

Erleichtert drückte Sarah ihre Hand.

Endlich.

Versöhnt mit ihrer Mutter – was für ein warmes, wunderbares Gefühl.

In dem Moment piepte ihr Handy und erinnerte sie daran, dass sie noch eine wichtige Entscheidung zu treffen hatte, oder besser gesagt ihr Herz. Leandro schrieb: »Wo soll ich Dich abholen? Das Fest geht gleich los.«

Was sollte sie nur tun? Paul wartete sicher schon auf sie in ihrer Pension, wie verabredet.

* * *

In der Küche von Leandros Mutter roch es nach gekochten Bohnen und Erbsen. Milla folgte Leandro in das Heiligtum seiner Mutter, in der diese gerade einen Teig ausrollte. Eine füllige kleine, dunkelhaarige Frau, die Milla herzlich anlächelte. »Wie schön, Sie sind gekommen. Er hat so viel von Ihnen erzählt.«

Und ehe Milla sich's versah, kam diese fremde Frau auf sie zu und umarmte Milla herzlich. Sie roch süßlich und duftete nach Anis.

»Oh, Entschuldigung.« Sie löste ihre Umarmung wieder. »So bin ich nun mal. Jetzt habe ich Ihr Kleid mit Mehl beschmiert.«

»Ach, das macht doch nichts.« Milla wischte lächelnd das bisschen Mehl ab. Was für eine herzliche Person. Ihre Mutter hätte früher niemals einen ihrer Freunde einfach so in den Arm genommen. Wie traurig, nur weil sie diese Wärme selbst von ihrer Mutter nie erfahren hatte. Milla verscheuchte den Gedanken daran, wollte nur noch im Hier und Jetzt leben.

»Milla, das ist meine Mutter, wie sie leibt und lebt«, stellte Leandro lächelnd vor. »Mutter, das ist Milla.« Er sprach ihren Namen aus wie eine Delikatesse, die er sich auf der Zunge zergehen ließ. »Meine Mutter backt übrigens den besten Mandelkuchen. Willst du schon mal ein Stück naschen?«

»Gerne. Der sieht wirklich köstlich aus.« Milla dachte an ihre Großmutter, die dieses Rezept sicher in ihr Kochbuch aufgenommen hätte. Vermutlich hatte sie es nie veröffentlicht, durchfuhr es sie. Oder doch?

»Leandro?«

»Ja?«

»Weißt du zufällig, ob Großmutter ihr Mandelkochbuch jemals veröffentlicht hat?«

»Sie hat viel davon geredet. Aber nein, sie hat es nicht mehr getan. Es lag immer in einer Schublade, in ihrem Laden.«

Aufgeregt blickte Milla ihn an. »Bist du sicher?«

»Ziemlich. Sie hat es mir ein paarmal gezeigt. Sie hatte

alles handschriftlich festgehalten. Die Schrift war schon etwas vergilbt.«

Milla strahlte plötzlich. Sie wollte dieses Erbe ihrer Großmutter fortführen und einen Verleger suchen, beschloss sie.

Leandros Familie war laut und herzlich. Sein großer, korpulenter Vater hatte sie auch sofort in seine Arme geschlossen, seine Schwester Judith, eine kleine, zierliche Person Ende zwanzig, sie nett angelächelt. Es kamen noch ein paar Freunde der Familie und Tanten. Milla überlegte einen Moment, ob das alles Xuetes waren, doch letztendlich war es so egal. Sie fühlte sich wohl im Kreise dieser fröhlichen Leute, das Essen schmeckte hervorragend, und ihr Plan, das Mandelkochbuch ihrer Großmutter herauszubringen, erfüllte sie. Falls sie keinen Verleger finden würde, würde sie es selbst veröffentlichen. Heutzutage war ja so vieles möglich. Im Gegensatz zu damals, Ende der Fünfzigerjahre. Wehmütig erinnerte sich Milla an Elis und Beschas Erzählungen, an all die Anfeindungen und Schikanen, die die junge Abbigail ertragen musste. An die Rolle einer Frau zur damaligen Zeit und wie sich die junge Abbigail dagegen zu wehren versuchte.

Milla hatte Paul am Telefon gesagt, dass sie noch Zeit brauche, und er hatte vermutlich gedacht, Zeit mit ihrer Mutter, und es verstanden. Sie fühlte sich einerseits schlecht deshalb, aber irgendwie auch unendlich wohl. Sie hatte ihre Tage bekommen, war also nicht schwanger und damit frei in ihren Entscheidungen.

Per WhatsApp hatte sie Tine die ganze Zeit auf dem Laufenden gehalten und bangte gerade um die Freundin, denn vorhin war sie operiert worden. Ihr Myom wurde entfernt, und Milla wünschte ihr so sehr, dass alles gut ging.

Da endlich kam die erlösende Nachricht. »Operation überstanden. Kann mindestens noch zehn Kinder kriegen, sagt der Arzt. Küsse, Tine. Ich hab Dich lieb.«

Milla strahlte und antwortete ihr überglücklich. Währenddessen erhob Leandro sein Glas für einen Trinkspruch. Er schien in der Familie und bei deren Freunden sehr beliebt zu sein. Sie alle lachten ihn fröhlich an, erhoben ihre Gläser, und als Leandro dann unvermittelt Milla willkommen hieß, lief diese puterrot an.

»Was soll das?«, flüsterte sie ihm zu. Aber die Herzlichkeit, die ihr von diesen Menschen entgegenschlug, dieses Gemeinschaftsgefühl, diese Verbundenheit, überwältigten sie im nächsten Moment.

»Spürst du es jetzt?«, flüsterte Leandro.

Und plötzlich wusste sie genau, was er meinte. Diese Nähe, dieses Gefühl, angekommen zu sein, durchströmte sie.

»Lass uns ein wenig rausgehen«, schlug Leandro vor. Während die anderen weiterfeierten, aßen und tranken, stand Leandro auf, und Milla tat es ihm gleich. Er nahm ihre Hand, als sei es das Selbstverständlichste dieser Welt, und führte sie hinaus. »Komm, ich will dir noch etwas zeigen.«

Leandros Eltern wohnten in der Altstadt von Palma, nicht sehr weit von Großmutters Laden entfernt. Seine Hand fühlte sich weich und warm an und ließ Millas nicht mehr los. Für einen Moment überlegte sie, ihre Hand der seinen zu entziehen, doch irgendetwas in ihr weigerte sich. Was, wenn Paul ausgerechnet jetzt hier entlangkommen und sie beide so sehen würde?

»Wo führst du mich hin?«

»Vertrau mir«, sagte er ruhig.

Sie tat es. Schweigend gingen sie ein paar Gassen entlang, und plötzlich standen sie vor Großmutters Laden.

»Sieh nach, ob das Rezeptbuch noch da ist.«

Aufgeregt schloss sie das Vorhängeschloss auf und eilte hinein. Sofort stieg ihr wieder der leicht modrige Geruch der vergangenen Jahre in die Nase. Sie ging zu besagter Schublade und zog sie auf. Tatsächlich. Unter ein paar anderen Papieren hatte es sich versteckt. Warum war es ihr letztens nicht aufgefallen? Weil man nur sieht, was man sehen will? Sie blätterte es ergriffen durch. Großmutters Handschrift glich der in ihrem letzten Brief, sah etwas jünger und weniger zittrig aus. Baruch, so hatte ihr Eli erzählt, hatte alles bei seinen Verlegerkollegen dafür getan, dass es niemand veröffentlichte. Wie gemein.

»Steck es ein und komm mit«, sagte Leandro und riss sie aus ihren Gedanken.

»Wohin denn jetzt schon wieder?«

Er lächelte wie ein verliebter Teenager, nahm erneut ihre Hand. »Zum Meer. Du liebst es doch genauso wie ich, habe ich recht?« Es stimmte.

Am Wasser angekommen, blieben sie stehen. Kleine und größere Schiffe fuhren am Horizont vorbei, ein paar Segelboote glitten davor übers Meer. Milla blickte Leandro kurz von der Seite an, dann wieder aufs Wasser. Ihr Herz klopfte wild. Sie liebte das Meer, genauso wie er, aber es war ihr bisher nicht wirklich bewusst gewesen. Wieso spürte er es? Weil er ihr so seltsam nahe war? Im Gegensatz zu Paul?

Da sah sie in der Ferne ein riesiges Kreuzfahrtschiff. Leandro deutete darauf. »Diese Kreuzfahrtschiffe kommen aus Israel, aus Amerika, aus der ganzen Welt nach Palma. Viele Juden auf den Spuren ihrer Wurzeln.«

»Tatsächlich?«

»Sie besuchen das Judenviertel in Palma und sind dankbar für alles, was sie über ihre Vorfahren erfahren.«

Wie ich, dachte Milla. Wie gut es tut, zu wissen, wer man

ist, woher man kommt. Zumindest jetzt empfand sie es so, wo sie wusste, die Enkelin von Johann zu sein. Von Großmutters großer Liebe.

Ihre Gedanken flogen über das Meer. Sie könnte hierbleiben und Großmutters Laden übernehmen, so wie es diese gehofft hatte. Sie könnte ein kleines Goldschmiedeatelier im Souvenirladen aufmachen, eine Kooperation mit Tines Atelier. Sie könnten goldene und silberne Rabbinerfiguren für Touristen schmieden. Und ihre Mutter überreden, bei Jesús zu bleiben. Und ihre Freundin Tine musste sie ganz oft besuchen kommen.

»Milla«, sagte Leandro plötzlich angespannt. »Bleib hier bei mir. Ich liebe dich, unendlich. Wir gehören zusammen.« Als habe er ihre Gedanken vernommen.

Sie sagte nichts, wusste nur, dass es richtig war, dass sie nicht mehr die Frau war, die mit Paul in ein Loft in Mitte ziehen wollte, dass sie Sehnsüchte und Träume hatte, wie Abbigail. Und dass sie diese verwirklichen wollte, für ihre Großmutter.

»Du bist mutig, wie sie«, flüsterte er.

Milla lächelte selbstbewusst, drückte seine Hand und blickte glücklich aufs Meer, auf dem ein Schiff vorbeizog.

Sie dachte an diese wunderbare Reise, die sie mit ihrer Mutter unternommen hatte. Und bei dem Gedanken an ihre Mom durchströmte sie ein wohliges, inniges Gefühl voller Liebe.

Anmerkung

Die Handlungen und Orte dieses Romans sind frei erfunden, ebenso die darin vorkommenden Personen. Eventuelle Ähnlichkeiten oder Namensgleichheiten mit lebenden oder verstorbenen Personen wären rein zufällig.

Mandelkochbuch von Abbigail Fuster

Mallorquinischer Mandelkuchen – Gato Almendra

Saftiger spanischer Mandelkuchen mit Zimt. Dieses spanische Dessert kann ohne Mehl und Milch zubereitet werden.

Dieser köstliche Mandelkuchen hat eine lange mallorquinische Tradition.

Zutaten:

6 große Eier, 1 Prise Salz, 200 g Puderzucker, 250 g geschälte, gemahlene Mandeln, abgeriebene Schale von einer unbehandelten Zitrone, 1 Prise Zimt, 1 Vanilleschote

Zubereitung:

Eine Springform mit Backpapier auslegen. Den Backofen auf 175 °C vorheizen.

Die Eier trennen. Das Eiweiß mit einer Prise Salz steif schlagen und zur Seite stellen.

Die Eigelbe mit dem Puderzucker vermischen und zu einer cremigen Masse schlagen. Die Vanilleschote auskratzen und mit der Zitronenschale und dem Zimt zur Eigelbmasse geben. Die Mandeln darunterrühren. Die Eiweiße darübergeben und locker unter die Masse heben.

Den Teig in die Springform geben und glatt streichen. Etwa 45 Minuten backen.

Den Kuchen auf einem Gitterrost auskühlen lassen. Das Backpapier vorsichtig abziehen und den Kuchen mit Puderzucker bestreuen.

Mandelplätzchen auf spanische Art

Zutaten für 30–40 Plätzchen:

100 g gehackte Mandeln, 2 EL Rosinen, 200 g Honig, ½ TL Anissamen, im Mörser grob zerstoßen, 1 TL Zimtpulver, Abrieb von ½ unbehandelten Zitrone, 50 g gemahlene Mandeln

Zubereitung:

Die gehackten Mandeln in einer Pfanne ohne Fett anrösten und abkühlen lassen. Die Rosinen fein hacken. Den Honig in einem kleinen Topf erhitzen, Rosinen, Anis, Zimt, Zitronenschale, die gerösteten und gemahlenen Mandeln untermischen, vom Herd nehmen und abkühlen lassen.

Dann mit einem Teelöffel kleine Portionen abstechen, zu Röllchen formen und in Puderzucker wenden.

Guten Appetit!